1

JANVIER 1794...

C'était une nuit froide et pluvieuse, zébrée d'éclairs éblouissants dans un ciel traversé de lourds et sombres nuages. Le vent, soufflant en fortes rafales, ajoutait à la désolation d'un pareil temps.

Secouée par une mer très agitée, une chaloupe tentait de gagner la côte, une plage déserte quelque part entre Rochefort et La Rochelle.

À l'arrière-plan, à la lueur des éclairs, on devinait les formes élégantes d'une superbe frégate tous feux éteints.

À force de rames, la barque toucha enfin la grève. À une heure si tardive, et en semblables circonstances, un observateur eût sans doute été persuadé qu'une poignée d'aristocrates tentait un discret débarquement depuis une frégate anglaise dans le but d'aller grossir les rangs de l'armée vendéenne.

C'eût été une erreur. La frégate, appelée *Terpsichore*, était française et l'officier, un capitaine de vaisseau de quarante ans qui le premier sauta sur le sable humide, portait la cocarde tricolore à son tricorne.

Grand, mince, silhouette élancée, il avait un visage

tourmenté, pommettes saillantes et joues creusées mais on remarquait avant tout son regard, des yeux gris-vert tour à tour durs ou ironiques.

Commandant de *La Terpsichore*, il s'appelait Joachim de Niel, ci-devant comte de Valencey et prince d'Adana.

Le second à sauter sur la grève était également son second à bord du vaisseau mais bien davantage dans la vie : presque un frère. Enfant trouvé, il avait grandi avec Valencey d'Adana avant d'être anobli à l'initiative du père de celui-ci. Athlétique, il s'appelait Mahé de Campagne-Ampillac, lieutenant de vaisseau et ci-devant baron. Comme ses camarades, il n'avait pas revu la France depuis treize ans.

Un troisième homme bondit à son tour. Petite soixantaine, chirurgien du bord, il se nommait Florent de Saint-Frégant. Il embrassa le sol de son pays auquel il rêvait depuis la fin de la guerre d'Indépendance américaine.

La barque s'éloigna un instant du rivage mais une forte vague l'y jeta de nouveau.

D'un geste impatient, Valencey d'Adana fit signe qu'on hâte le mouvement tant, en cet instant périlleux où il débarquait, le groupe de fugitifs se trouvait vulnérable.

Un quatrième homme se glissa dans l'eau jusqu'à mi-cuisse et jeta un regard haineux aux éclairs. Visage de tueur balafré de cicatrices, Jules Dumesnil, roturier et parisien d'origine, était maître d'équipage. Lui aussi avait suivi son capitaine lors de son long et injuste bannissement ordonné par Louis XVI.

Un cinquième sauta lestement. Grand et souple, il différait des autres par son uniforme et son grade élevé de commodore* de la marine de guerre américaine. Il s'appelait John O'Shea.

---

* Grade sans équivalent dans la marine française. Juste en dessous de contre-amiral.

Le sixième et dernier clandestin, âgé de trente-cinq ans, quitta la barque d'un saut très souple puis, d'un geste élégant, brossa son uniforme. Bien qu'il souffrît du « Haut-Mal* » et redoutât à chaque instant une crise, c'était un homme brillant et courageux. Il s'appelait Bernardin des Essarts, ci-devant marquis de La Mellerie.

Avec ensemble, les fugitifs repoussèrent la barque dont les rameurs, allant contre la vague, n'étaient guère à la fête.

Un instant, à la lueur d'un éclair, Valencey d'Adana observa sa frégate confiée à Joseph de Keringan secondé par Guillaume de Lamorville, tous deux ci-devant aristocrates, compagnons des premières années, exilés volontaires sous la monarchie, fervents républicains et francs-maçons comme l'étaient La Mellerie, Dumesnil et Saint-Frégant.

La région était en sédition. Vendée, Maine, Anjou, les républicains contrôlaient plus ou moins les villes mais les Vendéens tenaient la plupart des villages, routes, chemins et forêts. Encore la situation évoluait-elle sans cesse au gré des déplacements imprévisibles des armées et des bandes vendéennes. Pris par celles-ci avec une cocarde tricolore au chapeau n'appelait qu'un châtiment : l'exécution immédiate, parfois précédée de tortures et de mutilations.

Le petit groupe clandestin longea pendant près d'un kilomètre un chemin côtier. Valencey d'Adana, qui marchait en tête, semblait remarquablement bien renseigné. Il l'était, ayant reçu de France un plan très détaillé de la région. Son informateur et ami, Pierre-François Gréville, n'était rien moins que général de la police secrète spécialiste des missions aussi confidentielles que délicates. Occupant déjà cette charge sous

---

* Épilepsie.

la monarchie, il n'était pas pour rien dans le ralliement des gardes-françaises qui, le 14 juillet 1789, avaient rejoint la foule, permettant le succès de l'émeute. Il ne rendait de comptes qu'au tout-puissant Comité de salut public et plus spécialement à son étoile montante, Maximilien Robespierre.

La pluie, qui s'était interrompue, reprit avec violence tandis que les fugitifs arrivaient à hauteur d'un bâtiment appartenant sans doute aux douanes.

Par gestes, Valencey d'Adana donna ses ordres. Tous se comprenaient parfaitement, ayant coulé ou arraisonné des centaines de navires, ayant combattu de nuit, s'étant livrés à des dizaines d'abordages d'une extrême violence et ayant même affronté les Anglais à terre après la victoire navale de la baie de Chesapeake.

Portes et fenêtres furent bousculées à coups de botte à la même seconde tandis qu'on jetait à l'intérieur un tonnelet de poudre à mèche courte qui explosa immédiatement. Les marins de la République envahirent aussitôt le local pour constater qu'ils devaient encore affronter une demi-douzaine de Vendéens, réputés excellents combattants.

Cependant, contrairement aux « Bleus », les partisans du roi ne se trouvaient pas sur leur terrain d'élection, le bocage, quand les marins, habitués à combattre sur le pont d'un navire, n'étaient pas gênés par l'exiguïté des lieux, ce qui leur assura une rapide supériorité.

L'officier vendéen ne se trompa pas d'ennemi, faisant face à Valencey d'Adana. Il ne fut pas sans remarquer que son adversaire républicain, un officier de marine, portait épinglée sur le côté droit de sa poitrine une décoration rarissime : un aigle d'or à tête blanche avec ruban bleu clair bordé de blanc, « l'ordre de Cincinnatus », la plus prestigieuse décoration américaine décernée à seulement trois cent soixante volontaires sur les douze à quinze mille Français ayant combattu pendant la guerre d'Indépendance. Elle voisinait avec une autre, croix de Malte en or à fleurs de lys avec épée passée à travers une couronne de lauriers : l'ordre de Saint-Louis, la plus haute décoration militaire de la ci-devant monarchie. Mais la cocarde tricolore au tricorne levait toute ambiguïté, ce qui décupla la haine du Vendéen et le rendit maladroit : quelques secondes plus tard, l'extrémité du sabre de Valencey d'Adana lui pénétrait dans l'œil, ressortant par le cervelet.

Pour les autres, le combat continuait. Il fallait se garder des coups d'épée mais plus encore de l'arme classique des chouans, la faux à lame redressée dans l'axe du manche. Le frêle marquis de La Mellerie évita de justesse un coup de « bâton à riboules », c'est-à-dire garni de clous, avant de décapiter à demi son adversaire d'un puissant coup de sabre. Pour les autres, la messe était dite.

Jacques Dumesnil examina attentivement un couteau de sabotier en usage pour égorger les soldats républicains puis, d'un coup de pistolet, acheva un blessé.

Les six marins, le sabre à la main, observèrent avec surprise les cadavres de leurs adversaires.

— Leur chef mis à part, ce sont de pauvres paysans, assurément !... grommela Mahé de Campagne-Ampillac d'un ton désolé.

— Des brigands de la Vendée, suppôts des despotes, valets des oppresseurs et des tyrans !... rectifia le baron de Saint-Frégant.

— Fouillons-les !... proposa John O'Shea.

Valencey d'Adana ne fit pas de commentaire, s'intéressant à la tenue de ceux qu'il serait appelé à combattre, tenue qu'il allait croiser plus souvent qu'il ne l'eût souhaité.

Au nord de la Loire, on nommait ces paysans

des « chouans » parce qu'ils se ralliaient au cri de la chouette, mais leur aspect différait peu de celui des Vendéens et moins encore leurs insignes. Ainsi voyait-on sur leur poitrine, cousus avec du fil rouge, scapulaires et Sacré-Cœur. Ils portaient la cocarde blanche au chapeau et un chapelet passé dans la boutonnière.

Dans un coin de la pièce, roulé avec soin, le drapeau blanc du roi frappé de fleurs de lys et du Sacré-Cœur.

— Ça sent l'eau bénite !... remarqua Mahé.

Feu l'officier qui commandait le détachement avait la taille ceinte de l'écharpe blanche et, sur sa plaque de ceinturon, voisinaient fleurs de lys et couronne d'or.

Dans leurs poches, on trouva pliés des assignats de cinq livres. Mais la pliure était faite avec malice puisque ainsi on pouvait lire : « *La Mort la République* ».

— Que fait-on, à présent ?... demanda La Mellerie, légèrement anxieux.

— Incendions la maison, tans pis pour les cadavres. Dans la nuit, on verra cela de loin. Les Vendéens seront attirés, ce qui nous dégagera peut-être un passage.

Entre ses dents, Florent de Saint-Frégant corrigea le mot « Vendéen » :

— Les brigands de la Vendée !

Le chirurgien était, du groupe, l'homme qui haïssait le plus les « Blancs », mais certainement pas celui qui chérissait le plus la République, cette place revenant à Valencey d'Adana : Louis XVI, qui le jalousait et le craignait, lui interdit la terre de France pour ces raisons pendant huit ans.

En 1789, alors que Valencey d'Adana pouvait enfin revenir en France, un cyclone avait mis à mal *La Terpsichore,* l'endommageant si gravement que les travaux durèrent plus de deux ans. Entre-temps, la guerre avait été déclarée et, à la demande des autorités révolutionnaires affolées, *La Terpsichore* verrouilla les Antilles, protégeant les convois et nettoyant les parages des corsaires.

Et puis il y avait eu ces deux lettres du général de police…

Ils marchaient de chaque côté de la route, trois d'un côté, trois de l'autre. File indienne et larges espaces, ainsi qu'ils faisaient aux États-Unis. Après la joie de fouler la terre de France, ils étaient soucieux. On pensait aux êtres qu'on avait quittés, aux nouvelles trop rares, aux maisons et châteaux laissés à l'abandon pendant toutes ces années.

Seul du groupe, le commodore O'Shea échappait à ces angoisses. Homme d'honneur, il était heureux de rendre service à ses amis français car, sans eux, point d'indépendance américaine. Il payait une vieille dette et s'en trouvait bien. Surtout vis-à-vis de Valencey d'Adana. Tandis qu'en France le pouvoir royal l'ignorait, aux États-Unis La Fayette et Rochambeau avaient tenu à ce qu'il soit présent lors de la reddition anglaise à Yorktown et George Washington, pourtant peu expansif – mais bien informé –, l'avait serré dans ses bras sans dissimuler son émotion.

Dans la nuit glacée, la pluie tombait sans discontinuer, rendant les chemins presque impraticables, glissants, gorgés d'eau en leurs ornières. Valencey d'Adana imagina la fatigue des canonniers de la République quand les roues des canons s'embourbaient, l'arrêt de la colonne, les chevaux supplémentaires qu'il fallait chercher pour dégager les pièces d'artillerie et, bien entendu, les francs-tireurs vendéens profitant de la situation pour tuer quelques soldats avant de se retirer sous le couvert des forêts. Et recommencer plus loin.

Il passa le premier le Pont-Rouge, indiqué sur le plan appris par cœur, remarqua le calvaire de La-Croix-aux-Arbres et la fontaine des Hauts-Jours qui le confirmèrent sur la route à prendre.

Il s'efforça de chasser les pensées qui l'assaillaient de toutes parts : Victoire*, son grand amour… Nicolas de Refroicourt, comte de Blacfort**, son ennemi, assassin de son père et qu'il s'en venait tuer. Ce gros roi stupide, ignorant du peuple, qui finit guillotiné place de la Révolution en janvier de l'année précédente. Les dizaines de milliers de Vendéens en armes qui quadrillaient le pays…

Mais surtout, surtout : Victoire.

— Tudieu, je saurai bien la retrouver ! dit-il entre ses dents.

« À quel prix ? » songea Mahé.

John O'Shea, qui fermait la marche, porta la voix :

— Attention, cavaliers !

Les marins se jetèrent précipitamment dans le fossé.

Précédé et suivi de forts contingents de cavaliers vendéens, un carrosse tiré par six chevaux passa en dérapant dans la boue, les malheureuses bêtes impitoyablement fouettées par le cocher.

O'Shea se redressa et réajusta son tricorne en disant :

— Aucun doute, la Révolution n'est pas arrivée jusqu'ici !

---

* Voir le premier volume, *La Tour des Demoiselles,* Lattès, 2005, Le Livre de Poche n° 30589.

** *Ibid.*

2

À l'intérieur du carrosse, le puissant seigneur et général vendéen aurait sans doute chancelé de surprise en apprenant qu'il venait de passer à moins d'un mètre de son ennemi mortel dissimulé dans un fossé.

Avec le temps, la haine de Blacfort pour Valencey d'Adana n'avait fait que croître.

Blacfort détestait tant de choses chez celui qui pendant des années s'était cru son ami qu'il était malaisé d'en tenir le compte. Cette haine recuite et entretenue obscurcissait son entendement dès lors qu'il pensait à son ancien ami d'enfance.

Ainsi était le comte de Blacfort dont un bandeau noir cachait l'œil crevé, accident provoqué par lui-même tandis que Valencey d'Adana tenait l'épée : un moyen diabolique pour culpabiliser le prince et lui gâcher pendant treize ans toute chance de bonheur.

Assis à ses côtés, le curé Phébus Monteroux, son âme damnée, l'entretenait dans sa folie. Ecclésiastique indigne, débauché et assassin, bien protégé au cœur de la sédition en cette terre ennemie de la République, il s'était sans grands risques déclaré « prêtre réfractaire » par opposition aux « jureurs », ces prêtres ralliés à la constitution civile du clergé.

— Eh bien, arriverons-nous un jour ?... demanda Blacfort d'un ton impatient.

Un officier vendéen, ancien capitaine aux chevau-légers qui partageait le carrosse avec le général et le prêtre, répondit d'une voix presque craintive :

— Nous y sommes, général !... Presque.

— Je déteste les « presque ».

Les deux hommes, vestes vertes des officiers de l'armée vendéenne, écharpe à la taille et cocarde – blanches toutes deux – au chapeau, échangèrent un regard. Blacfort devina un mélange de haine et de crainte chez l'officier : il adorait susciter ces deux sentiments lorsqu'ils se trouvaient ainsi mêlés.

— Pour une fois que cette interminable retraite nous offre quelque plaisir, il serait dommage de ne point assister au spectacle !... lança le curé Monteroux d'une voix gourmande.

Voulant détendre l'atmosphère soudain très pénible, l'officier remarqua :

— Il est étrange que ce soit à l'occasion de cette retraite, consécutive à notre défaite, que nous arrivions sur des terres qui ne furent jamais nôtres.

Blacfort ne répliqua pas. Il pensait qu'après l'écrasante et désastreuse défaite de Savenay la cause royaliste était à moyen terme entendue et, dès qu'il aurait expédié une ou deux affaires très personnelles, il comptait gagner l'Angleterre en laissant là les Vendéens.

Le général-comte de Blacfort, à l'encontre d'un Valencey d'Adana s'attaquant toujours à plus forte partie, détestait les causes perdues...

Il revit avec mélancolie la courte épopée vendéenne.

Mars 1793, soit neuf mois plus tôt : c'est le début du conflit marqué par des massacres de républicains sur les cadavres desquels on brûle des drapeaux tricolores tandis que d'autres arrachent par centaines ces « arbres de la Liberté » plantés dans chaque commune de France.

Au fil des mois, de mars à décembre, c'est une vague de fond : tout l'Ouest se soulève. Partout se dressent des paysans ultracatholiques attachés aux Bourbons et hostiles à la « levée en masse » décrétée par la Convention. Le tocsin sonne, les hommes s'arment. On prend Nantes jusqu'à son centre-ville. La République aux abois est obligée de ramener les douze mille soldats d'élite de l'armée de Coblence, ce qui n'empêche pas son glorieux chef, le général Kléber, d'être battu à Torfou, et sévèrement. Angers, Villedieu, Machecoul, Chinon, Le Mans, le Mont-Saint-Michel, Sablé, La Roche-sur-Yon, Château-Gontier, Laval, Dol, Pontorson, Fougères, Avranches, l'île de Noirmoutier, La Flèche : les grandes villes tombent comme des fruits mûrs. Partout, les Bleus sont contraints à la retraite, parfois précipitée, et au prix de milliers de morts. Blessés et traînards sont achevés sans pitié. Au Mans, le vent commence enfin à tourner lors d'une fulgurante contre-attaque républicaine.

Puis, le 23 décembre – presque hier ! –, c'est le désastre royaliste de Savenay. Sur quatre-vingt mille hommes, la « Grande Armée catholique et royale » en ramène quelques milliers. En trois mois. Le généralissime Cathelineau est tué en juillet. Son successeur, le général Bonchamps, est tué à son tour. Le nouveau généralissime vendéen, d'Elbée, est blessé et évacué à Noirmoutier. Capturé, il est fusillé attaché sur un fauteuil et son corps jeté dans les douves.

On nomme alors un nouveau généralissime, le comte de La Rochejaquelein, vingt et un ans… De la classe. Kléber rend hommage à celui qui empêche le massacre de républicains blessés en disant : « Si vous agissez comme ceux qui font le mal, où est la bonne cause ? »

— Je le déteste !… Qu'il crève, celui-là : que les républicains brûlent sa charogne !… lança Blacfort, faisant sursauter le prêtre et l'officier.

Vaincu au passage de la Loire par les généraux Marceau, Kléber et Westermann, La Rochejaquelein s'enfonce dans le bocage avec quelques fidèles…

— Nous en sommes là !… dit Blacfort à mi-voix d'un ton désenchanté.

Il secoua la tête. La Rochejaquelein allait être tué sous peu, il en était persuadé, devinant que le jeune général vaincu cherchait la mort.

— Lui et son honneur, c'est le comble du ridicule !

Côté généraux vendéens, à part lui-même, ne restaient que M. de Charette, fort ombrageux, avec son « armée des marais » et le général Stofflet, brutal et cruel. Certes, ils menaient une guerre de harcèlement fort coûteuse en hommes pour la République, mais non point décisive.

Oui, il fallait filer en Angleterre, et au plus vite. Mais avant…

— Nous arrivons, général !… lança l'officier en voyant venir à eux, à l'entrée de la petite ville, des hommes tenant des torches.

On ouvrit la porte du carrosse au général-comte de Blacfort et un vieil officier, baronet du bocage et ancien mousquetaire de la garde du roi, salua.

— Des précisions !… lança Blacfort de méchante humeur.

Le vieil homme, la perruque légèrement de travers sous le chapeau à cocarde blanche, haussa les épaules.

— Une petite affaire, général, mais qui va tourner au drame.

— Quoi ?… hurla Blacfort qui poursuivit : On me dérange en pleine nuit pour « une petite affaire » ?

Un officier plus jeune, ancien du régiment d'Aquitaine, la taille bien prise par une écharpe blanche, intervint sans y être invité :

— Général, l'affaire n'est pas si mince. C'est la première fois que nous venons sur ces terres et nos gens exigent d'y régler quelques vieux comptes. Ainsi, nous avons capturé une jeune baronne…

Il s'interrompit, montra au loin un petit manoir livré aux flammes, puis expliqua :

— Le château brûle. Le père de la baronne, élu de la noblesse, a rallié le tiers état en 89, fut député à la Constituante et est aujourd'hui colonel dans l'armée de Jourdan. La fille est aussi endiablée que le père dans son fol engouement pour la République…

Voyant Blacfort comme absent l'officier s'interrompit, ignorant que celui-ci songeait : « Tiens, voilà le même cas que Victoire. Où peut-elle bien être, celle-là ?… J'ai pourtant promis une très forte prime… »

L'officier reprit en montant le ton car il croyait son général perdu dans quelque léthargie :

— S'il est une chose que nos paysans tiennent en grande détestation, c'est bien le spectacle d'aristocrates nantis par Dieu et qui rejoignent pourtant la cause des Bleus.

— Inutile de parler si fort, je vous entends. Eh bien, que veulent nos gens ?

— Qu'on leur livre la baronne et la ville acquise à la République afin qu'ils y exécutent des représailles qui honorent Dieu et vengent le roi.

— C'est parfaitement légitime, qu'il en soit fait ainsi !… répondit Blacfort sachant d'expérience que le spectacle des viols, incendies, mutilations et mises à mort l'allait distraire de sa morosité.

3

La pluie avait cessé et le froid devenait plus mordant à mesure que les six clandestins s'enfonçaient dans les terres.

Un vent d'une extrême violence s'était levé, venant de l'océan, et déferlait sur le bocage obscur avec une telle furie que Valencey d'Adana et ses compagnons avançaient comme poussés dans le dos.

À Paris, ce vent devait détruire une partie du toit des Tuileries, briser les lanternes servant à l'éclairage des rues et arracher le plomb des cloches de Notre-Dame !

Un instant, John O'Shea regretta sa Virginie natale et se demanda ce qu'il faisait en ces terres désolées, un soir d'hiver, par un épouvantable temps d'ouragan quand rôdait un ennemi cruel qui ne faisait pas de quartier. Puis il s'interdit ce genre de pensées, préférant se concentrer sur leur mission. Double, au reste : reconnaître l'ennemi avec le plus grand soin avant de revenir l'affronter, mais cette fois en nombre. Et aider son ami à retrouver celle qu'il aimait… sans l'avoir vue depuis treize ans !… Une telle constance dans les sentiments lui sembla bien dans la manière de Valencey d'Adana auquel on ne connut aucune liaison durant son interminable exil. Mieux encore, l'Américain, assez exalté au chapitre des sentiments, se persuada qu'une telle hauteur dans la pureté amoureuse rehaussait l'humanité tout entière dans son bien le plus précieux, la passion.

Le soir de l'anniversaire de ses trente-cinq ans, et ce fut la seule fois, le prince lui avait parlé de son amour pour Victoire, O'Shea s'en souvenait parfaitement. Un amour d'enfants devenu un amour fou qui résistait au temps et à la séparation. Et cette phrase, surtout: « Nos regards ne pouvaient se croiser sans que nous en ressentions l'un et l'autre une douleur physique. »

O'Shea s'ébroua, sachant que ce pays royaliste n'était guère propice aux rêves. Il nota avec quelle attention Valencey d'Adana avait reçu l'enseignement de ses Indiens bravos et mayas. Sa manière de s'arrêter aux croisements de chemins, de guetter l'orée des forêts et des bois, d'écouter la nature du cri des animaux, la direction du vent et l'odeur qu'il portait – pouvant différencier celle d'un loup de celle d'un chien, d'un grand singe ou d'un homme…

On avait dépassé les ruines d'une ancienne place forte, jetant un bref regard à la poterne, le demi-lune et la caponnière. Puis on avait traversé un village entièrement incendié – mais par quelle faction ? – appelé Paroisse-aux-Treize-Vents, ce qui avait fait dire au maître d'équipage Jules Dumesnil, lequel maintenait à deux mains son bonnet de laine sur sa tête:

— Treize vents, c'est encore douze de trop pour cette foutue nuit !

Certains ébauchèrent un sourire.

Tout, en ce village, paraissait sinistre. Les maisons calcinées servaient de refuge aux hiboux et aux chauves-souris.

On ne s'arrêta pas devant l'ermitage du cadran solaire et on quitta ces lieux de grande tristesse par la Porte du Prévôt où se tenait jadis un florissant marché.

Puis, après deux cents mètres, Valencey d'Adana ralentit son pas en voyant une église.

Par gestes, il fit signe qu'on s'éparpillât. Flanqué de Mahé, il s'immobilisa un instant à hauteur d'un abreuvoir en pierre où l'on avait sculpté, non sans talent, une danse macabre.

Après une brève hésitation, et voyant la porte close, le prince d'Adana tapa sur celle-ci avec la poignée de son sabre.

Après une longue attente, un vieux curé ouvrit la porte et apparut, mal rasé, les cheveux mêlés, le regard étrange. Voyant les uniformes, il lança :

— Ah, voici les « Bleus », les « patauds » !

Et c'est ainsi en effet que les Vendéens appelaient souvent les républicains.

Valencey d'Adana ne répondit pas, fixant longuement le prêtre dans les yeux. Celui-ci se déroba. Le commandant de *La Terpsichore* observa alors le très beau maître-autel fabriqué avec neuf marbres différents, puis il contourna les retables de pierre, le banc d'œuvre, descendit dans la nef et s'immobilisa devant un cénotaphe.

— C'est là !

Avec l'aide de ses compagnons, il s'attaqua au cénotaphe, cet étrange tombeau élevé à la mémoire d'un mort et qui ne contient jamais son corps.

Ayant fait jouer le couvercle, il sourit :

— M. Gréville ferait un excellent intendant si quelque jour prochain il abandonnait la police secrète.

Sous le regard indifférent, ou qui se voulait tel, du curé, on sortit du cénotaphe des fusils, du bœuf séché, de la poudre, du café, du sucre, des biscuits, des chandelles, de l'encre, des plumes, des bâtons de cire à cacheter et bien d'autres choses encore dont trois documents, l'un étant vierge.

Le prêtre, l'air de plus en plus égaré, reprit tout soudainement le vieux couplet chouan :

Vous crèv'rez dans vos villes
maudits patauds,
Tout comme les chenilles,
Les pattes en haut !...

— Voilà qui n'est guère chrétien, l'abbé !... grinça M. de Saint-Frégant.

Tandis qu'on cassait des prie-Dieu pour allumer un feu, Valencey d'Adana approcha le document vierge de la flamme d'une bougie.

Écrits au jus de citron, des caractères apparurent bientôt sous l'effet de la chaleur.

— Intéressant ?... demanda Mahé qui s'était approché.

— Déconcertant !... répliqua Valencey d'Adana qui brûla le document et en saisit un autre.

Celui là était écrit. Il s'agissait d'une lettre commerciale sans grand intérêt comprenant de grands espaces entre chaque ligne, lesquels, une fois chauffés, firent apparaître un tout autre texte calligraphié à l'encre sympathique.

Le troisième, enfin, paraissait incompréhensible. Mahé, devinant la nature de la missive, ouvrit un des havresacs et, sans un mot, tendit un dictionnaire de grec à son ami.

Celui-ci, ôtant son tricorne, saisit la plume et l'encre et, debout, travailla sur l'étrange document posé à plat sur le maître-autel.

Tandis que le feu prenait sur les dalles du sol de l'église, O'Shea, s'approchant, souffla à Mahé :

— Eh bien, que fait-il donc, la plume à la main, avec un si grand sérieux ?

Mahé répondit en chuchotant :

— Il s'agit d'un code chiffré. Si tu préfères, l'intelligence du texte dépend d'un dictionnaire de grec ancien paginé à l'envers mais faisant couple avec un alphabet transposé.

— La France est un pays savant et ingénieux !... constata l'Américain, admiratif mais non point jaloux.

Mahé soupira :

— C'est un pays en guerre contre toutes les autres nations, ou presque, mais aussi avec lui-même. Au surplus, c'est un pays malheureux : on y mange mal, on y meurt beaucoup. Ne sois point surpris, John, si je te demande un jour d'oublier tout cela dont la nation n'est point fière, la barbarie se partageant entre chaque camp, le calice de la haine passant d'un ennemi à l'autre.

Valencey d'Adana, très occupé, n'écoutait pas cette conversation tant ce qu'il décodait l'intéressait.

Il s'agissait de copies. La première était celle d'une lettre de Blacfort interceptée par les services de Gréville et destinée à la ci-devant marquise Victoire de La Chesnaie de Flers. Le messager, un chouan, ne risquait pas d'en faire état : capturé, il fut en moins de deux heures jugé et guillotiné à Surgères.

Le texte était le suivant :

Madame,

On me dit, et cela ne me surprend guère, que vous avez rallié d'enthousiasme la cause de la Révolution. Voilà qui ajoute à l'animadversion que j'éprouve envers vous en même temps que s'aiguillonne en moi le désir de vous posséder.

J'aurais dû vous violer lorsque l'occasion m'en fut donnée mais les troubles s'étendant désormais à notre région, vers laquelle je reviens à la tête d'une armée, la chose n'est que différée. J'aime l'idée de vous déflorer, car je vous crois vierge, puis de vous offrir à mes laquais avant de vous faire brûler vive car il n'est au monde odeur qui me séduit davantage que celle de la chair de femme grillée.

Vous n'échapperez pas à ceux qui sont à vos trousses. Vous serez donc bientôt mienne, jolie marquise.

C'est ce dont je vous donne l'assurance étant pour toujours,

Madame,

Votre très attentif ennemi.

Nicolas.

Sans un mot, Valencey d'Adana lut la seconde copie, celle d'une lettre vieille de treize ans, trouvée par les services du général de police Gréville dans les archives royales. Pour l'infamie, elle égalait la précédente et l'officier de marine songea que décidément, certaines fortunes ne valent point la bassesse qu'on déploie pour les conquérir.

Sire,

Je vous confirme par la présente que Joachim de Niel, comte de Valencey et prince d'Adana, ne fait pas mystère de ses opinions séditieuses vous ayant en ma présence traité de « tyran », « homicidaire », « despote » et « assassin ». Le fait qu'il combatte sur les mers pour la gloire de vos armes – mais surtout pour ses amis américains – ne change rien à cela. Je suis prêt, Sire, à répéter ces choses, et bien d'autres encore, quand il vous plaira de les entendre.

J'ai la joie et l'honneur d'être,

Sire,

de Votre Majesté,

Le très humble et obéissant serviteur.

Nicolas de Refroicourt, comte de Blacfort.

Mahé s'approcha :

— Mauvaises nouvelles ?

— Oui et non. Les bandes de Vendéens sont encore très puissantes, très mobiles, difficiles à saisir. Gréville conseille la prudence, estimant qu'il faudra des années pour apaiser l'Ouest. En outre…

— En outre ?

— Gréville a joint ceci.

Il tendit les copies à Mahé qui les lut, de plus en plus effaré.

— Nicolas est décidément abject, ignoble et répugnant.

— En tout cas, il ignore qu'une de ses bandes a enlevé Victoire. Si nous pouvions les intercepter avant lui…

Il demeura rêveur. Certes, dès le premier appel de Gréville pour venir reconnaître l'adversaire et l'affronter par la suite selon les méthodes indiennes de la guerre d'Amérique, Valencey d'Adana avait accepté. Mais un second courrier lui apprenant qu'une bande vendéenne avait enlevé Victoire et errait sans doute dans le pays avec la prisonnière précipita encore l'expédition : il fallait trouver cette bande !

Mahé le tira de sa rêverie :

— La lettre de Nicolas te dénonçant, au reste faussement, car ce n'est pas tes mots, au gros Capet* a sans doute nourri sa haine et explique mieux ton exil.

Le ci-devant prince ne semblait pas autrement choqué :

— Nicolas ne change guère : c'est pensé salement et dégoûtamment écrit.

Ils sourirent mais pas longtemps : du fond de l'église leur parvinrent d'atroces hurlements. Ils sortirent leurs lourds sabres de marine d'un même mouvement.

---

* Louis XVI.

4

D'autres troupes vendéennes arrivaient et, comme toujours lorsque l'armée royale défilait, les femmes acquises à cette cause se mirent à genoux en disant leur chapelet.

Une auberge avait été réquisitionnée par les officiers. On brûlait sur des fagots l'enseigne de l'endroit, *À la Convention nationale*, tandis que, pendu à un chêne, le corps de l'aubergiste oscillait sous la poussée violente du vent.

Sans susciter le moindre émoi.

Le général-comte de Blacfort fut accueilli aux cris de « Vive le roi, vive la noblesse, vive le clergé ! »

Avec ravissement, il vit une poignée de soldats bleus capturés obligés de marcher sur des cocardes tricolores en criant « Vive le roi ! » Ceux qui refusaient étaient immédiatement sabrés.

Dans leur fuite précipitée, les républicains avaient abandonné un échafaud, celui-là même qui, deux jours plus tôt, avait servi à guillotiner cinq prêtres réfractaires. Les paysans trouvèrent là un excellent prétexte pour exécuter des prisonniers, soldats ou fonctionnaires municipaux ainsi que des bourgeois libéraux.

Un groupe de cavaliers de la chouannerie, venus du nord, fut accueilli chaudement. Comme les Vendéens, ils avaient attaché à la queue de leurs chevaux des cocardes tricolores et des épaulettes dorées d'officiers républicains tués au combat.

Les aristocrates étaient bien davantage turbulents que les soldats-paysans. Avec leurs vestes vertes à collets blancs ou noirs, on les remarquait de loin même si certains, en raison du froid, portaient des redingotes vert épinard.

Avec une attention polie, Blacfort assista à une triple exécution contre le mur de l'église : d'une salve, une escouade abattit le maire, le médecin et un avocat au visage ensanglanté, marqué par les coups, car on le soupçonnait d'appartenir à la franc-maçonnerie, appelée ici « l'officine du diable ».

Peu après, Blacfort fut reçu dans la maison de feu le médecin dont on avait chassé la famille, y compris les enfants en bas âge, en pleine nuit et sur les chemins venteux. Un dîner fin l'attendait en compagnie de trois officiers supérieurs. De ce fait, on avait différé la mise à mort de la baronne républicaine.

— C'est un honneur de vous compter parmi nous, général !… lança le doyen, un vieux colonel, ancien de la garde constitutionnelle du roi qui avait sauvé sa peau de justesse lors de la journée du 10 août 1792.

Blacfort inclina légèrement la tête.

— Sachez, colonel, que cet honneur est partagé.

On passa aussitôt à table.

Blacfort possédait indiscutablement l'art de la conversation. Non qu'il eût acquis beaucoup de connaissances, mais son esprit s'était jadis aiguisé au contact de Valencey d'Adana et, dans une moindre mesure, de Mahé. Pourtant, il ne songeait jamais à ces lointaines années où les trois jeunes gens discutaient parfois jusqu'au coucher du soleil.

On servit d'abord une soupe au lait et au fromage puis des saucissons fumés et, comme deux colonels se querellaient sur le nom local de ces produits, Blacfort les fit taire d'un regard qu'il tempéra aussitôt d'un trait d'humour :

— Messieurs, n'oubliez pas qu'on m'appelle « le pacificateur ».

On sourit, mais le plus jeune des officiers songea : « On t'appelle aussi "le boucher", et plus souvent ! »

Blacfort s'était fait une spécialité d'arriver sur les arrières des troupes vendéennes combattantes. C'est lui qui, tout aussitôt, destituait les autorités en place, nommait de nouveaux responsables et procédait à la répression, généralement féroce.

On apporta des lentilles froides en salade et des vins de Vouvray et de Volnay.

La conversation roula sur les opérations militaires et Blacfort, qui sortait d'une réunion d'état-major, lança, péremptoire :

— Messieurs, à part Charette qui n'en fait qu'à sa tête avec son armée des marais et Stofflet qui reconstitue l'armée royale, il faut nous débrouiller avec ce que nous avons et tirer enseignement de nos défaites : harceler l'ennemi !... Voilà mon point de vue et, pour nouveau qu'il soit, je le crois pertinent.

Le plus jeune des colonels, ancien du régiment royal-dragons qui, visiblement, faisait de gros efforts pour se contenir, eut cependant assez d'intelligence pour lancer d'un ton courtois :

— Général, vous reprenez là les paroles de notre plus grand tacticien, feu le général-marquis de Bonchamps.

Piqué au vif, Blacfort répondit d'un ton cassant :

— Bonchamps est surtout connu pour avoir fait gracier cinq mille républicains prisonniers alors que lui-même était mourant. Ce geste de très grande faiblesse ne lui fut-il pas dicté par sa peur d'affronter Dieu ?

Blacfort n'avait pas la manière. La quasi-totalité des officiers de l'armée vendéenne étaient des soldats de métier, au moins sous l'Ancien Régime. Pas lui. Les trois colonels furent très choqués. Charles Melchior Artus de Bonchamps avait toujours fait preuve d'humanité. Blessé à Cholet le 17 octobre 1793, mort le lendemain, son geste lui avait valu un respect unanime et des artistes républicains, par reconnaissance, avaient sculpté son tombeau en l'église de Saint-Florent-le-Vieil alors que d'habitude, les corps des généraux vendéens étaient jetés à l'égout.

Blacfort ajouta perfidement :

— On ne peut pas collectionner les gilets et se passionner pour la musique sans payer quelque jour semblable légèreté.

Le jeune colonel de cavalerie, provoqué, demeura calme car il n'ignorait pas la folie de Blacfort.

— On connaissait l'élégance du marquis, le soin qu'il portait à sa mise, mais ce serait aller bien vite que d'oublier sa passion pour les théories militaires. C'est lui qui le premier, et inlassablement, expliqua que la guerre de Vendée ne ressemblait pas aux guerres habituelles et qu'on gagnerait à modifier sans cesse notre action en raison de la nature du terrain et des circonstances.

Blacfort comprit qu'il ne convaincrait pas mais entendait avoir le dernier mot :

— Peut-être. Mais qui s'en souviendra*?

On amena du veau rôti, du boudin et de la salade ainsi que des corbeilles de pain mollet, très tendre, fait avec de la fleur de farine et de la levure de bière pour une cuisson légère.

Le malaise ne s'était pas estompé mais les quatre hommes eurent assez de tact pour ne jamais s'affronter. On parla des opérations en cours, des « colonnes infernales » du général Turreau, le nouveau comman-

* Le plus grand admirateur du général vendéen Bonchamps fut Napoléon Bonaparte.

dant en chef républicain du front de l'Ouest puis le vieux colonel, un peu éméché, applaudit lorsqu'on apporta perdrix et poules rôties, l'heure tardive ayant donné grand faim aux convives. Il est vrai qu'avant la Révolution, ils dînaient vers trois heures de l'après-midi et soupaient à neuf ou dix heures du soir. Époque révolue.

Se sachant entre aristocrates, devinant que pour catholiques qu'ils fussent, les trois colonels n'étaient point puceaux, Blacfort lança :

— Paris !... Il me tarde de revoir cette ville et ses fêtes. Allez donc, ici, danser le menuet, la pavane ou la gavotte !

— Le Palais-Royal et ses jolis brins de filles !... dit à son tour, nostalgique, le troisième colonel, un ancien des grenadiers de France.

Et chacun, un instant, de revoir l'endroit, les boutiques de limonadiers où l'on trouvait aussi bien du cidre que du chocolat, des boissons alcoolisées que de la bière ou du café et, pour les jeunes filles, de l'eau de groseilles.

Le jeune colonel de cavalerie songea naturellement aux chevaux :

— Les courses où l'on croisait les Montmorency, les Rohan, les Noailles ou les La Rochefoucauld...

Le vieux colonel, de plus en plus ivre, éructa :

— Les maisons galantes... Les belles putains conviées aux soupers fins et aux orgies...

Presque sincère, pour une fois, Blacfort dit gravement :

— Souvenez-vous, messieurs, de ce qu'était une journée en ces temps heureux !

— Elle commençait fort tard !... répondit un des officiers.

Blacfort, le regard perdu, poursuivit :

— Les beaux restaurants où depuis quelque temps, on pouvait choisir ses plats à la carte... Les parties de billard, de trictrac ou de whist entre hommes puis, avec ces dames, les devinettes, les charades, les bouts-rimés, les poèmes aussitôt oubliés qu'inventés... Après souper, le tripot, puis la danse dans un des nombreux bals organisés en les meilleures maisons. Et la nuit avec sa maîtresse du moment...

— Une actrice du Théâtre-Français!... dit l'un.

— Ou de la Comédie-Italienne!... lança un autre.

— Non, une cantatrice ou une danseuse de l'opéra!... affirma le troisième.

Blacfort vida son verre d'eau-de-vie d'Amboise, repoussa l'assiette de prunes et de poires confites puis se leva, chancelant légèrement:

— Nous retrouverons tout cela!... Nous reprendrons Paris!... Mais pour y parvenir, il faut nous montrer inflexibles.

Titubant un instant, il saisit son sabre, coiffa son chapeau et sortit dans la nuit glacée.

Le plus jeune des trois colonels dit alors à mi-voix:

— Quant à moi, je ne veux pas voir cela dont il va finir de s'enivrer. La barbarie n'est point mon dessert.

Les deux autres baissèrent la tête, sans aller là contre.

5

Dès les premiers hurlements, Valencey d'Adana et ses compagnons s'étaient précipités dans la sacristie où le prêtre, saisi de convulsions, se roulait sur le sol.

Le baron de Saint-Frégant, chirurgien de *La Terpsichore*, le gifla à deux reprises puis, fouillant dans sa mallette de cuir, en sortit un remède de sa composition.

Cependant, il fallut la rude poigne du maître d'équipage Jules Dumesnil pour écarter les mâchoires du prêtre aussi récalcitrant que « réfractaire ».

Un peu à l'écart, très pâle, le jeune Bernardin des Essarts, marquis de La Mellerie, murmura :

— Voici donc le spectacle que j'offre lorsque me prend le « Haut-Mal ».

Valencey d'Adana, qui avait l'oreille fine, s'approcha du jeune homme :

— Cela n'a rien à voir, La Mellerie. En outre, vos crises sont fort rares et puis quoi, à la fin ?... Ainsi l'a voulu la nature, mais l'homme y portera un jour remède...

Il hésita et ajouta :

— Comme il le fera pour les crises de pet du baron de Taillebourg.

Au souvenir de l'ancien capitaine de *La Betelgeuse*,

corvette qui flanquait jadis *La Terpsichore*, les deux hommes sourirent, La Mellerie ajoutant :

— Lorsqu'il pétait en chapelet, on eût dit quelquefois un formidable combat naval à lui tout seul !

Tandis que le prêtre reprenait ses esprits, s'asseyant sur les dalles glacées, l'Américain John O'Shea s'était approché d'un rayonnage placé légèrement de guingois.

— N'y touchez pas !… hurla le prêtre qui, étrangement, retrouvait toute sa raison.

Cela eut un effet tout opposé puisque O'Shea tira le meuble, lequel, fonctionnant comme une porte, ouvrait sur une petite pièce.

Ignorant les malédictions du curé, on tendit une lanterne à O'Shea qui demeura un instant cloué sur place, tant le stupéfiait le spectacle offert à ses yeux…

Ils étaient cinq. Six, si l'on ajoutait leur prisonnière.

Volontaires de l'armée vendéenne, ils en avaient les fâcheuses habitudes. Ainsi, de se démobiliser d'eux-mêmes pour revenir dans leur ferme sitôt après une bataille et quelle que fût l'insistance de leurs chefs à les vouloir conserver sur place.

L'armée vendéenne comptait peu d'éléments à demeure, d'où lui venait sa grande faiblesse. En général, les choses se faisaient par l'arrivée d'un ordre de réquisition tel que celui-ci, intercepté par des hussards républicains :

« *Au Saint Nom de Dieu, de par le Roi, la paroisse du Mesnouvil-Baugé est invitée à envoyer le plus d'hommes possible, le 1er février, au château de Beaurain ; on aura soin d'apporter des vivres et des armes.*

Marquis de Nontevrault »

Il eût été malséant, comme bien on l'imagine, de ne pas déférer à pareille « invitation ».

Les cinq hommes étaient des paysans. Catholiques

est un mot qui les définissait faiblement car, pour la majorité d'entre eux, «fanatiques» ou «idolâtres» eût mieux convenu. Et cependant, ce très fort sentiment religieux cohabitait parfaitement, en leurs âmes déconcertantes, avec une âpreté au gain qu'on rencontrait souvent en les campagnes de France.

Apprenant le montant de la prime, cent louis, offerte par le général-comte de Blacfort pour la capture de la marquise Victoire de La Chesnaie de Flers, ils étaient partis à vingt et un, tous du même pas, en direction de la Charente, région de Ruffec.

Quittant leur village proche d'Ancenis, entre Nantes et Angers, ils avaient traversé le bocage vendéen pour gagner l'Aunis et le Poitou.

Les routes leur furent incertaines et parfois fatales, les «Bleus», de plus en plus rompus à ce genre de guerre, déjouant souventes fois leurs ruses. Onze de leurs camarades avaient été tués lors d'accrochages, un avait disparu tout de bon dans une région de marais, deux avaient été abattus au pistolet par la marquise au moment de sa capture très mouvementée et deux autres, faits prisonniers à proximité de Jarnac, furent menés à Cognac, jugés, condamnés et décapités.

Plus grave, celui qui lisait si bien la route d'après les étoiles et savait si bien s'orienter était au nombre des morts, un dragon lui ayant passé son sabre à travers le ventre.

Depuis, de jour comme de nuit, les cinq hommes et leur captive tournaient en rond entre Surgères et Saint-Jean d'Angely: la ville de Niort, farouchement républicaine, leur fermant le passage tel un verrou.

Peu causants, les Vendéens n'en observaient pas moins la jolie marquise et les sentiments qu'ils lui portaient évoluaient. Certes, elle avait dès le premier instant rallié les Bleus mais demeurait une aristocrate, ce qui les impressionnait. En outre, à leur grande surprise, la frêle Victoire – qui avait tout de même abattu deux des leurs – faisait montre d'une résistance physique qu'on ne pouvait comparer qu'à celle d'un homme. Jamais ils n'entendirent une plainte, pas même un soupir, malgré le trajet harassant, souvent à travers les forêts et dans un froid intense.

Autre preuve de son courage, qui plongeait les cinq hommes dans la plus grande perplexité : il n'était de jour où la marquise ne se lavait des pieds à la tête, parfois dans l'eau gelée des lavoirs dont il fallait rompre la glace pour elle. Pudiques, les hommes regardaient ailleurs et c'est justice à leur rendre que d'affirmer qu'ils n'eurent jamais un geste, et pas même une parole, qui insultât la vertu.

La marquise lavait son linge et, les voyant maladroits, fit bientôt pareillement avec les chemises de ses geôliers confus. Elle préparait avec beaucoup d'imagination, et peu de moyens, des repas plus succulents que tout ce qu'ils avaient mangé jusqu'ici. Un jour, elle soigna un blessé, et le guérit.

Il n'est qu'un point sur lequel elle refusait d'apporter son aide : la route à suivre. Pourtant, aucun ne doutait que pareille femme, très instruite, les aurait pu guider mais elle s'en était expliquée une fois pour toutes :

— Ce n'est pas à moi de vous indiquer le chemin qui mène à mon supplice.

Et tous d'admettre le bien-fondé de cette affirmation.

On lui avait délié les mains dans la journée mais pas la nuit car elle avait prévenu :

— À la première occasion, je m'échappe. J'espère que vous feriez pareille chose à ma place.

Et là encore, on n'y pouvait rien redire.

Le chef du petit groupe, appelé Bienvenu, ne savait trop s'il désirait encore livrer cette jeune femme qu'il admirait au très cruel et redouté général de Blacfort. Aristocrate, authentique marquise, elle possédait les qualités de son milieu mais aussi, chose rarissime, celles des femmes de la terre.

Ayant préparé à part une sauce délicieuse qui devait accompagner le lièvre capturé par Jean-Baptiste, le benjamin de la bande, Victoire s'assit près du feu, dans le cercle des hommes qui se poussèrent avec respect.

Ils commencèrent à manger en silence puis, à la surprise générale, la jeune femme regarda le chef en demandant :

— Aimez-vous l'or à ce point, Bienvenu ?... Cela vous ressemble si peu !

— Madame la marquise...

— Et vous autres ?... insista-t-elle.

Les quatre compagnons de Bienvenu baissèrent la tête.

Elle sourit.

— Ce silence ne vous honore pas. Vous êtes beaucoup plus courageux face aux soldats de la République.

Bienvenu posa sa gamelle.

— C'est que justement, madame la marquise, il n'y a pas que l'or. Vous avez gravement offensé Dieu !...

— En quoi l'ai-je offensé ?

— C'est que... ces idées des philosophes qui sont vôtres sont de grandes sataneries inspirées par le diable.

— Quelles idées, Bienvenu ?

— Toutes. Il n'est aucune exception. On entre tout entier dans les diableries dès l'instant qu'on accepte un seul de ces poisons.

— Quoi, la liberté pour tous et jusqu'aux plus humbles ?... L'égalité entre les hommes quelle que soit la naissance ?

— Ce sont là deux parmi les plus affreuses, madame la marquise.

— Qui vous l'a dit ?

— Le prêtre.

— Si bien que, s'il ne les veut libres, votre Dieu veut les hommes enchaînés ?… Un Dieu qui accepte que certains se vautrent dans le luxe quand des enfants sont trouvés morts de froid ?… Il est ainsi, votre Dieu ?

— Dieu est Dieu !… s'entêta Bienvenu.

— S'il accepte tout cela avec résignation, c'est un lâche. S'il le veut, c'est une brute. Et s'il ne peut rien faire, à quoi sert-il ?

Elle s'abîma dans ses pensées. Un Dieu !… Il n'avait certes pas attesté son existence tout au long de ces années de malchance. En 1784, Joachim bravant l'interdit royal et venant jusqu'à l'île d'Aix avec *La Terpsichore* pour la rencontrer mais au dernier instant, le pêcheur qui la devait mener prenant peur… En 1786, Joachim arrivant à Rochefort pour un autre rendez-vous et cette fois déguisé en simple sous-officier de la marine royale mais, reconnu par un délateur, obligé de fuir le sabre à la main et ne regagnant sa frégate l'attendant au large que grâce à de multiples complicités à l'amirauté… En 1787, plus aucune lettre et chacun, d'un bout à l'autre de l'Atlantique, de se croire oublié jusqu'à ce que voici un mois, M. Gréville découvre que le messager s'était vendu au roi, détruisant les courriers. Gréville parvint à informer le prince et la marquise qui ne purent rétablir la liaison en raison de l'enlèvement de la jeune femme à l'initiative de Blacfort, monstre surgi du passé…

Si bien que ni l'un ni l'autre ne savait à quoi s'en tenir sur les sentiments actuels de l'autre.

Voilà pourquoi il ne fallait parler à la marquise ni de Dieu, ni de chance.

6

Dans la nuit éclairée par les incendies des maisons de républicains, le général-comte de Blacfort respira avec plaisir ce parfum de destruction.

Les flammes projetaient des lueurs fugitives sur son inquiétant visage.

Il s'assura que sa garde personnelle l'attendait, soumise et dévouée mais très avide de ses largesses et friande des jeux cruels auxquels il la conviait lors de la répression contre les républicains.

Ils étaient neuf, comme les neuf cercles de l'enfer de Dante. Tous portaient la tenue des soldats-paysans vendéens, il n'y manquait rien, ni cocarde blanche, ni Sacré-Cœur, ni scapulaire brodé en rouge. Et pourtant, ils n'avaient aucun rapport avec la Vendée, tous venant de Paris d'où ils avaient préféré s'éloigner assez précipitamment, fuyant la Révolution dès lors que celle-ci, se radicalisant, opta pour la vertu et les idées philosophiques si éloignées du fumier sur lequel, jusqu'ici, avait prospéré leur infâme commerce.

Certains avaient été bandits dès leur naissance, ou peu s'en faut. D'autres avaient exercé bien des métiers : crocheteurs, forts des Halles, hommes de peine, portefaix, crieurs de vin, porteurs d'eau ou de chaises, ramoneurs, décrotteurs, cireurs de bottes. L'un fut même imagier pour vitraux. Puis le crime leur apparut plus lucratif que le travail. Ils dirent adieu à leurs pratiques et à leurs amis colporteurs, marchands de loterie, marchants ambulants, marchands d'onguent, arracheurs de dents et autres charlatans, petit gibier de police.

Dès lors, ils devinrent tire-laine, coupeurs de bourse ou maquereaux et montèrent une à une les marches menant à l'irréversible.

Ces sept-là avaient noms Angevin la Blouse, Chapeau-ciré, Gros-beauceron, Pétion dit « Trempe-la-croûte », Simon dit « la Douceur », Germain dit « Gros-Blond » et Lefèvre dit « Va-de-bon-cœur ».

Les deux autres, souvent habillés en hommes, étaient des femmes.

La plus âgée, Marie Trois Tours dite « la Grêlée », avait exercé de nombreux métiers. En effet, on la vit tour à tour fripière des quais, raccommodeuse de chapeaux, mercière ambulante puis regrattière, celles qui revendent au détail sur la chaussée toutes sortes de choses récupérées. La Grêlée, elle, fut « graillonneuse », écoulant les restes des traiteurs. Puis, par la prostitution, elle vint au crime.

L'autre femme, « Marie Toute Troussée », était jeune et jolie. Elle travaillait au pavillon fleuri d'un limonadier lorsque, séduite par un beau sergent-major, elle fut violée par celui-ci et neuf de ses camarades. Battue, humiliée, murée dans le silence, le militaire la vendit peu après à la bande à laquelle elle ne tenta plus d'échapper car ayant essayé, elle fut enfermée quinze jours dans une cave sans eau ni nourriture et manqua en mourir.

À part cette dernière, aucun ne regrettait la période de leur vie, souvent fort courte, où ils furent honnêtes. Point de mélancolie du passé quand leurs cris se mêlaient à tant d'autres où se reconnaissaient toutes les provinces de France : « Poires cuites au four ! »… « Au cureur de puits ! »… « L'anguille qui frétille ! »…

«Groseilles à confire!»... «À la fraîche, qui veut boire?»...

Certains, qui se tenaient toujours au même endroit, lançaient les noms de leurs pratiques: «Des bouquets pour Manon?»...

Avant que le général-comte de Blacfort ne les rassemble en une seule et redoutable bande, ils avaient servi en ordre dispersé aussi bien la République que la monarchie, pourvu qu'il y eût de l'argent à la clé. Aujourd'hui défenseurs de l'ordre royal, l'un avait mis à sac des sénéchaussées aux premiers jours de la Révolution. Un autre, Chapeau-ciré, grand protecteur des prêtres réfractaires, avait pillé l'abbaye du Bec-Hellouin puis Fontfroide, de l'ordre de Cîteaux, n'hésitant pas à faire couler le sang. Serviteur zélé des aristocrates, Simon dit «la Douceur» avait dès avant la Révolution prostitué une comtesse à la singulière histoire. Vingt ans plus tôt, un voleur fut surpris au château par la mère de la jeune femme. L'homme, très beau, se déshabilla, gagna la couche de la châtelaine et passa la nuit avec elle. Au matin, il partit en ayant la rare élégance de ne rien emporter de ce qu'il avait volé. Neuf mois plus tard naissait la future victime de «la Douceur», cette comtesse dont le véritable père était mort aux galères.

Bien des hommes eussent été émus, voire charmés, par si étonnante histoire. «La Douceur», lui, tira profit du désarroi de la comtesse, laquelle, anéantie par sa propre dégradation, surmonta sa coutumière faiblesse pour se donner la mort.

Ainsi étaient ces gens, obséquieux et serviles avec les puissants, durs et sans pitié aux faibles.

On murmurait sur leur compte dans l'armée royale, trouvant toujours davantage de dignité chez l'ennemi républicain pourtant haï qu'on collait au mur pour le fusiller que chez ces «Vendéens» de fraîche date. Beaucoup devinaient l'état de leur esprit, et leurs réelles croyances, les qualifiant ainsi : « sans foi ni loi, sans feu ni lieu, sans roi ni dieu ».

Mais nul n'osait dire leur fait à cette bande d'assassins, de scélérats, de gredins et de putains, tant on redoutait les colères de Blacfort.

Phébus Monteroux, l'âme damnée du général-comte, appréciait leur commerce mais il est vrai que cet abbé aimait les femmes et que « sa soutane ne tenait qu'à un bouton » ainsi qu'on disait chez les officiers de Vendée.

On amena enfin la baronne républicaine qui toisa Blacfort et sa bande.

— Bien fière, baronne !... constata Blacfort.

— Ne parle point de fierté, laquais des despotes, tu ignores le sens de ce mot.

— J'en connais d'autres !... répondit le comte en la giflant sans parvenir à lui faire baisser les yeux.

Puis, voyant sa bande piaffer d'impatience, il eut de la main un petit geste désinvolte qu'il fallait comprendre telle une invite.

On commença à déshabiller la baronne qui se défendit un instant avant d'être frappée avec violence par Germain dit « Gros-blond », un homme aux mains énormes.

Au bord de l'évanouissement, la malheureuse jeune femme comprit qu'elle ne pourrait rien contre cette meute d'hommes déchaînés aidés de « la Grêlée », demi-furie dans sa hâte à la dénuder pour lui voler aussitôt sa robe de soie, ses bas blancs et ses souliers à boucles d'argent.

Lorsqu'elle fut nue, Blacfort s'approcha et, d'un geste rapide, défit le petit chignon porté sur l'arrière par sa victime.

Il sourit, tenant son menton au creux de sa paume d'un air songeur :

— Joli corps. Qu'allons-nous en faire ?

La baronne lui cracha au visage. Le général vendéen s'essuya lentement.

— Ce dont je puis vous garantir, c'est que vous ne serez point insépulturée ici. Ni en aucun autre lieu. Votre corps sera brûlé.

— Que m'importe, scélérat !

Un peu gêné par tant de détermination armant semblable conviction, alors que lui-même ne croyait en rien, Blacfort lança d'un ton irrité :

— Mais sais-tu bien à qui tu parles, à la fin ?

— Au très bas comte de Blacfort.

— Ainsi suis-je « bas »... Très bien, cela permet, ce semble, ma foi bien des écarts. Et par exemple de te voir mourir grosse car tous ici vont te violer et, sur le nombre, ces gaillards t'eussent remplie de leurs œuvres... si tu avais vécu, républicaine !

— Ta bassesse n'abattra pas ma résolution, on saura cela.

— Mais cette mémorable entreprise amoureuse, à laquelle tu ne survivras pas, provoquera elle aussi bien des cancans... Cependant nous parlons quand je devrais respecter ta male heure qui a sonné, si vite, si funeste et si définitive !

Il s'écarta, laissant ses hommes se jeter sur la baronne qu'ils violèrent tour à tour, encouragés par « la Grêlée » quand Marie Toute Troussée s'éloignait discrètement.

Bien qu'il fût deux heures après minuit, quelques Vendéens vaquaient encore en la rue principale de la petite cité républicaine. Retour de patrouille, hommes prenant leur service, palefreniers...

Tous, à pareil spectacle, se hâtèrent de quitter les lieux, leur départ ostensible ayant valeur de désapprobation profonde.

Rendue demi-folle par la barbarie qu'on lui faisait subir, la baronne cessa bientôt de hurler pour sombrer en une prostration qui eut pour effet d'éteindre son regard : on n'y distinguait plus que le vide, le néant, comme si la mort s'y nichait déjà.

Le dernier violeur relevé, on redressa la baronne à coups de pied et Blacfort s'approcha, badin :

— Nous allons en finir et vous me manquez déjà si cruellement, mon cher cœur !

Mais, connaisseur, il comprit en quel état se trouvait sa victime, pensant rageusement : « Elle m'échappe ! »

Il fit signe à Angevin la Blouse qui tenait un couteau à la main.

On arracha à la baronne des hurlements d'animal blessé lorsque son bourreau lui coupa les seins puis, vivement, on l'attacha à « l'Arbre de la Liberté » après avoir coiffé la malheureuse d'un bonnet phrygien rouge et planté une bougie allumée dans son vagin.

Enfin, ayant déposé les papiers du district au pied de l'arbre enduit de résine, Angevin la Blouse y mit le feu.

Aussitôt, Blacfort huma avec délices l'odeur de chair grillée, et il prenait grand plaisir des hurlements de la baronne lorsque la jeune femme, atteinte d'une balle en plein front, cessa brusquement ses cris.

Une seconde balle toucha Angevin la Blouse exactement au même endroit et le tortionnaire, foudroyé, s'écroula dans les flammes.

Le tireur d'élite, un jeune officier royaliste, quitta discrètement le toit sur lequel il était allongé et regagna son cantonnement. Il savait que ses camarades, attachés eux aussi à un sens de l'honneur très affûté, ne le dénonceraient pas.

Fugitivement, il prit un certain plaisir à entendre Blacfort hurler sa rage et son dépit.

7

— Eh bien, l'abbé, voilà l'antre du diable ou je ne m'y connais point!... lança Valencey d'Adana d'un ton joyeux.

Mahé surenchérit:

— Dissimulée chez un prêtre réfractaire, la cachette était fameuse!

— Les enfants dont vous avez la charge ne suffisent donc point à vos jeux malpropres, l'abbé?... demanda avec une fausse candeur Saint-Frégant qui détestait les prêtres, tous les prêtres, qu'ils fussent jureurs ou réfractaires, mais ceux-ci davantage que les premiers.

Le marquis de La Mellerie s'approcha du prêtre et lui souffla:

— Vous êtes haïssable!... C'est tous les catholiques que vous souillez par vos débordements.

Et s'il parlait ainsi, c'est en raison que la Révolution, en laquelle il croyait pourtant avec ferveur, n'avait pas chez lui annihilé l'idée de Dieu.

Le commodore John O'Shea, tiraillé entre ses profondes convictions démocratiques et une foi qui lui venait de ses ancêtres irlandais, se contenta de murmurer:

— C'est indigne.

Jacques Dumesnil, qui montait la garde à l'extérieur, ne put livrer ses sentiments et mieux valait pour le curé qu'il en fût ainsi car de cœur avec les sans-culottes, c'est du côté des ultrarévolutionnaires tel Hébert que l'inclinaient ses idées.

On pénétra dans la petite pièce et Saint-Frégant, toujours fielleux, lança :

— L'abbé, vous examinant après votre prétendue crise, je vous ai trouvé des flegmes et le foie engorgé par vos excès de table mais c'est beaucoup plus grave !... Non que vous soyez convulsionnaire ou malingreux, mais c'est votre esprit qui n'est point en état satisfaisant. Il ne vous manque que les cornes du diable.

Dans l'antre de l'abbé, on voyait bien des choses étranges telles des figurines transpercées d'aiguilles, des crânes qu'on avait déterrés et brûlés, des poudres de toutes couleurs et variétés, des racines encore terreuses qui devaient servir à la préparation de quelque mixture.

Valencey d'Adana désigna une main desséchée, paume en l'air :

— Et qu'est ceci qui semble curieusement demander l'aumône ?

Saint-Frégant s'esclaffa :

— L'aumône !... C'est assurément la main d'un pendu, cela fait partie des outils habituels de l'apprenti sorcier.

Touché, l'abbé rétorqua :

— Je dédaigne de vous répondre, vous n'entendez rien à cela.

Le marquis de La Mellerie, qui se détendait, répliqua :

— En son état, on n'entend point moquerie sur cet article-là !

Mahé ajouta durement :

— Vous pourriez nous protester, même avec fausseté, afin que nous puissions prononcer sur votre sort après vous avoir entendu.

— Faute de quoi, poursuivit le commandant de *La Terpsichore*, vous nous mettez dans le cas de faire connaître la vérité à qui de droit : vos maîtres vendéens.

L'abbé semblait fléchir, La Mellerie porta l'estocade :

— Malgré tous nos défauts nous autres, aristocrates, avons souvent les idées larges mais en est-il pareillement de vos paysans qui haïssent le diable ?

L'abbé frémit.

Valencey d'Adana le sentit prêt à céder :

— Allons, La Mellerie, n'insistons pas. Vous essayez de le persuader de sauver sa misérable peau quand il veut visiblement, pour se racheter au regard de Dieu, mourir brûlé vif sur le bûcher que ne manqueront pas d'ériger à son intention les bandits de la Vendée.

— C'est bon, je parlerai !... dit l'abbé d'une voix mourante.

Saint-Frégant, qui avait ouvert une fort jolie petite boîte en or, en inspecta le contenu, portant celui-ci à ses narines puis à sa langue :

— Il s'agit de cendres ?

— Oui.

— À qui... ou de qui ?

— Vous saurez, par le narré de cette histoire, que je fus entraîné malgré moi dans cette tragédie et...

— Au fait !... coupa Valencey d'Adana.

L'abbé reprit, soudain volubile :

— Un vieil aristocrate me donna cela en mourant et comme je l'interrogeais sur les cendres contenues dans cette boîte, il me dit la tenir de son père... Voilà plus d'un siècle, le 17 juillet de 1676, la très belle marquise de Brinvilliers fut extraite de la prison de la Conciergerie et menée sur un tombereau en place de Grève. Là, elle eut sa ravissante tête tranchée laquelle fut jetée sur un bûcher ainsi que son corps magnifique.

Voyant La Mellerie et surtout O'Shea perplexes, Valencey d'Adana expliqua :

— La marquise de Brinvilliers fut au cœur de « l'Affaire des poisons » qui ébranla le trône de Louis XIV Capet.

Il fit signe à l'abbé qui reprit :

— Après que la marquise de Brinvilliers eut été brûlée, quelques laquais se précipitèrent et volèrent des ossements qu'on réduisit en poudre. C'est bien cela que contient la petite boîte en or. De grands seigneurs s'en procurèrent et même des étrangers tel le staroste d'Adelnau, devenu palatin de Posnanie.

— Ne nous abreuve pas de détails pour mieux nous égarer !… lança Mahé qui n'aimait guère qu'on le trompât.

Saint-Frégant, comme l'abbé baissait la tête, la lui redressa d'un geste brutal :

— Tu as joué au fou, tu ne l'es point. Tu es un menteur et un médiocre comédien. Magiciens, voyantes, astrologues, faiseuses d'anges, alchimistes, faux-monnayeurs : c'est passer de la fausse science au véritable crime car vous finissez tous empoisonneurs, toi comme les autres.

— C'est faux !… hurla le prêtre.

Saint-Frégant le calma d'une gifle.

— Pour qui me prends-tu ?… Je suis chirurgien de marine et fus membre de la ci-devant Société royale de médecine !

Il saisit des flacons, les porta avec prudence à son nez, les reposant avec brutalité en les énumérant :

— Antimoine, arsenic, huile de vitriol, sulfure, belladone, ciguë, poudre de cantharide, soi-disant racines de mandragores… Tu en saupoudres les aliments, le vin, les mouchoirs, les vêtements… Allons, je les connais tous, ces vilains tours-là !

Valencey d'Adana saisit l'ecclésiastique par le col de sa soutane :

— Tu nous as joué une comédie, celle du curé fou qui nous traite de « patauds » puis que saisit une crise de convulsions et de hurlements afin de créditer cette farce !... Sache que tu m'inspires une grande pitié car nous avons fait semblant de te croire depuis le début. Tu as été joué. Des armes et des vivres étaient dissimulés dans ton église, à ton insu : j'ai vu ton visage furieux, tout à l'heure. Mais ce n'est point tout : nous ne sommes pas ici par hasard. En Vendée aussi il existe des républicains... qui savent envoyer des rapports au bureau de police général. Tu dois en savoir long sur une affaire qui nous intéresse...

Il se tourna vers Mahé :

— Sinon, pourquoi Gréville nous aurait-il envoyés ici ?

O'Shea saisit le prêtre par les cheveux et approcha son pistolet du front de l'homme terrorisé.

— Rebelle : tu parles ou tu meurs !

— Je parle !... souffla le prêtre.

— Eh bien parle donc !... insista O'Shea en lui donnant un coup de crosse sur l'épaule.

Le prêtre grimaça puis, d'une voix éteinte, commença son récit :

— Quelle affreuse histoire... Cette cérémonie remonte au plus obscur Moyen Âge, j'eus du courage de demeurer.

— Cesse de te vanter !... ironisa Saint-Frégant.

Le prêtre reprit :

— J'y fus une fois, une seule, devant apporter un peu des cendres de la marquise de Brinvilliers car certains, à ma grande surprise, connaissaient mon secret. C'était dans un château... La pièce était étrange, éclairée par des chandelles noires. Une comtesse d'une beauté à couper le souffle, entièrement nue, était allongée sur un matelas installé sur des chaises et un prêtre que je connais, faussement jureur pour tromper la République, disait la messe sur le ventre de cette très belle femme. N'étant point entravé ni surveillé, et libre de mes mouvements, je passai dans la pièce à côté pour fuir ma propre excitation. Là, je vis qu'on égorgeait un bébé, pris à un couple de républicains exécutés. On trempa alors une hostie dans le sang du bébé et on la déposa dans la bouche de la comtesse. Un aristocrate, flanqué d'un troisième curé, se donna du plaisir au-dessus d'une coupe de vermeil qui recueillit son sperme. Celui-ci fut alors mêlé aux menstrues de la comtesse et à ce mélange on ajouta du sang de chauve-souris mais aussi de la fleur de farine, afin de donner plus de consistance à l'ensemble. Enfin, on étala… cela… sur de petites pâtisseries aux œufs brouillés que la comtesse et son amant avalèrent sans rien laisser en buvant du vin de Sauternes. Ainsi étaient-ils assurés tous deux de vivre toujours et en la plus grande passion.

Un profond silence s'installa, les officiers de marine se trouvant comme assommés par ce récit. Puis, d'une voix froide, Valencey d'Adana demanda :

— Des noms.

— C'est que…

D'un mouvement spontané, qui leur fut commun, O'Shea et Saint-Frégant, déjà fort choqués par cette affaire, se jetèrent sur le prêtre sans retenir leurs coups.

Bien qu'il détestât ce genre de choses, fussent-elles appliquées au complice de tueurs d'enfants, Valencey d'Adana laissa faire un certain temps puis, du ton du commandement sur sa frégate :

— Il suffit.

Le visage en sang, le nez cassé et un œil virant au noir, le prêtre murmura d'une voix sifflante entre ses dents brisées :

— Grâce, messeigneurs…

— Parle !... aboya Valencey d'Adana qui ajouta : donne-nous des noms !

— Le... La comtesse s'appelle Marie-Charlotte de Juignet-Tallouart. Le prêtre qui officiait était Jean-Baptiste Daguesseau mais il fut pris par les Bleus lorsque l'armée royale passa la Loire et guillotiné peu après comme réfractaire.

— L'amant !... ordonna Mahé.

— Je l'ignore. Sur le nom de Dieu, je l'ignore. Je sais qu'il est comte car ainsi le nommait le prêtre qui le flanquait.

Valencey d'Adana et Mahé échangèrent un regard mais O'Shea fut le plus rapide :

— Eh bien décris-les tous deux.

— Le prêtre est corpulent, le visage congestionné et gonflé. Le comte est petit et sec, bel homme mais borgne.

— Mon Dieu, Blacfort !... murmura Mahé pour lui-même.

— Où est ce château ?... insista Valencey d'Adana.

— Je l'ignore, monseigneur, en tout cas, je n'ai point de certitude !... J'ai voyagé contraint de mettre ma tête entre mes genoux mais je me souviens que les chevaux peinaient sur un mauvais chemin sans doute détrempé et glissant. Aperçu un court instant, je crois avoir reconnu l'aspect de ce paysage, c'est celui des Mauges où les républicains hésitent encore à se risquer. J'ai cru comprendre que, si le château est toujours intact, c'est qu'il appartient à un ancien fermier général faussement rallié à la République et devenu fournisseur des armées. Sinon, presque tous furent brûlés dans les Mauges.

Pour le commodore O'Shea, Valencey d'Adana expliqua :

— Les Mauges, c'est Cholet, Mortagne, Vihiers, Thouars, Bressuire, Cerizay... La région est très vaste et toujours sous le contrôle des brigands de la Vendée.

Le baron de Saint-Frégant, qui avait allumé le brûle-gueule lui servant de pipe, suggéra :

— Les prie-Dieu doivent avoir fourni d'excellentes braises, peut-être pourrions-nous souper car quant à moi, j'ai faim.

Sans en écouter davantage, Valencey d'Adana, suivi comme son ombre par Mahé, traversa l'église à grands pas et sortit en haut des marches. Il observa la nuit glacée, noire et venteuse :

— Elle est là, quelque part… Pauvre amour !… A-t-elle froid, faim ?… Est-elle malade ?… La respectent-ils ?

Mahé se montra d'autant plus rassurant qu'il exprimait sa conviction :

— Ne sois pas trop inquiet : elle s'est élevée avec nous, comme un garçon, et sait tenir l'épée. Elle a du caractère et de la détermination.

— Tes paroles me sont douces, Mahé !… répondit le commandant de *La Terpsichore* qui entra malgré lui la tête dans les épaules en entendant le cri strident et lugubre d'une chouette.

Mahé fut plus persuasif encore :

— Notre mission est vague : reconnaître ce terrain, étudier comment se battent les brigands de la Vendée et, plus tard, revenir avec tout un régiment de marine. Rien dans ces ordres ne nous empêche de rechercher Victoire.

— Mais je ne pense pas à autre chose. Je crois même que Gréville doit le savoir…

— Oh, lui, il sait tout avant tout le monde et tu es certainement son seul ami. Allons, ce sera aventureux et très risqué mais nous la retrouverons : nous en avons connu bien d'autres.

— Bien d'autres qui nous ont fait vieillir, monsieur mon frère !… répondit le ci-devant prince d'une voix étrange.

D'un ton geignard, le prêtre demanda au baron :

— Monsieur, vous êtes chirurgien, me soignerez-vous avant que nous soupions ?

Saint-Frégant lui adressa un regard diabolique :

— Hélas, l'abbé, tu ne dînes point. Eh oui, il te faut jeûner. Mais nous sommes des gentilshommes délicats et en voici la preuve : afin de ne pas troubler par d'odieux bruits de mastication l'explication très agitée que tu vas avoir avec Dieu, nous allons t'enfermer dans ton boudoir aux horreurs. Dieu et toi serez en intimité.

— Mais… Vous me devez soigner !

D'un geste précis et sûr, Saint-Frégant toucha les os du crâne, les arcades sourcilières et le nez puis, sans dissimuler une joie mauvaise :

— Tu peux te passer de médecin pour psalmodier quelques dizaines de milliers de « Je vous salue Marie » et autant de « Notre Père ».

Et, poussant rudement le prêtre, le chirurgien referma sur lui la porte du cabinet secret. Au moins n'y faisait-il pas trop froid, quand dans les maisons le vin gelait dans les caves et que l'air glacé bloquait le mécanisme des pendules…

8

Assis sur des prie-Dieu installés en cercle autour des braises, Valencey d'Adana et ses quatre compagnons mangeaient avec leurs doigts – mais non sans distinction – en évoquant le curé voué à Satan. Après avoir donné de violents coups de pied dans la porte, celui-ci s'était lassé.

— Qu'allons-nous faire de lui ?... demanda Bernardin des Essarts, marquis de La Mellerie.

— Je puis vous l'étrangler !... proposa le baron de Saint-Frégant lequel, prenant certain plaisir à outrer sa haine de la religion et fortifier son personnage, ajouta : diable, étrangler un prêtre, c'est un petit bonheur que la vie ne vous offre pas tous les jours.

On sourit.

Mahé de Campagne-Ampillac, relevant Jules Dumesnil, montait la garde à l'extérieur. C'était là une des grandes supériorités des armées de la République car pour des raisons inconnues qui provoquaient le désespoir de leurs officiers, anciens militaires de carrière, les Vendéens refusaient très souvent de monter la garde. Ils avaient beau réagir très rapidement en cas d'attaque des Bleus, la chose constituait un sérieux handicap.

Revenant au sujet initial, le commodore John O'Shea remarqua :

— Tout de même, il a vu nos visages et nos uniformes.

Saint-Frégant, très en verve, répondit :

— Nous pourrions lui réserver le sort de Regnault, ce quartier-maître de *La Betelgeuse*...

— Le découper ?... demanda La Mellerie.

Et comme O'Shea semblait ne rien comprendre, le chirurgien expliqua avec complaisance :

— Notre malheureux ami avait pour maîtresse, à Rochefort, une femme redoutable car un peu folle. Rentrant souvent ivre, il avait profondément déçu sa belle en les choses de l'amour laquelle, pour se venger, lui coupa la tête, lui arracha les yeux, lui coupa les oreilles, le nez et les parties nobles avant de brûler toute cette... charcuterie au feu.

O'Shea, observant le commandant de *La Terpsichore* pour s'assurer qu'on ne le moquait point, celui-ci hocha la tête tandis que Jules Dumesnil constatait :

— Un homme qui avait survécu à cinquante batailles et dix corps à corps contre l'Anglais !... Tudieu !... La queue et les couilles coupées puis débitées en rouelles : seule une femme peut oser cela car le Vendéen, pourtant cruel, n'a pas de ces imaginations-là

— C'est que, tenta Valencey d'Adana, on n'attend généralement pas la même chose d'une femme et d'un Vendéen, me semble-t-il. Et réciproquement. Je veux dire... Pas d'amour sans l'expression empressée de celui-ci, n'est-ce pas...

Voyant son chef embarrassé dans ses explications, dont il comprenait et approuvait le sens, La Mellerie en revint au sujet initial :

— Il n'empêche, l'horreur de cette histoire de messes noires !... Dieu sait que les combats sur mer sont cruels mais tout de même, voilà qui n'est point en comparaison. Sacrifier un petit bébé à l'égoïsme porté par de folles superstitions, c'est une pure sauvagerie.

Saint-Frégant observa :

— Je crois que Blacfort est un cynique mais cette comtesse est peut-être convaincue de l'efficacité de ces messes, et dès que ces gens croient en pareilles folies, rien ne les arrête plus. À l'hôpital maritime de Brest, avant d'embarquer, je m'étais intéressé à ces choses. On les trouve en tous les pays car dans l'Europe des despotes, entre deux guerres, nous autres médecins nous communiquions nos travaux qu'on soit à Paris, Londres ou Dresde.

— Vous faites un bien passionnant métier, monsieur !... remarqua O'Shea sans dissimuler son admiration.

Saint-Frégant, flatté de cette reconnaissance, fit cependant montre de modestie :

— Les choses sont parfois moins spectaculaires. Je me souviens d'une affaire... attendez... un empoisonnement entre beaux-frères. La recette était la suivante, d'après l'assassin qui fut pendu : prendre des excréments humains, les glisser dans l'os creux d'un mort, y ajouter une drogue italienne, boucher l'os à la cire, l'attacher à une ficelle et le laisser une semaine séjourner dans l'eau croupie afin que celle-ci y glisse en complément une humeur vénéneuse.

— Dans le cas considéré ici, l'eau croupie n'était-elle point superflue ?... demanda Valencey d'Adana avec un soupçon d'ironie.

— Tout à fait, commandant. Mais l'imbécile prétendait en outre qu'il existait un contrepoison : une tisane de bourraches, figues grasses, jujubes et tamarin. Absolument inefficace !

— Vous ne croyez pas à ces histoires, baron ?... demanda O'Shea étonné de découvrir un monde rappelant le Moyen Âge.

Le chirurgien protesta :

— Attention, je crois aux vertus curatives des plantes et des métaux mais...

On entendit un sifflement venu de l'extérieur. En un instant, comme il était prévu en semblable cas, on jeta un seau d'eau sur les braises, souffla les bougies, saisit les fusils et sortit par une porte latérale.

Mahé lança :

— Des cavaliers !

On s'abrita derrière des arbres, levant les fusils.

Peu après, une douzaine de cavaliers en file et allant à francs étriers se présenta. Ils semblaient très grands dans cette nuit glacée et venteuse où les arbres frissonnaient.

Valencey d'Adana fit feu le premier, les autres l'imitèrent aussitôt. On eut même le temps de vider des pistolets mais deux cavaliers sur onze étaient passés en tirant au jugé.

Aussitôt, on traîna les corps hors du chemin. Sans états d'âme, Jules Dumesnil achevait les blessés d'une balle dans la tête. Les officiers avaient beau réprouver pareil comportement, les consignes de Gréville étaient claires : dans la Vendée de 1794, aucun des deux camps ne faisait plus de prisonniers sauf à désirer, pour les uns, pourvoir la guillotine et pour les autres, décorer les arbres de bleu.

Tandis qu'O'Shea s'éloignait de quelques pas pour marquer sa désapprobation, on parvint à rattraper six chevaux qu'on attacha prudemment derrière l'église puis on alla inspecter les cadavres alignés derrière une haie.

La taille prise dans une écharpe de soie blanche, il y avait là deux officiers, l'un très grand, l'autre très jeune avec un visage d'ange.

— En voilà d'autres !... murmura Valencey d'Adana et chacun reprit son poste mais le capitaine de vaisseau, connu pour sa vue extraordinaire, ordonna :

— Ne tirez pas, ils sont des nôtres !

Escortées par tout un peloton de hussards, quatre voitures qui ne craignaient pas d'éclairer par des lanternes passèrent au grand galop.

Les officiers restèrent un moment silencieux, soudain insensibles au froid puis, traduisant le sentiment général, Valencey d'Adana lança :

— Ce peloton de cavalerie... Ah ça, messieurs, c'est la première fois, sur terre, que je vois un drapeau tricolore.

— Et voilà qui réchauffe le cœur !... répondit Dumesnil avec enthousiasme.

O'Shea, disparu un moment, revint en titubant et s'effondra. La Mellerie se précipita :

— Mon Dieu, il est blessé !

Aussitôt, on transporta l'Américain à l'intérieur de l'église tandis que Valencey d'Adana, désignant les cadavres à Dumesnil d'un signe de tête, ordonnait :

— Fouillez-les et ramenez tout ce que vous trouverez.

L'excellent Saint-Frégant ne fut point long à ranimer le commodore O'Shea. Rompant avec la tradition de silence de ses confrères, le chirurgien de *La Terpsichore* expliquait aux blessés ce qu'il faisait et la nature de leur mal. De fait, la chose avait pour effet de mettre en confiance les malheureux.

Saint-Frégant, tout en sortant ses instruments et ses fioles, dit d'une voix douce :

— Vous avez deux blessures, à mon avis sans gravité mais l'une est douloureuse. Vous avez dans l'estomac une balle amortie, qui a dû toucher un arbre et y perdre sa force avant de ricocher sur vous. Elle s'est enfoncée sans déchirer votre chemise, je vais donc tirer sur celle-ci, ce qui aura pour effet d'extraire la balle. C'est assez original mais moins rare qu'il y paraît. Vous souffrirez cependant pendant une petite semaine.

— Je suis dur à la douleur, monsieur, et vous avez toute ma confiance.

— J'en suis fort honoré, répondit Saint-Frégant qui poursuivit : la blessure que vous avez au poignet gauche m'inquiète davantage. L'os n'est point touché mais on peut toujours craindre une infection en raison de minuscules fragments de laine dans les chairs lésées. Je vais vous traiter en alternance au styrax, un baume tiré de l'aliboufier, et à ce qu'on nomme curieusement «le digestif», un onguent à base de jaune d'œuf, d'huile rosat et de térébenthine. Mais avant, je m'en vais nettoyer votre plaie avec une eau en laquelle on a fait éteindre de la chaux, cela prévient l'infection.

— Tant de soins, monsieur, sont preuves de votre grande bonté.

Saint-Frégant répondit froidement :

— Monsieur, je soignerais pareillement un Vendéen si on m'en donnait l'ordre.

Cependant, n'y pouvant tenir, il adressa un clin d'œil à O'Shea :

— Mais avec un ancien officier insurgent, doublé d'un ami, comptez que j'y mettrai tant de délicatesse que vous souffrirez fort peu.

Le marquis de La Mellerie, qui s'était approché, sourit à l'Américain :

— Vous avez au fond de la chance : vous êtes entre les mains d'une future gloire de la médecine de la République française.

— De la chance, certainement !... répondit le commodore, grand admirateur de la France.

La France, il la trouvait tout entière en cette poignée d'hommes spécialistes de la marine, l'artillerie, l'architecture navale, la médecine, la géographie, les mathématiques, l'histoire, l'hydrographie et tant d'autres choses. Il voyait là plus de savoirs que dans toute une armée. Il se persuada une nouvelle fois qu'il devait apprendre, encore et toujours, de ce très vieux pays et de cette jeune République.

Retiré près du maître-autel, Valencey d'Adana lisait avec tristesse le courrier de feu les deux officiers royalistes, l'un ancien du Bourgogne-cavalerie et l'autre du régiment de Penthièvre-infanterie. Pauvres lettres perdues, écrites par des femmes amoureuses qui attendraient peut-être toute leur vie sans savoir que l'homme aimé pourrissait derrière une haie et que son squelette serait un jour jeté au fossé, comme des dizaines de milliers d'autres.

Il apprit par ces courriers que le généralissime vendéen Henri du Vergier, comte de La Rochejaquelein, ancien officier du royal-Pologne et défenseur du roi aux Tuileries, venait d'être tué à vingt et un ans, le 28 janvier, dans un bref engagement en un lieu reculé du bocage.

« Tous ces chefs pour une armée qui s'évapore… » songea-t-il.

Stofflet, une brute épaisse, était nommé généralissime tandis que M. de Charette se tenait à l'écart. Charette, lui aussi rescapé des Tuileries lors du 10 août 1792. Il en avait réchappé sans gloire en brandissant tel un trophée la jambe d'un garde suisse dont le peuple massacra tout un régiment ce jour-là.

Jean-Nicolas Stofflet, ancien instructeur de gendarmeric, ex-chef des gardes-chasses de M. de Colbert et maître actuel de la Vendée royaliste. Envieux des aristocrates, mais sans jamais l'avouer. Un géant, une force de la nature. Brutal, jaloux, fermé, dissimulé… et grand ami de l'incandescent général-comte de Blacfort !

9

FIN FÉVRIER 1794…

Le mois de février s'écoula en d'affreuses conditions de climat qui semblaient s'harmoniser à l'horreur de la débâcle vendéenne, celle-ci provoquant dans les deux camps des sursauts de cruauté rarement atteints jusqu'alors.

Janvicr avait été très froid, février fut glacial. On disait qu'à Paris, une partie du quai des Orfèvres s'était brusquement effondrée. Des blanchisseuses travaillant sur un bateau à fond plat amarré à quai virent avec épouvante un énorme bloc de glace couper le câble qui les reliait à la terre. Poursuivant sa course folle, le câble ravagea le pont, décapitant ou coupant en deux les malheureuses tandis que le bateau ingouvernable s'écrasait contre la pile d'un pont.

Deux jours plus tard, la Seine était prise dans les glaces du Pont-Neuf au Pont-Royal. Les Français voyaient arriver avec crainte le mois de mars qui est celui des vents, calamité s'ajoutant aux autres.

En Vendée, on n'échappait pas à ce temps affreux tandis que, tournant en rond, trois groupes semblaient appelés à se rencontrer un jour : Valencey d'Adana et ses cinq hommes, le général-comte de Blacfort et son arrière-garde royaliste, le Vendéen Bienvenu et sa prisonnière Victoire de La Chesnaie de Flers.

Entre landes, forêts, marais et chemins creux où l'on n'y voyait point à trois mètres en raison de la pluie et du brouillard, se trouver relevait du miracle.

Et pourtant…

Blacfort s'étourdissait de fêtes en des châteaux parfois à demi en ruine ou partiellement brûlés.

Entouré constamment de ses gardes du corps venus des bas-fonds de Paris, il menait un peloton de soixante cavaliers et l'équivalent d'un régiment de soldats-paysans solidement encadrés par d'anciens militaires.

On le savait débauché, souvent rejoint lors de ses fêtes par un détachement d'amazones, jeunes et jolies aristocrates lesquelles, se croyant promises à la guillotine, n'hésitaient pas à participer à des orgies qu'en d'autres temps elles eussent jugées abjectes.

Mais, flatté avec habileté par un Blacfort qui avait pris la mesure du commandant suprême des forces militaires vendéennes, le généralissime Stofflet lui pardonnait tous ses écarts.

Stofflet n'était point le seul à faire montre de semblable indulgence. En effet, les officiers et soldats-paysans, pourtant fervents catholiques, ne voulaient rien savoir des débordements du général-comte de Blacfort.

C'est qu'en Vendée, on avait de la mémoire.

Bien que Blacfort fût un homme révoltant, en cela qu'il piétinait les valeurs humaines les mieux partagées, la complexité du personnage déconcertait. Ainsi, il semblait impossible qu'il ne soit pas tenu pour courageux, voire héroïque, passant pour le bras armé de Dieu dans toute la Vendée. Au point qu'un siècle plus tard, dans le bocage, son principal exploit n'était pas oublié.

Il avait eu un geste, un seul, mais quel geste, et il n'était pas un cœur vendéen qui, l'apprenant, n'eût été gonflé d'orgueil, de joie et d'émotion.

Se trouvant à Paris en janvier 1793, et apprenant qu'on avait à une faible majorité voté la mort du roi « sans appel au peuple ni sursis », Blacfort avait d'abord songé à le délivrer.

La chose se révélant tout à fait impossible, le comte maîtrisa sa rage et songea à une action d'éclat.

Le 21 janvier, jour de l'exécution de « Louis Capet » place de la Révolution, Blacfort avait mis au point un plan audacieux. Déjà, sa bande d'assassins qui ne le devait plus quitter était à ses ordres, mais il avait en outre rallié quelques gentilshommes à force de rencontres secrètes, notamment dans les bains publics des bords de Seine qui assuraient la plus grande discrétion aux entretiens.

Du côté républicain, les responsables du maintien de l'ordre se montraient très nerveux.

Habilement, Blacfort monta une diversion d'importance en faisant incendier par ses hommes des bateaux de foin sur la Seine. Les flammes très vives communiquèrent le feu à d'autres bateaux tandis que la combustion du foin entraînait une fumée qui se voyait de tous les points de Paris.

Un homme faillit faire capoter le plan, le policier Pierre-François Gréville. En effet, il expliqua calmement aux généraux de la garde nationale, de l'armée et aux représentants emplumés de la Convention :

— Quelques bateaux de foin brûlent ?... Et alors ?... En quoi cela concerne-t-il l'exécution de Capet, ci-devant roi des Français ?... Et pourquoi brûlent-ils précisément en cet instant même où sur une charrette Capet est en route pour l'échafaud ?

Silence profond, nul ne se risquant à argumenter là contre. De sa voix calme, Gréville reprit :

— On veut détourner notre attention. Il s'agit à l'évidence d'une diversion. C'est un piège grossier : évitez-le, citoyens !... Nos dispositions de sécurité ont été longuement réfléchies et discutées : improviser en raison d'événements très subalternes, c'est se placer sur le terrain choisi par nos ennemis.

La justesse des arguments, le calme de la voix, le grand sang-froid du général de police, tout inclinait à lui donner raison. Cependant, un excité émit un autre argument contre lequel un second exalté avança un contre-argument, et d'autres encore. La conversation devint brouillonne, tous parlèrent en même temps, chacun prit des mesures et on démantela en partie le service de sécurité.

Blacfort exultait depuis son perchoir de Notre-Dame, voyant la garde nationale et l'armée courir en tous sens.

Il se trouvait, avec une dizaine d'hommes, en la tour droite de la cathédrale, contemplant la cloche « Emmanuelle-Louise-Thérèse » dont Louis XIV et Marie-Thérèse avaient été parrain et marraine un siècle plus tôt. En réalité, la cloche datait de 1682 mais, jugée peu satisfaisante, on l'avait refondue en 1685. Dans le métal en fusion qui bouillonnait, princesses, bourgeoises et femmes du peuple avaient jeté leurs bijoux d'or et d'argent et les Parisiens d'affirmer que la pureté exceptionnelle de son timbre venait de là. Donnant le *fa dièse*, appelée « le bourdon », la cloche atteignait deux mètres soixante de hauteur pour un diamètre égal. Son poids, treize mille kilos, demandait de gros efforts pour la mettre en mouvement.

Mais, ayant beaucoup appris du respect de la méthode et de l'esprit analytique au contact de Valencey d'Adana, Blacfort, la longue vue collée à son œil unique, sut parfaitement coordonner les mouvements de ses hommes si bien qu'on entendit – fort brièvement – le bourdon et le tocsin lorsque le ci-devant roi de France posa le pied sur la première marche de l'échafaud.

Habillés en sans-culottes, pantalons rayés bleu et blanc, vestes à la carmagnole, foulards au cou, sabots, bonnets phrygiens et piques à la main, Blacfort et ses hommes n'eurent aucune peine à se faire passer pour des patriotes lancés à la poursuite des royalistes.

Se fondant peu après dans le peuple, ils se divisèrent en trois groupes pour gagner leurs caches dans la ci-devant rue Louis-le-Grand devenue rue des Piques, la ci-devant rue Condé appelée rue de l'Égalité et la ci-devant rue de la Comtesse d'Artois dont la morgue bien connue entraîna un nouveau nom : rue Montorgueil.

Le lendemain, la bande se retrouva barrière du Trône appelée par les Parisiens « barrière du Trône renversé » puis, par petites étapes, ils gagnèrent la Vendée.

Bien qu'elles eussent été jouées apertement, les autorités républicaines minimisèrent l'événement. Les journaux et gazettes, pour la plupart, le passèrent sous silence et comme il fallait un responsable, un général de la garde nationale, grimacier et ragotin, fut accusé de « complicité avec la prêtraille fanatique » et décapité.

Les paroles du policier de la Secrète Pierre-François Gréville ne furent point oubliées. On le savait excellent en son office, on l'estima dès cet instant « indispensable au salut national », le déclarant comme « Ayant bien mérité de la patrie ».

On lui donna dès lors les pouvoirs absolument exorbitants qu'impliquait semblable reconnaissance.

En Vendée, Blacfort fut accueilli en héros. Il n'était

pas un général qui ne souhaitât le serrer contre sa poitrine et bien des femmes s'offrirent à celui qui « avait permis au Roi de quitter son peuple au son des cloches de Notre-Dame ».

D'où venait que quoi qu'il fît, Blacfort était intouchable.

Dans un coin d'un vaste salon, sa maîtresse attitrée, la très belle comtesse Marie-Charlotte de Juignet-Tallouart, se trouvait très penchée en avant, tenant à deux mains un petit secrétaire en bois de violette.

Derrière elle, Blacfort avait relevé la jolie robe de soie de la comtesse, faisant apparaître des fesses laiteuses et rebondies ainsi que des jambes magnifiques gainées de bas blancs. Il la besognait en poussant des grognements tandis qu'elle l'encourageait :

— Sois brutal, prends-moi comme une fille !

Blacfort aimait que l'amour fût vil, vulgaire et violent. Il ne l'envisageait pas même autrement.

Il observait les longs cheveux blonds, le petit chapeau à plumes, les épaules dénudées et fort douces, la peau très blanche, le cou gracieux paré d'une rivière de diamants.

Il en acheva dans un râle tandis que la comtesse poussait un cri perçant. Il eût aimé prolonger cet instant de vide absolu, de béance, où il ressentait comme un éparpillement de son être dans l'infini du cosmos mais les applaudissements des trois autres couples présents l'en empêchèrent.

Il se retira un peu vivement et claqua les fesses de la comtesse qui se retourna, les cheveux blonds en bataille, les grands yeux bleus faussement rageurs et tout encore marqués par le plaisir.

La robe retomba, épousant bien les formes du corps. La Révolution, et peu de femmes s'en plaignaient, avait marqué la fin des robes à cerceaux.

Elle lui sourit. Son teint pâle accentué d'une poudre très blanche, une touche de rouge, une mouche sur la pommette gauche, elle lui sembla presque trop belle.

Elle portait ses présents. La broche de diamants enchâssés dans une monture d'or et la bague, de diamants elle aussi, brillaient du feu allumé dans la cheminée. Rivière, broche et bague, tous ces diamants étaient assortis avec ceux des boucles d'oreilles. Les beaux cheveux blonds, coiffés avec un certain naturel, étaient piqués d'une épingle en diamant, comme il se doit. La coiffure des femmes avait également changé, celles-ci renonçant aux grosses mottes qu'elles élevaient au-dessus de leurs têtes, mélange de postiches et de cheveux naturels qu'on laissait des semaines sans oser les laver.

Comme Blacfort et la comtesse venaient s'asseoir près de leurs amis, le général-comte surprit les regards avides que les hommes portaient sur sa compagne, veuve de fraîche date : la voiture où se trouvait le malheureux comte de Juignet-Tallouart avait en effet malencontreusement versé dans un étang où il se noya... la tête énergiquement maintenue sous l'eau par Germain dit « Gros-blond » et Simon dit « la Douceur ».

Un jeune marquis se leva puis, d'un ton prometteur :

— Attention, vous allez voir chose singulière !... Un esprit folâtre, ce qui est naturel puisque c'est celui d'une Bleue.

— Je ne veux point voir de ces poissardes républicaines !... protesta une jeune baronne demi-nue.

— A-t-elle amené avec elle son « Arbre de la Liberté » ?... demanda un jeune vicomte.

On rit, mais le jeune marquis précisa :

— Il vous faut l'entendre. Imaginez : elle porte en son ventre un esprit ventriloque surnommé « le Prétentieux » en cela qu'il a un avis sur toutes choses !

Il ouvrit la porte, laissant le passage à une femme de plus de soixante-dix ans très pauvrement vêtue.

Le jeune marquis lui parla à l'oreille, sans doute

pour la mettre en confiance mais c'est cependant avec crainte qu'elle s'avança.

Blacfort se leva, lui faisant face :

— Ainsi ton ventre, « le Prétentieux », parle. Es-tu sûre que ce n'est point plutôt ton cul ?

On rit beaucoup, sauf la femme. Surpris, car ses lèvres n'avaient pas bougé et la voix semblait effectivement venir du ventre, on entendit :

— Il est des ventres qui parlent car affamés et de nobles culs qui se taisent pour toujours car la tête fut coupée.

— Je n'aime point trop l'esprit de ton ventre, pataude !... Réponds plutôt à ceci : qui gagnera cette guerre ?

« L'esprit » parla de nouveau, la bouche demeurant, du moins en apparence, immobile :

— Je sais qui la perdra et pas un des huit qui sont ici n'y survivra. La plupart connaîtront « le vasistas à Sanson* », d'autres...

Elle observa Blacfort dans les yeux tandis que le ventre poursuivait :

— D'autres n'auront pas cette chance.

Livide, Blacfort demanda :

— Que veux-tu dire, sorcière ?

— Il est des morts cent fois plus atroces que la guillotine...

Un instant stupéfait, Blacfort se rua vers un meuble, saisit une paire de pistolets et les vida dans le ventre de la vieille femme.

Aux détonations, Simon dit « la Douceur » et Chapeau-ciré entrèrent, l'arme à la main :

— Enlevez cette charogne !... ordonna Blacfort toujours blanc comme un mort.

---

* Vasistas signifiait guillotine. Sanson était le bourreau officiel de Paris.

Tandis qu'on tirait le cadavre par les pieds, laissant une longue flaque de sang, un officier entra.

Boueux, sale, crotté, de la terre jusqu'au chapeau, ruisselant de pluie, cet ancien capitaine du royal-Normandie-cavalerie s'approcha.

Blacfort, toujours sous le coup de la sombre prédiction, reconnut un de ses officiers en charge de la sécurité.

— C'est très urgent, général.

— Qu'y a-t-il encore ?

— Nous avons attendu pour être bien certains mais le doute n'est plus permis : un groupe de terroristes agit sur nos arrières. Ils détruisent nos postes isolés, déciment nos patrouilles, se nourrissent de nos vivres, s'arment avec ce qu'ils prélèvent sur les cadavres des nôtres. Hier, ils ont profité du brouillard pour attaquer un de nos relais tuant quatre hommes, deux postillons et volant quinze chevaux.

— Des Bleus ?... Combien sont-ils donc ?... demanda Blacfort surpris de pareille audace mais que cette affaire passionnait moins que sa peur superstitieuse d'une fin annoncée comme étant proche et terrible.

— Ils ne sont que six, général.

Malgré lui, l'énormité de la chose fit sursauter Blacfort :

— Quoi, six qui terrorisent toute une armée ?... Mais de quoi parlons-nous, ici ?

— C'est une étrange affaire, général. Ils font la guerre tels des spectres, on ne les voit que pour mourir. Nous savons qu'ils portent des uniformes d'officiers de marine mais tels qu'à l'époque de la guerre d'Amérique. Ils arborent la cocarde tricolore à leurs tricornes.

Voyant l'air troublé du capitaine, Blacfort s'énerva :

— Quoi, qu'y a-t-il que vous ne dites point ?

— Un des nôtres, blessé et laissé pour mort, mais sans doute pris de délire, assure avoir entendu un de ces officiers de marine s'adresser au chef en disant « prince ».

Ne pouvant dissimuler qu'il tremblait de la tête aux pieds, le général-comte de Blacfort quitta la pièce sans un mot.

10

Ils avaient été surpris à l'aube, dans une clairière, Bienvenu ayant souhaité faire chauffer de l'eau pour confectionner une sorte de tisane à base de baies sauvages. Le brouillard était glacé et ni les cinq Vendéens, ni leur captive Victoire de La Chesnaie de Flers n'imaginaient qu'une patrouille de Bleus puisse envisager de sortir par un temps si détestable. Fût-ce néanmoins le cas, il semblait évident que l'épais brouillard dissimulerait la famélique fumée blanche du feu allumé par les Vendéens aux abois.

Ceux-ci, pensant à leurs adversaires républicains, les enviaient, les imaginant bien au chaud dans leurs postes à jouer à cavagnole* en buvant du vin chaud.

Hélas pour eux, ce qui semblait si peu probable se produisit cependant : une patrouille déboucha par surprise, fit feu, puis ce fut un sauvage corps à corps.

Les soldats bleus étaient très jeunes, menés par un officier de vingt ans et, bien qu'ils sachent se battre, la peur leur ôta une partie de leurs moyens. En outre, le jeune officier étant bientôt tué, les républicains se retirèrent en laissant cinq cadavres.

---

* Jeu de hasard, assez proche de l'actuel loto.

Bienvenu, stupéfait, constata que trois de ses compagnons avaient eux aussi trouvé la mort si bien qu'il ne demeurait que Jean-Baptiste, âgé de dix-huit ans, et la marquise.

Effaré, le chef du petit groupe remarqua que la marquise, bien qu'elle n'émît aucune plainte, se trouvait blessée. Il se précipita. Il connaissait les gestes. Il constata, soulevant les vêtements avec pudeur, que la jeune femme souffrait de l'épaule et de la cuisse, ayant reçu deux violents coups de crosse.

Bienvenu tenta de la mettre debout, elle s'effondra.

L'homme, perplexe, s'assit sur le sol en face de la jeune femme qui lui sourit.

— Pauvre Bienvenu !... Il vous faudra donc me tuer. La chose n'est pas facile, je crois. Voulez-vous que je ferme les yeux pendant que vous m'ôtez la vie ?

— Non, jamais !... protesta-t-il.

— Il le faudra cependant. Vous ne pouvez me transporter, pas davantage morte que vivante, aussi devrez-vous me couper la tête.

Il la regarda avec horreur.

— Mais, madame la marquise... Nous autres, Vendéens, ne coupons jamais la tête, surtout pas : nous haïssons la guillotine.

— J'entends bien, mais vous la pouvez couper au couteau. Après quoi, il serait avisé que vous mettiez ma tête dans un panier empli de sel et bien fermé afin qu'elle ne pourrisse pas et devienne méconnaissable.

— Du sel ?... répéta Bienvenu, l'air égaré.

— Vous en trouverez chez les républicains ou du côté de Surgères qui fait spécialité de beurre salé. En outre, le froid glacé retardera la pourriture de ma tête et l'arrivée des vers. Ainsi, le général de Blacfort la reconnaissant vous donnera de bon cœur les cent louis qu'il offre en récompense.

Bienvenu ne pouvait détacher son regard de la jeune femme. Elle parlait de sa propre exécution comme le ferait une amie d'une bonne affaire et ce faisant, elle donnait au malheureux l'impression d'être le dernier des monstres, ce qu'il ne pensait point être en temps normal, étant accoutumé à se penser bon catholique.

La marquise insista :

— Allons, cessons de tergiverser !... Vingt de vos amis, tous de votre village, sont morts pour en arriver à cela qui est de me livrer à Blacfort. Je ne suis pas transportable sur votre dos et Jean-Baptiste est trop jeune. Feriez-vous une civière pour me transporter tous deux ?... Ce serait folie, votre marche serait retardée, les marais deviendraient infranchissables et, lors d'une rencontre avec une patrouille semblable à celle de tout à l'heure, cette fois, vous auriez le dessous pour être tué tout de bon. Prenez le seul parti qui demeure et allez livrer ma tête à Blacfort.

Toutes ces choses dites ainsi en grande aisance par la marquise pénétraient avec lenteur l'esprit de Bienvenu lequel, après un long silence, demanda :

— Mais pourquoi le général-comte de Blacfort vous veut-il tuer ?

— Parce que je me refuse à lui, ne voulant point l'épouser.

— Et vous refusez parce qu'il est partisan du roi et des prêtres ?... demanda Bienvenu.

La marquise ne put retenir un bref, cascadant et fort joli petit rire avant de répondre :

— Blacfort n'a que faire du roi, il servirait aussi bien le Grand Turc s'il y trouvait son compte. Quant aux prêtres, n'en parlez pas même : il n'a aucune religion et, contrairement à moi, n'en eut jamais.

— C'est là de fort bonnes raisons pour ne point l'aimer.

La marquise secoua la tête d'un air désolé :

— Bienvenu, il me déplairait de vous tromper. La raison n'est pas là. Je connais Blacfort depuis l'enfance et ne l'ai jamais aimé car mon cœur appartenait à un autre. Cela, il ne le supportait pas. Il met cette guerre à profit pour régler de vieux comptes et s'en prend à moi car il craint l'homme que j'aime, même si celui-ci est bien loin sur les mers mais présent dans tous les cœurs de marins… et surtout dans le mien.

— Dans le cœur des marins ?… demanda Bienvenu, très surpris.

— Oui, tous l'aiment et l'admirent.

— Qui est-il ?

— Je doute que vous connaissiez les marins en votre village.

— Ne croyez point cela, madame la marquise, la mer n'est pas si loin de chez nous. Mon frère et trois du village furent dans la marine au temps de la guerre d'Amérique.

Un vague espoir se fit jour en l'esprit de la marquise qui jusqu'ici défendait sa vie avec intelligence mais sans grande conviction :

— Il s'appelle Joachim de Niel, comte de Valencey et prince d'Adana. Capitaine de vaisseau, il commandait la frégate *La Terpsichore*.

— La frégate rouge !… lança Bienvenu soudain très excité : mais je connais son histoire !… Mon frère l'aperçut de loin pendant la guerre au large de l'île de la Tortue, en les Caraïbes… Elle filait comme le vent !… Un capitaine invaincu, la terreur des Anglais, l'homme qui coula trois vaisseaux à trois ponts avec une frégate !

— Et que le roi exila, sans doute pour le remercier d'avoir si glorieusement servi le pavillon à fleurs de lys.

— Mon frère disait que c'était là une grande injustice et…

Bienvenu s'arrêta net, sentant quelque chose de froid au bas de sa nuque. Il entendit sans surprise la voix de Jean-Baptiste :

— Pose doucement tes deux pistolets sur le sol…

Oui, comme cela… recule, à présent… C'est bon, retourne-toi.

Bienvenu se retourna et chancela de surprise. Non pas en se voyant tenu en joue par Jean-Baptiste mais en apercevant une cocarde tricolore sur le vieux chapeau de feutre noir du jeune homme.

— Tu rallies les patauds ?… demanda Bienvenu, le ton plein d'amertume.

— Je rallie la marquise et avec elle, la justice et la liberté. Quoi, valons-nous mieux que cette femme que toi et moi admirons depuis le début ?… Tu n'as jamais voulu y penser, Bienvenu, mais si c'est une femme honnête et juste, ses idées le sont aussi. Que n'y as-tu réfléchi !

— Toi, en tout cas, tu réfléchis trop. Apprendre à lire et à écrire avec le curé t'a tourné la tête car cela, ce n'est point pour nous autres.

— Il suffit !… ordonna la marquise qui, une expression de souffrance sur le visage, tenta de se mettre debout sans y parvenir.

Elle regarda les deux hommes tour à tour et poursuivit :

— Vous vous aimez, je ne veux pas vous voir vous entre-tuer pour moi.

Bienvenu haussa les épaules.

— Oh, il peut bien baisser ses pistolets, allez, je ne lui ferai rien ni ne comptais vraiment vous livrer au comte de Blacfort. Et pouvais-je deviner que vous étiez si proche du prince de Valencey d'Adana ?

— Je n'ai plus de nouvelles mais je sais qu'il a rejoint la République dès le premier jour.

— À voir l'ingratitude du roi, le prince, lui, y a quelque excuse.

— Plus de nouvelles… répéta-t-elle en revoyant ce matin de mai 1789 où un marin de *La Terpsichore* lui apporta un bouquet d'ancolies, de roses et de pavots avec un ruban aux couleurs américaines.

Avec discrétion, Jean-Baptiste passa ses pistolets dans son ceinturon pris sur le cadavre d'un soldat républicain. Puis, d'une voix grave :

— Rejoins-nous, Bienvenu, c'est notre camp. Si même des aristocrates disent les hommes égaux et libres, pourquoi en douter, nous qui ne sommes rien ?

Bienvenu secoua la tête :

— Tu parles à la vanvole*, toi tu es jeune, tu peux tout recommencer. Moi, je ne peux pas prendre les armes contre mes amis d'hier, même si vous avez mis le doute en moi et qu'il agit comme un venin.

Il se força à sourire et, d'une voix un peu forcée :

— Nous ne pouvons enterrer nos pays, pas de pelles, et nous casserions nos baïonnettes sur ce sol gelé plus dur que le bois. Couvrons-les au moins de branchages, puis je m'occuperai de madame la marquise… aux dépens de la République.

Ainsi fut-il fait.

Bienvenu et Jean-Baptiste parvinrent avec discrétion aux abords d'un camp républicain et y dérobèrent un « courtaud » : ainsi appelait-on un malheureux cheval auquel on avait coupé les oreilles et la queue.

Puis vint l'instant des adieux.

Bienvenu expliqua que la marquise et Jean-Baptiste, aux barrages républicains, devraient se dire frère et sœur, elle montée sur le courtaud et lui tenant la bride. Tel un père attentif – il n'avait que trente-deux ans ! –, il prodigua mille conseils et fournit aux deux fugitifs des jeux de cocardes blanches et d'autres tricolores.

Bienvenu rougit de la tête aux pieds lorsque Victoire l'embrassa sur chaque joue, puis elle ôta de son doigt un chaton et le lui remit.

---

* À la légère.

Bienvenu refusa avec hauteur, Victoire haussa le ton :

— Gardez cette bague en souvenir de moi. Et lorsque vous trouverez femme, vendez ce chaton car vous pourrez alors acheter une ferme ou un moulin.

Il observa la bague, une grosse émeraude sur laquelle on avait enchâssé une biche en or. Il sourit.

— La biche, c'est vous : il ne peut en être autrement.

Victoire s'empourpra légèrement, ce qui la rendit plus belle encore, et répondit :

— Mon père m'appelait « sa biche » et m'offrit cette bague qu'il fit faire pour moi. Mais elle ne passera pas la fouille, j'aime mieux vous l'offrir car vous, Bienvenu, vous évitez tous les barrages et je pense qu'ils ne vous prendront jamais.

Bienvenu et Jean-Baptiste se donnèrent l'accolade. Ils se tenaient aux épaules, sans se lâcher, les yeux emplis de larmes car ils se connaissaient et s'aimaient depuis toujours. Puis, après s'être souhaité mutuellement toutes les meilleures choses du monde et de ne se jamais trouver face à face le fusil à la main, Bienvenu lança d'une voix cassée par l'émotion :

— Adieu donc… pataud !

— Adieu… brigand de la Vendée !

11

DÉBUT MARS 1794…

En grande hâte, toute la population du hameau s'était enfuie à leur approche mais il s'agissait de femmes, d'enfants et de vieillards.

Seuls quatre combattants avaient courageusement fait front dont l'un, vieil officier, ancien du régiment royal-Quercy, dirigeait fort lentement ses hommes.

La neige, qui tombait dru, facilita la manœuvre, Valencey d'Adana n'ayant aucune peine à tourner la charrette renversée derrière laquelle attendaient les Vendéens puis, les ayant débordés par les ailes, à les surprendre.

L'épilogue arriva rapidement, sans surprise, et les quatre corps furent laissés là où ils avaient péri.

La Mellerie remarqua la neige dans les yeux grands ouverts du vieillard et des jeunes gens à cocardes blanches. Il n'aurait su dire pourquoi, mais cette vision lui fut tout soudainement intolérable, aussi baissa-t-il les paupières des morts sous le regard surpris, et peut-être désapprobateur, du maître d'équipage Jules Dumesnil.

Il faisait si froid que même les ruisseaux gelaient. Dans les pauvres maisons, des paysans brûlaient de la tourbe dans les cheminées, faute de bois sec.

Les six hommes fouillèrent les habitations. Ils commençaient à bien connaître les caches où l'on trouvait la nourriture, et parfois les armes. Les cinq officiers de marine et le maître d'équipage étaient habitués à des repas austères, les longues courses, le rationnement de vivres, la morue très vinaigrée pour masquer le manque de fraîcheur, les vingt-huit onces de lard salé par personne quatre fois par semaine… Encore Valencey d'Adana avait-il évité le pire, assurant toujours l'approvisionnement en fruits et légumes frais, mais chaque marin connaissait cette horreur des périodes sans vents où le bateau demeurait immobile des jours, voire des semaines, sous un soleil de plomb. Les vivres pourrissaient rapidement, de gros vers qu'il fallait ôter un à un infestaient les biscuits, la farine était nauséabonde, l'eau très rare. Chacun, par chance, était exact à ses devoirs et à l'obéissance mais, sur d'autres navires, des marins mettaient en perce des barriques suspectes où clapotait une eau sombre. Alors venaient la maladie, les reins brisés, de violents maux de tête, des vomissements, la langue noire et gercée : la « fièvre maligne et putride » que les chirurgiens de bord, résignés, combattaient avec des laxatifs tels orge, chiendent et réglisse. Chez d'autres, le scorbut faisait tomber les dents et les chirurgiens coupaient au rasoir les gencives qu'ils désinfectaient au vinaigre…

C'est assez dire que davantage que les troupes de l'infanterie, celles de la marine, très dures à la peine, connaissaient les pénuries et avaient appris à les supporter : depuis trois jours, Valencey d'Adana et les siens se nourrissaient de patates gelées et d'oignons arrachés dans les jardins.

Il apparut bien vite que le hameau si chèrement défendu recelait des vivres en grand nombre et sans doute sa situation géographique, qui se traduisait par un grand isolement à l'écart des routes, l'avait-elle préservé du pillage des Bleus et des « contributions volontaires » apportées aux brigands de la Vendée.

Deux des officiers, qui se piquaient de bien connaître la cuisine, se partagèrent la tâche aux fourneaux: le commodore John O'Shea, ancien commandant de la frégate *Ask For The Moon*, et le baron de Saint-Frégant qui cuisinait le brûle-gueule entre les dents.

Valencey d'Adana et les siens occupaient la plus belle maison, un peu à l'écart du village, et aux portraits qui enlaidissaient les murs, on put l'attribuer, en raison d'un air de famille, au vieil aristocrate tué derrière la barricade.

On comptait six pièces. De belles armoires, des chaises recouvertes de velours d'Utrecht, une grande bibliothèque garnie de livres médiocres. Des chambres à papier peint, chose rare en cette région, et dans la plus belle, un lit à baldaquin, sommier de crin, matelas doux, oreillers... Attenant à la chambre du maître des lieux, un salon de toilette où se remarquait une baignoire en sabot. Dans les autres chambres, à peine plus modestes, on voyait des lits à quatre colonnes peintes en gris clair verni et pieds de cuivre.

Valencey d'Adana regardait tout cela avec froideur et un certain étonnement: son vieux château était loin d'atteindre à pareil luxe. Il en avait certes les moyens, mais assurément pas le goût.

Il revint au salon où des tentures aux fenêtres protégeaient du froid. Il observa avec sympathie La Mellerie, lequel à peine assis s'était endormi dans un des fauteuils gris-blanc verni, avec dossier plié en rouleau garni d'étoffe de soie à arabesques bleu ciel. Même les chaises en acajou marquaient une certaine prétention avec leur dossier composé de deux trompettes liées à un thyrse et des pieds de cuivre.

Après avoir remonté quelques fameuses bouteilles de la cave, Mahé garnissait jusqu'à la gueule le poêle de faïence placé au centre de la pièce.

Arrivant de l'extérieur, Jules Dumesnil remit à son chef les papiers trouvés dans les poches de l'aristocrate ainsi qu'une gazette républicaine en date du 26 février.

Appuyé de l'épaule contre une fenêtre, Valencey d'Adana lut debout, à la clarté déclinante du jour. Il apprit, en un long article récapitulatif à la gloire de la Convention nationale, l'abolition de l'esclavage en date du 4 février et sourit, lui-même ayant anticipé de plus de treize ans pareille mesure en affranchissant et prenant à son bord – malgré une interdiction royale – une vingtaine d'esclaves noirs exploités par un odieux planteur. Défiant tous les usages, Valencey d'Adana avait même nommé l'un d'eux, Hyppolite, sergent des fusiliers de marine.

Il retourna à la lecture de la gazette. Le 5, Robespierre avait prononcé un discours sur la terreur et la vertu. Trois semaines plus tard, à la Convention, Saint-Just dénonçait le « modérantisme » de Danton et des siens, « les Indulgents », puis stigmatisait les Hébertistes, ceux qu'on nommait à Paris les « Exagérés » et qui exigeaient un renforcement de la terreur.

Valencey d'Adana, qui savait lire entre les lignes, en conclut que Robespierre allait frapper les modérés et les enragés, c'est-à-dire les deux ailes de la Convention nationale.

La gazette évoquait également un hiver très rude et une pénurie de vivres, ce que le capitaine traduisit par une disette absolue et un temps insupportable.

Attendri, Mahé de Campagne-Ampillac observa son ami plongé dans la lecture. Où qu'il se trouvât, il lui fallait lire. Il remarqua également que Joachim grisonnait sur les tempes et éprouva comme un vertige tant leur enfance lui paraissait encore proche.

Il l'admira. Pour le sérieux porté à sa lecture, alors qu'épuisés, les hommes ne demandaient qu'à s'effondrer et dormir. Cette façon de toujours vouloir bien faire les choses, même hors le regard des autres. Et pareillement de cette horrible et sauvage guerre clandestine. Certes, il croyait en la Révolution mais Mahé ne s'y trompait pas : cet entêtement à quadriller le bocage, c'était dans l'espoir de la retrouver, elle, Victoire. Pourquoi le mauvais sort s'était-il à ce point acharné contre deux êtres éprouvant l'un pour l'autre et depuis l'enfance un aussi grand amour ? Peut-être fragilisé par cette existence incertaine faite de faim, de froid et de mort pouvant surgir derrière chaque buisson, Mahé eut envie de pleurer devant l'injustice faite à son « frère » et à l'adorable et courageuse Victoire.

« La guerre et l'exil nous l'ont abîmé », songea-t-il.

Après la victoire franco-américaine, tandis que Valencey d'Adana couvert de gloire s'apprêtait, aussi joyeux que ses marins, à revenir en France, il avait reçu sans broncher la nouvelle de son bannissement : une lettre de cachet signée Louis XVI. Pas un muscle de son visage n'avait bougé.

Il avait aussitôt réuni les équipages, ceux de *La Terpsichore*, de la corvette *La Betelgeuse* et du transport lourd *L'Argonaute*, leur annonçant qu'ils rentreraient sans lui.

Mouvements d'humeur, protestations, indignation. Mais si bien des hommes, mariés et pères de famille, se trouvaient dans l'obligation de rejoindre le royaume des lys, d'autres refusèrent de quitter leur capitaine.

Seuls *L'Argonaute* et *La Betelgeuse* rentrèrent en France, et il demeura suffisamment de marins pour constituer un équipage d'élite sur *La Terpsichore*.

La monarchie n'osa pas réclamer la restitution de la frégate accordée à l'exilé en compensation. Et pour solde de tout compte.

Il en fut donc ainsi. Mais si certains marins, atteints par le mal du pays ou l'âge, demandèrent à rentrer en France tous, peu après, envoyèrent leurs nombreux fils.

Dans sa base côtière proche des limites de l'ancien empire maya, Valencey d'Adana avait installé une société très libre, bien qu'on y observât le respect des grades : on ne pouvait les conserver en mer pour les abolir une fois à terre.

MM. Ly et Nordgren, respectivement spécialistes des poudres et des métaux, avaient rejoint leurs lointains pays mais le prince, concepteur d'une arme révolutionnaire, n'avait plus besoin de leur concours. En revanche, la coupure avec la France l'obligeait à ralentir la production de « requins à poudre » tels que les appelaient les Anglais. Certes, les Américains, éperdus de reconnaissance, offraient leurs matières premières mais précisément, Valencey d'Adana répugnait à les recevoir tant il désirait que son aide aux « Insurgents » demeurât désintéressée.

Pendant ces treize années d'exil, les marins devenus également éleveurs et agriculteurs n'éprouvèrent aucun problème pour se nourrir, vendant même une partie de leur production : café, sucre et indigo. Régulièrement, *La Terpsichore* prenait la mer et attaquait un navire anglais, toujours plus puissant qu'elle. On trouvait, sur ces navires, de superbes compléments pour la « base secrète ». Les capitaines anglais vaincus rappelaient souvent avec aigreur que la France n'était plus en guerre avec George III. Avec une renversante mauvaise foi mais beaucoup de courtoisie, Valencey d'Adana répondait alors :

— Messieurs, à titre personnel, je n'en ai point fini avec la guerre et de tous, vous êtes mes adversaires préférés car nous avons vous et moi nos habitudes. Et puis, vous le savez sans doute : un gentilhomme bien né ne délaisse point sa vieille maîtresse.

Les marins français prirent femmes. Des Indiennes, des Noires libérées de l'esclavage, une trentaine d'Américaines, des Anglaises capturées qui n'entendirent point être « libérées » et rendues à l'Angleterre, une quarantaine de Canadiennes françaises, d'autres Françaises et des Créoles rencontrées à Port-aux-Princes ou Fort-Royal. Des poètes trouvèrent femmes sur des îles bien nommées pour rêver à l'amour telles Marie-Galante ou La Désirade. Enfin, certains officiers séduisirent des femmes de la haute société de la verdoyante Martinique lors de bals dans de somptueuses maisons décorées de branches d'orangers, de palmes et de lampions multicolores. Bref, il ne fut pas un homme parmi les deux cent vingt marins de *La Terpsichore* qui n'eût de compagne… sauf deux qui avaient du goût et de l'inclination l'un pour l'autre.

Treize ans après la guerre, l'équipage de *La Terpsichore* demeurait l'élite de l'élite de la marine française car, trois mois par an, la frégate partait en chasse et livrait de furieux combats si bien que les marins vivaient en état de guerre depuis plus de dix-sept ans.

Marins de combat, agriculteurs, éleveurs, soldats, ils se firent aussi maçons et avec l'aide des charpentiers du bord construisirent de très belles maisons pour loger leurs épouses… et quelques centaines d'enfants dont les premiers-nés étaient aujourd'hui mousses sur la frégate.

Une « commission exécutive » élue tenait lieu d'administration municipale de cette petite Babel où se voyaient toutes les races, où se rencontraient tous les métissages pourvu qu'ils soient issus de l'amour : la petite ville atteignait ses deux mille habitants.

Mahé avait épousé une fort jolie Canadienne et il n'est que Valencey d'Adana qui demeura obstinément seul : on en devine la raison.

En 1787, la marine française, sur ordre d'un Louis XVI agacé, s'était approchée de la base. Sortant des bouches du fleuve, hérissée de canons, *La Terpsichore* surgit alors sur mer à la vitesse du vent mais officiers et marins de la flotte française lui firent… une ovation, oubliant leurs ordres et croyant croiser une légende vivante. Il est vrai que, magnifique, la frégate semblait danser sur la crête des vagues, invaincue, auréolée de ses cent soixante et onze victoires consécutives.

— Eh bien, baron ?… demanda La Mellerie.

Mahé sursauta, sortant brutalement de ses souvenirs. La table était dressée.

On attaqua par des harengs saurs, puis du bœuf rôti « à l'américaine » par les soins de John O'Shea qui déplorait l'absence de pickles. Saint-Frégant, pour sa part, avait préparé des fricandeaux à l'oseille et une salade de poulet garnie d'anchois. On voyait sur la table des vins de Tokay et de Hongrie.

— Je comprends que le vieux barbon se soit fait tuer à la barricade : contrairement aux pauvres paysans, lui, il avait beaucoup à défendre entre sa cuisine, sa cave et ses lits douillets !… lança Saint-Frégant d'une voix joyeuse.

Malgré des jours et des jours de privations, de neige, de froid et cette angoisse de l'ennemi qui peut surgir derrière chaque arbre, bien qu'ils n'eussent point fait pareil repas depuis fort longtemps, Valencey d'Adana mangeait lentement, sans trop d'appétit et sans rien apprécier réellement.

— Victoire n'est certainement pas très loin !… souffla Mahé d'un ton fraternel en posant son bras autour des épaules du ci-devant prince d'Adana.

— Après tout ce temps et avec cette terrible guerre civile, elle m'aura oublié !… répondit Valencey d'Adana en espérant de toutes ses forces qu'il n'en était rien et allant jusqu'à croiser deux doigts sous la table.

Et tous deux ignoraient que la jeune femme et son guide, à moins de huit cents mètres de là, hésitèrent avant d'éviter ce village trop silencieux où une seule maison était éclairée…

12

Blacfort écumait de rage. L'avant-garde avait entamé le combat sans l'attendre alors qu'il était retenu chez le généralissime Stofflet.

Bientôt, pourtant, tandis qu'il allait au galop avec quelques officiers, l'excitation le prit en entendant les échos d'un duel d'artillerie.

On avait attaqué la petite ville républicaine à neuf heures et un quart, il était dix heures, le meilleur restait donc à venir. Au reste, il chapitrerait l'écrivassier en sous-ordre qui tenait la chronique de ses combats afin qu'il offre à l'histoire la version la plus flatteuse pour ses intérêts.

Blacfort le déplorait, mais il ne pouvait être partout : à la guerre, à l'amour et faisant sa cour au généralissime environné de flatteurs.

Le généralissime Stofflet était un militaire assez talentueux mais sachant à peine lire et écrire, il était facilement tombé sous la coupe de l'intelligence calculatrice de Blacfort qui le manœuvrait sans scrupule.

Il avait intrigué, souhaitant éloigner tel d'auprès du chef des armées pour entrer en sa place ; envoyer fort loin tel autre qu'il voulait hors d'auprès Stofflet ; sacrifier un troisième à une mort certaine car le jeune muguet se montrait doué, trop doué. Il était, ce semble, impossible d'en faire davantage pour séduire un homme du peuple rêvant d'en imposer aux aristocrates. Vaine ambition que celle de Stofflet lequel, pour la plupart des nobles, resterait toujours un de ceux qui appartenaient à « l'autre monde », terrible expression qui signifiait « le peuple » envisagé du point de vue des aristocrates. Appartenir au peuple constituait pour beaucoup de ceux-ci une faute irrémissible, qui rivait à jamais vos fers quels que fussent vos mérites et vos victoires.

Lorsqu'il y songeait, Blacfort se félicitait de son habileté. Malgré les défaites vendéennes, la pénurie d'hommes et de matériel, il disposait, en tant que général, d'un régiment d'un millier d'hommes, d'un peloton de soixante cavaliers et de vingt canons. Bien des généraux royalistes, plus talentueux ou davantage méritants – mais moins courtisans –, ne pouvaient certes pas en aligner autant, ni même la moitié.

Une fausse note à tout cela venait de l'impossibilité de piller. Ainsi le voulaient les généraux de l'armée royale, mais la troupe de paysans-soldats catholiques partageait ce point de vue, considérant le pillage comme une horreur. Certes, à la faveur des combats, certains soldats de « l'armée Blacfort » pillaient et violaient mais c'était là pour l'essentiel le fait de sa garde du corps amenée des bas-fonds de Paris.

Les républicains, eux, ne se privaient pas de voler et Blacfort, lors d'une réunion de généraux, avait longuement expliqué à un de ses homologues que par le pillage, les Bleus maintenaient le moral de leurs troupes. Faisant ce récit, et développant cette théorie, Blacfort se moquait bien de ce général et ne parlait en fait que pour Stofflet qu'il en voulait instruire mais rien n'y fit, le généralissime refusant d'en entendre davantage. À aucun prix.

Blacfort s'en consolait par l'amour, cette comtesse de Juignet-Tallouart qui affolait ses sens et dont il ne se pouvait rassasier, oubliant – presque – les petites filles…

Il l'avait aperçue avec feu son époux lors d'un de ces bals organisés dans un château à demi détruit. Elle lui parut magnifique et dangereuse. Oui, très dangereuse, mais il n'était pas de son destin de l'en croire. À moins qu'il ne souhaitât l'ignorer.

Pour posséder et s'attacher cette odalisque, il organisa la mort du mari et fit valoir à Mme de Juignet-Tallouart combien il serait agréable et excitant de partager sa vie certes aventureuse, mais toujours très luxueuse.

La comtesse, attendrie par la rivière de diamants qu'il offrit en gage de sérieux, ne fut dès lors point intraitable…

Il était comme inévitable, cependant, que Blacfort ne s'apaiserait jamais, fût-ce en bénéficiant des voluptés de l'amour. Lorsqu'il se trouvait assouvi, regardant avec un mélange de fierté et de lassitude le corps blanc, plantureux mais ferme, généreux et désirable de la comtesse, ses pensées le ramenaient à Victoire qu'il n'avait su conquérir.

« L'adorable créature ! »… songeait-il alors en se souvenant du zozotement émouvant de l'exquise marquise, mais aussi, hélas, de son regard têtu et tendre posé sur Valencey d'Adana à chaque instant.

Lui parlait-il, Valencey d'Adana n'avait qu'à arriver pour que le souffle de la jeune femme s'accélère, que son teint rosisse et qu'elle oublie qu'elle était en conversation.

Un jour, Valencey d'Adana était apparu ainsi après une longue course sur sa monture préférée. Payant d'audace, elle lui avait dit :

— J'aimerais tant, à l'instant même, courir la forêt à cheval.

Valencey d'Adana, surpris, avait hésité puis, l'ayant longuement observée du regard de ses yeux gris-vert, répondit :

— Monte avec moi en croupe, n'aie aucune peur et me tiens bien seulement.

Et la jeune marquise de sauter derrière son prince en l'abandonnant, lui, Blacfort, comme on le ferait d'un palefrenier.

Il chassa ces souvenirs désagréables et força son cheval.

Excité, il observa l'arrière de la guerre, ce que les combattants ne voyaient jamais. À un kilomètre du front, sur la route, une interminable file de carrosses où attendaient les familles – et les maîtresses – des officiers, les chariots de l'intendance, de munitions et de bagages, les cochers et les conducteurs descendus eux aussi et regardant tous vers le front où se jouait leur survie.

Blacfort adorait remonter cette longue file en faisant crier par un sous-lieutenant : « Place, place au général ! » Quelle démonstration de la force du pouvoir ces dizaines de femmes et d'hommes s'écartant en grande hâte et culbutant parfois dans les fossés !... Il prenait en ces instants la mesure de son importance mais il ne lui venait jamais à l'esprit que, s'il lui en fallait sans cesse la preuve, la raison tenait peut-être à ce qu'il n'en était pas convaincu lui-même.

Il arriva aux premières lignes et sauta de cheval.

Un de ses colonels se présenta immédiatement au rapport tandis que ses vingt canons tiraient tous ensemble, foudroyant une barricade érigée en toute hâte par les Bleus dont les quatre canons, disloqués, avaient été renversés.

— Eh bien ?... demanda Blacfort.

— C'est la fin, général. Les Bleus évacuent la ville par le sud, leurs meilleurs éléments se sacrifient sous vos yeux pour couvrir la retraite des leurs.

— Fort bien !... commenta laconiquement Blacfort en saisissant la lunette d'approche que lui tendait un aide de camp.

Le colonel, d'une voix incertaine, ajouta :

— Général, les Bleus se battent avec beaucoup de courage et se sacrifient avec noblesse.

— Nous n'en aurons que plus de mérite à les écraser !... répondit Blacfort.

— Cependant, général, nous allons les envelopper par l'aile gauche puis nous rabattre : nous ferons donc des prisonniers...

Blacfort baissa sa lunette et toisa le colonel.

— Pas de prisonniers !... Pas un seul, vous m'entendez ?...

— Bien, général !... répondit le colonel en songeant à tous ces jeunes gens sous l'uniforme bleu de la République, tous ces foudroiements, toute cette douleur... Et il souhaita que, quelque jour prochain, ce sang retombe sur Blacfort.

13

Les rues étaient désertes. Déjà, la lumière du jour déclinait sur Paris, laissant la place à un ciel noir. C'était une nuit d'hiver précoce qui s'annonçait là. Un vent glacial se précipitait en hurlant dans les rues sans vie.

La charrette des condamnés à mort, ceux qui devaient « baiser la veuve » ou, autre expression en vogue, « éternuer dans le sac de son », allait lentement sur les pavés de la rue Honoré, ci-devant rue Saint-Honoré, au pas fatigué de deux vieilles haridelles.

Les deux condamnés regardaient fixement le plancher de la charrette. S'ils avaient levé la tête, ils auraient pu lire au-dessus d'un passage : « Atelier d'armes républicaines pour foudroyer les tyrans ». À peine plus loin, sur la façade d'un couvent aujourd'hui siège des Jacobins, on distinguait : « Société des Jacobins. Indivisibilité de la République, Fraternité ou la mort ».

Les deux condamnés n'attiraient pas la foule. Personne, si ce n'est un homme assez corpulent, en redingote grise, marchant à quelque distance, et peut-être allait-il simplement en cette direction, indifférent lui aussi.

L'un des deux hommes, aux cheveux coupés haut sur la nuque et au col échancré, était un prêtre réfractaire capturé sur dénonciation dans le petit village d'Auteuil qui tant fut à la mode peu avant la Révolution.

C'est là qu'arrivaient les nantis pour des parties fines et discrètes bien que les équipages ne le fussent point. Ainsi étaient les choses en la capitale : les riches fermiers généraux roulaient carrosse à deux chevaux, les nobles à quatre, les princes du sang à six et le roi à huit. Tous aimaient être menés dans les rues de Paris à grands fracas, coups de fouet et cris des cochers. Pareille conduite provoquait bien des accidents mais souventes fois, les riches attelages ne s'arrêtaient pas même pour la mort d'un enfant. Il arrivait qu'une main au poignet de dentelle, baissant la vitre, jeta négligemment un louis pour solde de tout compte. C'était là la manière des gens du faubourg Saint-Germain, qui par ailleurs défendaient la nature, jouaient au berger et à la bergère, exigeaient toujours davantage de baraques et guinguettes « très peuple » en bord de Seine et qu'on y fît des fêtes où ils cherchaient la chair fraîche, jeune et pauvre.

Le second condamné, nuque rasée et col coupé, était un ancien député de l'Assemblée législative dont nul ne se souciait et bien peu se souvenaient.

La charrette s'arrêta au pied de l'échafaud. Les aides du bourreau firent monter les quelques marches aux deux hommes qui se retrouvèrent sur la plateforme.

Sanson, le bourreau, désigna le prêtre en premier. Très vite, on le fit basculer sur la planche. Les sangles de cuir furent attachées à hauteur des cuisses et du torse puis le collier de bois se referma sur le cou de l'ecclésiastique. Le lourd couperet s'abattit et on entendit dans la nuit qui tombait le bouillonnement du sang qui giclait des artères.

Déjà, Demaret, aide-bourreau au corps de colosse, pousse le cadavre. On empoigne et bascule l'ancien député sur la planche. Tout va plus vite encore, le temps est maussade et froid, Sanson et ses aides ont hâte de rentrer chez eux pour retrouver la chaleur du logis. Le couperet tombe.

Deux condamnés en une minute et demie. Ce fut si brutal que les deux têtes ratèrent le panier de son et roulèrent sur la plate-forme avant de tomber dans la boue.

Jacot, le balayeur, jeta un seau d'eau sur les planches ensanglantées et passa un coup de balai. Sans grande conviction : la pluie laverait à sa place.

Outre l'inconnu en redingote grise, un observateur de police était présent, comme à chaque exécution. Il nota mentalement pour son rapport : « Le Peuple ne s'est pas déplacé. On ne vit qu'un seul homme qui ne manifesta ni plaisir, ni réprobation, paraissant indifférent. »

L'homme en question s'éloigna et hâta le pas. Amoureux de Paris, il habitait une jolie maison du faubourg Saint-Jacques au pignon surmonté d'une statue représentant saint Michel terrassant le dragon.

Bien qu'étranger, il commençait à parfaitement connaître la capitale. Il était loin le temps où il apprenait laborieusement : « Paris compte depuis 1702 vingt quartiers aujourd'hui divisés en quarante-huit sections. Les aristocrates logent à l'ouest, les financiers au nord-ouest avec les gens d'affaires, les pauvres au centre, au nord et à l'est. Il y a cinq cents boîtes aux lettres en cette ville, on paye avec un billet de port. »

Et l'émigré, en face de lui dans cette paisible maison londonienne, de constater :

— Remarquable !… Vous apprenez vite, monsieur Dawson !

— C'est mon métier.

— Fort bien. Et vous serez bientôt comme chez vous à Paris.

— Tandis que l'armée anglaise campera sur les Champs-Élysées et aux Tuileries.

— On ne dit plus « les Tuileries », monsieur Dawson, mais le « Jardin national ». Prenez garde à ce genre de détails !

— Je m'en souviendrai !... avait bougonné l'Anglais.

Malgré son embonpoint et sa nature en apparence souriante, ensemble qui inspirait la sympathie, Francis William Dawson était un homme redoutable, chef suprême de tous les espions anglais disséminés dans le monde. Il ne rendait compte qu'au roi George III, disposait de fonds considérables et de pouvoirs exorbitants.

Au fond, rien ne l'obligeait à venir à Paris, disposant sur place d'hommes tout à fait compétents. Cependant, il aimait ne pas limiter son travail à la lecture de rapports entre les quatre murs de son bureau. À quoi s'ajoutait que cette Révolution l'intéressait.

Il pénétra « À la Grotte Flamande » où l'on servait de la bière et d'excellents vins. Il passa commande et demeura longtemps rêveur, buvant sa bière à petites gorgées.

Lorsqu'il y réfléchissait, il estimait avoir agi assez finement. Ne niant nullement sa qualité d'Anglais – son accent l'eût au reste trahi – il s'était présenté aux autorités comme « un commerçant avant toutes choses, et surtout bien avant d'être anglais ».

En huit mois, malgré le blocus britannique, il avait réussi à faire parvenir deux navires en France. L'affaire le rendit populaire auprès des autorités, la République étant exsangue, à bout de ressources, attaquée partout aux frontières et minée de l'intérieur par le soulèvement vendéen et les nombreux complots et émeutes des fédéralistes et royalistes.

Bien entendu, tout était « arrangé ». Les navires n'avaient jamais forcé le blocus mais au contraire bénéficié de la protection de la Royal Navy.

Quant à la marchandise…

Certes, rien n'était vraiment pourri mais chaque chose se révélait médiocre : un blé parfois gâté, laissant des quintaux inutilisables. Le cuir d'une qualité très ordinaire. Des fusils anciens auxquels manquaient parfois des pièces qu'on ne savait trop où se procurer et surtout pas en Angleterre, leur pays d'origine.

Cependant, l'aide était si rare, si comptée, que la République émue et reconnaissante payait Dawson à prix d'or et lui fournissait tout ce que la tracasserie révolutionnaire avait inventé de plus compliqué en matière de laissez-passer.

L'Anglais, davantage par humour que par cynisme, expliquait dans les courriers à son roi qu'à Paris, la République assurait, *via* ce prétendu commerce de contrebande, la bonne marche et le financement de ses services.

Il doutait, cependant, que cette nouvelle puisse jamais apaiser George III qui détestait la France et les Français en général et l'un d'eux en particulier : le capitaine de vaisseau Joachim de Niel, comte de Valencey et prince d'Adana.

N'eût-il existé que le contentieux issu de la guerre entre l'Angleterre et la France accourue au secours des Insurgents, c'eût été déjà très lourd. Valencey d'Adana avait coulé des dizaines de navires de guerre de la Royal Navy et sur le millier de navires de commerce anglais capturés, combien revenaient au prince ?… Et que dire de ces trois magnifiques vaisseaux lourds, des trois-ponts flambant neufs, coulés un à un par l'audacieux capitaine français ? Comble de l'humiliation, il se trouvait même des officiers de la Navy pour admirer cet homme, ses capacités manœuvrières, l'incroyable rapidité des tirs de ses batteries, la vitesse étourdissante de sa frégate, la sophistication extrême de son « arme secrète »…

Ajoutant à cela, Valencey d'Adana, disgracié par son roi – et même George III reconnaissait que c'était là faire montre d'une grande ingratitude –, avait décidé de « se nourrir sur la marine anglaise », ignorant tout unilatéralement la fin de la guerre...

Dans toutes les marines du monde, il se trouvait de ses admirateurs et de ses complices. Sans parler de la marine française, entièrement dévouée à son héros, et de tous les anciens soldats du corps expéditionnaire lesquels, entre eux, s'appelaient « les Américains ».

Dawson n'ignorait rien de tout cela, se trouvant chargé d'une double mission. La première consistait à éclaircir les étranges relations de Valencey d'Adana avec le pouvoir révolutionnaire et cette tâche, le maître-espion savait pouvoir en venir à bout.

La seconde paraissait plus facile encore : dès qu'il mettrait le pied sur le sol de France, le prince devait être exécuté.

Or, celui-ci se trouvait en France, en cette vaste région appelée Vendée : un renseignement acheté fort cher. Il ne saurait certes pas être question de chercher Valencey d'Adana en Vendée où les suspects étaient exécutés au bord des chemins et sans procès par l'un et l'autre camp, mais simplement de faire marcher son cerveau. Valencey d'Adana était-il en mission secrète ?... Exact ! Pour le compte de qui ?... La Convention, et plus exactement le Comité de salut public ! Où siégeait celui-ci ?... À Paris. Donc, Valencey d'Adana y viendrait fatalement pour rendre compte.

Il faudrait immédiatement le tuer.

Dawson acheva sa bière et se leva. Il sortit. Cette triste soirée d'hiver avait gangrené son âme en cet instant de grand désarroi. Il décida d'aller dîner, de s'ouvrir l'appétit avec des jambons et des pâtés puis de poursuivre par un canard rôti. Il connaissait une bonne adresse, on y servait du « pain mouton », un de ces délices français à la fleur de farine pétrie au beurre et saupoudrée de grains. Le tout arrosé d'un petit vin d'Orléans. Il en achèverait avec une compote de pommes aux pruneaux et un ou deux cognacs.

Il tombait dans la rue une pluie fine et glacée et il comprit que se restaurer ne suffirait pas à dissiper sa tristesse. Il connaissait fort heureusement une très jeune coiffeuse qui ne dédaignait point de se constituer un petit magot en ne se montrant guère farouche avec lui.

Il sourit : servir Sa Majesté comportait de bons moments, surtout lorsqu'il vous est loisible de dépenser sans compter ni rien justifier.

Une seule ombre au tableau : bien qu'il fût expert, et le meilleur, et bien qu'il ne fût jamais parvenu à rien surprendre, il éprouvait la très pénible impression d'être l'objet d'une fort discrète surveillance.

Il haussa les épaules : pareille chose était impossible, sauf à admettre que le plus grand agent du plus grand service d'espionnage du monde avait trouvé son maître.

— So impossible !… Absolutely impossible !… murmura-t-il.

Il est probable, cependant, que Pierre-François Gréville, général et chef de la police secrète française, aurait beaucoup apprécié l'avis de M. Dawson : il adorait l'humour anglais.

14

Le Comité de salut public avait été installé aux Tuileries, dans le ci-devant pavillon de Flore devenu pavillon de l'Égalité.

Trois hommes se tenaient dans un petit bureau : Robespierre, tyran pour les uns, dirigeant suprême et éclairé de la République pour les autres ; Jean Bon Saint-André, responsable de la marine au Comité de salut public en poste depuis juillet 1793 et enfin Pierre-François Gréville, le policier le plus mystérieux de France. En réalité, s'il ne dépendait que de Robespierre et était le chef discret et tout-puissant de la police secrète de la République, le général Gréville n'apparaissait pour l'administration, à sa demande, que comme un officier au grade inconnu relevant du « bureau de police générale » en formation mais déjà aux ordres de Saint-Just, c'est-à-dire de Robespierre.

Nommé, cette fois plus ostensiblement, général de la garde nationale – la chose l'agaçait prodigieusement –, ce grade élevé lui permettait d'avoir autorité pour tenir en sous-main, mais très fermement, la « légion de police parisienne », bastion des sans-culottes ennemis jurés des modérés. Et très efficaces.

Robespierre alla droit au fait :

— Citoyen Gréville, dis-lui ce qu'il en est de « l'Américain ».

Ce mot codé signifiait Valencey d'Adana. À ceci près que le responsable de la marine de la République l'ignorait.

Voyant le policier hésitant, Robespierre lança sèchement :

— Allons, levons le secret : il sait ce que lui coûterait une indiscrétion.

— Valencey d'Adana est en France.

— En France ?... répéta Saint-André ébahi.

— Depuis quelque temps déjà, disons un mois. Ou deux. Ou davantage.

— Mais... Et son navire ?

— Te souviens-tu, citoyen Saint-André, que le Comité de salut public avait interdit l'île d'Aix à nos navires ?

Bon Saint-André ne semblait attendre que cela pour s'échauffer :

— Précisément !... Et j'aimerais beaucoup savoir la raison pour laquelle le Comité de salut public... À moins que...

Gréville soupira :

— Tu es perspicace, citoyen... pourvu qu'on t'en laisse le temps. *La Terpsichore* est ancrée à l'île d'Aix en compagnie de la frégate américaine *Ask For The Moon*. Or, la consigne a été violée voici trois jours aussi, nous le répétons : aucun navire n'approche de l'île d'Aix, affaire de sécurité nationale.

Robespierre, âgé de trente-six ans, était un homme élégant, soigné, presque précieux. Il avait prêté son serment d'avocat en 1781 à Arras, sa ville natale.

Gréville l'estimait pour ses idées, ses discours et ses jugements. Surnommé « l'Incorruptible », le maître de la France vivait très simplement, louant un modeste meublé chez le menuisier Duplay, rue Honoré. Une phrase d'un discours de Robespierre avait particulièrement touché le policier, en cela qu'elle résumait parfaitement à ses yeux les contradictions apparentes de la Révolution et, sans justifier ses excès, s'appliquait à bien d'autres révolutions : « Le ressort du gouvernement populaire en révolution est la vertu et la terreur ; la vertu sans laquelle la terreur est funeste, la terreur sans laquelle la vertu est impuissante. »

Malgré son aspect presque souffreteux, en tout cas frêle et fragile, Robespierre savait se montrer implacable. Avec son pourtant très cher ami Camille Desmoulins, il s'était fait menaçant à deux reprises : « Apprends, Camille, que si tu n'étais pas Camille, on ne pourrait avoir autant d'indulgence pour toi. » Puis, montant le ton peu après : « Malgré l'amour que je te porte, je ne te pardonnerai pas de vouloir freiner la Révolution. »

De Fabre d'Églantine, l'adorable auteur de la merveilleuse romance *Il pleut bergère* et du très poétique calendrier révolutionnaire, il disait sèchement : « Des principes et point de vertu ; des talents et point d'âme. »

Concernant l'ultrarévolutionnaire Hébert qui accusait très faussement Marie-Antoinette, ci-devant reine, de « relations suspectes » avec le tout jeune dauphin, on vit ce spectacle étonnant de l'Incorruptible volant au secours de l'honneur de l'épouse du roi. En effet, soulevé de dégoût, il avait lancé : « Ce n'était pas assez pour ce scélérat d'en avoir fait une Messaline, il fallait qu'il en fît une Agrippine. »

Enfin, il n'éprouvait qu'un profond mépris pour Danton, mais il est vrai que l'homme était de moins en moins estimé, ayant honteusement profité de la Révolution pour bâtir une fortune considérable. Une tête de sanglier, une face criblée par la petite vérole, un corps d'obèse : dans le peuple, on l'appelait « le gros turbot farci » ou « le faisandé ». Pour Robespierre, qui le créditait d'un premier mouvement sincère, il était devenu « une idole pourrie ».

Gréville, policier hors pair et grand connaisseur de l'âme humaine, savait qu'avec une telle intransigeance Robespierre se heurterait tôt ou tard à une coalition d'intérêts car on ne pardonne pas aux exemples de vertu d'être ce qu'ils sont et qu'on n'atteindra jamais. Il n'ignorait pas non plus qu'avec sa vive intelligence Robespierre ne pouvait douter de sa chute inéluctable et cependant il ne cédait sur rien, se dévouant à la chose publique et au salut national.

Robespierre adressa un petit signe à Bon Saint-André qui quitta immédiatement la pièce puis, d'un ton irrité :

— Nous avons si peu de navires et cet imbécile ne leur transmet pas les ordres.

Gréville ne fit aucun commentaire sachant, en toutes circonstances, demeurer à sa place, ce que Robespierre appréciait.

— Eh bien, citoyen Gréville, parle-moi de lui.

Gréville réfléchit un court instant :

— Je le connais trop bien pour douter un seul instant que Valencey d'Adana ne mène à bien sa mission même si, agissant pour la République, il y joint des motifs plus personnels... Il détruira Blacfort et son armée du bocage.

— Pour l'instant insaisissables l'un et l'autre !... remarqua Robespierre du ton neutre du constat.

— Il faut faire montre de patience, citoyen Robespierre. Avec cinq hommes, il n'en pourra détruire plus de mille bien aguerris qui échappent au général Turreau et à ses « colonnes infernales » qu'on voit, il est vrai, venir de loin. Valencey d'Adana observe les Vendéens, note leurs réactions, mène l'insécurité dans leurs forêts profondes où ils n'avaient jamais été inquiétés. Au Moulin-aux-Chèvres, une de leurs places fortes, il a tué le ci-devant comte d'Hernanville et une partie de son état-major : un coup d'une grande audace.

Robespierre, mains derrière le dos, l'air soucieux, entreprit d'aller d'un mur à l'autre :

— Il faut en finir plus vite. La Vendée immobilise des troupes dont nous avons besoin aux frontières et je dois faire cesser au plus tôt toutes ces clabauderies de l'Assemblée nationale. Même Danton, qui nous tire vers l'arrière, nous critique sur ce point.

— Danton perd tout crédit dans le peuple, il ne sera bientôt plus une force.

Robespierre se contint difficilement :

— Il ne sera bientôt plus rien du tout et je ne crains pas même le lémure de ce pourri dégénéré, de cette ordure !

Gréville demeura prudemment dans son domaine.

— Valencey d'Adana, en toutes choses, fait montre de méthode. Il prend la mesure des Vendéens, après il frappera, fort, une seule fois.

— Je sais. Mais le Comité de salut public ne se sentira pas obligé de m'en croire. Ah, il me le faut rencontrer.

— C'est délicat, citoyen Robespierre. Il existe un statu quo entre Valencey d'Adana et nos troupes. Il les évite sans vraiment les fuir. Quant à nos soldats, les nouvelles vont vite : on sait l'existence de ces officiers de marine portant la cocarde tricolore au tricorne. Ils savent que ce petit groupe utilise les méthodes des brigands en plus raffiné encore, et leur inflige des pertes. Ils n'ignorent pas non plus leurs convictions depuis l'incident de la Croix-aux-Loups.

— Qu'est-ce que ceci ?

Gréville expliqua :

— Tu sais l'ordre des généraux brigands de la Vendée concernant les quinze mille hommes de l'armée de Mayence que nous avons rapatriés en Vendée : pas un prisonnier, aucun survivant. Près de Clisson, cinquante de nos grenadiers blessés et capturés ont ainsi été égorgés, dont un tambour de quatorze ans. Après cette affaire, au hameau de la Croix-aux-Loups, quatre de nos grenadiers défaits et égarés furent pris à partie par la population. Les pierres tombaient dru, c'était une lapidation à mort. C'est toujours pareil, citoyen : dès qu'un de nos soldats assommé tombe à terre, il est égorgé. Or, cette fois, un groupe d'officiers de marine les a vigoureusement dégagés puis a promptement disparu. La nouvelle a fait le tour de l'armée de l'Ouest.

— Je dois cependant rencontrer Valencey d'Adana. Ne pourrions-nous faire… arrêter ces officiers ?

— Impossible, ils sont à présent trop populaires et encore, on ne sait pas qu'il s'agit de Valencey d'Adana, sinon, imagine l'ovation… En revanche, nous pourrions le faire… encadrer… fermement. Valencey d'Adana est intelligent, il comprendra.

Robespierre parut soulagé :

— C'est excellent !… J'ai hâte de le revoir !

— Le revoir ?… releva aussitôt le général de police.

Robespierre, agacé – peut-être par lui-même – répondit vivement :

— Je l'ai connu autrefois, il y a bien longtemps… Autre chose ?

— Citoyen, te souviens-tu de cet Anglais dont je t'ai parlé la fois dernière ?

— L'espion ?

— C'est bien davantage. Nous avons beaucoup travaillé et savons aujourd'hui que c'est leur chef à tous, un certain Francis Dawson. Un homme très habile.

Robespierre haussa les épaules.

— Eh bien qu'on le décrète de mise en accusation et il sera guillotiné dans trois jours !

— Justement… Laisse-moi encore un peu de temps, citoyen, j'aimerais savoir à quoi il nous mène…

15

Mi-mars 1794…

Sans guide, au hasard, déterminant bien souvent la route en fonction des barrages républicains dont ils cherchaient à s'écarter, Victoire de La Chesnaie de Flers et le jeune Jean-Baptiste avaient réussi par hasard à passer au large du verrou de Niort, trouvant le passage à l'ouest de Saint-Maixent pour déboucher au cœur du bocage vendéen.

C'était là très précisément ce qu'aurait ardemment souhaité Bienvenu, c'était très exactement ce que Victoire cherchait à tout prix à éviter. N'ayant ni l'un ni l'autre le sens de l'orientation, ils avaient marché nord-nord-ouest alors que la marquise souhaitait s'orienter au sud-est pour atteindre Ruffec.

On pouvait cependant leur trouver quelques excuses. Ainsi, l'état de la cuisse et de l'épaule de Victoire, blessée à coups de crosse. Une forte fièvre pendant trois jours, la peau bleuie d'abord, puis noircie, au point que Jean-Baptiste, affolé, crut y voir des traces de gangrène.

Cependant, l'hygiène de vie de la jeune femme, à quoi s'ajoutait que ce n'était pas là une plaie ouverte, fut pour beaucoup dans sa guérison et tout autant qu'elle n'eut pas à marcher, allant au dos du courtaud, cheval puissant et solide dont Jean-Baptiste prenait grand soin aux étapes.

Avec l'approche d'un printemps que l'on devinait précoce, le brouillard de l'aube se faisait moins dense et le temps commençait à gagner en douceur.

Chemin faisant, Victoire instruisait Jean-Baptiste, esprit ouvert avide de connaissances. Lui tenant la bride du courtaud, elle en selle faisant grande économie de l'usage de sa jambe car elle souhaitait marcher au plus tôt, elle l'entretenait aussi bien d'histoire que de mathématiques, de philosophie que de climat, expliquant par exemple la rigueur de l'hiver qu'ils venaient de subir par la raison que les très fréquents brouillards de l'automne 1793 avaient gelé le sol, empêchant la neige de fondre et maintenant ce temps glacé.

Ils traversaient des lieux aux noms étranges tels « La Fourberie », « Tournebride » ou « Le Déluge ».

La nuit, un chat-huant suffisait à les réveiller et systématiquement ils repartaient à la pointe du jour, à l'heure où, dans les villages les plus reculés du pays, une cloche tintait en hommage aux trépassés des temps jadis.

Sur leurs chapeaux, cocardes blanches ou tricolores alternaient, et il ne fallait certes pas se tromper lorsqu'on se présentait dans un village. Dans la mesure du possible, très limité, on tentait de manger sainement. Victoire se montrait intraitable sur la qualité de l'eau, voulant à tout prix éviter la dysenterie.

Mais avant tout, elle avait enseigné à Jean-Baptiste qu'avec les républicains, le « vous » était banni, laissant toujours la place au « tu ». Pareillement, plus de « monsieur » ou de « madame » mais « citoyen » ou « citoyenne ». On ne disait plus « le roi » mais « le tyran » ou « le despote ». Et pareillement bien des mots substitués à d'autres en raison des nouveaux temps.

Si bien qu'ayant appris avec ardeur, Jean-Baptiste faisait bon effet aux barrages, étant le seul jeune de cette région qui puisse se présenter favorablement comme il l'avait fait voici peu en disant :

— Salut, citoyen sergent. Vive la République une et indivisible. Mort aux tyrans !

Les soldats bleus éprouvaient un réel soulagement à constater que les jeunes paysans – et à voir ses mains, celui-là en était un – ne se trouvaient pas tous pauvres créatures aux ordres des curés réfractaires et des « aristocruches » tels que disaient les sans-culottes.

La consigne étant la consigne, et bien qu'il fût en de bonnes dispositions, le sergent demandait alors :

— Où vas-tu ainsi ?

— Bressuire.

C'est de là que Victoire et lui comptaient pivoter au sud-est vers Ruffec.

— Bressuire ?... Mais ça grouille de brigands !

— Mais notre mère s'y meurt, citoyen sergent.

— Elle, c'est ta sœur ?

— Elle fut en raison de sa cocarde blessée par des brigands et seule l'arrivée d'une patrouille la sauva d'un sort plus terrible encore.

Relevant sa robe sur ses cuisses, Victoire montrait alors le coup reçu en disant :

— Vois leur cruauté, citoyen sergent !

Le sergent voyait surtout des cuisses magnifiques et des jambes superbes appartenant à une bien jolie femme.

Dans ce cas comme dans les autres, la fouille s'en trouvait légère d'autant que la marquise et le jeune homme ne transportaient aucune arme, Victoire l'ayant jugé plus judicieux ainsi.

Certes, les républicains insistaient pour les garder quelque temps et sans doute l'invitation était-elle surtout lancée eu égard à la beauté de Victoire, mais le prétexte d'une mère mourante désarmait l'insistance des soldats.

Et la jeune femme de prendre congé en agitant la main sur un irrésistible mais très sincère :

— Vive la République, mort aux tyrans !

C'est le surlendemain de ce dernier contrôle que, dans le soir tombant, ils distinguèrent en pleine campagne un château au rez-de-chaussée éclairé.

Ils n'en pouvaient plus de fatigue et, d'un regard, comprirent que se présentait pour la première fois depuis des semaines l'occasion de dormir dans un véritable lit.

— Cocardes blanches, certainement ?... proposa Jean-Baptiste.

Victoire observa le château avec une attention méfiante. Enfin, d'une voix douce :

— Ne remarques-tu rien ?

— C'est un bien beau château, madame la marquise.

— Victoire !... Cesse tes « madame la marquise » ou tu nous feras prendre un jour. Eh bien, ce château, vois son état.

Jean-Baptiste comprit brusquement.

— C'est étonnant. Tous, jusqu'ici, étaient pillés ou brûlés, au moins en partie.

— Et pourquoi celui-là ne l'est-il pas ?

— Les Bleus, pourtant, ne peuvent être passés à côté...

— Et si le maître des lieux était favorable à la République ?

— Nous avons une chance sur deux...

Ôtant son béguin rouge d'adolescente, la marquise y agrafa une cocarde tricolore.

Jean-Baptiste se signa en disant :

— Dieu nous protège !

L'homme grand et mince, âgé d'une cinquantaine d'années, avait regardé avec attention cette très jolie femme flanquée d'un jeune paysan qui demandait à dormir aux écuries… en espérant visiblement qu'on leur offrirait mieux.

L'homme dont il est question ici était baron et s'appelait Daniel de Penchemel. Observateur, il en avait jugé très vite : ces deux-là n'étaient point frère et sœur. Lui se disait paysan, et la chose paraissait réelle mais la jeune femme, malgré ses affirmations, appartenait à l'aristocratie. Il en éprouvait le pressentiment par de petites choses propres à cette condition qui, étant la sienne, ne permettait pas qu'on l'abusât sur ce point. Ainsi des jolies mains très fines quoiqu'un peu abîmées, du port de tête, du regard sans aucune surprise posé sur le salon quand le jeune garçon, lui, semblait si fasciné qu'il hésitait à s'y risquer.

M. de Penchemel s'interrogeait sur le port de la cocarde tricolore. En ces temps incertains, il fallait se montrer prudent. On ne pouvait pas même exclure l'hypothèse d'un piège où des Vendéens chercheraient à le faire tomber en lui déléguant une aristocrate travestie en républicaine. La ligne de partage s'avérait parfois des plus floues, il lui suffisait de penser à sa propre famille : son fils était capitaine dans un régiment républicain de l'armée du Nord mais sa fille était partie rejoindre les émigrés d'Allemagne un mois plus tôt.

Lui-même étant ancien militaire, officier du régiment d'Angoumois, il choisit d'attaquer frontalement :

— Êtes-vous de la noblesse vendéenne, madame ?

C'était là ne tenir aucun compte des paroles de la jeune femme qui se disait paysanne. On ne la traitait point de menteuse, cela ne se faisait pas dans l'ancien monde, mais on lui faisait aimablement – quoique fermement – comprendre qu'on ne la croyait nullement.

Victoire rosit légèrement mais eut le bon goût de ne pas s'enferrer dans le mensonge :

— De Charente, monsieur : Victoire de La Chesnaie de Flers.

Le baron de Penchemel réfléchit un court instant, puis :

— J'ai connu un La Chesnaie, un marquis. Dans quelle arme servait-il, déjà ?

— Les dragons.

— Les dragons, exactement. Il fut à Fontenoy sous les ordres d'un général… Ah, qui était-ce donc ?

Elle lui sourit.

— Je crois, monsieur, que vous vous souvenez parfaitement d'un nom aussi glorieux mais soit, je suppose qu'il s'agit là d'une mise à l'épreuve : ce général s'appelait Donatien de Niel, comte de Valencey, prince d'Adana et père de Joachim, héros de la guerre d'Indépendance américaine : ils étaient nos plus proches voisins.

Le baron de Penchemel ébaucha un sourire énigmatique mais les invita du geste à s'asseoir avant de toussoter avec politesse :

— Dans ces conditions, vous n'usurpez pas la cocarde aux trois couleurs : votre père et le général étaient de fervents admirateurs des auteurs de l'*Encyclopédie*.

— Vous-même, monsieur : vous incommode-t-elle, cette cocarde ?

Le baron ne put réprimer une expression de désillusion sur son visage :

— Que vous dire, madame ?… Je l'ai souhaitée, cette Révolution, mais je déplore ses excès, la mort du roi et de la reine. Tout ne fut point tenté pour aboutir à une monarchie constitutionnelle qui n'eût pas enflammé l'étranger aux frontières.

— L'Assemblée nationale, dans ce cas, n'est pas plus blâmable que le roi qui ne cessa de comploter et de trahir la confiance du peuple.

— Je sais cela !… dit Penchemel en baissant la tête, s'attirant aussitôt le respect et la sympathie de la jeune femme qui estimait toujours les hommes honnêtes en leurs pensées.

Le baron regarda la marquise dans les yeux.

— Tout à la fois républicain et monarchiste, c'était là deux bonnes raisons pour mourir au cœur de la Vendée, ce brasier ardent. Vous ne vous étonnez pas de ma survie ?

— Bien des choses ne m'étonnent plus, baron, mais je me réjouis que vous soyez vivant.

Il inclina légèrement la tête.

— Je vous en remercie, marquise. Voyez-vous, j'ai le plus beau château des environs et, comble de la félicité, il est intact. J'ai été bien entendu arrêté, quoique républicain, et jugé, car on me reprochait que M. de La Rochejaquelein ait passé ici deux nuits. Je répondis que l'accusation ne faisait guère brillamment son travail, ignorant que M. de Charette y avait également dormi ainsi… ainsi que quatre généraux républicains. Enfin je fis valoir qu'un habitant, un homme seul avec sa vieille servante, ne peut guère s'opposer à une troupe armée. Chose rare, on m'acquitta et je fus fêté par le peuple mais je crois surtout que l'armée tenait à la bonne conservation de mon château.

— La chose est presque certaine !… répondit poliment Victoire.

M. de Penchemel eut un geste d'impuissance.

— Et savez-vous cela ?… La nuit dernière, un général vendéen a dormi ici. D'ailleurs, il va revenir, ayant laissé deux canons car il s'engageait en forêt profonde.

Une impression de froid gagna brusquement Victoire qui pâlit. Le baron s'en aperçut.

— Qu'avez-vous, madame ?

— Qui est ce général ?
— Mais… Il s'agit du général-comte de Blacfort.
— Quand doit-il revenir ?
— D'un instant à l'autre, demain : comment le savoir ?
— D'un instant à l'autre !… répéta Victoire, le regard absent.

16

Blacfort exultait.

Il se pensait insaisissable, et donc invincible. Pourtant, contre lui, la République ne lésinait pas sur les moyens. Plus grave, et cela assombrissait le général vendéen, les Bleus commençaient à bien connaître la région, le genre de guerre qu'on y pratique entre haies et forêts, les attaques incessantes, le harcèlement qui paralyse l'ennemi auquel on abandonnait les grandes routes et les voies charretières pour préférer les petits chemins où l'artillerie républicaine ne pouvait se déplacer. Comment se risquer, au reste, avec tous ces chariots d'armes et de vivres sur des chemins en dos d'âne entre deux marais?... Ceux qui passaient outre, rassurés par la campagne tranquille, entendaient, terrorisés, un sifflement suivi du cri d'un officier vendéen:

— Tue!

Et l'attaque à peine lancée, avant qu'on puisse s'organiser, cet autre cri:

— Égaillez-vous, mes gars!

Aussitôt, les hommes aux scapulaires et Sacré-Cœur brodés en laine rouge sur la poitrine disparaissaient dans la profondeur des forêts.

Même s'il s'estimait imbattable sur son terrain, Blacfort était suffisamment lucide pour comprendre que la balance penchait néanmoins du côté des Bleus. Irrémédiablement.

Révolu, le temps des troupes adverses de la garde nationale vêtue de cet uniforme. Tous ces commerçants et artisans en habits bleus à poignets garance, plastron blanc, parements rouges, oursons à plumets colorés, bicornes noirs galonnés d'or et quelquefois, ce qui faisait s'esclaffer les Vendéens, des casques ornés de peau de léopard ou de tigre avec crinière de cheval. De ceux-là, on avait fait un véritable massacre.

La guerre s'était terriblement durcie. Républicains fusillés contre les murs d'église, Vendéens massacrés au sabre qui recevaient la mort à genoux, en priant.

Avec l'écrasante supériorité que donne une nation en armes, la République comptait aujourd'hui un million d'hommes sous l'uniforme. Parmi les soldats envoyés en Vendée, on remarquait une majorité de volontaires parisiens très excités contre « les tyrans ». Les Bleus savaient manier la pique, l'épée, le sabre. Ils connaissaient parfaitement l'armement et l'entretien des fusils, l'art de la poudre, l'utilisation du canon. S'ils dormaient en forêt, leurs sapeurs savaient dégarnir et abattre les arbustes qui précédemment permettaient l'approche et l'attaque surprise des Vendéens. Les soldats bleus tiraient deux coups à la minute avec d'excellents fusils d'une portée de deux cents mètres. Au moment des feux de salves, les officiers à présent expérimentés passaient dans la file, couchant leur sabre sur les fusils pointés trop haut. Terminée, l'époque où les républicains tiraient au-dessus des têtes. Les soldats de ligne avaient une concentration de feu si puissante, des salves si redoutables, que toutes les charges vendéennes s'y brisaient.

— N'importe, ils ne nous auront pas !… maugréa Blacfort sous le regard inquiet du curé Phébus Monteroux qui détestait chez son maître cette façon de passer d'un instant à l'autre de l'exaltation joyeuse au plus morne abattement.

Côté républicain, pratiquement plus de généraux issus de la noblesse car à Paris, on s'en méfiait. Au début, les troupes de l'Ouest avaient été commandées par Armand de Gontaut, duc de Lauzun, voici peu grand séducteur couvert de femmes à la cour du ci-devant roi Louis XVI. Un général aux bonnes manières, ancien de la guerre d'Amérique comme les généraux Pichegru ou Jourdan. Mais Lauzun avait été – à tort – accusé de trahison, jugé et guillotiné le 31 décembre 1793.

Aujourd'hui, le généralissime des armées de l'Ouest s'appelait Turreau. Un homme brutal. Il avait organisé son armée en six divisions fortes de deux colonnes chacune, les déjà tristement célèbres « colonnes infernales » qui s'étaient mises en marche le 21 janvier 1794, date anniversaire du premier anniversaire de l'exécution du roi.

Les douze colonnes de Turreau détruisaient tout sur leur passage, tuaient, violaient et pillaient.

Privés de leurs chefs respectueux des principes d'humanité tels La Rochejacquelein, d'Elbée, Bonchamps ou le prince de Talmont, les Vendéens, sous une direction à la morale incertaine, répondaient par un surcroît de violence et de cruauté en massacrant les Bleus avec d'odieux raffinements.

Un officier vendéen pourtant de vieille noblesse avait été fusillé sur ordre de Stofflet pour avoir osé dire ce que beaucoup pensaient : « Turreau et Blacfort, ce qu'ils haïssent en l'autre, c'est eux-mêmes. »

Blacfort entendit des pleurs de femme. Son œil s'alluma aussitôt, ses idées sombres disparurent sur l'instant, sa part d'animalité prit immédiatement le dessus.

Il s'approcha.

Une cantinière républicaine avait été capturée et, pour la seconde fois cette nuit, régalait les hommes de sa garde personnelle. Ni très jeune ni fort jolie, entièrement dénudée, elle était violée tour à tour par Chapeau-ciré, Pétion dit « Trempe-la-croûte », Gros-beauceron, Simon dit « la Douceur », Germain dit « Gros-blond » et Lefèvre dit « Va-de-bon-cœur ». La mignonne et muette « Marie Toute Troussée » s'était éloignée, se rappelant sans doute son propre viol, tandis que « Marie Trois Tours » dite « la Grêlée » encourageait les hommes à grand renfort de mots orduriers.

Blacfort avait éloigné son régiment et sa cavalerie d'environ huit cents mètres. Assez proches pour arriver très vite en cas d'attaque surprise des Bleus, assez loin pour qu'ils n'assistent pas au spectacle que tous ces catholiques réprouvaient… et que cette fois, aucun « justicier » n'abrège le spectacle comme ce fut le cas lors du supplice de la baronne.

— Une cantinière !… murmura Blacfort, rêveur, tandis que l'abbé Monteroux se présentait pour profiter, lui aussi, de la malheureuse femme.

— Une cantinière, c'est bien la première fois !… apprécia Blacfort pour lui-même.

De fait, les républicaines de l'armée lui avaient toujours échappé. Un mois plus tôt, ils tenaient presque une vivandière à cocarde tricolore lorsque, se voyant prise et sachant ce qui l'attendait, elle s'était tiré une balle dans la tête.

Une autre fois, une blanchisseuse de l'armée des Bleus avait failli provoquer les délices de sa troupe mais, mourante, elle s'était éteinte avant de subir leurs outrages. Le corps étant encore chaud, Chapeau-ciré avait tout de même pris son plaisir, gênant un peu ses compagnons, mais certes pas Blacfort. Un jeune soldat vendéen, horrifié, provoqua aussitôt Chapeau-ciré en duel mais Simon dit « la Douceur » abattit le soldat d'une balle dans le dos dès que celui-ci sembla prendre l'avantage.

La réputation des hommes de Blacfort était établie et fut aussitôt perçu ce qu'il fallait comprendre : toucher à un membre de cette sinistre bande, c'était aussitôt avoir toute la meute contre soi.

Blacfort observa le lit de braises d'un air songeur. Deux mètres de long, un de large et un bien joli rougeoiement dans la nuit presque printanière.

— Maintenant!... ordonna-t-il, suivant d'un regard distrait Lefèvre dit « Va-de-bon-cœur » qui tua aussitôt la femme d'un seul de ses énormes poings sur cette nuque fragile.

Le général vendéen fut tenté de saisir le dernier souffle de vie de la cantinière, le lui voler, le capturer en sa paume, le porter à sa bouche et aspirer goulûment cet air si précieux. Mais il estima le geste trop théâtral pour un si vulgaire public.

Ses hommes s'activaient, preuve que ce n'était pas, en ce domaine, leur coup d'essai. Munis de scies et de hachettes les brutes procédaient à l'équarrissage, les morceaux choisis étant traversés par une barre chauffée à blanc.

Celle-ci fut posée au-dessus des braises sur deux groupes de fusils disposés en faisceau par « Gros-beauceron ».

Bientôt, les chairs grésillèrent et la peau commença à rosir.

— Ne lésinez point sur la graisse d'oie!... recommanda Blacfort tandis que « la Grêlée », puisant dans un pot avec une louche, s'acquittait consciencieusement de cette tâche.

Blacfort, très attentif, s'emporta:

— Ah, mouillez donc la chevelure en permanence, vous eussiez dû la couper plus court!... La cervelle doit être rose, à peine tiède.

Tapis derrière un bosquet, livides, un groupe d'officiers d'artillerie regardaient ce spectacle avec une fascination horrifiée.

— Des cannibales!... Dieu Tout-Puissant!... souffla l'un d'eux en se signant.

— Désertons !… murmura un autre qui avait un cousin dans l'armée de M. de Charette.

Tandis que les quatre hommes s'esquivaient, Blacfort, assis dans l'herbe, contemplait la femme mise à la broche – ou plutôt certaines parties – et qu'on allait rôtir puis manger. Sa bande et lui-même communiquaient dans une attente presque religieuse.

« Pourquoi me suivent-ils dans "le crime des crimes", pourquoi cette docilité dans l'horreur quand les hommes sont si réticents à faire le bien ? » se demanda le général non sans étonnement.

Il soupira. La chair humaine est salée, proche de celle du cochon et dans tout cela, plus que la graisse d'oie, c'est l'idée de sacrilège qui donnait un goût incomparable.

Pris d'une idée subite, Blacfort, sourire aux lèvres, se tourna vers Phébus Monteroux :

— Ah l'abbé, vous bénirez ce repas, comme il se doit !

Tous partirent à rire même le prêtre, bassement, veulement, car son âme misérable frémissait à l'idée qu'il faudrait peut-être, tout de même, payer tout cela un jour.

Blacfort fut saisi de cette immense fatigue qui lui venait parfois lorsque, par son abjection, il se sentait au bout de tout, au-delà de l'humain.

— Après cela, il n'est rien de pire… murmura-t-il, son œil larmoyant s'attardant sur le lit de braises.

Le feu le fascinait. Récemment, ils avaient capturé un capitaine de dragons. L'homme fut crucifié sur une porte, les pieds en l'air, tandis qu'on allumait un feu sous sa tête. Dans la Vendée en guerre, cette amabilité en valait d'autres de la part des Bleus.

Blacfort devina qu'il ne trouverait pas le sommeil et eut l'idée d'aller passer la nuit au château de Penchemel où il devait récupérer deux canons laissés la veille.

Il haussa les épaules. C'est Victoire qui devrait se trouver là à tourner sur une broche, Victoire qu'il devait manger pour se l'approprier à jamais.

— Bientôt !... Et moi seul la dévorerai !... Moi seul !... Dès sa capture qui ne saurait tarder !

Il remarqua comme ceux de sa garde s'observaient en chiens de faïence, convoitant les mêmes morceaux : rien qui, venant d'êtres aussi abjects, ne saurait surprendre.

Il songea à la très jolie amie de la reine Marie-Antoinette, la princesse de Lamballe. N'avait-on pas promené au bout d'une pique sa tête, et son sexe sur une autre, dans les rues de Paris ?... Le monde entier connaissait cette histoire mais moins nombreux ceux qui savaient que ce sexe avait été mangé par un fort des halles.

Au fond, dans l'horreur, il n'était plus rien à inventer.

Ainsi songeait Blacfort qui ne poursuivit pas plus loin sa réflexion, en tout cas pas jusqu'à ceci : pourquoi de tout temps, en tous les camps, fut-il réservé aux femmes les pires outrages qui fussent jamais ?

Mais se poser pareille question, ce n'était déjà plus d'un Blacfort.

17

Baignée et parfumée, autorisée par le baron de Penchemel à choisir dans la garde-robe de sa fille émigrée de fraîche date, Victoire de La Chesnaie de Flers apparut, superbe, au haut des marches.

Vêtue d'une robe de soie couleur d'aube et de nacre, les jambes gainées de bas blancs et les pieds chaussés de souliers gris souris à hauts talons, elle ne rappelait que par la beauté de son visage la républicaine en haillons arrivée peu avant.

Elle ne portait qu'un seul bijou, des boucles d'oreilles en rubis taillés en forme de cerises: Valencey d'Adana, rougissant, les lui avait offertes pour ses dix-huit ans et de ce beau jour au château, elle ne conservait pas de meilleur souvenir.

Généreux, le baron de Penchemel avait proposé d'habiller Jean-Baptiste en empruntant dans la garde-robe de son fils, jeune officier actuellement aux armées du Nord. Malheureusement, le fils du baron était comme son père un rude gaillard aux larges épaules quand Jean-Baptiste, jeune homme très fluet, nageait dans pareils habits. Voyant le désappointement du pauvre garçon, on s'était déplacé vers la petite chambre du garde-chasse engagé dès les premiers jours dans la garde nationale puis dans un régiment de chasseurs à cheval.

La tenue, quoique très bourgeoise, ravissait le jeune homme, lequel donnait pourtant l'impression d'arriver directement d'un enterrement : frac noir aux courts revers et basques évasées, culotte de casimir prise en des bas gris foncé, souliers à boucles d'acier. Bien que l'étiquette déconseillât de rester couvert en un lieu fermé, il s'était coiffé d'un chapeau rond gris anthracite un peu juste, ce qui lui conférait un aspect cocasse mais qu'importe puisqu'il respirait le bonheur.

Le baron de Penchemel attendait ses invités au bas de l'escalier. Vêtu d'une redingote fauve, de culottes beiges, d'un gilet grenat assez court à la mode du temps, il tenait avec naturel une fine canne de jonc à pomme dorée.

Il avait allumé les lustres de cristal et, recevant une marquise, le baron tentait de restaurer les fastes d'antan. Les généraux républicains de passage au gré des combats se communiquaient cette excellente adresse qu'ils en arrivaient presque à considérer comme une, ou plutôt leur hostellerie, l'armée ayant doté la cave et veillé aux approvisionnements.

Seule ombre au tableau, la vieille servante ridée et très rechignée, mais elle accomplissait correctement son service et cuisinait fort bien.

Vaisselle d'argent, porcelaine, faïence, serviettes d'un tissu délicat, après cette longue errance, cela tenait du rêve. Comme le souper qu'on servit : pain biagé aux deux couleurs alternant couche de froment et de seigle, soupe aux petits pois agrémentée de croûtons, pigeonneaux rôtis, poisson froid à la mayonnaise et petits gâteaux à la mode de Bretagne, légèrement salés, mais adoucis par une confiture de prunes.

Dans des verres de cristal, on but du chypre, du malaga et du vin de Bordeaux.

La marquise et le baron faisaient de louables efforts pour ne pas regarder Jean-Baptiste en perdition parmi tous ces couverts et ces plats inconnus en leur accommodement. Il suscitait même leur émotion, mangeant trop de ce délicieux pain qui le changeait tant du pain d'Alize de son village, un pain à la pâte serrée et compacte. Propriétaires terriens, les deux aristocrates savaient l'importance du pain qui, dans les campagnes comme les villes, constituait la nourriture essentielle du peuple : on en consommait de cinq cents grammes à un kilo par jour et par personne !

Sans que l'une ou l'autre partie l'eût prémédité, on reprit presque naturellement la conversation précédente concernant les tiraillements du baron entre révolution et monarchie constitutionnelle.

Victoire bénéficiait d'une réelle culture, s'étant toujours voulue digne, sur ce chapitre, de celui qu'elle aimait, si bien qu'elle jugea rapidement de la justesse des idées du baron de Penchemel lorsqu'il évoquait les causes de la Révolution. Il parlait d'une voix amère mais d'un ton sec, comme s'il dressait l'acte d'accusation de la monarchie et que le feu roi fût à table avec eux :

— Des incapables !... Dès 1785, la grande sécheresse, le bétail décimé, la peste ovine, le désastreux traité d'Éden ouvrant le marché à la concurrence anglaise. Quelles mesures ?... Une messe à Notre-Dame !... L'année suivante, « L'Affaire du collier » offert par le cardinal de Rohan à la reine, tel un vieux barbon à une jeune putain, le scandale, les ragots, les calomnies... Quelles mesures ?... On éloigne Rohan !... Même la guerre d'Amérique...

La marquise l'interrompit d'un sourire :

— Cette guerre était juste, baron !

Le baron se leva à demi pour protester de sa bonne foi :

— Mais j'en fus un chaud partisan !

— Les Insurgents étaient si démunis !... Ceux qui allèrent en Amérique s'en étonnèrent : à Charleston, les rues n'étaient pas pavées et les maisons faites de bois. À Philadelphie comme à Boston on marchait dans la boue. Il fallait bien aider ces pauvres gens.

Penchemel eut un rire amer :

— Nous avons ravitaillé en permanence cinquante mille soldats américains, à quoi s'ajoutait l'entretien de notre propre armée et de notre flotte. Les Américains bénéficiaient d'un soutien financier illimité, cette guerre qu'ils n'auraient jamais gagnée sans la France a coûté deux milliards de livres, ruiné le Trésor public, provoqué la convocation des États généraux…

— Et permis la Révolution !… coupa Victoire.

Penchemel s'assit, accablé. Il enviait les certitudes de la marquise, son ton tranquille. Il reprit :

— Tout pouvait, tout devait arriver mais pas ainsi. Pas cette lâcheté, cette mollesse… Au lieu de créer un impôt pour financer la guerre, Necker, très veule, fit sept emprunts, d'où le gouffre de la dette publique… Le port de Cherbourg inauguré en 1786 quand il eût été si utile cinq ans plus tôt. Et tout pareillement ainsi…

— Baron, ce sont les événements qui révèlent les hommes à eux-mêmes… et aux autres. L'hiver 1788-89 fut le plus terrible depuis un siècle, l'incurie du régime apparut à tous. Mais ce ne fut pas l'hiver qui la créa, cette incurie : il la révéla.

Le baron réfléchit puis hocha la tête :

— Vous avez raison, grandement raison, madame.

Cet hiver fut peut-être la première pierre de la Révolution. Le froid bloquait rivières et moulins. Près d'Angers, la Loire demeura gelée pendant deux mois. Les prix montèrent vertigineusement. Fait exceptionnel : le peuple affamé et mourant de froid attaquait les convois de grains et de farine pourtant protégés par une armée incertaine qui fermait parfois les yeux. On pillait également les magasins. Dès le printemps 1789, des révoltes paysannes éclataient dans toute la France. Le prix du pain doubla. Partout, ce n'était que chômage et faillites. On refusait de payer les droits. Les braconnages s'accompagnaient de meurtres et d'incendies. On mettait à sac les granges dimères et les stocks de champart. On commença à brûler des châteaux, on assassinait des nobles. L'armée était fatiguée de réprimer le peuple alors on conjura « la grande peur » par la création de milices bourgeoises, ce qui aggrava les choses. On vit un encouragement à la révolte dans *Le Mariage de Figaro*. Réveillon, un gros fabricant parisien, baissa les salaires. Le peuple incendia ses ateliers, ses magasins et son hôtel faubourg Saint-Antoine. Dans cette affaire, douze soldats furent tués et trois cents émeutiers : voilà qui fut bien plus sanglant que la prise de la Bastille. Sur le passage de Louis XVI, on ne criait plus « Vive le Roi ! » mais « Misère ! »

On s'abîma quelques instants dans ces souvenirs, cette tentation du « si » : si Necker n'avait point géré le royaume comme un cochon, si le roi avait été intelligent, la reine moins frivole, l'aristocratie assez subtile pour céder sur la Constitution afin de ne pas tout perdre.

Mais à quoi bon ?

— Avez-vous des nouvelles de votre ancien voisin, le prince d'Adana, qu'on disait exilé par lettre de cachet ?

Elle n'avait pu établir la liaison avec Joachim. À peine prévenue par Gréville de la félonie du messager, elle fut enlevée. En revanche, le général de la police secrète avait donné certains détails dans sa lettre :

— Sur son vaisseau de légende où flotte le drapeau tricolore, il engage nos ennemis et escorte les convois français, ce qui lui vaut la gratitude des équipages des vaisseaux marchands et des populations sauvées grâce à lui de la famine. Nos ennemis le haïssent : il arraisonne, il saisit, il coule, il choisit seul la date et l'heure. Est-il un homme au monde plus libre que lui ?

— Mais pourquoi ne le voit-on jamais en France : le roi est mort, il y serait partout fêté ?

Victoire ne put réprimer un petit geste agacé, très gracieux et féminin :

— Je l'ignore, monsieur.

— A-t-il du ressentiment contre la France ?

— Si tel était le cas, il ne risquerait pas chaque jour sa vie pour elle.

— Ne sympathise-t-il point avec les hommes du Comité de salut public ?

— C'est tout le contraire.

Le baron lui sourit.

— Alors c'est une histoire d'amour.

— Que voulez-vous dire ?... demanda sèchement la marquise.

Si sèchement que Penchemel en fut surpris.

— Mais il n'y a rien là qui retranche à sa gloire, au contraire. Et un amour malheureux peut être une très grande douleur qui vous tient loin de votre pays. J'ai connu au moins un cas semblable.

Victoire regarda très attentivement le baron et acquit la certitude que cet homme bon et généreux parlait sans malice.

Elle soupira :

— L'amour est une...

Elle s'interrompit, un chien hurlait dans le parc.

Le baron se précipita à un angle de fenêtre et, à mi-voix, alors qu'il ne risquait pourtant pas d'être entendu de l'extérieur :

— Diable, ils sont redoutablement forts !... Ils se déplacent comme des loups. Comment ont-ils pu approcher si près sans que mon chien les flaire ?...

Victoire s'était dressée :

— De grâce, cachez-moi, monsieur. En ces lieux où le droit est aboli, une femme a tout à perdre à croiser des soldats, républicains ou royalistes.

— Vite !

La cachette était un chef-d'œuvre de dissimulation, la cloison pivotait à l'angle de moulures semblables aux autres, ce qui la rendait indécelable, sauf à sonder les murs.

— Descendez, descendez vite !… madame, il y a soixante-quatorze marches. Vous n'entendrez rien et parleriez-vous en bas tous deux à voix haute que d'ici, il n'y paraîtrait pas. De grâce, ne bougez surtout pas, je viendrai vous chercher.

On entendit une vitre brisée à coups de crosse. Le baron repoussa en grande hâte la cloison sur les deux fugitifs.

18

À sa très grande surprise, proche de la stupeur, le baron de Penchemel vit arriver en sa salle à manger non une troupe de paysans vendéens armés mais quatre officiers de marine de la République accompagnés d'un commodore de la marine américaine et d'un maître d'équipage, ce dernier à l'air fort peu accommodant.

Faisant appel à son passé militaire, le baron se souvint que celui qui les commandait, un capitaine de vaisseau, avait un grade équivalent à celui de colonel dans l'armée.

Mis à part le sinistre maître d'équipage, les officiers lui souriaient, bienveillants et comme un peu gênés de leur intrusion.

Le capitaine de vaisseau parla d'une voix grave, basse, légèrement traînante mais agréable car le ton était un peu chantant : une voix comme il n'en avait jamais entendu, de celles qu'on n'oublie pas.

— Monsieur, pardonnez nos manières de soudards, et d'avoir brisé une vitre mais, ayant longuement cogné et ne voyant rien venir, il nous a semblé qu'une fois encore, les occupants avaient fui par les arrières en apercevant nos cocardes tricolores.

Puis, se tournant vers La Mellerie :

— Marquis, payez donc cette vitre.

— Oh, ce n'est pas nécessaire… commença le baron qui s'interrompit, voyant qu'il n'était pas écouté.

Le jeune homme, qu'on avait appelé « marquis » fouilla son sac puis, l'air dépité :

— Je n'ai sur moi que ces saletés d'assignats dont nul ne se réjouit en ce maudit pays !

— Parlez autrement de la monnaie de la République. Qui a l'or, serait-ce vous, baron ?… demanda-t-il à Saint-Frégant qui secoua négativement la tête en s'adressant à un homme blond aux larges épaules :

— Ne serait-ce pas plutôt vous, baron ?

Mahé rougit :

— Où avais-je donc la tête ?

— Pas sur le collier de bois de la guillotine, Dieu merci !… commenta O'Shea avec son léger accent américain, provoquant les sourires de ses camarades tandis que, fouillant dans son havresac, Mahé en sortit une grosse bourse et déposa une pièce d'or – c'était cent fois le prix – d'un geste discret sur un coin de table.

Valencey d'Adana, toujours souriant, précisa :

— Elle est à l'effigie du roi George III d'Angleterre qui est en quelque sorte, et depuis fort longtemps, notre banquier. Nous avons chez lui une vaste créance…

Les six hommes rirent de bon cœur. Des rires durs. Des yeux et des dents de loups. Ceux-là, malgré leur propreté, vivaient dans les bois depuis des mois, songea Penchemel qui se croyait au milieu d'un rêve.

Quoi, surgissant d'un brouillard épais et glacé, des officiers de marine – si loin de la mer ! – de la République approchaient en trompant son chien partout admiré pour son flair. Ils brisaient une vitre mais, chose jamais vue en Vendée, payaient pour qu'on la remplace. Ils avaient de l'or anglais mais une cocarde tricolore !… On comptait parmi eux deux barons et un marquis et leur chef, au chapitre de la noblesse, ne devait point être en reste, portant une bague à ses armoiries où l'on voyait une tour, une licorne et un dragon, signes d'aristocratie très haute et très ancienne. En outre, ils plaisantaient sur la guillotine. Et, pour compléter la folle impression, il y avait avec eux un officier de la marine américaine et une espèce de farouche sans-culotte !

Très déconcertant.

Le baron observa la pièce d'or, effectivement anglaise, et secoua la tête :

— Messieurs, c'est beaucoup trop !... Ou laissez-moi, en compensation, vous offrir à souper.

Affamés, tous regardèrent Valencey d'Adana qui respirait avec entêtement l'air de la pièce, comme s'il se trouvait soudain absent du monde.

Le baron de Penchemel n'osa renouveler la proposition, tant le capitaine de vaisseau paraissait troublé.

« Quel homme étrange !... » songea le baron en observant Valencey d'Adana, ce haut gradé de la marine républicaine décoré de la croix d'or de l'ordre de Saint-Louis – curieux paradoxe – qui portait quatre pistolets à la ceinture, un lourd sabre au côté et le manche d'un poignard dépassant du revers d'une de ses bottes.

Le capitaine de vaisseau fixa le baron droit dans les yeux et celui-ci nota que ce regard gris-vert, rieur un instant plus tôt, pouvait passer en un instant à une dureté minérale.

Valencey d'Adana respira de nouveau, longuement, douloureusement. Son visage se décomposa, il devint livide, tandis que ses mains tremblaient sans qu'il les puisse contrôler.

— Quel est ce parfum ?... demanda-t-il d'une voix blanche.

Le baron tenta de ne se point troubler :

— Quel parfum ?

— Celui qui flotte encore dans cette pièce.

— Ah, ma fille, sans doute. Elle est partie… assez loin… voici une quinzaine de jours mais peut-être les coussins sentent-ils encore le…

— Non !… coupa l'officier.

— Je vous demande pardon ?

— Non, non, non !… Ce parfum est unique !…

Il respira encore. Penchemel, gêné, découvrit une terrible expression de souffrance sur le visage de Valencey d'Adana. Le baron avait été militaire, il ne s'y trompait pas : cet officier de marine était ce qu'il avait vu de plus dur, un dieu de la guerre, le visage même du soldat éternel pour bas-relief de cathédrale et un simple parfum de femme semblait l'anéantir complètement, le bouleverser, le détruire : stupéfiant.

L'officier reprit :

— Ce parfum est unique, je le reconnaîtrais partout et toujours, même si un jour je deviens un vieil homme… C'est une composition. On l'obtient en mêlant rose de Hongrie, jasmin et une note de muguet dans des proportions très précises.

Affolé, Penchemel dut s'avouer que sa fille, qui aimait composer des parfums, possédait toutes ces essences bien qu'elle n'eût jamais songé à combiner ces trois-là ensemble. Seule la marquise actuellement cachée dans les souterrains pouvait avoir réalisé cette chimie-là.

Un lieutenant, le seul avec l'Américain qui tutoyait le capitaine de vaisseau, l'entraîna quelques pas à l'écart mais le baron de Penchemel, qui avait l'oreille fine, saisit la conversation.

— Moi aussi j'ai remarqué, c'est bien son parfum. Mais il n'est pas impossible qu'une autre femme ait eu l'idée de cet assemblage d'essences.

— C'est elle !… Elle est venue ici, elle y est peut-être encore !… Mahé, j'en jurerais, je l'aime trop pour me tromper. Je sens sa présence, pas seulement en raison du parfum mais à mille petites choses, à une grâce dans l'air, une élégance, une douceur…. C'est elle !

— Victoire te manque trop fort et, après toutes ces années de séparation, savoir qu'elle se trouve quelque part en cette région te…

Il l'interrompit :

— Mahé, écoute-moi donc : c'est elle. Elle m'avait expliqué en riant : rose de Hongrie car toute femme est une rose. Jasmin pour la douceur des nuits d'été. Et muguet pour la joie, la note d'allégresse, l'amour de la vie.

— La vie !… Elle me paraît si loin, ces derniers temps…

Valencey d'Adana poursuivit avec amertume :

— Tu as raison, il en va de même pour moi. Je me retrouve plongé dans la plus odieuse des guerres civiles à tuer de pauvres paysans-soldats et qu'ils soient stupides, fanatiques, cruels et superstitieux n'y change rien. Je suis là dans cette nuit froide, dans un château inconnu, à traquer un immonde assassin qui fut mon ami et que protège tout un régiment. Et pour ajouter à tout cela, je suis rongé d'inquiétude parce que ces… ces… chiens galeux ont enlevé Victoire dont par ailleurs j'ignore tout, si longtemps après, des sentiments à mon égard. C'est dur, Mahé, je sais qu'on ne nous a pas économisés depuis vingt ans mais cette fois, tenir est difficile.

— C'est naturel. Qui pourrait t'adresser le moindre reproche ?

— Moi. Parce que je sais qu'on ne peut pas gagner lorsqu'on pense ainsi ; alors voilà : abandonnons ce sujet.

Les deux hommes se turent un instant puis, par un effort de volonté, Valencey d'Adana chassa ce sentiment de déréliction qui l'envahissait si souvent en songeant à son grand amour peut-être à jamais perdu et aux choses terribles et indécises de la Révolution et de la guerre.

Songeur, il observa le baron de Penchemel :
— Monsieur, ne vous mettez point en dérangement pour nous. En revanche, puis-je vous acheter quelques nourritures et occuper votre cuisine ?
— Capitaine, votre pièce d'or, je le répète, vaut davantage qu'une vitre : mais vous êtes ici chez vous… et ma cuisine vous appartient.
Valencey d'Adana se tourna vers ses hommes :
— Dumesnil, allez chercher les chevaux et menez-les à l'écurie, mais sans desseller. La Mellerie, vous prendrez le premier tour de garde.
Ainsi fut-il fait.

Le baron, et plus encore sa vieille cuisinière, avaient regardé avec un intérêt amusé les quatre officiers s'occuper de cuisine. Gardant leurs armes, ils se cognaient parfois dans un bruit de sabres entrechoqués.
Lorsque tout fut prêt, on soupa mais Valencey d'Adana tint à ce que ce repas se déroule en cuisine.
On avait préparé une grande marmite de choux, carottes, raves, fèves, pois et quelques morceaux de viande et de lard coupé avec une extraordinaire finesse par le chirurgien Saint-Frégant. Puis on mangea des pommes. Les officiers acceptèrent du vin de Bordeaux en remerciant avec tant de reconnaissance que le baron de Penchemel en fut ému.
En revanche, il y eut un très léger incident concernant le pain. Le baron avait proposé son excellent pain biagé aux deux couleurs mais le lieutenant prénommé Mahé, après avoir remercié, refusa tout net :
— Nous avons du pain, monsieur.
Se levant, il rapporta d'un des havresacs un de ces médiocres pains d'orge réservés aux gens très misérables et comme le baron s'étonnait, il répondit :
— Il fut glissé à notre insu dans un des havresacs par un très démuni paysan républicain qui nous cou-

cha en la grande pièce de sa chaumière où il dormait avec sa femme et ses sept enfants. Ce pain durci, il faut le finir.

— Mais il n'est point de très grande qualité !... répliqua le baron.

— Il a les inestimables qualités de ce qui vient du cœur !... répondit Mahé plus sèchement qu'il ne l'eût souhaité.

O'Shea, amusé, précisa :

— Encore le pain d'orge est-il meilleur que le pain ballé !

— Qu'est cela ?... demanda Penchemel, surpris.

Le commodore John O'Shea exulta :

— Je suis fort aise, et sans doute très fat, d'apprendre à un Français, moi, un Américain, ce qu'est le pain ballé qu'on appelle aussi « pain manqué ». Voyez-vous, monsieur, on le fabrique avec des grains inférieurs si mal moulus que la farine contient encore les balles.

Valencey d'Adana, qui s'était complètement repris, expliqua :

— Baron, nous autres, officiers de la République, sommes en terre de Vendée plus souvent reçus dans les demeures des pauvres gens que dans les châteaux qui nous sont fermés. D'où notre connaissance du pain du peuple aussi, ayez cette assurance : à combattre, courir les forêts enneigées, tuer et se cacher, ce pain nous a semblé parfois sublime tant nous crevions de faim.

À cet instant, Saint-Frégant ayant reposé le pain dont il venait de se couper une tranche, Mahé le déplaça. Voyant alors le regard perplexe du baron, il expliqua :

— Il faut reposer le pain à l'endroit et non à l'envers, sur le dos, car agir ainsi serait faire injure à ceux qui ne l'ont point gagné en dormant.

Le baron allait de surprise en surprise et il sourit intérieurement en se disant que ces républicains, officiers et nobles passés corps et âme à la Révolution et sans doute honnissant toute religion, lui rappelaient par leur ferveur et leurs principes les premiers chrétiens.

Il n'alla guère plus avant dans son étonnement car Saint-Frégant l'entreprit sur les bienfaits de la table, rappelant tout ce que les voyages avaient apporté de nouveau : sucre, chocolat, thé, tabacs raffinés et bien entendu le café, introduit en France dès 1670 par l'ambassadeur turc Soliman Agha.

Le chirurgien précisa :

— Le café est une belle chose dont nous avons grande quantité. Nous en buvons chaque matin, qu'il pleuve, vente ou neige.

— Et nous fêtons nos victoires au champagne ! ajouta Dumesnil lequel, ayant mené les chevaux aux écuries, s'était précipité sur la soupe.

Le baron de Penchemel proposa des cognacs, les officiers acceptant aussitôt, mais comme il donnait ses ordres à sa servante et cuisinière, Mahé lui souffla quelque chose à l'oreille. Le châtelain sourit, répercuta la demande à la vieille femme revêche qui s'amadouait peu à peu.

Elle se trouvait en effet très touchée depuis qu'elle avait vu ces officiers nobles faisant la soupe, la réussissant à merveille, préférant la cuisine à la salle à manger et enfin cette ultime demande émouvante car enfantine.

Elle apporta bientôt les cognacs et déposa devant Valencey d'Adana, stupéfait, un bol de chocolat chaud à l'orgeat et au lait de chèvre, la seule gourmandise qu'on lui connût jamais.

Le capitaine de vaisseau se leva immédiatement puis salua la vieille femme en claquant des talons et d'une très légère inclination du buste. Aucun noble, aucun officier ne l'avait jamais saluée ainsi – remarquaient-ils seulement sa présence, voire son existence ?... Se convainquant que, si les idées nouvelles consistaient en la grâce des manières d'Ancien Régime et le respect des êtres humains quels qu'ils soient, il fallait accepter cela comme un bienfait : en un instant, elle passa à la Révolution.

S'étant assis, le regard que Valencey d'Adana échangea avec Mahé fut si complice, si intense, révélant une si exceptionnelle amitié que Penchemel en fut un instant jaloux, faute d'en avoir connu de semblable, avant de s'en émerveiller.

O'Shea partit remplacer à la garde M. des Essarts, marquis de La Mellerie, et celui-ci avala sa soupe à la cuillère d'argent, en grande élégance de manière.

Et c'est à l'instant qu'on attendait le moins que Valencey d'Adana, regardant le baron d'un air légèrement moqueur, lui dit :

— C'est une très belle soirée, baron, comme nous n'en connaissons plus depuis fort longtemps. Cela ajoute à ma confusion de vous avoir manqué deux fois ce soir.

— Deux fois ?

— Une première en brisant une vitre, une seconde en faisant fuir vos deux invités.

Penchemel, homme intelligent, comprit qu'avec son esprit acéré le capitaine avait fait le rapprochement dans la salle à manger avec les deux couverts – Victoire et Jean-Baptiste – que la servante avait pourtant débarrassés rapidement, mais pas encore assez vite.

Il cherchait une quelconque excuse lorsque Valencey d'Adana leva la main en signe d'apaisement.

— Ne dites rien, baron, je m'en voudrais d'obliger un homme de votre valeur à mentir. Vous recevez chez vous qui vous voulez, y compris vos amis royalistes. Lorsqu'on s'invite aussi cavalièrement que je l'ai fait, on ne pousse pas le manque de courtoisie jusqu'à exiger des comptes de qui ne vous en doit pas.

— Mais capitaine, je…

Mahé l'interrompit avec bienveillance :

— Profitez de l'offre, baron, elle est généreuse. D'ailleurs, ainsi est notre capitaine, sans vouloir entendre aucune explication dès lors que l'honneur est en jeu.

Le baron acheva son cognac et inclina la tête :

— Soit, et je vous en remercie. Mais vous feriez erreur à croire que je suis vendéen. Mon cas est fort différent : je pense que la Révolution était indispensable, et la soutiens en ce sens, mais je crois qu'elle aurait dû déboucher sur une monarchie constitutionnelle. Nous eussions évité la guerre civile et la guerre aux frontières.

Saint-Frégant adopta ce ton mondain qu'il affectionnait :

— Vous parlez comme les fédéralistes hier et les Girondins aujourd'hui mais ceux-là, cher ami, finiront aussi mal que les premiers, promis au… raccourcissement patriotique*!

Les autres conservant le silence, le baron en conclut qu'ils partageaient semblable opinion et répondit :

— Messieurs, je ne serai pas plus indiscret que vous ne le fûtes. Mais voir des officiers de marine, sans doute aristocrates, courir la campagne nuit et jour et par tous les temps… Peut-être pourrais-je vous aider si vous cherchez quelque chose ?

— Pas quelque chose : quelqu'un !… répliqua Valencey d'Adana.

— Et… De qui s'agit-il ?

— D'une canaille de la pire espèce qui trahit ses amis, tue leurs parents, prétend servir la cause du ci-devant roi quand il n'obéit qu'à son ambition : Nicolas de Refroicourt, comte de Blacfort et prétendu général dans le camp des brigands de la Vendée.

---

* Guillotine.

M. de Penchemel regarda gravement Valencey d'Adana et répondit :

— Je le connais et ne l'estime point !... Mais sachez qu'il était ici même hier encore.

Valencey d'Adana bondit de sa chaise, la main instinctivement sur la garde de son sabre.

— Quoi ?...

19

Bien qu'elle fût coupée de tout dans la profondeur des souterrains du château du baron de Penchemel, et que jusqu'ici elle n'eût entendu aucun bruit, Victoire de La Chesnaie de Flers sursauta : on tirait au canon !

Jean-Baptiste, sourcils froncés, prêta l'oreille un instant puis :

— Deux pièces !... Sans doute les canons du général de Blacfort.

— Mais contre qui tire-t-il ?

Jean-Baptiste leva à demi les bras et les laissa retomber en un geste d'impuissance.

— Les Bleus. Il a dû venir chercher ses deux canons et se trouver surpris par l'arrivée d'une « colonne infernale » du général Turreau.

Victoire réfléchit et secoua négativement la tête.

— Quelque chose ne va pas. Voilà des heures qu'ils ont brisé une vitre pour s'introduire au château... Au reste, c'est étrange : si Blacfort y a déjà dormi, il savait ce qu'il allait trouver ici, connaissant le baron et sa cuisinière, les usages de l'endroit...

— C'est vrai que c'est étrange : on casse une vitre lorsqu'on ne connaît point les lieux, nous faisions cela, nous autres de « L'armée catholique et royale » du général de La Rochejaquelein.

La marquise approuva et poursuivit son raisonnement :

— Blacfort et ses gens n'ont point parlé pendant des heures avec le baron mais sont allés dormir. Je suppose qu'il a laissé une garde ?

Jean-Baptiste réfléchit, faisant appel à ses souvenirs, puis, d'un ton assuré :

— Il aurait mis deux hommes sur le devant et deux sur l'arrière. C'est suffisant pour tout voir et donner l'alerte en cas d'arrivée des Bleus. Peut-être un cinquième à l'orée de la forêt mais à cette heure, j'en doute.

— Deux hommes devant, deux hommes derrière, un cinquième au sortir de la forêt. Tous assez éloignés les uns des autres, n'est-ce pas ?

— Les lieux sont ainsi que vous le dites, madame la marquise, et…

— Citoyenne !

— C'est bien difficile… citoyenne ! Mais je crois deviner votre… ta pensée, vos… tes remarques m'y ayant préparé : comment cinq hommes dispersés ont-ils pu réagir si vite, au canon, à l'arrivée des Bleus ?

— J'ai vu tirer au canon, il faut charger, bourrer, pointer, s'apprêter, tirer… Entre la forêt et la cour d'honneur du château, il y a trois cents mètres ! Impossible qu'ils se réunissent si vite, qu'ils réagissent avec une telle promptitude de sorte qu'ils soient en ordre de combat pour recevoir un adversaire qu'on n'attendait pas et qui, s'il investit bien un lieu hostile, doit sans doute arriver au pas de charge. Qu'en penses-tu ?

— Je pense que tout cela est vrai, sauf s'ils attendaient les républicains. Mais depuis les grandes défaites, ni le généralissime Stofflet ni le général de Blacfort n'agissent ainsi. Ils ont choisi une guerre de harcèlement, des coups de main, or un château sans douves ni remparts comme celui-ci est un lieu exposé qu'on peut cerner et incendier. Les Bleus connaissent ces façons-là et ils les ont bien souvent employées.

— Il faudrait remonter là-haut.

— C'est fort imprudent, madame la… citoyenne. Le baron l'a dit avec fermeté : « Je viendrai vous rechercher, ne bougez surtout pas »… Dieu seul sait ce que nous trouverions là-haut.

La marquise sembla soudain abattue, défaite :

— Il l'a dit, en effet, et pourtant, j'ai la certitude que je devrais monter… Je ne sais quelle force m'y pousse mais il faut que je remonte.

Jean-Baptiste barra l'accès à l'escalier.

— Je vous en prie, madame, vous pourriez le payer de votre vie et pour quel avantage ?

Victoire baissa la tête, résignée.

À peine le baron de Penchemel lui avait-il parlé des deux canons de Blacfort et dit que celui-ci les devait venir chercher, Valencey d'Adana prit ses dispositions.

Les pièces, placées devant la façade à une dizaine de mètres l'une de l'autre, étaient prêtes à l'emploi : la première servie par Valencey d'Adana, le commodore O'Shea et La Mellerie ; la seconde par Mahé, Saint-Frégant et Dumesnil.

Si les marins sont redoutables dans les combats au sabre en raison des nombreux abordages et corps à corps sans pitié sur le pont des navires, la raison d'être des vaisseaux de guerre demeure l'artillerie. C'est elle qui décide de l'issue des grandes batailles navales dans les flottes modernes, ainsi qu'on le vit pendant la guerre d'Indépendance américaine lorsque la marine française mit en déroute la Royal Navy lors de la grande victoire de la Chesapeake, dont on s'étonne qu'elle ne soit pas fêtée à considérer sa conséquence : la naissance des États-Unis.

Or, avec *La Terpsichore*, Valencey d'Adana pouvait se flatter de posséder les meilleurs canonniers du monde.

Vers la fin mars, en région vendéenne, l'aube tarde à venir, comme enchevêtrée dans le brouillard, et il faisait encore nuit lorsque la cinquantaine de Vendéens approcha.

Munis de torches, ayant placé à l'arrière les chevaux qui devaient tirer les pièces, ils avançaient groupés, bruyants, sans méfiance. Et comment auraient-ils pu imaginer que derrière les deux canons se tenaient six hommes silencieux, aussi immobiles que des statues de granit, attentifs, ne perdant pas un seul de leurs gestes ?

Dès qu'il fut informé par le baron de Penchemel de l'existence des deux canons, Valencey d'Adana avait pris tout son temps pour placer les pièces, effectuer des relevés et régler son tir avec le plus grand soin.

Il sortit son sabre de son fourreau et le leva. Ses yeux gris-vert, en cet instant crucial, ne reflétaient rien de particulier. Aucune tension, nulle passion ne les habitaient au point que pour qui se fût trouvé en situation – chose impossible ! – d'observer ce regard, il eût été stupéfait d'y découvrir le vide de l'indifférence.

Là résidait une des forces de Valencey d'Adana, cette manière de chasser tout sentiment lors de l'action pour ne voir que l'aspect technique des choses.

Il abaissa son sabre en hurlant :

— Feu !...

Les deux pièces tirèrent en même temps, à la seconde près.

Plus tard, on lira dans les yeux des cadavres un mélange de stupéfaction et de terreur car, avant de mourir, les Vendéens eurent la vision, à la lueur des coups de départ, de six officiers de marine en tricorne, épaulettes dorées et bottes noires, de pièces espacées sur un espace dégagé, d'ordre, de méthode et de force.

Les canons n'étaient pas des pièces modernes tel le Gribeauval, mais le commandant de *La Terpsichore* en avait bien pris la mesure pour un tir délicat, tout en finesse, dont l'exécution rappelait ce que l'on enseigne dans les écoles d'artillerie en soulignant qu'il s'agit là de la perfection absolue.

Le tir, à dessein, ne frappa pas dans la masse humaine très compacte mais atteignit juste devant elle le sol caillouteux de la cour d'honneur. Ce faisant, si l'on faisait montre de finesse, on acquérait la certitude de voir les boulets ricocher cinq ou six fois en projetant des centaines de cailloux. Les experts certifiaient que, dans ces conditions précises, un boulet, un seul, pouvait tuer des dizaines d'hommes et en blesser une centaine.

À ceci près qu'il ne s'agissait pas d'un mais de deux boulets. Suivis immédiatement de deux autres…

La fumée se dispersa. Les six républicains, pistolets en main, s'approchèrent des lieux du carnage.

Ils virent un homme qui rampait en traînant ses intestins. Il leva un regard pitoyable sur Valencey d'Adana.

— Achevez-le !… Vite !… lança Valencey d'Adana à Dumesnil.

— Vous ne l'interrogez point ?… Il n'est pas en situation de nous mentir !…

Le capitaine de vaisseau lui jeta un regard polaire :

— Achevez-le immédiatement !

Le Vendéen parvint à se retourner. Couché sur le dos, les traits marqués par une atroce souffrance, il parvint à dire :

— Achève-moi, pataud, les tripes me sortent du ventre et sur Dieu, moi je le ferais pour toi.

Jules Dumesnil était un homme dur, assez fanatique, mais il sentit que l'homme ne mentait pas et lui en eut une fugitive reconnaissance. Lui qui si souvent achevait les blessés au sabre, expliquant avec sincérité qu'il faisait ainsi « économie de balles pour la République », tira une balle dans la tête du malheureux.

Valencey d'Adana et ses compagnons ramassèrent les torches abandonnées sur le sol tandis que le baron de Penchemel, devinant le combat achevé, les venait rejoindre.

Le spectacle était effarant, les Vendéens avaient été comme hachés par les boulets et les cailloux. On pataugeait dans le sang, on voyait des membres arrachés, des thorax évoquant des quartiers de viande meurtrie. Mais Blacfort n'était pas au nombre des morts.

Le baron de Penchemel ne put s'empêcher de vomir mais revint cependant avec courage, balbutiant :

— Quelle horreur !

— C'est la guerre, monsieur !... répondit sèchement Valencey d'Adana qui prenait grand soin de dissimuler son propre désarroi.

Le baron de Penchemel poursuivit, mais peut-être s'adressait-il à lui-même :

— Ce sont là des pères, des maris, des fils, des frères...

Valencey d'Adana lui jeta un regard froid :

Chez les républicains aussi il y a des pères, des maris, des fils et des frères. Je vous accorde, monsieur, que la mort d'un homme est toujours un drame, une tragédie que rien n'égale. Cependant, la différence est la suivante...

D'un signe de tête, il désigna l'amas de cadavres vendéens puis, d'une voix coupante :

— Ceux-ci, même s'ils furent dupés, se battaient pour les despotes, les oppresseurs couronnés, les prêtres et leurs mensonges qui prônent la résignation, les privilèges de nobles, l'humiliation des humbles et des faibles, les famines organisées par les fermiers généraux qui bâtissent des fortunes en quelques années, tout cet ordre abject que je vomis comme vous le fîtes à l'instant de votre repas !

Il ôta son tricorne et, d'une main élégante, caressa la cocarde bleu, blanc, rouge :

— Nous nous battons pour changer un monde insupportable et figé, pour la fraternité entre les hommes, une République qui garantit les droits de tous, du vieillard trop abîmé pour travailler encore, de la femme qu'on ne considère jamais à égalité de droits quand elles furent à la prise de la Bastille, de l'enfant dont on vole les plus tendres années à la terre, à la manufacture ou dans les mines.

Il coiffa son tricorne d'un geste précis au centimètre près :

— Il faudra d'autres morts, monsieur. Il faudra que Turreau ou un autre écrase Stofflet et que j'en finisse avec Blacfort et alors, il n'y aura plus de guerre.

Il sourit avec gentillesse à Penchemel et ajouta :

— Ne croyez-vous pas que l'être humain a bien assez de malheur en sa propre condition, celui qui est laid, vieux, malade… Ou celui qui aime sans être assuré de l'être en retour…

Ces derniers mots le laissèrent un instant tristement songeur puis, d'un ton enjoué mais un peu forcé :

— Qu'au moins la République veille à notre confort car pour nos chagrins personnels, hélas, nous serons toujours seuls.

Il s'éloigna et prit ses dispositions pour qu'on fît sauter les bouches des deux pièces. S'aidant de chevaux, on traîna ensuite les canons de bronze et leurs affûts vers la pièce d'eau où il paraissait douteux qu'on puisse venir les y rechercher.

Enfin, tenant leurs chevaux par la bride, les six hommes prirent congé du baron, Valencey d'Adana résumant parfaitement les pensées et les sentiments de ses compagnons :

— Baron, je n'oublierai jamais la qualité de votre accueil, ni votre aide si précieuse. Votre seul défaut…

Il sourit d'une manière extraordinairement juvénile :

— Ce défaut est de ne pas vous connaître vous-même, comme le recommandaient pourtant les philosophes grecs. Qu'avons-nous besoin d'un roi, d'un tyran et de son bon plaisir ?... La République montre chaque jour que ce pays peut en faire l'économie et que le peuple en armes vaut toutes les armées du monde... Vous êtes républicain, monsieur, et lc seul à l'ignorer encore. Salut et fraternité !

Les six hommes se mirent en selle en même temps, en un ensemble parfait.

L'air soucieux, le baron de Penchemel approcha et saisit la bride du cheval de Valencey d'Adana :

— J'ignore qui vous êtes, monsieur, mais je m'enorgueillis de vous connaître... Le repaire principal de Blacfort se trouve toujours en forêt, il s'en est vanté devant moi. J'ai songé à la forêt de Maulévrier...

20

Le bruit du canon porte loin, surtout la nuit, et Valencey d'Adana ne doutait pas qu'il fût parvenu jusqu'aux oreilles de Blacfort.

Il conjectura que celui-ci, redoutant sans doute une rencontre, ne se déplacerait pas avec une simple avant-garde mais entraînerait l'ensemble de ses troupes. Dans cette hypothèse, il fallait lui accorder un certain temps car on ne met pas si facilement en route tout un régiment d'infanterie, soixante cavaliers et vingt canons.

« Non, dix-huit, à présent... », corrigea-t-il mentalement.

Il pouvait donc considérer comme très avancée la première partie de sa mission consistant à situer les principales bases de Blacfort, celles dont il partait pour lancer ses opérations brèves et vigoureuses contre les troupes de la République, se retirant toujours avant que celles-ci n'aient le temps de contre-attaquer.

Il connaissait cette très vaste forêt de Maulévrier, à une quinzaine de kilomètres au sud-est de Cholet en laquelle, de fait, les Bleus ne se risquaient guère. Il situait aussi les autres forêts.

Suivant son propre plan, qu'il avait communiqué dans une missive à l'encre sympathique au chef de la police secrète, Pierre-François Gréville, il devait à présent rejoindre au plus vite l'île d'Aix.

Voilà qui ne l'arrangeait pas du tout car il espérait bien retrouver Victoire avant cela. À ne se point farder la vérité, c'était même son but essentiel…

Pas dupe de lui-même, et presque amusé, il se convainquit qu'il devait changer ses projets. En argumentant avec… plus ou moins de sincérité.

Et par exemple, à tout prendre, s'il ne doutait pas des convictions républicaines de Gréville, et s'il pensait, à juste titre, que celui-ci le tenait en bonne estime mêlée de réelle amitié, il savait cependant qu'un homme si prudent, si avisé, et arrivé au sommet de la plus redoutable des polices, « La secrète », n'agissait pas ainsi qu'il le faisait de son propre chef ou se protégeait en en référant au Comité de salut public, c'est-à-dire à Robespierre et Saint-Just.

La guerre sur mer lui avait appris très tôt que, s'il est des plus utiles d'échafauder des plans d'attaque très précis, il faut savoir également « laisser la porte entrouverte », et par là le capitaine de *La Terpsichore* entendait cette part d'improvisation suscitée par les développements parfois inattendus des situations de conflits.

Voilà qui fournissait un début d'argument pour ne point rejoindre immédiatement l'île d'Aix, son navire et son équipage : il prétexterait, en cas de nécessité, qu'il voulait davantage de renseignements, ce qui n'était pas faux, avant la confrontation finale, ce qui lui permettrait peut-être de croiser la route de Victoire et de ses ravisseurs.

Avec cette science des pistes qui lui venait des Indiens bravos et mayas, Valencey d'Adana n'eut aucune peine à relever les traces de la petite troupe de Vendéens qui s'était rendue d'un point précis – sans doute un campement – au château de M. de Penchemel, où elle fut décimée.

C'est sur ce trajet qu'il trouva le poste d'observation idéal, une petite éminence en forme de butte garnie d'arbustes, de mousses et d'épaisses fougères : « l'armée Blacfort » devait fatalement emprunter ce trajet.

Valencey d'Adana n'ignorait pas qu'une troupe en déplacement est bruyante : chariots, artillerie, chevaux… Cependant, ne voulant prendre aucun risque, il chargea La Mellerie d'attendre avec leurs montures à un bon kilomètre : il suffit parfois du hennissement intempestif d'un cheval pour trahir une troupe placée en observation ou en embuscade.

Connaissant Blacfort, Valencey d'Adana l'imaginait, non sans plaisir, piaffant d'impatience.

Il avait en effet dépêché au château un premier messager, officier à cheval serrant une bougette*. L'homme, encore en selle, avait été atteint par trois couteaux de lancer et fut mort avant que de vider les étriers. Le sac de ce lieutenant, sans doute un officier d'ordonnance, ne contenait hélas aucun document concernant de futures opérations. En revanche, on y lisait des comptes rendus très détaillés sur les opérations passées ainsi qu'une liste très précise des besoins en matériel du régiment Blacfort, tous documents qui enchanteraient Gréville.

Ne voyant point revenir l'officier, Blacfort envoya un autre messager, simple paysan sans Sacré-Cœur sur la chemise et ne possédant qu'un bâton de marche.

Il fut arrêté par Valencey d'Adana et ses hommes lesquels, malheureusement pour lui, commençaient à très bien connaître les ruses des Vendéens.

O'Shea saisit le bâton, le soupesa puis, se tournant vers le paysan :

— Voilà un bâton bien léger…

---

* Petit sac de voyage en cuir.

Saint-Frégant adopta un ton ingénu :

— Ne serait-il point creux, commodore ?

L'Américain, d'un geste puissant, cassa le bâton contre un rocher, se baissa et ramassa un papier qu'il tendit à Saint-Frégant, ne quittant point le paysan des yeux :

— Est-ce là un billet doux pour ta bien-aimée ?

— Lisez, je vous prie !... demanda Valencey d'Adana.

Saint-Frégant s'exécuta :

— *« Eh bien quoi, Giraud de La Renardière, que faites-vous donc alors que je vous attends ?... Quels étaient ces tirs ?... Revenez immédiatement me faire votre rapport. »*

Insensible au regard réprobateur de ses compagnons, Dumesnil entraîna le Vendéen à l'écart, l'assomma et le noya dans un marécage tandis que Mahé suggérait :

— Blacfort s'impatiente sans doute.

— Il va venir lui-même !... compléta l'Américain.

— Mais avec toute son armée !... remarqua Saint-Frégant d'un air amusé.

C'est à cet instant que Valencey d'Adana avait arrêté sa décision de voir cette armée de plus près, du premier au dernier homme.

Couchés tous les cinq derrière les hautes fougères du talus, Valencey d'Adana et ses amis furent défavorablement impressionnés par ce « défilé » sous couvert d'une forêt.

Saint-Frégant, expert en ce genre de choses, compta non pas mille mais mille deux cents fantassins. Des Vendéens aguerris, visiblement bien nourris et qui semblaient résolus.

La soixantaine de cavaliers, à l'évidence, était issue pour une bonne part de la noblesse locale, d'anciens militaires, certains encore en uniforme blanc de l'armée royale d'avant la Révolution : des carabiniers à cheval, des officiers des régiments du Hainaut, d'Artois, de Chartres, du Soissonnais… Des mousquetaires de la garde ordinaire du roi portant au chapeau un bouquet de plumes blanches.

Une rangée de quatre tambours, silencieux, précédait un cavalier tenant un étendard blanc, en satin galonné d'or et d'argent, semé de fleurs de lys.

Puis venait Blacfort monté sur un superbe cheval noir. Valencey d'Adana et Mahé échangèrent un regard et faillirent céder au fou rire.

Valencey d'Adana souffla à l'oreille de Mahé :

— Monsieur mon frère, admirez la vertigineuse montée en grade et la splendeur de la tenue lorsqu'on fait la guerre depuis à peine six mois.

— Et nous, vingt-deux ans de campagnes, d'assauts et de services nous laissent en des grades plus modestes et des uniformes moins rutilants.

On ne sait où il la trouva, un quelconque château à demi incendié, peut-être, à moins que ce ne fût dans les bagages de pillards républicains, mais Blacfort portait, un peu trop grande pour lui, une cuirasse d'acier noir très finement ciselée d'or, telle qu'on en vit jadis au prince de Condé pendant la Fronde.

O'Shea, couché dans les fougères aux côtés de Valencey d'Adana, désigna Blacfort :

— Quelle est cette très vieille chose en armure ?

L'expression faillit faire hurler Valencey d'Adana de rire :

— Cette « très vieille chose », c'est Blacfort, commodore.

O'Shea ne put retenir une grimace dégoûtée.

— Crois-tu qu'ils vont se battre à la masse d'armes, la francisque et l'arquebuse ?

Valencey d'Adana adressa un clin d'œil à l'Américain.

— Cher ami, aie la charité de ne pas porter sur les

très vieux pays ce regard impitoyable des jeunes nations.

O'Shea réfléchit, hocha la tête puis, toujours chuchotant mais d'un ton cérémonieux :

— Dis-moi, si nous prenons cet homme, pourrai-je garder cette armure ?

— C'est simplement une cuirasse de poitrine, pas vraiment une armure, vois-tu ?

— Soit. Eh bien, cette cuirasse, pourrai-je l'obtenir ?

Valencey d'Adana, surpris, lui demanda :

— Tudieu, qu'en feras-tu ?

— J'inviterai mes voisins à souper et apparaîtrai dans cette armure.

— Cuirasse de poitrine… Ils seront très impressionnés.

— N'est-ce pas ?… Aux États-Unis, même George Washington n'a pas d'armure.

— Cuirasse, John : une cuirasse.

Cette conversation ne risquait pas d'être surprise : plus bas, chariots et pièces d'artillerie passaient dans un bruit infernal. Sur les dix-huit pièces, on ne comptait que deux canons Gribeauval évidemment pris aux républicains. Le reste datait un peu.

Vint enfin un groupe d'hommes visiblement à part, accompagnés de deux femmes. Les hommes avaient des têtes d'assassins, de voleurs et de gibiers de potence. Les femmes, dont l'une jeune et très jolie mais comme absente, semblaient des putains, à en juger par la voix vulgaire de la plus âgée, la peau grêlée et les cheveux sales, qui insultait son malheureux cheval avec des mots orduriers qui eussent fait rougir Bernardin des Essarts, marquis de La Mellerie, s'il n'eût été occupé à garder les chevaux.

L'arrière-garde de « l'armée Blacfort » était composée de plusieurs rangs serrés de Vendéens aux aguets, visages passés à la suie comme les chouans, fusils à la main et les marins, sans se consulter, baissèrent la tête dans les fougères, devinant que ceux-ci devaient être les plus redoutables au plan militaire.

On laissa passer quelques minutes. Le bruit des voix et celui des chariots décrurent et s'estompèrent mais Valencey d'Adana, d'un geste, arrêta ses hommes qui s'apprêtaient à redescendre la butte.

Ils virent arriver un traînard. Celui-là, avec une jambe de bois, suivait difficilement. Il eût dû prendre place sur un des chariots mais, Valencey d'Adana le savait depuis longtemps, Blacfort détestait les infirmes, eussent-ils été estropiés à son service.

Sur un signe de tête, O'Shea se proposa, ce que Valencey d'Adana approuva car seul l'Américain était capable de ce genre de saut très acrobatique.

Il bondit, faisant un magnifique tour sur lui-même dans l'espace, et retomba exactement sur le dos du Vendéen qui se retrouva au sol, une baïonnette sur la gorge.

Valencey d'Adana s'approcha, admiratif :

— Un saut magnifique, John !

Puis, au Vendéen :

— Mène-moi à votre camp et tu as la vie sauve.

— Mais, le camp est vide…

— Obéiras-tu, à la fin ?

On remit l'homme debout tandis que Saint-Frégant allait chercher La Mellerie et les chevaux.

Si le Vendéen infirme ne pouvait certes pas comprendre l'intérêt que les républicains trouvaient à investir un camp désert, les officiers de Valencey d'Adana, eux, le savaient. Un camp, même vide, en dit beaucoup sur l'organisation de l'adversaire et la chose peut se révéler des plus utiles à l'avenir.

Cependant, s'ils l'avaient connu, cet avenir, Valencey d'Adana et ses hommes se seraient pour une fois abstenus…

21

Bien que le lieu fût mal famé, Francis William Dawson, grand maître de l'espionnage anglais, aimait à se promener au Palais-Royal.

Il en avait plus qu'assez de cette manie des révolutionnaires français de changer tous les noms de lieux. Hier encore, il s'était publiquement trompé aux « Quatre-Vents » en parlant à la serveuse de la Place royale qu'on nommait officiellement Place de l'Indivisibilité.

Le seul changement qu'il affectionnait, mais celui-là n'avait rien d'officiel, concernait justement le Palais-Royal surnommé par les Parisiens le « Jardin Lupanar ».

Dawson, qui avait beaucoup marché, s'épongea le front à l'aide d'un joli mouchoir de batiste. Il faisait lourd. Un vent d'ouest-sud-ouest amenait sur Paris des nuages noirs menaçants et l'approche des grosses pluies de printemps assombrissait un peu les cœurs.

Voilà un temps qui n'arrangeait guère le moral du maître espion anglais, très mécontent de la tournée entreprise auprès de ses agents français.

À commencer par leur chef, un gros marchand de drap logeant en une belle maison au dôme ardoisé de la Chaussée d'Antin. Celui-là, par ailleurs officier de la garde nationale, était prêt à vendre toutes sortes de secrets militaires concernant la défense de Paris, mais refusait absolument de passer à l'action, quelle qu'elle soit.

Les cinq autres, disséminés à travers la ville, ne désarmaient pas de semblable disposition : à croire qu'ils s'étaient concertés, chose au reste assez probable.

Si Dawson reconnaissait leur efficacité concernant l'obtention de renseignements confidentiels, il ne pouvait cependant pas se passer d'hommes de main pour sa mission principale : tuer Joachim de Niel, comte de Valencey et prince d'Adana, lorsque celui-ci viendrait à Paris. Et il y viendrait nécessairement.

Il n'était pas dans le caractère de Francis William Dawson de ruminer des idées sombres et en toutes choses, par de bonnes dispositions naturelles, il cherchait l'aspect réjouissant. Ainsi de cette interminable promenade à travers la ville révolutionnaire, ses agents se trouvant dispersés dans des quartiers fort différents.

Comme Paris avait changé depuis sa première visite en 1771 !... Ainsi l'éclairage des rues et l'assainissement dû aux égouts quand vingt ans plus tôt on pataugeait dans la boue en laquelle on vidait les pots de chambre depuis les étages. Sans parler de l'odeur infernale, surtout l'été, du sang des animaux que les bouchers égorgeaient devant leurs boutiques, attirant des milliers de mouches.

Pour Dawson, cette ville se définissait d'un mot : le contraste. Ainsi passait-on de ruelles sordides bordées de taudis pestilentiels à des rues dont la beauté vous laissait la gorge sèche par l'alignement magnifique de maisons neuves de grand style.

Parfois, notamment chez les fermiers généraux accumulateurs de grandes fortunes, on tombait dans le mauvais goût avec de nouveaux hôtels particuliers de forte prétention : piliers doriques, style corinthien et toits en poivrières. Ces demeures, malgré les fortunes qu'elles engloutirent, ne pouvaient rivaliser avec la sobre beauté des ci-devant hôtels de Soubise ou d'Argenson, pour ne citer que ceux-là.

Très observateur, Dawson ne fut pas sans remarquer que, par équipes très réduites, des ouvriers travaillaicnt encore à l'ordre donné un an plus tôt de faire disparaître de toutes maisons et monuments les symboles de la royauté telles les fleurs de lys, les armoiries et les couronnes.

Dawson haussa les épaules. Il trouvait les fleurs de lys bien moins dérangeantes que la présence des chats sur les toits de Paris. Car c'est là que par milliers ces animaux qu'il détestait se retrouvaient chaque nuit. Malheureusement, les choses se passaient souvent fort mal en ces aériens boudoirs et toute cette engeance féline de sauter, crier, miauler et couiner en se battant pour les beaux yeux d'une précieuse indécise. Quoi qu'il en fût, Dawson acceptait le dérangement avec élégance et stoïcisme car contrairement aux rustauds vulgaires, péremptoires et à l'âme plus verte que mûre qui surgiraient en les siècles futurs, il savait que depuis le début de la civilisation, et dès l'Égypte ancienne, une ville sans chiens ni chats est une ville morte, une ville de cadavres haineux les uns envers les autres : le chien ne fut-il pas le premier animal dressé par l'homme, et devenu son compagnon, voici déjà plus de dix mille ans ?

Il acceptait donc l'état des choses, tout cela s'inscrivant dans une logique populaire qui fait le charme des villes du Sud avec les cris des marchands ambulants, dans les rues, de l'aube à la chute du jour : porteurs d'eau, vendeurs d'images, ramoneurs, regrattiers, vinaigriers, rémouleurs, mendiants… Et tous ces vendeurs de se faire insulter par les cochers, eux-mêmes filant doux devant la garde nationale…

Au fond, Dawson adorait la France mais, chose beaucoup plus rare chez les Anglais, il aimait aussi les Français.

Sans pouvoir en expliquer la raison, il aimait certaines façades comme le couvent des Capucines, certains monuments tels que la fontaine des Enfants Trouvés sise face à Notre-Dame ou le vieux faubourg Saint-Marcel entre Saint-Étienne-du-Mont et Saint-Médard avec cette très vivante rue Mouffetard qui montait de la barrière de Fontainebleau vers la place de la Contrescarpe.

Dawson leva les yeux vers une très jolie Parisienne qui l'éloigna de ses pensées. Il soupira d'aise. Car pour qui ne pouvait rencontrer un petit bonheur, celles qui se vendaient offraient, à ses yeux, compensation. On parlait de vingt mille prostituées à Paris, depuis les plus quelconques appelées marcheuses, bouisses ou daussières qui se donnaient dans les escaliers ou sur les quais derrière les billes de bois jusqu'aux boucaneuses, en général assez jolies, qui exerçaient en maison, sous le contrôle d'une maquerelle. Entre ces deux espèces se trouvaient les raccrocheuses, qui vendaient leurs charmes dans des chambres garnies.

Dawson y consentait parfois, mais il préférait la chasse. Avec tous ces hommes à la guerre, les ateliers fonctionnaient avec des femmes de sept à quatre-vingts ans travaillant douze heures par jour. Toutes n'étaient point farouches dès lors qu'il s'agissait, en s'offrant, d'améliorer une condition harassante et sans perspectives.

Dawson sentit le geste pourtant adroit, très adroit. Il saisit d'une poigne de fer la main du tire-bourse qui pâlit.

— Te voilà fait !... dit-il avec son léger accent.

L'autre semblait sur le point de défaillir :

— Ah, citoyen, non, par pitié, ne me livre pas : j'en mourrais !

Étonné de pareille émotion chez son voleur, Dawson questionna :

— Quoi, la prison te fait-elle si peur ?

— Mais il me trouvera, citoyen, même en prison, et me fera égorger.

— De quoi parles-tu ?

— Citoyen, laisse-moi t'offrir à boire, tu comprendras.

L'idée de se faire rafraîchir par son voleur amusa Dawson qui accepta.

Il eut tort.

Valencey d'Adana et les siens avançaient sous le couvert de la forêt, marchant depuis le matin sans échanger un mot. Ils tenaient leurs chevaux par la bride en raison des branches basses et gardaient tous leurs sens en éveil, du moins le tentaient-ils, sans cesse distraits par l'horrible scène du matin.

Le Vendéen à la jambe coupée, sans chercher à finasser, les avait donc menés au camp improvisé en plein champ par Blacfort et son armée.

En officier connaissant particulièrement bien son métier, Valencey d'Adana avait effectué un relèvement du camp, écoutant avec attention les explications du prisonnier complaisant, si complaisant, même, qu'il éveilla la méfiance du capitaine de vaisseau.

Ses officiers, du bout de la botte, fouillaient les déchets et autres objets abandonnés : bouteilles vides, musettes percées, poudre gâtée par l'humidité…

De son côté, O'Shea était parti chasser. Il peut sembler curieux qu'un marin, qui plus est Américain fraîchement débarqué en France, soit désigné pour semblable mission. Cependant, dès le premier jour, O'Shea avait démontré son écrasante supériorité en ce domaine, rapportant deux lièvres tués à la fronde : l'absence de coups de feu, pour des fugitifs, se révélant absolument vitale.

L'Américain revint au bout de dix minutes, très pâle, et fit part de sa découverte à Valencey d'Adana.

Après un regard au prisonnier, le commandant de *La Terpsichore* avait lancé :

— Amenez celui-là, il n'a pas l'air d'avoir la conscience tranquille.

À huit cents mètres du camp, près d'un lit de braises mourantes, les six marins découvrirent à côté d'une longue barre d'acier un corps dépecé et affreusement mutilé.

Sur la tête décapitée manquaient les joues et les oreilles. À proximité, de longs cheveux coupés et une robe rayée de tricolore indiquaient qu'il s'agissait d'une femme, probablement une cantinière servant dans les armées de la République.

— Les monstres !… balbutia le marquis de La Mellerie, le cœur au bord des lèvres.

— Je crains que ce ne soit plus grave encore !… souffla M. de Saint-Frégant, chirurgien de *La Terpsichore*, en se penchant sur le cadavre.

Ses compagnons le virent ouvrir sa trousse, y saisir ses instruments, écarter les plaies sur les bras arrachés, les seins coupés, une béance au bas de l'abdomen, des déchirures profondes sur les cuisses et les fesses.

Après une courte observation, il nettoya ses instruments avec des poignées d'herbes et se releva, le visage fermé.

Valencey d'Adana l'interrogea sèchement :

— Eh bien, Saint-Frégant, qu'en est-il, à la fin ?

— Commandant, cette femme a été cuite, en partie du moins, sans doute à l'aide de cette broche. Puis elle fut dévorée.

— Par leurs chiens ?… demanda Dumesnil.

— J'aimerais vous répondre par l'affirmative, mais sur les chairs, ce sont des empreintes de dents humaines, que je relève…

Mahé sortit un des pistolets passés dans sa ceinture et l'appliqua contre la tempe du Vendéen :

— Parle ou crève sur l'instant.

L'homme n'hésita pas :

— Tout cela que vous dites est vrai, messeigneurs, ils l'ont mangée.

— Qui ?

— Notre général et sa bande.

— Quelle bande ?

— Ceux-là ne sont pas de Vendée, six hommes, des assassins, et deux putains, dont l'une n'a point esprit vil et méchant mais innocent et égaré. Cette nuit, avec le général, la bande moins la plus jeune se tint à l'écart en cet endroit, interdisant qu'on y vienne voir.

— Mais toi, toi tu es venu ?

— Avec ma jambe, qui fait attention à moi ?... Tous étaient partis vers ce château, j'étais resté le dernier. Je suis alors venu ici...

— Disparais !... lança Valencey d'Adana d'un ton de grande lassitude.

Une suite de prairies s'offrant à leurs regard, vers l'ouest, le commandant de *La Terpsichore* ordonna :

— En selle, messieurs !

Et depuis, il ne desserrait pas les dents, ressassant sa haine et son mépris contre celui qui, le trompant depuis l'enfance, glissait chaque jour davantage vers la barbarie.

Mais Valencey d'Adana, déjà bouleversé, aurait vacillé d'effroi et de surprise s'il avait su qu'en cet instant, ivre de colère, Blacfort se trouvait sous le même toit que Victoire...

22

Le soleil s'inclinait sur l'horizon bleu qu'il teintait d'un rose d'une infinie douceur, les nuages sombres ayant filé vers l'est.

Une heure plus tôt, Dawson et son voleur franchissaient la porte du cabaret « Aux Trois Morts » puis, traversant la grande salle, ils en avaient gagné une seconde, plus modeste, donnant sur un jardin à demi sauvage.

— Ils ne tarderont pas !... assura le voleur.

— Qui ?

— Tu le verras bien, citoyen. Tu aimes les femmes, j'ai suivi ton regard : nous pouvons t'offrir cela, et bien d'autres choses.

— Je connais les femmes qui se vendent à Paris !... répondit Dawson d'un ton suffisant. Il ne résista d'ailleurs pas à son envie d'exposer ses connaissances en ce domaine.

Le voleur écouta d'un air distrait, jetant des regards craintifs vers la porte de la salle. Puis il s'exprima d'un ton assez impersonnel où manquait la conviction :

— C'est vrai, tu connais assez bien les putains. Mais vois-tu, et tu ne signales point celles-là dans ta liste, un homme tel que toi, un bon bourgeois cossu, ne devrait fréquenter que les « demoiselles de journée » qui retournent chez elles, et parfois chez leur mari ignorant de leur activité, après une journée en maison.

— Celles-ci sont trop dans le métier. J'aime les femmes qui ne sont point trop habituées à l'état de putain, les ouvrières, les bouquetières, de celles qu'on rencontre sous les arcades du Palais-Royal.

— Prends garde à celles-ci, citoyen, elles sont souvent gâtées comme un beau fruit pourri du dedans. Évite aussi celles que tu trouves dans les cabarets, aux abords des théâtres, à la foire Saint-Germain ou aux débouchés du Pont-Neuf: toutes sont malades et boivent trop. Celles qui survivront finiront au Port-au-Bled. Connais-tu le Port-au-Bled ?

Dawson hocha la tête. Lors d'une promenade dans Paris, c'est par hasard qu'il avait découvert cet endroit affreux hanté par de pauvres vieilles putains hideuses et édentées qui ne pouvaient guère contenter que des brutes à la volupté sommaire.

Mais les étonnants Parisiens les toléraient, les protégeaient, même, comme ils le faisaient des mendiants bénéficiant de sympathies dans le peuple. Bien avant la Révolution, lorsque les archers de l'hôpital général venaient les arrêter, les représentants de l'ordre faisaient l'unanimité contre eux. Depuis les fenêtres, on leur jetait ordures et cendres chaudes tandis que les commis de boutiques, laquais et même artisans se lançaient dans de violentes bagarres contre les gens du roi en s'armant de couteaux, de fourches à fumier, voire de broches à rôtir !

Tous ces gens du peuple connaissaient trop bien cet horrible hôpital général où l'on enfermait les mendiants, les filles de mauvaise vie, les folles et les fous, les prostituées, les vagabonds, les vénériens mais aussi, sous la pression des prêtres, les libertins et les épouses rétives. Sans états d'âme, on y enfermait pareillement les enfants abandonnés.

Dawson eut un geste impatient :

— C'est assez de discours sur les putains. Parle, dis l'objet de ta crainte ou je m'en vais à l'instant même.

L'homme sentit qu'il ne pourrait plus gagner de temps. Il s'exprima avec réticence :

— J'appartiens à un petit groupe qui a une autre activité, bien plus sérieuse. Mais voleur fut mon premier métier et, bien que la chose me soit interdite par mes camarades, parfois, je ne résiste pas à cette mauvaise inclination. Fais-m'en excuse mais je t'ai pris pour un gros bourgeois de province facile à détrousser et je n'ai pas résisté, par habitude…

Dawson sentit son instinct s'éveiller :

— Et… Quelle est cette autre activité dont tu parles ?

— Une activité importante et sérieuse qui m'interdit d'aller en prison où je pourrais faire le musicien.

— Le musicien ?… demanda Dawson, stupéfait.

L'autre ébaucha un sourire.

— Le musicien est un dénonciateur car « il joue de la casserole qui chante »…

L'expression amusa Dawson qui ne se laissa cependant pas distraire :

— Explique-moi ce que tu nommes une activité sérieuse.

— Elle ne te concerne pas, tu es étranger. Tu n'as point un associé qui gêne tes affaires, une épouse riche mais embarrassante, un père dont tu guettes l'héritage : ce que nous faisons, et que tu dois comprendre à demi-bouche, comme je te le dis, ne te serait utile en rien dans cette ville où tu n'as point d'ennemis.

Dawson cacha sa joie. Il écarta légèrement sa redingote grise, sembla se gratter la cuisse gauche, sous la table, mais c'est un court pistolet très adroitement dissimulé qu'il sortit, dirigeant l'arme vers le voleur :

— Vous êtes une bande d'assassins qui vendez vos services !

En face, l'homme pâlit :

— C'est faux, je ne t'ai jamais rien dit de semblable.

Dawson, que la largeur de la table séparait de son interlocuteur, se leva brusquement en renversant sa chaise et prit du champ, visant la tête du voleur :

— Et tu m'as amené ici où vous vous réunissez si bien qu'à peine arrivés, tes complices m'auraient tué !

— C'est faux !... Tu inventes de folles histoires !...

— Je me doutais bien qu'il ne s'agissait pas d'affaires de putains mais je n'osais espérer tomber sur une bande d'assassins.... car c'est précisément ce que je recherche !

— Tu me tends un piège, citoyen. Je ne suis pas si naïf.

— C'est toi qui parles de piège ?... Et moi, suis-je naïf qui dissimule si bien une arme ?... Et pourquoi te tendrais-je un piège : suis-je en train de hurler « À l'aide » ?... Non, tu me vois très calme et fort satisfait, espérant seulement que vous n'êtes point une bande de maladroits.

Le voleur réfléchit longuement, grattant de l'ongle une tache sur la table. Il apportait beaucoup de soin et d'attention à cet inattendu nettoyage puis, levant brusquement son visage vers Dawson :

— Il y a bien des choses vraies dans tes paroles et deux surtout : tu n'appelles pas à l'aide, tu ne t'enfuis pas sous la protection de ton arme.

— Heureux que tu l'aies remarqué.

— Ainsi, quelqu'un te... gêne ?

— Il doit disparaître.

Le voleur hocha la tête et sembla choisir ses mots avec le plus grand soin :

— Vois-tu, citoyen, dans un groupe, chacun est à sa place. Lorsque tous y demeurent, les affaires prospèrent en bonne intelligence. Je ne suis pas le chef, je ne veux donc rien savoir de qui tu veux tuer, ni si la chose est faisable. Celui qui décidera de cela va arriver bientôt, comme tu l'as deviné. C'est avec lui qu'il te faudra discuter.

Dawson apprécia ce discours au plus haut point, même s'il n'en laissa rien paraître.

« Ces gens-là sont fort sérieux », songea-t-il. Et c'est justement ce qu'il cherchait, des tueurs sans passion, connaissant bien leur travail, prenant des garanties quant à leur sécurité.

Le voleur ajouta brusquement :

— Cependant, de ton côté, tu dois t'attendre à ce que nous exigions des preuves de ta... fortune.

Sans un mot, et sans baisser son arme, Dawson fouilla dans la tige d'une de ses bottes et en sortit un rouleau de gros papier brun. Il le posa sur la table en disant :

— Regarde !

L'homme ouvrit soigneusement le rouleau et des pièces d'or apparurent. Il n'alla pas plus loin, referma le papier et reposa le rouleau sur la table.

— Cinquante louis !... dit Dawson.

Le voleur hocha lentement la tête.

— C'est trop. Ou est-ce Robespierre, dont tu veux la tête ?

— Rien de tel. Mais ceci n'est qu'un acompte. La mort de cet homme, je l'ai chiffrée à mon propre prix : cinq cents louis.

Le voleur, grave, demeura longtemps silencieux puis :

— Tu dois beaucoup le haïr.

— Peu importe, ce n'est pas là ton affaire.

L'interlocuteur de Dawson ébaucha un sourire en coin.

— Rentre ton arme, citoyen : à cinq cents louis, ta personne est sacrée.

Dawson estima le risque, le jugea nul, puis remit son pistolet à sa place et le rouleau d'or dans une des poches de sa redingote.

Il allait parler lorsque la porte s'ouvrit sur une femme d'environ vingt-cinq ans. Grande, brune, souriante, les cheveux frisés : Dawson en eut le souffle coupé car elle correspondait très exactement à ce qu'il avait toujours recherché chez une femme. Elle portait une robe bleue très ajustée, collant au corps telle que s'en dessinait la mode.

Elle adressa un sourire distrait à Dawson puis salua le voleur :

— Ils ne sont point encore là ?

Le voleur secoua négativement la tête puis, désignant Dawson :

— Le citoyen au léger accent est sans doute anglais. Tu as toujours rêvé de rencontrer un Anglais, n'est-ce pas ?

La jeune femme regarda Dawson avec une sorte d'émerveillement puis, sans être consciente de sa franchise :

— Enfant, on m'a prédit que j'épouserai le premier Anglais que je rencontrerai !

Elle s'approcha et plaqua un rapide baiser sur les lèvres de Dawson qui pensait vivre un rêve fou.

— Attends dehors !... lança rudement le voleur et la jeune femme sortit, non sans se retourner et adresser au chef de l'espionnage anglais un regard qui le crucifia.

— Qui est-elle ?... balbutia-t-il.

— Léonore.

— Une de vos putains ?

Le voleur eut un haut-le-corps :

— Léonore, une putain ?... Ah, jamais !... Elle était l'épouse du défunt Alexandre Letessier, qui fut sergent aux gardes-françaises... et travaillait avec nous. Elle ne l'apprit qu'après sa mort et devint bouquetière. Notre chef ne le voulut point ainsi, estimant que l'assistance que nous nous portons vaut pour les épouses et les enfants. Elle sert à surveiller nos... clients, ou guetter l'arrivée de la police.

Dawson, ravi que cette apparition qui correspondait à ses espérances ne vendît point son corps magnifique, craignait malgré tout d'être déçu :

— Cependant, dans une société telle que la vôtre, il est bien connu que les femmes sont à tout le monde.

— Certes non, tout au contraire. Personne ne touche à Léonore, pas même notre chef qui dédaigne et réprouve les mélanges en ce genre de choses.

— Mais… elle a certainement des amants ?

Le voleur réfléchit avec application, bien qu'à l'évidence, le sujet ne le passionnât pas :

— Non, je ne le crois pas. Elle économise pour acheter une belle boutique de fleuriste. Elle a failli réussir rue Basse-du-Rempart, il s'en est fallu de deux cents livres. Que veux-tu, elle aime les fleurs… et les Anglais !… Si son histoire de prédiction est vraie, ce sera toi, son amant, car elle nous a toujours parlé du premier Anglais qui croisera sa route. D'ailleurs…

La porte fut ouverte d'un coup de botte.

Trois hommes entrèrent, suivis de Léonore qui referma soigneusement la porte.

Le voleur se leva et laissa son siège à l'un des arrivants qui s'assit sans quitter Dawson des yeux.

Dawson ressentit un certain malaise. Si, contrairement au voleur, les deux hommes – dont l'un tenait un panier – demeurés debout avaient des têtes d'assassins, que dire de celui qui semblait leur chef à tous ?… Visage émacié, on ne pouvait que très difficilement soutenir son regard glacé.

— Qui est celui-là ?… demanda-t-il d'une voix un peu aiguë qui faisait contraste avec son apparence redoutable.

— Quelqu'un le gêne, j'ai pensé…

— C'est moi qui pense !… coupa le chef qui ne quittait toujours pas Dawson des yeux, au point de rendre la situation presque intenable, même pour un homme chevronné tel le chef de l'espionnage anglais.

— Tu veux donc faire occire quelqu'un?... questionna le chef avec un mauvais sourire.

— C'est en effet mon vœu le plus cher!... répondit Dawson.

Le chef, qui avait dressé l'oreille, remarqua:

— Ton accent est celui d'Angleterre.

— Je ne prétends point le contraire.

— Mais ton... ennemi, lui, il est à Paris, j'espère?

— Il y sera d'ici peu.

— Ton nom.

Pris de court, impressionné par ce regard qui le pénétrait, Dawson répondit hâtivement:

— Milton... John Milton!

Le chef sourit plus franchement que précédemment:

— «John Milton», hein?... Tu en as de la chance, le même nom que l'auteur de *Paradise Lost*, «Le Paradis perdu», un bien grand poète... Eh oui, l'ami, même dans la canaille, il en est qui lisent, et avec attention. Tout cela est parfait, tu m'appelleras donc «Molière». Et derrière moi sont «Montaigne» et «La Boétie». Celui qui t'a fort imprudemment mené ici sera «Ronsard». Quant à elle...

Dawson l'interrompit:

— Léonore, je sais déjà cela.

Un silence s'installa. Dawson en profita pour sortir le rouleau et étaler les cinquante louis d'or en expliquant:

— Cinquante si vous acceptez. Cinquante autres demain matin pour mieux lancer l'affaire et quatre cents de plus si vous réussissez.

Molière émit un petit sifflement:

— Nom de Dieu, tu es un client respectable qui possède les moyens de ses haines. Qui donc veux-tu envoyer en enfer?

— Un officier de marine.

— Son grade?

— Capitaine de vaisseau.

— Ah, tout de même… Son nom ?

Dawson hésita.

Molière soupira de manière outrée puis fit signe à l'homme au panier. Celui-ci, La Boétie, l'ouvrit et, la tenant par les cheveux, en sortit la tête d'un jeune homme qu'il posa devant Dawson tandis que Molière expliquait :

— Voici la commande d'un mari trompé qui doit d'ailleurs nous attendre dehors en cet instant afin que nous lui fournissions la preuve d'un travail bien fait. Nous sommes des hommes sérieux et le prouvons en ramenant toujours les têtes à nos clients. Tu auras celle que tu convoites, mais pas si nous ne savons de qui il s'agit car alors, comment trouver ton homme ?

Bien qu'il fût horrifié par la tête coupée, Dawson sut le dissimuler. En outre, il devait bien convenir de la justesse du raisonnement de Molière.

Il fit signe qu'on enlevât la tête coupée, qui retourna dans son panier puis, à mi-voix :

— Le comte de Valencey.

Molière fronça les sourcils, répétant :

— Valencey… Valencey… Je connais ce nom…

Sachant l'explication trop courte, Dawson la compléta de mauvaise grâce :

— Joachim de Niel, comte de Valencey et prince d'Adana.

La réponse fut cinglante :

— Tu es dissimulé de manières !… John Milton, je n'apprécie guère cela. Si tu n'as pas confiance en nous, reprends ton or et va-t'en.

— J'ai confiance !… cria presque Dawson, devinant qu'il tenait enfin là les hommes dont il avait besoin.

Molière saisit un louis d'or, l'observa sur ses deux faces, y mordit puis le reposa en disant :

— Valencey d'Adana n'est point n'importe qui. Le peuple l'aime, l'idolâtre, même, sans parler de tous les marins de France qui rêvent de combattre et pour certains de mourir à ses côtés. Mais cinq cents louis, c'est tout de même fort bien payé si bien que…

Il hésita.

— Acceptez !… insista Dawson.

Molière sourit.

— C'est votre Shakespeare qui a écrit : « Être grand, c'est épouser une grande querelle. » C'est bien, j'accepte. Nous nous retrouverons ici demain matin avec les cinquante louis que tu nous as promis.

Il empocha les pièces d'or restées sur la table.

Pressé de quitter ces lieux, Dawson se leva mais Molière le retint d'un geste :

— Attends. Es-tu bien logé ?

Surpris, Dawson approuva.

— Combien de chambres ?

— Deux. Deux belles chambres. Pourquoi cette question ?

— Jusqu'à ce que l'affaire soit achevée, Léonore ne te quittera pas un seul instant. Donne-lui l'autre chambre. Et respecte sa pudeur.

Cette nouvelle, bien qu'elle indiquât une certaine méfiance, combla Dawson qui balbutia :

— Alors… Alors nous partons ensemble ?

— Et comment !… Et si tu tentes de l'égarer, le contrat sera caduc quand pour notre part, nous garderons les acomptes.

— Je n'aurais pas la folie de la perdre !… lança Dawson sans trop réfléchir.

Il offrit son bras à la jolie Léonore qui lui sourit puis ils quittèrent la pièce.

Molière ébaucha alors un sourire différent, amusé, et son masque de dureté tomba tandis que Ronsard, qui exultait, lui dit avec admiration :

— Tout s'est déroulé comme tu l'escomptais, citoyen général. Tu n'échoues jamais !

Gréville, puisque c'était lui, répondit d'un ton bourru qui dissimulait mal sa joie :

— Je suis encore jeune, cela peut venir…

Puis, désignant la corbeille d'un geste élégant :

— Citoyen… La Boétie, va rendre cette tête au bourreau de Paris et transmets-lui de ma part et de celle du Comité de salut public la reconnaissance de la nation.

23

Sous la gifle sèche et nerveuse, le baron de Penchemel chancela un instant, devint livide, mais conserva une attitude d'une grande dignité. En face de lui, les poings sur les hanches, Blacfort hurla :

— Vous ne me dites point tout cela que vous savez !

Le baron jeta un regard du côté de l'abbé Monteroux mais celui-ci, occupé à se servir un nouveau verre de cognac, se désintéressait totalement de la scène : il n'était donc aucune aide à attendre de ce côté-là.

« Dieu boit ! »... songea le baron avec amertume.

Excédé, Blacfort s'approcha d'une fenêtre et, dans le jour déclinant, observa la cour d'honneur du château où sa troupe achevait de combler une large fosse : cinquante-deux de ses hommes y étaient inhumés.

Bien qu'il n'eût à aucun moment prononcé ce nom, et moins encore le baron qui l'ignorait sincèrement, Blacfort savait qu'il devait cette hécatombe à Valencey d'Adana. Il n'attendait en fait rien du baron, l'ayant interrogé plusieurs fois mais, suivant en cela une impulsion des plus malsaines, il ne se lassait point qu'on lui parlât de son ennemi juré. Ce faisant, il fit songer au baron à ces femmes amoureuses – mais il en va de même des hommes – qui se bercent des moindres détails, fussent-ils insignifiants, concernant l'homme qu'elles adorent.

M. de Penchemel se félicita du parti qu'il avait pris. Voyant le général-comte ivre de rage, comprenant que l'affaire irait fort loin, il avait choisi de dire toute la vérité sur les marins… qu'il pensait à présent très loin et hors de danger. Libéré de toutes contraintes de ce côté-là, il ne doutait pas un instant que les ressources de son intelligence et de sa volonté conjuguées lui permettraient de dissimuler l'essentiel : la présence de cette belle marquise dans ses souterrains. La jeune femme terrorisée créait en lui une forte émotion en cela qu'elle lui rappelait sa propre fille partie sur les routes incertaines de l'exil.

— Combien étaient-ils ?… demanda Blacfort.

— Vous me l'avez déjà demandé plusieurs fois, général !… répondit le baron d'un ton las.

Une bouffée de colère empourpra le visage du général borgne mais il parvint à se contenir.

— Et quand bien même, ce serait vous, un pâle baron aux basques terreuses, qui me dicteriez la façon dont je dois conduire un interrogatoire ?… Répondez, et sans réfléchir !

— Six.

— Leurs noms, leurs qualité.

— Le nom de leur chef, un capitaine de vaisseau, ne fut jamais évoqué. J'ai juste surpris un prénom, Joachim. Il semblait très lié à un lieutenant de la marine prénommé Mahé. Ils se tutoyaient. Il y avait également un chirurgien de marine, baron de Saint-Frégant. Et un marquis des Essarts de La Mellerie. Le cinquième, commodore de la marine américaine, s'appelle O'Shea. Lui aussi tutoie le chef. Enfin, concernant le dernier, il se nomme Dumesnil, Jules Dumesnil, et vient du peuple.

— Comment se fait-il que vous connaissiez tant de noms sauf le seul qui compte, celui du chef de cette bande d'assassins républicains ?

— La raison en est militaire : ils l'appelaient « capitaine », pour son grade, ou « commandant », pour sa situation de commandant de leur navire. Cela paraît bien naturel…

— Vous n'avez pas à juger de ce qui est naturel !… s'emporta Blacfort.

— Comme il vous plaira !… répondit Penchemel, très las.

Satisfait, Blacfort reprit son interrogatoire :

— Parlez-moi de ce chef, ce capitaine de vaisseau.

Renchérissant sur les fois précédentes, le baron, pressé d'en finir, fit une description très exhaustive :

— À peine quarante ans. Grand, large d'épaules, taille bien prise. Beaucoup d'élégance naturelle. Un visage tourmenté mais passionnant et attachant, hâlé par le soleil et le vent du large. Des yeux gris-vert, un regard très pénétrant. À ses manières, mais je n'en ai pas la preuve, je le crois aristocrate. Mais c'est un républicain farouche. Que vous dire d'autre si ce n'est, en le citant, qu'il vous veut tuer ?

Blacfort était satisfait. Ce portrait lui plaisait et, après treize ans de rupture et de silence, il correspondait assez précisément à l'idée que Blacfort se faisait de Valencey d'Adana aujourd'hui. Par effet de ricochet, le baron de Penchemel fut cette fois crédité d'une bonne opinion car pour Blacfort, qui pensait comme Blacfort trouvait grâce aux yeux de Blacfort !

Le général vendéen se détendit légèrement.

— Je crois, baron, que vous venez de sauver votre vie. Votre vie, mais pas votre château car après ce dont il fut le théâtre, je m'en vais le brûler.

L'abbé, qui trouvait ce château tout de commodités et de confort, dressa l'oreille.

Le baron, affolé, songea à la marquise et au jeune garçon dans les souterrains. Certes, ils survivraient à l'incendie mais qui déblaierait les ruines accumulées au-dessus d'eux ?

Il affecta la seule attitude qui pouvait ébranler la résolution de Blacfort, l'indifférence :

— Autant que ce soit vous !... Au reste, les républicains l'auraient incendié tôt ou tard. Et puis je suis las d'ouvrir ma maison à tous les individus armés qui pénètrent ici par la force. J'ai un frère à La Rochelle, il m'accueillera.

L'abbé, qui espérait bien revenir en ces lieux, intervint en se frottant onctueusement les mains :

— Général, le baron a fait un effort, la chose est incontestable. Et il ne se trouve certes pas dans la fausseté lorsqu'il affirme qu'il ne pouvait guère s'opposer à six assassins républicains fortement armés.

Blacfort, quoiqu'un peu surpris, réfléchit de nouveau à la question. Brusquement, une idée lui vint, de celles qui confortaient son obsession :

— Trouvez-moi des détails, des choses que vous ne m'avez point dites encore sur ce capitaine de vaisseau et vous sauverez votre château.

— Mais... quel genre de détails ?

— Comment pourrais-je le savoir ?... s'emporta Blacfort.

L'abbé suggéra :

— Des petites choses qui vous parurent insignifiantes... Réfléchissez, baron, il serait fort regrettable que ce château fût brûlé !

Le baron se leva et, mains derrière le dos, alla de long en large pendant deux minutes, sans s'apercevoir qu'il mettait à rude épreuve les nerfs fragiles de Blacfort. Puis il s'immobilisa :

— Trois choses !

— Elles sont les bienvenues !... répondit le général vendéen avec gourmandise.

— La première est que ce républicain farouche porte la croix d'or de Saint-Louis, ce qui est étonnant.

Blacfort ébaucha une légère grimace :

— Poursuivez !

Mais le baron se tut en raison de l'arrivée d'un jeune officier vendéen :

— Nous sommes prêts à partir, général !

— C'est parfait, attendez dehors. Ah, il faudra peut-être incendier ce château.

L'officier jeta un regard gêné au baron, salua et quitta la pièce. Penchemel reprit aussitôt :

— Il porte une bague à armoiries, ce qui me confirme dans la croyance qu'il appartient à la noblesse, et sans doute très haute car j'ai de mes yeux vu une tour, la licorne et le dragon : les croisades, ou plus ancien encore !

Blacfort pâlit : toute allusion aux croisades et à la très ancienne noblesse de Valencey d'Adana le crucifiait en même temps que son âme perverse y prenait un douloureux plaisir, comme certains hommes trompés se grisent jusqu'à l'ivresse des détails de leur infortune.

Cependant, devant le baron de Penchemel, il affecta désinvolture et mépris :

— Les croisades, la belle affaire que voilà !... Pour finir au service d'une République d'avocats ambitieux et de boutiquiers envieux, il n'était point nécessaire de prendre Jérusalem !

Penchemel garda prudemment le silence, laissant au général le temps de se calmer, ce qui ne tarda pas :

— Vous parliez de trois choses...

Penchemel sentit la partie perdue. Une immense lassitude la gagna, s'ajoutant à la fatigue d'une nuit agitée et sans sommeil. Ce château représentait toute sa vie, et il doutait de pouvoir survivre à sa destruction. Pourtant, ces terreurs incessantes lui paraissaient plus insoutenables encore qu'une fin brutale.

Il haussa les épaules.

— Cette troisième chose n'en est point une, concernant un détail de cuisine.

Blacfort fut décontenancé :

— La cuisine ?

Penchemel ne daigna pas répondre, irritant profondément Blacfort qui hurla :

— Depuis quand, une fois encore, décidez-vous à ma place de ce qui est important ?

Le baron, cette fois, ne fut pas impressionné, haussant même le ton avec insolence :

— Depuis cet instant où je vous dis : prenez ma vie, brûlez mon château, tout cela m'indiffère à présent.

Une nouvelle fois, Blacfort sembla déconcerté. N'ayant de relations avec les autres qu'en s'appuyant sur le pouvoir, la force et la menace, que pouvait-il donc faire lorsque ces puissants leviers lui faisaient défaut ?

Devinant le désarroi de son maître, et redoutant la destruction d'un confortable château où il espérait bien revenir, l'abbé intervint d'une voix douce :

— Allons, monsieur le baron, dites au général cette chose sans importance et qu'on en finisse : notre armée nous attend pour quitter votre château... peut-être indemne.

Propos habiles. Entrevoyant une possible issue, et n'ayant au reste rien à perdre en la circonstance, Penchemel n'hésita plus sur le parti à tenir :

— Votre capitaine de vaisseau est indifférent aux bons vins et à la nourriture. Mais il a au moins une fort étrange faiblesse que j'appris par ce lieutenant Mahé qui lui fit porter par ma servante un bol de chocolat chaud à l'orgeat et au lait de chèvre. Il sembla émerveillé par l'intention comme par le goût de ce breuvage sans aucun intérêt. Voyez comme la chose est de peu d'importance et...

Il se tut, stupéfait. Devant ses yeux, le visage du général venait de se décomposer. Il grimaça tel un enfant, les larmes jaillirent de son œil unique et il semblait tant souffrir que, chez tout autre, la scène eût suscité l'immédiate compassion du baron.

Le général se jeta sur un fauteuil, cachant son visage dans ses mains en gémissant :

— Du chocolat à l'orgeat, je m'en souviens si bien… Mais tout était si simple, à l'époque, si pur, si beau, si innocent…. Comme j'étais pur moi-même dans cette exigeante amitié… Oh mon Dieu, pourquoi cette boue, cet avilissement… Pourquoi le désir de me perdre m'a-t-il donné le goût des égouts ?…

« Cet homme est fou ! » songea le baron de Penchemel, effaré.

Mais comment eût-il pu deviner que même chez les monstres demeurent parfois comme des lambeaux d'enfance et de pureté qui leur crucifient l'âme dans la nostalgie définitive d'un Éden à jamais enfui ?

Soutenant le général-comte agité de sanglots, l'abbé sortit en souriant grassement au baron :

— Votre château est sauvé !… Mais de grâce, conservez-moi donc de ce délicieux cognac…

Ahuri par ce dénouement inattendu, le baron ouvrit la haute porte-fenêtre et regarda le général se mettre en selle, l'air totalement absent.

On déploya drapeaux et étendards blancs à fleurs de lys puis les mille deux cents fantassins, les soixante cavaliers, les artilleurs et leurs canons ainsi que les chariots quittèrent la cour d'honneur dans les lueurs rouges du couchant qui menaient un combat désespéré contre le crépuscule.

Le baron secoua la tête et répéta :

— Il est fou, complètement fou !

Puis, comme par défi il ajouta :

— Vive la République !

24

Ils s'étaient arrêtés devant un moulin isolé dans l'intention d'y passer la nuit.

Le commodore O'Shea, qui avait accepté en catimini quelques vivres offerts par la vieille cuisinière de M. de Penchemel, prépara une excellente soupe aux choux, poireaux, lard et vin que l'on dégusta avec une de ces variétés de pain bis constitué de farine blanche et de gruau.

Il présenta même une bouteille de malvoisie à laquelle ses compagnons firent honneur à la notable exception de Valencey d'Adana lequel, par ailleurs, mangea fort peu.

Il n'était cependant pas dans les manières du commandant de *La Terpsichore* de faire subir aux autres ce qui pouvait altérer son humeur personnelle, aussi, avec un pauvre sourire, proposa-t-il :

— Je vous en prie, messieurs, brisons là avec ce silence qui doit vous être insupportable.

N'ayant point convaincu ses officiers un peu intimidés, il insista :

— Vous m'obligeriez, messieurs !

Comprenant alors qu'il ne surviendrait rien s'il ne lançait lui-même la conversation, il s'adressa à O'Shea :

— Eh bien, John, toi qui es ici notre unique Yankee : comment juges-tu nos vieux châteaux ?

Flatté d'être distingué, O'Shea ne dissimula pas son enthousiasme :

— Celui du baron m'a hautement séduit. J'en construirai un semblable aux États-Unis.

Un peu surpris, Saint-Frégant questionna :

— Vous sauriez faire cela ?... C'est tout un art, vous savez...

O'Shea balaya l'objection d'un geste large, sa main ne lâchant pas la cuillère :

— Nous autres, Américains, savons tout faire pourvu qu'on nous montre la chose une fois.

Bernardin des Essarts, marquis de La Mellerie, parut tout aussi surpris que Saint-Frégant peu avant.

— Loin de moi de douter des hautes compétences du peuple américain, ayant pu les juger et les admirer par moi-même. Mais cependant, si ce n'est pour y demeurer, que feriez-vous de ce château ?

— Je comprends mal votre question, La Mellerie.

Celui-ci réfléchit, cherchant un autre angle pour exprimer sa pensée :

— Il existe trois sortes de château. Le château fort conçu pour la guerre, tel celui du prince avec sa Tour des Demoiselles, son donjon, ses remparts crénelés. Il fut rendu plus confortable ce siècle mais c'est un château de guerre et il vous faudrait trente ans pour en construire un à l'identique.

— C'est un peu long !... concéda O'Shea.

— Je le pense également. Vous avez ensuite le château de campagne, comme celui du baron de Penchemel mais en prestige, il est surclassé par une troisième sorte de château : ceux des environs de Paris. Lequel préférez-vous ?

— Ceux de Paris. Et je m'y promènerai en armure... enfin, tant que la chose m'amusera.

Un instant stupéfait, La Mellerie expliqua :

— Mais... Ce genre de château ne s'accorde qu'à la vie mondaine.

— Soit, j'aurai une vie mondaine. Y voyez-vous quelque embarras, marquis ?

Désarmé, réalisant combien les mœurs européennes différaient de celles des Américains, La Mellerie chercha à se faire comprendre à l'aide de faits concrets et sans blesser son ami :

— C'est que c'est bien des contraintes... Par exemple, telles qu'étaient les choses avant la Révolution, vous devrez être capricieux, colérique, assez odieux, avoir une maîtresse et encourager votre épouse à prendre amant, comme le veut la vie mondaine. Vous aurez des appartements séparés de ceux de votre femme et, lorsque vous organiserez une réception, ne jamais inviter le mari et la femme : c'est du dernier mauvais goût. Vous souperez tard. Vos voisins devront suivre votre genre de vie car à Paris il y a chaque soir quatre ou cinq invitations différentes à des bals. Il vous faudra illuminer et décorer vos appartements, porter des vêtements de soie brodée quand vos femmes seront toutes en plumes, en fleurs et en diamants. Afin d'établir votre réputation, vous dresserez pour ces fêtes de somptueux buffets. Vous souperez jusqu'à trois fois dans la nuit. Vous aurez vos chasses, bien entendu. Vous devrez apprendre à vos voisins à jouer à cligne-musette, colin-maillard, au trictrac et beaucoup d'autres passe-temps. Et la liste des contraintes n'est point close...

— Quelle horreur que tout cela !... jeta le commodore dans un cri du cœur.

— Et pour y échapper, pour respirer un air moins pourri, tu t'engageras dans la marine... et tout recommencera !... jeta Mahé.

On rit et Valencey d'Adana fut heureux d'être un

instant distrait de ses sombres pensées. Cependant, il pondéra le discours du marquis :

— C'était là une vie réservée à une poignée de privilégiés parisiens avant tout gens de cour. Nous, en notre château, ne vivions point ainsi. Il est possible que mon père, le général, ait eu quelques galantes aventures à la guerre mais il n'eut jamais de maîtresse sur place, et aimait tendrement ma mère. Nous avons bien organisé quelques bals, fort peu…

Il échangea un regard avec Mahé qui sourit.

— Hélas !… Ce n'était pas notre fort…

Valencey d'Adana reprit :

— Nous invitions nos proches voisins de petite noblesse d'épée, le curé, le notaire et le médecin.

— C'est bien étrange : vous appartenez pourtant à une des noblesses les plus pures et les plus anciennes du royaume !… remarqua Saint-Frégant.

Valencey d'Adana haussa les épaules.

— Du ci-devant royaume !… Mais la véritable noblesse n'est pas là : voyez nos généraux de vingt ans, fils du peuple mais quelle bravoure !

O'Shea, le sourcil froncé, demanda :

— Ainsi donc, avant même la Révolution, tu invitais des… roturiers à tes réceptions ?

— Mais bien entendu. Il s'agissait de petites fêtes, pas de réceptions. Et ces roturiers, comme tu dis, nous valaient bien.

O'Shea ôta son tricorne et se gratta la nuque.

— Messieurs, votre noblesse est bien difficile à comprendre.

Saint-Frégant protesta :

— Mais pas du tout. Cela tient en quelques phrases.

— Soyez assez bon de m'expliquer !… demanda le commodore.

Le chirurgien réfléchit, cherchant à simplifier les choses sans les caricaturer :

— Voilà l'état de la noblesse en 1789 puisque depuis, « la cravate à Capet* » a quelque peu clairsemé les rangs… Il y avait en France trois cent mille « nés », c'est-à-dire nobles. Mais seulement quatre mille « présentés », c'est-à-dire reçus au moins une fois à la Cour : c'est ceux-là qui bénéficiaient de tous les avantages. Sur ces trois cent mille, l'élite compte à peine quelques centaines de nobles « de race et de naissance », appelés aussi « noblesse immémoriale », c'est-à-dire de souche médiévale tels les Valencey d'Adana. Les autres, tous les autres, sont d'une noblesse récente, noblesse de robe ou anoblissement par charges. Les deux tiers de la noblesse française ne remontent pas au-delà du XVIIe siècle.

— Je ne suis baron, ou plutôt ci-devant baron, que depuis vingt-quatre ans !… lança joyeusement Mahé de Campagne-Ampillac.

Saint-Frégant n'écouta pas, poursuivant :

— Au reste, la Révolution est arrivée un siècle trop tard : déjà, le pouvoir changeait de mains.

— Que voulez-vous dire ?… demanda La Mellerie.

— Je pensais aux fermiers généraux…

Il observa O'Shea, un peu perdu, et précisa :

— Les fermiers généraux, malgré le mot « fermier », n'ont jamais vu la terre de près : ils s'en moquent. Lorsqu'un de nos petits paysans achète de la terre ou la reçoit de la République, il égrène la motte de terre qu'il a prise dans sa paume pour « en sentir la bonne amitié ». Le fermier général n'a jamais semblable geste. Il se rend le plus souvent à Paris et, bien entendu, il ignore la diligence, cette belle invention qui relie entre elles les villes de France en transportant des voyageurs et des colis. Lui, il s'y rend dans de beaux attelages… Voyez-vous, et vous allez com-

* Guillotine.

prendre, les fermiers généraux étaient des percepteurs d'impôts. À date fixe, ils versaient au Trésor ce qu'ils s'étaient engagés à verser mais la différence avec les sommes réellement perçues, par droit, leur restait acquise. Si bien que leurs prévisions, comme par hasard, s'avéraient toujours pessimistes.

— Et le roi acceptait cela ?... demanda O'Shea.

— Le Trésor avait besoin de savoir par avance ce qu'il allait percevoir afin d'élaborer les projets de l'État, d'où cet arrangement bancal : on attendait peu, mais les sommes étaient certaines. Cela explique l'émergence de fortunes absolument considérables, les fêtes d'un faste inégalable et la montée des financiers dans la réalité du pouvoir.

— Et pendant ce temps-là, remarqua Mahé, on trouvait à Paris des milliers de bébés abandonnés sous le porche des églises, nombreux avec un papier accroché aux langes et demandant pitié pour la petite chose qu'on trouvait parfois morte dans les matins glacés.

Les six hommes demeurèrent un instant rêveurs, imaginant le contraste qui fortifiait leur engagement dans la Révolution, puis Valencey d'Adana se leva en disant :

— Je prends le premier tour de garde. Dumesnil, vous prendrez le second et vous, La Mellerie, le troisième.

Les hommes gagnèrent le moulin où l'on avait disposé un coin sur le sol après avoir prié les rats, non sans fermeté et coups de plat de sabre, de vider les lieux.

La nuit était belle, tiède et étoilée. Un croissant de lune miroitait dans un ciel marine foncé.

— Eh bien, tu ne montes pas ?... demanda Valencey d'Adana à Mahé resté à ses côtés.

— Tu sais, je partage ta peine. Mais peut-être serait-il atténué, ce chagrin, si tu admettais que Nicolas est devenu complètement fou.

— Il avait quelques dispositions à la chose !... répondit Valencey d'Adana avec ironie.

Ils s'immobilisèrent ensemble, entendant un léger bruit. Puis le commandant de *La Terpsichore* remarqua avec amertume :

— Il ne nous a pas seulement trahis, il n'a pas seulement tué mon père, Pauline et notre pauvre vieux curé*, c'est notre enfance, notre jeunesse qu'il traîne chaque jour dans la boue et...

Il s'immobilisa de nouveau à un léger bruit et une biche, surprise, se trouva face à eux.

Mahé approcha la main de sa ceinture pour y saisir un pistolet mais Valencey d'Adana claqua violemment ses paumes l'une contre l'autre, faisant détaler le gracieux animal.

Un court instant marqué par la surprise, le visage de Mahé s'attendrit.

— Pardon, j'avais oublié le premier commandement : ne jamais tuer les biches !

Ils se regardèrent et échangèrent un sourire : le père de Victoire appelait celle-ci « ma biche » et les deux garçons, à l'époque, étaient tombés d'accord sur la pertinence de ce nom adorable.

Mahé regarda le ciel étoilé et dit très doucement :

— Gréville aurait pu nous en dire davantage concernant Victoire : un seul message où il parle d'elle avant son enlèvement et encore, en dix lignes !... Dieu sait pourtant qu'il nous en a fait tenir, des messages.

Rêveur, il ajouta :

— Au moins celui-ci est-il récent !

— Quatre mois, une semaine et deux jours !... répondit Valencey d'Adana.

Surpris d'un compte si précis, Mahé, qui sentait la tristesse de Joachim, risqua des paroles prudentes :

---

* Cf. *La Tour des Demoiselles.*

— Au moins n'est-elle point morte. C'était le sens principal de sa lettre quoiqu'on y pût deviner… eh bien… des choses encourageantes !

Observant les étoiles, Valencey d'Adana répliqua sans hésitation, d'une traite :

— Sa lettre disait : « Votre proche voisine, la marquise Victoire de La Chesnaic dc Flers, a été épargnée par les comités révolutionnaires. Son attitude, et votre prestige personnel dans une région où on la sait votre amie d'enfance, joints à ma protection menaçante, la protègent de toute atteinte et son château fut également respecté que le vôtre. Peut-être serez-vous heureux d'apprendre que sa santé est bonne et qu'elle se dépense beaucoup pour le bien de la nation. Dans le village proche, c'est elle qui a fourni et planté un jeune chêne qui est "l'Arbre de la Liberté". Elle apprend à lire et à écrire aux paysans de la région de Ruffec, et surtout à leurs enfants. L'un d'eux, auquel elle enseigna voici deux années alors qu'il en avait seize, est aujourd'hui sous-lieutenant de cavalerie à l'armée du Rhin et promis à un bel avenir. Une seule étrangeté concernant la marquise, un détail : malgré tous ses travaux, chaque année la rend plus belle que la précédente. Singulier, n'est-ce pas ?… Il est seulement regrettable qu'une entêtante tristesse ne quitte pas son regard, telle que si quelque chose, ou quelqu'un lui manquait. Je crois cependant que la chose n'est pas sans remède… Salut et Fraternité de votre ami, Pierre-François Gréville, général de la garde nationale de Paris, général de la police secrète. »

Ils se regardèrent et ne purent s'empêcher de rire, puis Valencey d'Adana bourra de petits coups de poing les côtes de son ami en disant :

— Je sais, monsieur mon frère, Gréville est un brave homme qui manque parfois de légèreté dans l'allusion dès lors qu'il s'agit d'amour, qui n'est pas le domaine où il excelle. Et je suis certes tenté, sans hypocrisie ni vantardise, de penser que c'est moi qui manque à Victoire. Mais si je me trompais ?

— Bêtises !... Victoire n'aimera jamais que toi. Sinon, belle comme elle est, elle serait déjà mariée depuis longtemps.

— J'ai pourtant fait bien des tentatives pour la revoir pendant toutes ces années. Je pouvais tenter davantage encore mais la peur de l'exposer, elle, m'a retenu... Ils étaient si mesquins, me haïssaient si fort...

Mahé haussa légèrement les épaules.

— La faute en est à Louis Capet, ses courtisans et sa valetaille. Et c'est vrai qu'ils s'en seraient pris à elle si tu avais insisté. Pourtant, ils s'étaient déjà bien vengés : rentrant d'Amérique après la victoire, avec les autres, tu l'aurais épousée... voilà plus de treize ans !... Treize années volées...

— Y repensa-t-il jamais, le ci-devant roi, dans sa prison ou lors de cette longue nuit, la veille de l'échafaud ?

— Qu'importe, il avait perdu sur l'essentiel : vous vous aimiez d'un si bel amour !... Oh comme il dut enrager de la voir t'attendre contre toute logique en son château désert, surveillé par des sbires, ayant l'interdiction de s'approcher d'un port quelconque. Tout roi de France qu'il était, Capet ne put empêcher une si belle histoire.

— Mais la racaille de ses partisans l'a tout de même enlevée.

— Attends, ils sont trop loin de leurs bases. Je suis persuadé qu'ils n'arrivent pas à passer en Vendée. Nous la trouverons avant Blacfort : celui-là ne peut aller chier sans que nous en soyons informés.

— Encore que ce genre d'informations demeure assez subalterne, ne crois-tu pas ?

Ils éclatèrent de rire puis Valencey d'Adana prit

Mahé aux épaules, l'embrassa sur les deux joues et, d'une voix contrefaite de commandement, le ton sec :

— Allez donc vous coucher, monsieur mon frère bien-aimé. Et laissez-moi en paix pour étriper les brigands de Vendée… s'il s'en présente !

25

Par prudence, le baron de Penchemel avait laissé s'écouler un bon quart d'heure avant de se précipiter pour ouvrir la porte du souterrain et appeler à pleine voix.

Victoire arriva à bout de souffle, Jean-Baptiste sur les talons, ayant grimpé d'une traite les soixante-quatorze marches menant au souterrain dans lequel ils se morfondaient depuis des heures et des heures.

Le baron de Penchemel fit asseoir la jeune femme et la désaltéra de sirop de fruit et d'eau fraîche.

— Ils sont partis. Tous !

— Ah ça, baron, qui étaient-ils donc ?

Le baron porta la main sur la joue qui fut giflée par Blacfort, puis soupira :

— Les meilleurs ne furent pas ceux que j'attendais…

— Que voulez-vous dire ?

— Je reçus d'abord la visite de six officiers républicains lesquels, apprenant que les Vendéens avaient laissé deux canons au château, les mirent en batterie et exterminèrent cinquante-deux de leurs adversaires par des tirs foudroyants et d'une diabolique précision.

— Cinquante-deux, à six ?

— J'étais là, madame, et le vis de mes yeux car sans cela, j'aurais bien du mal à m'en convaincre. Ils ont attendu raides comme des statues et, lorsque les Vendéens sont arrivés, ils ont fait feu. Comme l'escomptaient les républicains, il s'agissait là d'une avant-garde, aussi prirent-ils congé et bien leur en prit car c'est tout un régiment qui arriva peu après au château. Ceux-là, bien que royalistes, me jouèrent une autre musique !

— Une autre musique ?

— Le général de Blacfort est un fou furieux et…

— Jamais vous ne haïrez cet homme davantage que je ne le hais, baron. Il a tenté d'abuser de moi mais j'appris plus tard qu'il tua ma sœur et le père de Valencey d'Adana. Lâche, il se fit nommer en Suède puis en Angleterre et en Russie, d'ambassade en ambassade, pour ne revenir qu'au milieu des troubles de la Révolution, cherchant sur quel fumier il pourrait s'ébattre. D'abord républicain modéré aux côtés de son maître le ci-devant duc d'Orléans nouvellement appelé « Philippe-Égalité », il changea de camp lorsque celui-ci fut guillotiné et réapparut en Vendée. Il est la perversion même, le mal absolu.

Impressionné, le baron garda un instant le silence, puis abonda en ce sens :

— Il est allé jusqu'à me gifler !… Il voulait des détails sur ces officiers républicains qui semblaient le fasciner.

Il réfléchit un instant et, souriant dans le vague :

— Quoique sur ce point, je ne le puisse blâmer. C'est eux qui, silencieux comme des loups, approchèrent presque jusqu'ici avant que mon chien ne hurle… si bien qu'il s'en fallut d'un souffle qu'ils ne tombent nez à nez avec vous.

La marquise hocha distraitement la tête, se servant un verre d'eau mais elle sursauta lorsque le baron poursuivit :

— Sur les six, quatre étaient des aristocrates. Mais le plus curieux, c'est qu'ils portaient l'uniforme de l'ancienne marine royale avec cependant la cocarde tricolore au tricorne.

— La marine royale ?

— Oui, ici, si loin en les terres. Avouez que la chose est surprenante et...

Il s'interrompit en découvrant la pâleur de Victoire dont la main, qui tenait le verre, tremblait anormalement :

— Leurs noms, baron : vous ont-ils dit leurs noms ?

— Un marquis des Essarts de La Mellerie qui...

— Non. Qui d'autre ?

M. de Penchemel ne comprenait pas l'agitation soudaine de la jeune femme mais il saisit parfaitement que pour elle, ces noms revêtaient une extrême importance. Aussi eut-il l'intelligence et le tact de ne pas demander d'explications :

— Le baron de Saint-Frégant...

— Non !

— Un Américain, le commodore John O'Shea...

— Non !

— Dumesnil ?

— Non !

— Je suis désolé, madame, je ne connais point les noms des deux derniers. Du cinquième, je sais qu'il est baron et se prénomme Mahé.

Elle se leva brusquement, porta la main à sa poitrine comme si l'air lui manquait :

— Mahé !... Oh, mon cher Mahé !... Mahé de Campagne-Ampillac, monsieur.

Penchemel, devant cette conviction, ébaucha un geste d'impuissance mais déjà la jeune femme saisissait ses mains en les siennes.

— Le dernier, monsieur !... De grâce, que savez-vous du dernier ?

— C'est un capitaine de vaisseau et leur chef. Il ne

me l'a pas dit mais je jurerais qu'il est de haute noblesse. Je ne connais hélas que son prénom, Joachim, me semble-t-il...

Elle ferma les yeux. Une telle expression de bonheur et de plénitude envahit son visage et l'illumina que le baron en fut bouleversé.

Ne lâchant pas les mains de Penchemel, elle le fit asseoir sur une banquette, à ses côtés :

— Comment est-il ?

— Bel homme et...

— Non : est-il blessé ?... Amputé ?... Boiteux ?... En mauvaise santé ?... A-t-il l'air de souffrir ?...

— Mais pas du tout !... Parlons-nous bien du même homme ?... Grand, mince, large d'épaules, les cheveux un peu grisonnants et ce regard, ah, ce regard étonnant...

— Des yeux gris-vert !

— Ah ça, madame, c'est bien le diable : comment le savez-vous ?... Oui, en effet, de singuliers yeux gris-vert.

Elle ne put s'empêcher de serrer plus fort encore les mains du baron :

— Il porte une bague à armoiries : tour, dragon et licorne.

— Seriez-vous sorcière, marquise ?... demanda d'une voix amusée le baron qui sentit qu'il s'agissait là d'une situation heureuse.

— Sorcière ?... Ah, que ne le suis-je !... Jamais je ne me serais cachée si stupidement dans vos affreux souterrains alors qu'il était là !

Penchemel inclina la tête, désapprobateur :

— Vous êtes bien sévère avec mes souterrains, madame !

Victoire partit d'un rire cascadant, moins dû au pauvre baron défendant la qualité de ses souterrains qu'à la joie immense qui la soulevait.

Elle retrouva très rapidement son sérieux et regarda gravement M. de Penchemel dans les yeux.

— Je dois à votre extrême bonté cette explication : l'homme qui commandait ces officiers de marine était Valencey d'Adana.

Le baron la regarda avec stupéfaction.

— Lui ?... Le... Le prince d'Adana ?

— Oui, le héros de la guerre d'Indépendance américaine, celui-là même dont nous parlions hier.

Un vague sourire apparut sur les lèvres du baron.

— J'aurais pu y penser... Mais c'est sa faute, aussi, car il est si simple, si courtois et autre chose encore : imagine-t-on un prince d'Adana épluchant des pommes de terre ?

— Il... Il a fait cela ?

— Les épluchures les plus fines que je vis jamais, de la dentelle. Car ils se sont fait une soupe et tous ces aristocrates d'éplucher, préparer et laver des légumes dans les reflets dorés de leurs épaulettes à franges d'or et le cliquetis de leurs sabres !

— Le pauvre amour !... laissa échapper Victoire, absolument attendrie à l'idée de son héros admiré de foules entières d'Europe et du Nouveau Monde... et épluchant des pommes de terre sur un coin de table !

Le baron fronça brusquement les sourcils et sa mine devint soucieuse.

— Blacfort connaît le prince, n'est-ce pas ?

— Ils furent amis d'enfance avant que Blacfort ne sombre dans la folie.

Penchemel se leva.

— Oh l'imbécile que je suis !... Il n'arrêtait pas de me questionner sur le chef des officiers. Pensant qu'il ne le rencontrerait jamais, j'ai décrit la bague aux armoiries.

Victoire réfléchit un moment, pesant le pour et le contre puis, secouant la tête :

— La chose est sans gravité, baron. Je crois que Blacfort avait déjà deviné qui était ce capitaine de vaisseau. Le tir de ces canons servis par des officiers de marine a dû le mettre sur la piste. N'oubliez pas que l'amiral anglais Rodney a déclaré que ceux de *La Terpsichore* étaient les meilleurs canonniers du monde et tous furent formés par Joachim. Vous a-t-il parlé de la Révolution ?

— Ils sont des républicains convaincus… et intelligents car ils ont ébranlé, et peut-être davantage, mes idées sur une monarchie constitutionnelle. Mais… Ah, marquise, je ne sais si je dois vous en entretenir mais il fut question de vous.

— De moi ?… répéta-t-elle en pâlissant.

— Votre prénom fut prononcé mais « Victoire » est un prénom assez porté depuis notre succès à la bataille de Fontenoy et l'idée qu'il puisse s'agir de vous ne m'a guère effleuré malgré cette histoire de parfum.

— De parfum ?

— Vous en avez composé un avec les essences de ma fille, n'est-ce pas ?

— En effet.

— Le prince l'a immédiatement reconnu et semblait dans tous ses états, disant à son ami Mahé que ce parfum est unique. Il vous… devinait ici et seul son ami parvint à le distraire de cette pensée. Puis… Ah, dois-je vous le dire, Madame, n'est pas déloyal envers lui qui ne s'aperçut point que j'entendais cette conversation bien qu'ils se soient exprimés à mi-voix ?

D'un ton étonnamment solennel, Victoire répondit :

— Baron, c'est d'amour dont il s'agit. D'un amour partagé depuis l'enfance et très malheureux, comme si tout et tous depuis toujours conspiraient contre nous. Si par vous nous pouvions enfin nous rapprocher, ma reconnaissance déjà si grande deviendrait infinie. Dois-je vous supplier, monsieur ?

— Certes non !… Il parlait d'une femme et c'est son ami qui une fois nomma « Victoire ». Le prince a dit alors qu'il vous aimait et la chose, à voir son état, ne se conteste pas.

Elle serra les poings jusqu'à faire blanchir ses phalanges.

— Il pense encore à moi après toutes ces années, il m'aime encore, dites-vous: oh, je suis la plus heureuse des femmes qui fût jamais sur cette terre!

26

Bernardin des Essarts, marquis de La Mellerie, avait pris le troisième tour de garde juste devant la porte du moulin dont les ailes, attachées, le faisaient songer à un oiseau capturé par un filet.

Tous les tours de garde sont pénibles : conserver les yeux ouverts, scruter les ténèbres et entendre, parfois, les ronflements d'un camarade qui vous font vous souvenir combien il est doux de s'abandonner au sommeil, surtout dans cette agréable et attirante odeur de farine.

Pour beaucoup d'hommes, le dernier tour de garde est le plus pénible. Peut-être est-ce en raison que c'est à ce poste qu'on assiste à la fin de la nuit et au lever du jour, qu'après, il n'y aura point de sommeil réparateur mais qu'au contraire on va se mettre en selle pour partir encore fatigué.

Une lueur laiteuse barrait l'horizon à l'est, le jour pointait, les ombres s'esquivaient sur la pointe des pieds, les étoiles clignotaient avant de disparaître.

La Mellerie éprouva un sentiment de satisfaction. Une nuit sans histoire après celle de la veille, fort courte et agitée. Il avait pourtant éprouvé quelque appréhension à dormir dans un moulin, même très isolé tel que celui-ci : granges et moulins sont les premiers endroits visités par les patrouilles de l'un et l'autre camp. Mais, lisant l'envie dans les yeux de ses hommes, Valencey d'Adana ne s'y était pas opposé bien qu'il préférât de beaucoup l'abri des forêts.

Au reste, on dormait tout habillé, conservant même ses bottes, l'arme à portée de main… et les chevaux n'étaient pas dessellés.

La Mellerie songea à Paris où il serait bientôt et qu'il ne connaissait pas. Puis à son château proche de Buis-les-Baronnies. Par des nouvelles récentes, sans doute ce policier haut placé, Valencey d'Adana l'avait informé que le berceau de ses ancêtres se trouvait intact. Son « bannissement volontaire » par solidarité avec le prince, sa qualité d'ancien combattant de la guerre d'Indépendance et le fait qu'il se battait sur les mers pour la République expliquaient sans doute ce traitement de faveur.

Son esprit revint à Paris. Il brûlait d'envie de se mêler au peuple pour des promenades aux jardins des Champs-Élysées. Il rêvait aussi de s'attabler au « Café des Aveugles » dont l'avait entretenu Saint-Frégant : on y entendait, paraît-il, un orchestre de huit musiciens aveugles en robes longues et chapeaux pointus. Saint-Frégant évoquait aussi « Le Caveau », passage du Perron, où l'on vous servait jusqu'à deux heures du matin dans les nuits d'été, le « Café de Foy » où l'on vous accueillait dans de superbes jardins sans parler du « Café Mécanique » : dans cet établissement, le moka coulait dans les tasses par le pied creux des guéridons !

Pour vaincre la somnolence qui lui fermait les yeux, il songea au Paris populaire qu'affectionnait Mahé de Campagne-Ampillac, ces maisons à colombages aux rez-de-chaussée garnis d'échoppes de joailliers, d'orfèvres, d'éventaillistes, de…

Il entendit un léger bruit, sursauta et s'injuria de s'être ainsi laissé aller à un demi-sommeil. Combien de temps ?… Puis, à l'orée du bois, il distingua deux ombres.

Il se dressa aussitôt en hurlant :

— Aux armes !… Aux armes !…

Comme s'il n'attendait que ce cri, Valencey d'Adana fut aussitôt à ses côtés, fusil à la main. Puis tous les autres rejoignirent.

Un genou à terre, la crosse du fusil au creux de l'épaule, les six hommes attendaient sur une ligne, absolument immobiles.

— Où ?… demanda Valencey d'Adana.

— À l'orée du bois, nord-est. J'en ai vu deux.

— Républicains ou brigands ?

— Brigands, pas d'uniformes.

À cet instant, une vingtaine d'hommes sortirent du bois en hurlant, courant droit vers le moulin. Certains étaient armés de fourches et de haches.

À la première salve, six tombèrent. On sentit chez l'assaillant un certain flottement. Six autres s'effondrèrent encore. À chaque fois, un trou dans le front ou dans l'œil.

Les survivants refluèrent. Mais de nouveaux Vendéens apparaissaient, restant à l'orée du bois : dix, quinze, vingt… Il en venait sans cesse.

— C'est une avant-garde. La troupe doit être nombreuse : position intenable, messieurs. Les sacs et… en selle, je ne vois que cette issue !

Ainsi dit-il, car Valencey d'Adana avait compris la situation : les Vendéens se regroupaient, attendant de nouveaux arrivants. Puis à cent ou davantage, ils donneraient l'assaut : une vague qui déferle et qu'on ne contient pas.

Il introduisit deux doigts dans sa bouche et siffla, tel qu'on le fait dans les quartiers populaires… et la marine !

Les officiers se précipitèrent, ajustant tant bien que mal les havresacs et sautèrent à cheval.

Les Vendéens tirèrent. Très mal. À l'approche d'une éminence, Valencey d'Adana, par gestes, signifia qu'on se scinde en deux groupes et hurla :

— Nonécourt !

Tous savaient où se trouvait cette vieille abbaye à demi en ruine où l'on s'était fixé rendez-vous en ce genre de situation.

L'éclatement du groupe de fugitifs laissa un instant les Vendéens perplexes. Malheureusement, d'autres surgissaient, assez proches, car c'est à une manœuvre d'encerclement que procédaient leurs adversaires quand les surprit la retraite très rapide des officiers de marine.

On n'eut pas le temps de se consulter : La Mellerie et Saint-Frégant partirent à l'ouest de l'éminence, les autres à l'est. Au dernier instant Valencey d'Adana se dressa debout sur ses étriers et constata que tout son monde suivait. Puis vint la séparation.

La cuisse brisée par deux balles, La Mellerie tomba de cheval, une très mauvaise chute qui lui brisa le dos.

Saint-Frégant avait parcouru plus de cent mètres lorsque, se retournant, il comprit.

Son intelligence soufflait au baron de Saint-Frégant qu'il n'était plus rien à tenter pour porter secours à La Mellerie. L'esprit scientifique du brillant chirurgien de *La Terpsichore*, ancien correspondant de la ci-devant Société royale de médecine, suggérait qu'il serait plus utile à la République en poussant son cheval loin de ces paysans fanatiques servant l'obscurantisme des prêtres et la tyrannie des despotes. Le franc-maçon qu'il était lui suggérait qu'un monde nouveau était à inventer très loin de ces terres barbares.

Il murmura :

— Je n'amuserai plus les marins blessés en leur

montrant à quel point le lys a le pistil en forme de verge d'âne !

Car officier de marine, Saint-Frégant savait qu'il ne saurait vivre avec à l'esprit l'abandon d'un autre marin, d'un camarade, d'un ami. Républicain, il ne saurait connaître un jour le bonheur en laissant à des brutes incultes un être aussi raffiné que La Mellerie. Franc-maçon, il n'envisageait pas de construire quelque chose en restant sourd aux cris d'un frère.

Il revint au pas lent de son cheval.

Deux officiers vendéens à écharpes blanches avaient empêché leurs hommes de massacrer La Mellerie cloué au sol. Ils regardaient venir le républicain avec curiosité.

Lorsqu'il fut à une quinzaine de mètres, Saint-Frégant, à peine troublé par les fusils braqués sur lui, descendit de cheval et sortit son sabre du fourreau.

Un des officiers, surpris, demanda :

— Que faites-vous donc, monsieur ?

— Baron Florent de Saint-Frégant, chirurgien du bord de *La Terpsichore*. Je viens, monsieur, libérer mon ami Bernardin des Essarts, marquis de La Mellerie, lui aussi officier sur *La Terpsichore*.

Les deux Vendéens firent signe à leurs hommes de baisser les fusils puis, d'un ton incertain, le plus jeune questionna :

— Mais *La Terpsichore* est ce vaisseau légendaire de la guerre d'Amérique qui continua seul pendant treize ans la guerre contre l'Angleterre ?

Saint-Frégant s'inclina légèrement et, avec beaucoup de grâce :

— Très flatté, monsieur, qu'au milieu de votre sédition, vous ayez suivi nos périlleuses aventures.

Les deux officiers vendéens s'écartèrent un instant pour conférer entre eux. Discussion assez vive quoiqu'ils fussent d'accord sur l'essentiel : deux officiers, des aristocrates républicains, marins de *La Terpsichore*, ce symbole de liberté : la prise se révélait exceptionnelle et il fallait les prendre vivants.

Devinant l'enjeu de la conversation, Saint-Frégant ruina leurs espoirs :

— Messieurs, j'attaque donc pour délivrer mon ami. Au sabre, bien entendu.

Devant la quasi-paralysie des Vendéens, Saint-Frégant, d'un coup violent, tua le paysan le plus proche.

Le combat s'engagea, sans espoir. Les attaques fusaient de partout mais ce n'est qu'au cinquième coup de sabre que Saint-Frégant, en sang, tomba à genoux.

Il mourut curieusement, sans lâcher une parole mais l'air préoccupé, très concentré, tel qu'aurait fait un médecin découvrant un nouveau fléau : sa propre mort, sans doute, et dont il ne pouvait noter les ultimes effets.

Sans aucun ménagement pour son dos brisé, lui arrachant un inhumain cri de douleur, on plaça La Mellerie par le travers d'un cheval.

Le jour se levait dans un flamboiement de rouge, de pourpre et d'orange…

27

Valencey d'Adana n'avait pas attendu une journée, ni même une heure, dans les ruines de l'abbaye de Nonécourt.

Il connaissait parfaitement Saint-Frégant et La Mellerie, tous deux excellents cavaliers. Après tout au plus vingt minutes, l'air préoccupé, il lança à ses trois compagnons :

— Il est arrivé quelque chose. Refaisons le chemin par le côté qu'ils ont dû emprunter.

Un sombre pressentiment étreignait son cœur. Il avait beau savoir depuis le premier instant que cette guerre serait ruineuse en vies humaines, que la mort moissonnerait largement parmi ses amis et que lui-même pouvait être tué à chaque instant, il n'en souffrait pas moins profondément.

En outre, la qualité, ou plus exactement le manque de qualité de ses adversaires ajoutait à sa colère. S'il appréciait peu les Anglais, au moins ceux-là observaient-ils généralement certaines règles. Ce n'était pas le cas des généraux vendéens, ces brutes tels Stofflet, Marigny et Blacfort.

Il ne reconnaissait aux Vendéens qu'une qualité, leur façon unique de faire la guerre : frapper, harceler, se retirer avant l'affrontement, utiliser avantageusement le terrain. On y usait les beaux régiments républicains…

Au reste, c'est parce que lui-même connaissait parfaitement ce genre de guerre, l'ayant pratiquée au Nouveau Monde contre les Anglais, qu'on l'avait fait venir.

« Pourvu qu'il ne soit rien arrivé de fâcheux », se dit Valencey d'Adana sans y croire un seul instant. Chaque minute qui passait sans qu'apparaissent La Mellerie et Saint-Frégant amoindrissait les chances de les revoir vivants.

Valencey d'Adana en voulait au destin de se montrer si cruel : quoi, ses amis disparaissaient à l'instant où, connaissant les repaires de Blacfort, ayant vu défiler son « armée », il allait se rendre à Paris, faire venir ses marins qui attendaient à l'île d'Aix et se mettre en campagne avec un régiment d'élite ?… Cruel, en effet, mais le mot ne lui sembla pas assez fort.

Il ne fut pas étonné de découvrir un corps étendu près du moulin, bras en croix, demi dévêtu.

Le havresac avait été pillé, des lettres couvertes de la belle écriture serrée du baron s'envolaient, sa mallette de chirurgien gisait brisée, les instruments éparpillés dans l'herbe.

On avait fouillé le corps, volé le tricorne et l'habit d'officier aux épaulettes dorées, retourné les poches.

— Les officiers auront abandonné le corps à leurs hommes !… remarqua tristement Dumesnil.

— Des chiens enragés, ces brigands de la Vendée !… lança haineusement le commodore O'Shea.

Valencey d'Adana et Mahé s'étaient accroupis près du cadavre :

— Cinq coups de sabre, il est mort avec bravoure, il ne méritait pas qu'on traitât ainsi son cadavre !… constata Mahé.

Valencey d'Adana ne répondit pas.

Utilisant les instruments de chirurgie, les Vendéens avaient coupé les oreilles et le nez du baron de Saint-

Frégant, lui enfonçant son « brûle-gueule » dans le palais. Ils avaient également tranché ses parties sexuelles.

Valencey d'Adana se redressa.

— Aidez-moi à placer son corps en travers de mon cheval et ne perdons pas de temps : La Mellerie est peut-être encore vivant.

Nul ne demanda le moyen de retrouver le marquis car Valencey d'Adana regardait déjà chaque buisson, chaque fourré. Il prenait la piste, formé par les Indiens mayas et bravos et c'était un peu comme si les Vendéens, quelque prudence qu'ils manifestent, avaient laissé derrière eux un chemin fléché.

— En avez-vous la certitude, baron ?

M. de Penchemel observa la jeune marquise avec indulgence :

— Le courrier est rapide. Lettres et gazettes de Paris arrivent très rapidement.

— Pas encore assez !

Le baron se tourna vers Jean-Baptiste.

— Puisque vous n'étiez pas présent au début de cette conversation, je vais vous exposer les deux points de vue. L'avis de la marquise est que vous partiez à l'instant sur les routes tels des aveugles pour y chercher le prince d'Adana… qui justement semble éviter les routes. Ce faisant, vous vous exposez à toutes sortes de mauvaises rencontres, ce qui multiplie les risques et les périls car j'estime que jusqu'ici, la chance fut de votre côté.

— Alors pourquoi nous quitterait-elle, cette chance ?… répondit Victoire non sans une certaine mauvaise foi.

— La chance n'aime pas qu'on tire trop souvent sur sa sonnette.

— C'est là une supposition, baron.

Le baron soupira et s'adressa de nouveau au jeune homme, très flatté qu'on le place en position d'arbitre, si bien qu'il écoutait avec attention, décidé à justifier la confiance qu'on plaçait en lui.

— Ce que je pense, ayant moi-même une expérience militaire, c'est que le prince d'Adana effectue une longue et minutieuse reconnaissance. L'homme est trop intelligent pour ambitionner de combattre l'armée Blacfort à six !… Il l'aiguillonne, tâte ses défenses et il est peu douteux que, lorsque son idée sera arrêtée, c'est à Paris qu'il se rendra.

Il ne crut pas nécessaire d'avouer qu'il avait livré à Valencey d'Adana le principal repaire de Blacfort.

— Qu'y ferait-il ?… demanda Victoire.

— Et, c'est que je n'en sais rien et ne fais que supposer en ancien militaire et en homme d'un certain âge.

— Vous ne répondez point…

— Selon toute vraisemblance, il fera rapport au Comité de salut public.

— Et qu'arrivera-t-il alors ?… questionna Victoire, inconsciente qu'en sa manière, elle harcelait le baron de Penchemel décidément d'une infinie patience.

— J'y ai songé. Si j'étais Saint-Just, c'est sans hésiter que j'offrirais au prince une troupe spécialisée dans ce genre de guerre. Mais comment la former : cela, je ne le sais !

Il sourit puis reprit :

— En tout cas, dès qu'il arrivera dans la capitale, on ne tiendra plus les gazettes. Le retour à Paris du prince d'Adana après treize ans d'exil sera un événement qui passionnera la France, et même l'étranger. Et nous en serons très vite informés. Dès lors, par le chemin le plus court, il vous sera aisé de gagner Paris.

L'air désolé, Jean-Baptiste se tourna vers Victoire :

— Madame la marquise…

— « Citoyenne », ou tu nous feras prendre !

— Citoyenne, monsieur le baron a raison. Si vous voulez revoir le prince, c'est le moyen le plus certain.

— Mais c'est aussi le plus long, peut-être.

— Ma compagnie vous est-elle donc si désagréable ?... demanda le baron.

Elle lui sourit.

— C'est entendu, j'attendrai chez vous, baron, mais je vous rendrai un jour cette invitation en mon château.

— Avec un réel plaisir !... dit-il en voyant arriver une vingtaine d'hommes du village.

Il soupira. Il fallait rouvrir la fosse et recouvrir les corps des cinquante-deux Vendéens de chaux vive afin d'éviter puanteur et risques d'épidémie.

Pour lui éviter ce désagrément, M. de Penchemel invita la marquise à une longue promenade, prétextant de montrer ses terres.

On le trouva enfin, contre le mur d'une petite église. Fusillé, et encore attaché à un brancard, le corps de La Mellerie n'avait pas subi les outrages de celui de M. de Saint-Frégant.

La bouche, pourtant, était sanglante. En y regardant mieux, on s'aperçut que la langue était coupée. On coucha le brancard et dénoua les cordes. Valencey d'Adana ferma les yeux de La Mellerie et on palpa son cadavre. Le dos était brisé.

— Il s'est coupé la langue lui-même, ils devaient le torturer en frappant son dos brisé pour le faire parler !... dit tristement O'Shea.

Cette technique, qui impliquait un grand courage, était employée par les agents américains capturés par les Anglais. Pour ne pas parler sous la torture, l'agent tirait la langue le plus loin qu'il était possible et se donnait un violent coup de poing sous la mâchoire. La langue était coupée nette, mais il y fallait de l'héroïsme.

On plaça le corps de La Mellerie en travers du cheval de Mahé, puis les quatre hommes pénétrèrent dans le village tout proche au pas lent de leurs chevaux dont deux soutenaient des cadavres.

Un silence profond les accueillit. Portes et fenêtres se fermaient sur leur passage. Aucun drapeau tricolore, pas la moindre décoration signalant quelque attachement à la République.

Au bruit des sabots, un jeune officier vendéen, écharpe blanche autour de la taille, sortit d'une maison d'un air joyeux.

Saisissant un des quatre pistolets passés dans sa ceinture, Valencey d'Adana fut le plus rapide : sa balle fit éclater le genou droit du jeune homme qui s'effondra aussitôt.

De cette manière unique que les Français ne tentaient pas même d'imiter, l'Américain John O'Shea sauta de cheval, désarma l'officier et plaça le canon de son pistolet sur la tempe du Vendéen.

Il gisait dans la boue, grimaçant de douleur. La froideur des quatre officiers à cocardes tricolores, à laquelle s'ajoutait l'impression de force qui émanait d'eux, balaya sa résolution première de ne les point aider, et tout au contraire de les égarer si on le questionnait.

Il expliqua avec beaucoup de détails la chute de cheval de La Mellerie, le retour surprenant de Saint-Frégant, sabre à la main, et qu'il avait été tué sans souffrir de plusieurs coups de sabres. Gêné, il affirma que les mutilations étaient l'œuvre de « paysans grossiers ». Sur la mort de La Mellerie, il affirma que celui-ci avait crié : « Vive la République !... Vive la nation !... » avant de se couper lui-même la langue. Il prétendit ne pas être au courant de tortures...

Dumesnil, sortant de la maison où se trouvait l'officier vendéen peu auparavant, poussa devant lui une jeune paysanne assez belle mais mal mise et très craintive.

— C’est la raison de ta présence dans cette maison ?… demanda Valencey d’Adana d’une voix froide.

— Je me suis attardé ici, persuadé de rattraper les autres car mon cheval est très rapide.

Il changea de ton, soudain artificieusement joyeux et ajouta veulement en désignant la jeune fille :

— Elle a un fort beau cul mais il est très malpropre.

Paroles malheureuses qui ratèrent leur effet, Valencey d’Adana et Mahé échangeant un regard. Ils n’aimaient pas qu’on parle ainsi des femmes et si, pour apaiser ses sens, Valencey d’Adana avait connu jadis quelques rares et brèves aventures avec des serveuses il les avait traitées toujours, même en public, avec respect et les plus grands égards.

— Toi, c’est ton âme qui est malpropre !… répondit Mahé d’un ton qui ne dissimulait pas sa colère.

— Combien êtes-vous ?… D’où venez-vous ?… Où allez-vous ?…

Les trois questions de Valencey d’Adana claquèrent tandis qu’O’Shea augmentait la pression de son arme sur la tempe de l’officier.

— Me laisserez-vous la vie ?

— Tu sais comme moi que c’est impossible, tu connais à présent beaucoup trop de choses. Mais tu pourras choisir ta mort et nous respecterons ton corps, comme à notre habitude.

— Alors je ne parlerai pas !… s’entêta le Vendéen.

D’un geste rapide, Dumesnil lui brisa la main d’un coup de crosse sous le regard désapprobateur de son chef. Puis, un mauvais sourire aux lèvres, il serra d’une forte poigne cette main meurtrie.

Tous les petits os cassés entrant dans les chairs arrachèrent un hurlement de douleur à l’officier.

— Sais-tu ?…. Tu peux terriblement souffrir à ce petit jeu !… suggéra O’Shea d’un ton de grande indifférence qu’il simula.

— Ah c'est entendu, je vais parler. Nous sommes trois cents qui venons du nord de la Vendée pour aller grossir l'armée Blacfort.

— Où ?

— Je… Si je vous voulais tromper, je dirais en forêt de Maulévrier car telle est la consigne de répandre ce bruit. Mais nous l'avons dépassée depuis longtemps. L'ordre est de marcher plus au sud, de forêt en forêt.

— Ton regard cherche à me tromper. Quoi encore ?… Qu'est-ce que tu ne dis pas ?

— Pour notre offensive, nous attendons cinq cents hommes de Bretagne, des chouans, tous volontaires.

— Amenez-vous des canons ?

— Deux seulement.

— Et les chouans ?

— Je l'ignore.

Mahé entraîna Valencey d'Adana à l'écart.

— C'est très grave, ils seront ainsi deux mille. C'est le double du chiffre de Gréville. Que vas-tu faire ?

Le commandant de *La Terpsichore* haussa les épaules.

Il entendit vaguement la jeune fille dire à Dumesnil :

— J'ai une chose à vous montrer, monsieur l'officier.

Mahé, un instant distrait lui aussi, répondit :

— Donc, nous ne modifions rien à nos projets ?

— Rien. Du moins, pour l'instant.

L'air grave, et la jeune fille sur les talons, Dumesnil revint avec une épaulette d'officier républicain à la main en disant :

— Saint-Frégant. Son épaulette était attachée à la queue du cheval de ce gueux.

Les quatre hommes jetèrent au Vendéen des regards si méprisants qu'il se cacha les yeux de sa main valide, n'entendant pas même la jeune fille qui lui soufflait :

— Vous n'auriez point dû parler ainsi de mon cul que vous avez pourtant beaucoup besogné, monseigneur !… Vous, un officier, un gentilhomme !

Soudain très las, Valencey d'Adana fit face à Dumesnil qui sortait un couteau affûté en disant :

— C'est dans la viande de ses épaules que je vais découper des épaulettes, moi !

— Nous avons engagé notre parole !… grogna froidement Valencey d'Adana sur un ton qu'on ne discutait pas.

O'Shea, qui n'avait pas bougé, souffla au Vendéen :

— La balle va passer de l'œil au cerveau, tu ne sentiras rien.

Le Vendéen, dont les paupières tremblaient telles des ailes de papillon, hocha la tête en pleurant.

La résolution d'O'Shea faiblit, tant l'homme lui inspirait de pitié ainsi qu'à Mahé et Valencey d'Adana car dans l'attente de la balle, la peur lui donnait un visage de petit enfant.

Agacé, Dumesnil sortit son pistolet et visa mais la main ferme de son chef lui fit baisser le bras.

— Le diable l'emporte, nous, nous ne sommes pas ce genre d'hommes qui tuent même lorsque cela devient impossible.

Mahé attrapa le jeune homme par les cheveux et lui leva la tête.

— Tu as beaucoup de chance, ne la défie pas : émigre à Coblence avec les gens de ta sorte, tu n'es pas fait pour cette guerre.

— Et nous, monsieur mon frère ?… questionna Valencey d'Adana avec amertume.

28

Ce gros village mort inquiétait Valencey d'Adana qui subodorait quelque piège, soupçon qui se trouvait renforcé par l'absence de tout décorum républicain.

C'est en approchant d'une église plus importante que la première qu'il commença à comprendre : on entendait des chants liturgiques.

Il arrêta un jeune garçon peu craintif qui courait vers l'édifice religieux.

— Dis-moi, je parierais qu'on célèbre un mariage, n'est-ce pas ?

— C'est bien un mariage, monsieur l'officier des patauds. La Céleste et l'Antonin, je crois.

— Comment, tu ne le sais donc pas ?

— J'étais aux champs. C'est mon ami Toinou qui m'a prévenu. Ce mariage n'était point prévu.

Valencey d'Adana le laissa filer et, se tournant vers ses camarades :

— Voilà un mariage bien vite organisé. Tous doivent savoir les événements récents, comme ils ont dû accueillir à bras ouverts les brigands de la Vendée qui nous ont précédés. Regardez autour de vous, nous avons connu des villages autrement fiers de fêter la République.

Et chacun de revoir des endroits où la gaieté se donnait libre cours, tout étant prétexte à fête populaire: tonneaux mis en perce, guirlandes tricolores, violoneux, danse autour de «L'Arbre de la Liberté»: l'autre Vendée.

Mahé hocha la tête.

— Je crois que tu as raison. Notre approche les a trompés, ils ont cru voir les éclaireurs d'un régiment républicain au complet. Se réfugiant dans l'église avec un bon prétexte, ils pensaient échapper aux explications.

— Eh bien invitons-nous à ce mariage!... lança Valencey d'Adana.

Ils attachèrent les chevaux mais la vision des corps de leurs deux camarades arma leur colère.

Les portes fermées furent ouvertes avec violence et, chacun des marins tenant deux pistolets, ils s'avancèrent vers l'autel où un couple, sans doute de circonstance, attendait la bénédiction du prêtre.

Les chants cessèrent peu à peu et bientôt on n'entendit plus que le bruit des bottes frappant les dalles usées.

Le maire se présenta, au seuil de l'insolence, mais Valencey d'Adana feignit de ne rien remarquer.

— Je vais peut-être t'étonner mais j'adore les mariages, citoyen. Poursuivez!

— Vous n'êtes point invité, monsieur.

Cette réponse clarifiait les choses, le «monsieur» répondant au «citoyen», le «vous» au «tu».

— C'est tout à fait regrettable mais nous nous invitons tout de même. À moins que toi ou quelque autre n'ambitionne de nous en empêcher?

Ils étaient une bonne centaine, hommes et femmes. Des regards haineux, des fronts bas et étroits, une rumeur sourde où il était question de «Bleus» et de «patauds», un air de bêtise général flottant sur l'endroit. Valencey d'Adana frémit en songeant que Victoire, « sa chère âme », était entre les mains de gens pareils.

Dumesnil, qui n'éprouvait pas le moindre respect pour les églises, tira en l'air.

On entendit le mot « sacrilège » mais le maître d'équipage visant la tête d'un bourgeois, le silence se fit.

— Toi, poursuis ton office !... ordonna Valencey d'Adana au prêtre dont il aurait parié qu'il n'était point « jureur » mais « réfractaire ».

Oubliant ce qu'il faisait ici, cherchant inconsciemment à punir ce village hostile où l'on avait fusillé son ami Bernardin des Essarts de La Mellerie, oubliant même ses amis, Valencey d'Adana contempla avec émotion la mariée.

Hormis de grands yeux bleus, elle n'était point jolie, trop forte, le teint rouge, les cheveux raides et filasse mais la façon dont elle regardait son futur mari la rendait par instants très belle. Plus jeune qu'elle, on ne pouvait pas s'empêcher de créditer le futur époux d'un charme certain et d'une altière prestance. Imaginant souvent le pire, se plaçant d'instinct auprès de ceux qu'on humiliait ou qu'il croyait promis à la douleur, Valencey d'Adana espéra que la cérémonie achevée, on n'ôterait pas à la jeune fille son beau prétendant.

La présence des officiers républicains dut convaincre le prêtre de hâter les choses car il s'embrouilla dans son latin, ce que Valencey d'Adana, qui enfant versifiait déjà en virtuose dans cette langue morte, ne fut point sans remarquer.

Toujours dans cette précipitation qu'il mettait à en finir à présent au plus tôt, le prêtre en arriva à l'échange des anneaux. L'homme eut droit à un anneau d'or, la femme, curieusement, à un anneau de paille tressée.

D'un geste, Valencey d'Adana arrêta le prêtre :

— Qu'est ceci ?

— Mais… Un anneau de paille. C'est que cette femme n'arrive point vierge au mariage.

Se retournant, le maire, cruellement, prit le public à témoin :

— Et plusieurs, ici, pourraient le certifier.

On rit bruyamment. Même le prêtre. Et pareillement « le mari ». Et la pauvre jeune fille elle aussi, plus rouge que jamais qui, devant le nombre, choisit le parti de ne se point révolter mais au contraire de rire d'elle-même, de pactiser avec ses tourmenteurs dans l'espoir, peut-être, de se concilier leur indulgence – mais ses yeux d'un bleu faïence s'assombrirent d'un voile de détresse absolu.

Pour Valencey d'Adana, ce fut trop, mille fois trop : quel monde construire avec des gens si durs, si dénués de sensibilité, de fraternité, de compassion ? Et tout cela dans une église où, ce semble, on prône l'amour du prochain !

Il saisit le prêtre au col de sa chasuble.

— Explique-toi au lieu de rire !

Le prêtre fit disparaître promptement son sourire car la poigne de l'officier lui sembla d'acier :

— C'est une vieille coutume que j'applique là, monseigneur. L'anneau de paille au mariage doit rappeler à la pécheresse la fragilité des liens noués hors de notre très sainte mère l'Église.

Valencey d'Adana désigna le mari en le bousculant d'un rude coup d'épaule.

— Et lui, le crétin bellâtre, arrive-t-il vierge au mariage ?

Sans attendre la réponse, Valencey d'Adana gifla le prêtre puis, ayant commencé semblable distribution, il poursuivit en giflant le mari et le maire qu'il apostropha :

— Où est ton épouse, vermine ?

Le maire, qui portait sur sa joue de gros écureuil blanchâtre l'empreinte rouge de cinq doigts, désigna une femme de forte corpulence.

— Son anneau !… jeta le commandant de *La Terpsichore* à Dumesnil.

Celui-ci, ravi de la tournure des événements, se planta devant la femme :

— Eh bien, j'attends, citoyenne !

La femme tira sans conviction sur l'anneau :

— C'est que… voilà trop d'années que je l'ai au doigt, monsieur, et ne puis plus aujourd'hui le retirer.

Dumesnil, aux anges en ce lieu à eux dédié, se montra de fort bonne composition :

— La chose est sans gravité, citoyenne, j'ai remède à cela.

En un instant, la longue lame froide d'un poignard fut en sa main. Aussitôt, l'épouse du maire ôta son anneau tandis que Mahé constatait d'un ton calme et ironique :

— Tiens, un miracle !

Valencey d'Adana remit l'anneau d'or au prêtre en disant :

— Achèves-en !

Ce qui fut vite fait. Cependant, Valencey d'Adana fit rasseoir tout le monde :

— Et voici autre chose encore. En tant que commandant de vaisseau, j'ai autorité pour célébrer des mariages, aussi en voici un à ma façon qui s'ajoute à l'autre : par devant moi Valencey d'Adana, acceptes-tu, Céleste, de prendre Antonin pour époux ?

— Oui, monsieur l'officier.

— Et toi, Antonin, acceptes-tu de prendre Céleste pour épouse ?

— Mais… On m'avait dit…

La lame du poignard de Dumesnil chatouilla le bas-ventre du jeune homme.

— J'accepte.

— Vous êtes unis. Soyez heureux et servez toujours la République une et indivisible qui a chassé les despotes et les brigands couronnés.

Il se tourna vers les fidèles :

— Tous, ici, me répondez sur votre tête que ce mariage sera heureux. Toi !… Toi !… Et surtout toi !… dit-il en désignant tour à tour d'un doigt impérieux le curé, le maire et le mari.

Quant à ce dernier, Dumesnil lui piqua doucement le gras du menton.

— Tu réponds de son bonheur sur tes couilles, citoyen !

Ils sortirent dans un silence absolu et, tandis qu'ils s'entretenaient sur la conduite à tenir, Valencey d'Adana répugnant à ensevelir La Mellerie et Saint-Frégant en un lieu si hostile, les paroissiens quittèrent l'église et se dispersèrent telle une volée de moineaux.

Céleste s'approcha de Valencey d'Adana.

— Merci, monseigneur, mais je ne mérite point tant de bonté.

— Et moi je dis que si, citoyenne. Ah ça, voudrais-tu donc me contrarier, toi aussi ?… demanda-t-il en feignant un emportement dont elle ne fut pas dupe.

Il reprit :

— Mais peut-être peux-tu à ton tour m'aider… N'est-il point de village plus accueillant à la République ?

— À deux lieues d'ici, monseigneur, aussi bleu et pataud que celui-ci est blanc et royaliste.

Peu après, Valencey d'Adana donna trois ordres.

Dumesnil entra chez le boulanger, saisit un pain long de six livres et un rond de huit.

La main sur la poignée de son sabre, l'air haineux, il s'enquit du prix en crachant littéralement ses mots.

On les lui offrit avec empressement.

O'Shea repéra dans une grange un chariot à plate-forme. Le propriétaire se montra si désagréable que l'Américain ne le paya point et réquisitionna l'engin. Il y attela son propre cheval et celui de l'officier vendéen blessé et épargné.

Quant à Mahé, exécutant le troisième ordre, il se rendit chez le maire et saisit d'autorité deux grands drapeaux tricolores en précisant :

— Puisque tu n'en as point l'usage, je m'en vais les reprendre aux araignées…

C'est vers une heure de l'après-midi qu'ils arrivèrent dans un village ami où hommes et femmes, stupéfaits, se découvrirent sur leur passage.

Au pas lent de son cheval, Valencey d'Adana allait en tête, suivi de Mahé. Dumesnil fermait la marche, serrant de près le chariot à deux chevaux mené par John O'Shea.

Sur le plateau du chariot, bien qu'ils fussent enveloppés dans de grands drapeaux tricolores d'où dépassaient deux paires de bottes, on reconnaissait la forme de deux corps.

Le spectacle ne manquait ni de beauté, ni de gravité. La tenue des cavaliers, officiers de marine aux uniformes impeccables, surprit : on n'en avait jamais vu ici mais la cocarde tricolore aux tricornes indiquait des troupes amies.

Dès que le maire fut informé, et tandis que certains poussaient des cris de haine contre les brigands à la vue du visage mutilé de Saint-Frégant, on dut refuser du monde tant il se présentait de fossoyeurs volontaires.

On creusa les tombes au pied d'un grand saule, le plus bel endroit du cimetière qui jouxtait une petite église abandonnée.

Valencey d'Adana dut batailler avec le maire, qui voulait tout offrir, pour qu'il accepte un peu d'or afin qu'on grave des pierres tombales où devaient figurer les noms complets, les titres, les mentions « Officiers de marine tués au service de la République » et « Anciens volontaires de la guerre d'Indépendance américaine ». On y ajouterait un symbole maçonnique, à la discrétion du maire qui lui-même appartenait à une loge.

Puis la population tout entière défila en cortège patriotique : les vieillards, le front ceint de couronnes de laurier, les femmes coiffées du bonnet rouge, deux bœufs parés de rubans tricolores tirant une petite charrette sur laquelle se voyaient les tables de la loi, des sectionnaires en sabots ou pieds nus mais armés de piques, des jeunes gens portant des civières sur lesquelles reposaient le buste de Marat et une maquette de la Bastille.

C'était d'une grande naïveté, touchante, profonde, sincère.

L'émotion culmina lorsqu'on mit en terre les cercueils fabriqués à la hâte et toujours couverts de leurs grands drapeaux tricolores.

Il n'est pas certain que les quatre officiers de marine ne pleurèrent pas mais tous, ici, faisaient preuve d'une telle pudeur et d'un tel dévouement à la cause du peuple qu'on ne le sut jamais.

Faits citoyens d'honneur, les quatre marins promirent de revenir après la pacification dans cette Vendée républicaine injustement éclipsée par celle des prêtres réfractaires et des liberticides.

Ils éprouvèrent quelques difficultés à refuser l'hospitalité qu'on leur offrit. Ils eurent tort car le soir même, ils devaient coucher en prison, étant promis à l'échafaud…

29

Pierre-François Gréville leva les yeux sur la jolie Léonore, jeune veuve de vingt-cinq ans, qui vivait dans l'appartement du maître-espion Francis William Dawson.

C'était demi-mensonge que d'affirmer à l'Anglais que la jeune femme se trouvait veuve d'un membre de la bande, par ailleurs sergent de la garde nationale. Veuve, elle l'était réellement, mais d'un tout jeune officier de la police secrète. Remarquée par Gréville à l'enterrement de son époux, elle repoussa son offre de travailler pour le service et devint – car cela aussi était la vérité – bouquetière.

Après quelques mois, elle fut lasse qu'on s'intéresse davantage à son corps et à son joli minois qu'à ses bouquets si bien qu'elle s'en vint trouver Gréville lequel, n'ayant point varié, la recruta aussitôt dans la police secrète.

Elle se prénommait réellement Léonore et le nom de feu son époux, Letessier, n'était point inventé : mêler le faux et le vrai constituait une, parmi bien d'autres, des méthodes de travail du policier d'élite.

— Eh bien, ton vieil Anglais, citoyenne ?

— Soixante-trois ans, ce n'est point si vieux.

— Surtout lorsqu'on en a soi-même vingt-cinq !... répondit ironiquement Gréville.

Un bref silence s'installa et Gréville, voyant ce qui se dessinait sous ses yeux, décida de s'amuser encore un peu car son humeur, en harmonie avec la magnifique journée de printemps, oscillait entre une joie diffuse et un optimisme solidement ancré dans sa nature.

— Mange-t-il toujours autant ?

La jeune femme réprima un soupir :

— Un peu moins. Et je l'emmène aux bains publics, l'oblige à marcher et, sauf lorsqu'on soupe, à boire du thé plutôt que de la bière ou du vin. Il maigrit et doit acheter des pantalons et des culottes plus étroits.

— Diable, ne nous le change pas trop cependant ou nos agents le perdront de vue tout de bon.

Homme très fin, Gréville devina qu'il fallait laisser là un ton qui, pour plaisant qu'il fût, s'accordait mal à la situation.

Il choisit subtilement ses mots et, se penchant vers elle :

— Léonore, notre métier est bien étrange et cruel par certains aspects. C'est une des vocations de la police secrète que d'entrer dans l'intimité des gens, de gagner leur confiance, leur amitié voire... voire leur amour, pour finir par les livrer aux juges qui les offrent à Sanson afin qu'ils les envoient à la petite chatière*. Un tel comportement serait réellement répugnant de notre part s'il n'existait autre chose qui le justifie cent fois : attachants ou pas, charmants, généreux, plaisants et que sais-je encore, ils sont des ennemis de la République et doivent donc répondre de leurs conspirations, de leurs crimes contre la nation. Nous l'aimons, cette République, même si parfois elle se trompe et se montre injuste. Il n'est pas d'alternative : la République ou le retour des Bourbons dans les malles des armées étrangères.

* Guillotine.

Elle baissa la tête.

— Tu as raison, citoyen Gréville. Comme toujours.

Il se détendit et lissa quelques papiers posés sur le bureau qui les séparait.

— Parle-moi de lui, de l'homme, car je le dois bien connaître : c'est un très grand ennemi de la France.

— Comment dois-je t'en parler, citoyen ?

— Comme bon te semble. Quel est son caractère, où en est-il avec toi, que pense-t-il de la Révolution ?… Après, nous parlerons à son sujet des affaires du service. Après.

Elle réfléchit un court instant :

— Il est toujours de bonne humeur et au début, avant que je ne le connaisse mieux, je m'amusais à penser qu'il était le genre d'homme à monter à l'échafaud en chantant une de ces jolies mélodies de la marine anglaise qu'il connaît si bien.

— Croit-il cette fable selon laquelle on t'aurait prédit que tu épouserais le premier Anglais que tu rencontrerais ?

— Hélas, il y croit !

— C'est bien, poursuis.

— Vois-tu, citoyen, les femmes, toutes les femmes, je crois, sont souvent sensibles à cela : qu'un homme dont le désir est évident n'ait jamais un mot ou un geste déplacé. Dawson me respecte, et je sais qu'il m'aime.

— Attention, Léonore, ne mélange pas tout : il t'aime ou il te désire ?

— Il me désire et il m'aime. Son amour est dans ce désir qu'il sait si bien maîtriser. Il n'a jamais passé le seuil de ma chambre. Au bain public, je me suis volontairement trompée, allant chez les hommes. Je n'avais pas franchi cinq mètres que je ne comptais déjà plus les mains sur mes seins et mes fesses. Me voyant, Dawson accourut avec une serviette dont il me couvrit délicatement, sans même me frôler, avant de me raccompagner chez les femmes.

Gréville, qui écoutait attentivement, hocha la tête à plusieurs reprises :

— Excellent !... Tu ne l'as point fait en ce dessein mais à présent qu'il a vu ton corps dénudé, le voici bien accroché.

Une expression d'incompréhension s'attarda un instant sur le visage de Léonore qui cependant continua :

— Il refuse que je cuisine, aussi dînons-nous toujours au cabaret ou fait-il venir un traiteur. Chaque jour, sachant combien je les aime, il fait livrer des fleurs fraîches. C'est très difficile, citoyen, de n'être pas troublée par tant de prévenances.

— Je le conçois, Léonore, et tu n'en es que plus méritante à mes yeux. Que dit-il de Paris et de la Révolution ?

La jeune femme, bien qu'elle le dissimulât, fut ravie que Gréville, orientant différemment la conversation, change de sujet :

— Je le soupçonne d'apprécier les deux, citoyen. Pour Paris, il ne s'en cache point. Pour la Révolution, c'est plus discret, des allusions légères. On guillotinait l'autre fois un duc et Francis... Pardon, Dawson...

Il l'interrompit :

— Je t'en prie, Léonore, vivant à ses côtés, il est bien naturel que tu l'appelles Francis.

Elle reprit :

— Apprenant la mort de ce grand duc, il laissa échapper : « Ah, que ne pouvons-nous bénéficier d'une guillotine sur le pont de Londres ne serait-ce que pendant deux jours ! » La liberté, ou devrais-je dire la découverte de celle-ci par tout un peuple, explique à son avis les excès. Il a dit exactement : « On n'en finira jamais de connaître l'étendue de ce qu'offre la liberté. » Le 24 mars, il a assisté à l'exécution d'Hébert et des hébertistes bien qu'il n'aime pas assister aux mises à mort et déteste ceux qui s'y rendent par plaisir.

— Tiens, tiens… Pourquoi a-t-il été voir Hébert mettre la tête dans la lucarne ?

— Précisément. Il parut gêné quand je lui reprochai de contempler pareil spectacle. Il me répondit étrangement : « Hébert est un des principaux chefs de la Révolution, je le dois. »

Gréville sourit.

— Rien d'étrange en cette affaire. Le gouvernement anglais est assez subtil, ayant compris que Robespierre et les siens devaient se passer des ces ultrarévolutionnaires tel Hébert qui pensait qu'on ne guillotinait jamais assez… les voici servis, au reste… Maintenant, il est face à Danton et ses députés dits « les Indulgents » pour lesquels on guillotine trop et qui pensent que la Révolution doit cesser. C'est le second face-à-face que tous attendent. Ton Dawson est habile.

— Je comprends en effet mieux son intérêt… Il n'empêche, la cérémonie lui lève le cœur.

— Explique-toi.

Elle hésita, puis :

— Je crois que Francis doit écrire un rapport sur les exécutions, j'ai surpris des notes en ce sens. Il a été voir le tribunal révolutionnaire dans la grande chambre du palais et sait que de là, on descend les condamnés à la Conciergerie. Il a noté que les aides de Sanson échancrent les cols de chemise et coupent les cheveux sur la nuque, les revendant aux perruquiers lorsqu'il s'agit de cheveux de femme. Il sait que les condamnés traversent la salle du Guichet et sortent du greffe par la cour de Mai. Il a remarqué que tondus, dépouillés, mains derrière le dos, on les pousse rudement dans les charrettes qui mènent au lieu d'exécution sous les huées de la foule et de ce qu'il nomme « les furies de la guillotine ». Il note tout. Il a même été repérer les prisons.

— Lesquelles ?… s'enquit Gréville.

— Outre la Conciergerie près le Palais de justice, le Luxembourg et cet ancien couvent…

— Sainte-Pélagie ?

— Voilà. Il note également les déplacements de la guillotine à travers Paris, d'un quartier à l'autre.

— À quoi penses-tu, citoyenne ?

Elle n'hésita pas :

— Il ne s'y prendrait pas autrement s'il devait envisager une évasion, soustraire quelqu'un à la mort entre la prison et la guillotine.

— Tu penses avec intelligence, citoyenne. Et ses notes révèlent-elles autre chose ?

— Des choses d'une grande variété, sans liens entre elles. Par exemple qu'à Paris et les communes circonvoisines, il existe trois mille moulins à eau et mille à vent. Il a d'ailleurs été voir sous prétexte de promenade ceux du Mont-Parnasse, de Montmartre et Monsouris.

— Des dispositions à prendre en cas d'invasion anglaise pour affamer Paris. Il voit très loin.

— Il a noté également que, malgré la Terreur, fêtes, bals, concerts et galas continuent à déployer leur luxe. Je… comprends mal.

— C'est très avisé : il repère les corrompus, les pourris, ceux qu'on achète. Ce Dawson est décidément redoutable. Autre chose ?

— Il a noté que dans les ruelles, les odeurs d'oignons frits et de harengs qui pendent en chapelets aux étals des marchands ont remplacé les odeurs de pâtisserie fine et de poulets rôtis à la broche.

— Il juge du moral de la population de Paris.

— Je ne vois rien d'autre, citoyen, si ce n'est qu'il m'a fait un présent.

Elle dégagea du col de sa robe une chaînette d'or soutenant une pierre.

— Un bijou…

Elle tira légèrement sur la chaîne pour contempler celui-ci :

— Un médaillon en pierre polie de la Bastille avec en son milieu, vois-tu, le mot « Liberté » écrit à l'aide de petits diamants.

— C'est un bien joli bijou et il est plaisant que cette luxueuse pierre de la Bastille t'ait été offerte par le chef des espions de George III d'Angleterre. Conserve ce cadeau, citoyenne, le service ne s'intéresse point à ces choses futiles.

Ravie de ne point devoir se séparer de cet original joyau, elle se leva en même temps que Gréville qui la raccompagna.

Lorsqu'il fut seul dans son bureau, le chef de la police secrète étendit ses pieds sur le secrétaire en bois précieux et croisa les mains derrière sa nuque en regardant le plafond.

La qualité de son adversaire le flattait mais il ne s'y attarda pas, jugeant froidement des choses. Selon toutes apparences, Dawson se trouvait sur un sommet : la découverte, pour l'instant platonique, de l'amour, et une véritable moisson de renseignements.

Il fallait donc frapper très fort. Il appela un secrétaire et lui remit une liste de six noms, les agents français de Dawson.

— Qu'on arrête ces hommes et les mette au secret.

De nouveau seul, Gréville sourit et se frotta énergiquement les mains :

— Vous allez vous sentir soudain très seul, monsieur Dawson. Néanmoins, je vais vous laisser une porte entrouverte…

Il saisit un mince rapport et le feuilleta d'un doigt paresseux. Il y était question d'un Belge, capitaine d'un navire de commerce, nommé Van Eyck. Cet homme se trouvait être la pièce la plus précieuse du dispositif de Dawson en France car c'est lui qui, sous prétexte de cabotage, portait les rapports du maître-espion de France en Angleterre.

Au reste, il devait à ses allers-retours de la Belgique

à Paris de s'être rendu suspect. Arrêté, le Belge avait été contraint de passer toute une journée à la barrière du « Trône renversé ». On y avait installé la guillotine et il vit tomber trente têtes à la suite.

Depuis, Van Eyck travaillait pour Gréville, percevant toujours, cependant, ce que lui octroyait Dawson. Si bien que ses revenus se trouvaient doublés quand les risques, dans cette nation « amie » qu'était devenue la France de Gréville, n'existaient plus.

Gréville se leva, décidé à prendre un peu l'air en cette journée magnifique. Il coiffa son chapeau noir à cocarde tricolore et eut une pensée pour le général républicain Weismann lequel, selon une dépêche, venait d'être tué en Vendée.

Du coup, il songea à Valencey d'Adana, s'attendant à recevoir des nouvelles d'ici peu.

En quoi, pour une fois, il se trompait lourdement.

30

Fin avril 1794…

Valencey d'Adana et ses deux compagnons ne savaient plus s'ils croupissaient en cette infecte prison depuis trois ou quatre semaines, mais ils avaient tenu bon, ne livrant ni l'objet de leur mission, ni même leurs noms.

Une semaine auparavant, Jules Dumesnil, maître d'équipage sur *La Terpsichore* avait été condamné à mort pour « complot royaliste » et exécuté deux heures plus tard. Tuer le moins gradé pour faire un exemple, on pensait fléchir la résolution des trois autres quand on ne fit que la renforcer.

Mis au secret, coupés du monde, ils ne bénéficiaient que des très courtes visites des condamnés à mort, ceux auxquels il ne restait que quelques heures à vivre et qu'on plaçait en leur cellule par calcul.

Enfin, cette cellule donnait sur l'extérieur de la prison, très exactement au-dessus de la guillotine située sur une petite place : nul n'obligeait à y regarder, mais on entendait fatalement tomber le couperet.

Et tout cela en raison d'un fou furieux jouissant de pouvoirs exorbitants.

Les deux mains aux barreaux de sa cellule, Valencey d'Adana regardait sans le voir un aide du bourreau lequel, dans la cour, vérifiait les cales de la guillotine.

Des centaines de fois depuis son incarcération il avait revécu les événements sans jamais parvenir à les tout à fait comprendre. L'enterrement de Saint-Frégant et La Mellerie, des heures de route et, vers le soir, dans cette petite ville proche de Saumur, ce barrage de la garde nationale.

Des barrages, ils en avaient franchi des dizaines, aussi, lorsque l'officier commença à faire preuve de mauvaise volonté, Valencey d'Adana ne s'était pas ému, présentant ordre de mission et laissez-passer du Comité de salut public. Signé de la main de Saint-Just !

— Un faux, c'est bien évidemment un faux !… Vous êtes quatre ci-devant !

— Ton nom ?… demanda Valencey d'Adana.

L'autre le toisa de ses yeux globuleux qui l'apparentaient aux reptiles :

— Beaupin, capitaine Beaupin, commandant la garde nationale de cette cité.

— Écarte-toi, citoyen Beaupin. Je suis capitaine de vaisseau, j'ai donc rang de colonel dans l'armée.

Avec cet ignoble sourire de gorgone qu'on lui vit souvent par la suite, Beaupin répondit :

— Oui, sans doute. Mais je ne fais pas que surveiller les routes : je suis aussi l'accusateur public au Tribunal révolutionnaire.

— C'est pour moi sans intérêt, je ne suis pas mis en accusation, tout de même ?

— Tu l'es depuis une minute.

Surpris, le commandant de *La Terpsichore* reconsidéra ce nain qu'il tenait pour un bourgeois peureux mal déguisé en militaire. Il choisit la patience.

— Citoyen Beaupin, je suis chargé par le Comité de salut public d'une importante mission qui ne souffre aucun retard. J'aurais le droit de balayer ton barrage, toi et tes huit hommes. La chose ne présenterait aucune difficulté pour nous.

À ces mots, chacun des trois compagnons de Valencey d'Adana sortit deux pistolets, provoquant un certain flottement parmi les bourgeois et commerçants portant l'uniforme de la garde nationale.

Seul Beaupin conserva son sang-froid, et même son ignoble sourire mais qui, à l'époque, pouvait savoir que l'homme était fou à lier ?

— Tu tuerais des patriotes de la garde nationale ?

Valencey d'Adana fut très ennuyé par cette question. Dans cette guerre dangereuse, ses compagnons et lui-même s'étaient juré de ne jamais tirer sur un républicain. Il choisit l'instance supérieure :

— Je t'ai assez entendu : allons voir le président du tribunal et le maire de la ville afin de dissiper ce malentendu.

— Et si malentendu il est, sois assuré qu'il ne subsistera pas longtemps.

On les mena au Tribunal révolutionnaire et les fit attendre dans une vaste pièce. Ils y étaient depuis une heure lorsque, par les trois portes, une cinquantaine de gardes nationaux se jeta sur eux.

La bagarre fut sévère mais écrasés sous le nombre, les marins s'inclinèrent. On les désarma avant de les jeter en cellule.

Avec le temps, Valencey d'Adana s'était persuadé de ce qu'il aurait dû faire : une balle dans la tête du fanatique. Les gardes nationaux du barrage se seraient aussitôt débandés et ils seraient depuis longtemps à Paris.

C'est par la terreur, et la lâcheté des corps constitués, que Beaupin régnait sur la ville.

Le maire, le président du tribunal, les officiers de la garde nationale, tous tremblaient devant le petit fanatique à tête de crapaud qui – était-ce un hasard – ne se vêtait qu'en vert, sauf lorsqu'il enfilait sa défroque, au reste trop grande pour lui, de la garde nationale.

Dans les regards soumis de ces hommes qui eussent dû se dresser, Valencey d'Adana lisait parfois une gêne mêlée de compassion.

Le commandant de *La Terpsichore*, Mahé et le commodore John O'Shea s'étonnaient souvent de finir ainsi, guillotinés et promis à la fosse commune, eux qui avaient bravé tant d'autres périls que ce barrage ridicule.

Mais il ne leur semblait plus possible d'échapper à ce funeste destin, Beaupin ayant, lors d'une crise d'hystérie, détruit le laissez-passer et l'ordre de mission signés de la main de Saint-Just.

Les trois hommes soupçonnaient Beaupin d'un dessein très précis. Par les dizaines de Vendéens arrêtés et passés entre ses mains, il savait pertinemment qu'un petit groupe d'officiers de la marine républicaine écumait la région et que leur chef s'appelait Valencey d'Adana. Il savait donc parfaitement qui ils étaient et avait d'ailleurs brusquement cessé de les harceler sur leur identité dès que cette certitude fut sienne.

Au début, il voulait simplement faire plier devant lui ce héros national, et Valencey d'Adana déclinant son identité et le but de sa mission eût été libéré sur-le-champ. Montrer qu'il était plus fort qu'une légende, rien d'autre.

Nous n'en étions plus là et aujourd'hui, Beaupin ne souhaitait absolument pas que Valencey d'Adana se confesse, d'où sa hâte à instruire un procès qu'il avait tant retardé.

Chaque interrogatoire des prisonniers équivalait pour Beaupin à une crucifixion.

Il chancelait sous leurs sarcasmes, défaillait face à leur intelligence, perdait pied devant leur culture.

Tout était donc aujourd'hui beaucoup plus simple : il les haïssait et les voulait voir guillotinés. Il serait, dans l'histoire, l'homme qui avait fait rouler la tête du héros de la guerre d'Amérique mais, prudent, il dirigeait l'instruction en sous-main, guidait ses créatures et organisait la procédure de sorte qu'on ne pourrait rien lui reprocher : il aurait simplement réclamé la tête de trois suspects refusant de donner leurs noms, n'ayant sur eux ni ordre de mission ni laissez-passer : et pour cause !

Ces trois-là avaient brisé son rêve d'être l'égal de son modèle, accusateur public du Tribunal révolutionnaire de Paris qui faisait trembler la France entière : Fouquier-Tinville*.

Cruel, rigoureux, efficace et homme d'esprit, il ne semblait guère douteux, pour le pâle Beaupin, que Fouquier-Tinville laisserait son nom dans l'histoire.

Il aimait lire les anecdotes courant sur son grand homme. Ainsi cette fois où l'on amena devant l'accusateur public un ci-devant baron en précisant que celui-ci était paralysé de la langue. Et Fouquier-Tinville de répondre :

— Ce n'est pas sa langue, que je veux, c'est sa tête !

Désopilant !

Ou bien cette autre fois où on lui amena la très vieille Marie-Louise de Montmorency-Laval, en expliquant qu'elle était sourde et aveugle.

Et Fouquier-Tinville de se tourner vers son greffier en ordonnant :

— C'est bon, notez qu'elle a conspiré *sourdement* et *aveuglément* contre la République !

Irrésistible !

Valencey d'Adana se moquait bien des aspirations glorieuses du misérable Beaupin. Chaque jour qui pas-

* Juriste, condamné et exécuté sous Thermidor (1795).

sait, intérieurement, il dépouillait sa vie de ce qui en fut les ornements. La gloire, l'Histoire en marche, la fraternité des combats, le triomphe qui s'offre brusquement, le sens du devoir : important, certes, mais on pouvait dire adieu à tout cela.

Des vies, il avait le sentiment d'en avoir vécu dix, alors qu'on la lui prenne à présent, quelle importance ?

N'était…

Victoire !… Ce grand bonheur, le plus grand qui lui puisse être donné, l'avait fui sa vie entière. Jamais, à sa connaissance, le mauvais sort ne s'était à ce point acharné contre un couple d'amoureux, s'ingéniant à les toujours séparer. Aujourd'hui, quand sa vie semblait s'achever en ce lieu perdu, il donnerait tout : passé glorieux, châteaux, terres, titres, blason, grades, décorations, tout pour une heure, rien qu'une heure avec Victoire et si sagement qu'il se contenterait de la serrer dans ses bras sans la toucher ni lui rien dire.

Une heure, monsieur le bourreau !

Il sursauta.

Le geôlier, un très brave homme, entra d'un air gêné.

Son fils était marin et, puisqu'une rumeur commençait à courir la ville, il ne doutait pas que son prisonnier fût Valencey d'Adana : le regard, la prestance, la croix d'or, le grade, l'ami américain, tout correspondait et le cabinet du juge, à défaut de celui de Beaupin, n'était point étanche.

Il ne savait comment contenter son glorieux prisonnier.

Un jour, il lui offrit un chien en expliquant :

— C'est bien le moins pour distraire le héros de la guerre d'Amérique.

Valencey d'Adana, touché, n'avait pas démenti, se contentant d'un sourire qui valait approbation de son identité.

Un dimanche, le geôlier amena un gigot préparé par sa femme avec un pain délicieux à la croûte brunâtre et crevassée et un petit vin clairet de Charente.

Une autre fois encore, se laissant aller aux épanchements, il donna de Beaupin une définition qui amusa beaucoup les trois officiers :

— Il ne sort de son bureau que la nuit, telles les chauves-souris, et ses oreilles de faune achèvent de terroriser les femmes qu'il croise.

Le geôlier fit entrer un prêtre réfractaire, bien entendu condamné à mort et, d'une voix sourde :

— Messieurs les officiers… eh bien… Votre procès, c'est maintenant…

— Enfin !… murmura O'Shea qui détestait l'incertitude.

Valencey d'Adana, très grand seigneur, se tourna vers l'ecclésiastique et claqua des talons en disant :

— Monsieur l'abbé, auriez-vous la bonté de vous occuper de La Fayette qui ne souffre pas la solitude ?

— La Fayette ?

Valencey d'Adana jeta un regard amusé au petit bouledogue d'une indéfinissable couleur brune et marron avec une large tache blanche de poitrine qu'en France on dit « chien des bouchers », puis, d'une voix joyeuse :

— La Fayette est… cette chose !

31

Un procès finalement assez mal fagoté, sans même qu'on prévienne les populations et pour cause : Beaupin redoutait les mots d'esprit des accusés.

Le procès ne se tenait pas dans la salle ordinaire mais dans une annexe réservée aux archives qu'on avait débarrassée à la hâte. Volets fermés, à peine vingt personnes composaient le public. Mais il en arrivait d'autres, et de plus en plus…

Les trois accusés, enchaînés, firent leur entrée.

Dès qu'ils pénétrèrent en ces lieux, Valencey d'Adana prit la parole. Beaupin voulut l'en empêcher mais que pouvait son organe de castrat contre cette voix grave habituée à lancer des ordres à travers tempêtes et tirs d'artillerie lors des combats navals ?

— Citoyens, l'issue de ce procès arrangé n'est point douteuse mais je compte que vous me mettiez dans le cas de faire connaître la vérité à qui de droit, le Comité de salut public.

On frissonna. Cet homme, à l'évidence, disait la vérité, ce qui signifiait que les représentants de la terreur allaient fondre sur la ville…

Il poursuivit :

— Deux choses encore : l'homme qui a voulu cet injuste procès et le lieu. Concernant Beaupin, ce n'est qu'un fripon contre-révolutionnaire qui cache sa nature en décrétant d'accusation les véritables patriotes. C'est un intrigant, un satellite de la tyrannie, un scélérat qui a une âme de boue. Sa corruption ne vient pas de l'or mais de son ambition démesurée et l'on chercherait en vain chez lui la moindre trace de vertu.

Beaupin allait répondre lorsque Valencey d'Adana balaya la future objection d'un geste large :

— Et ici !... Une salle tendue de draps noirs et éclairée par des flambeaux : c'est une « chambre ardente » !... Aucun drapeau républicain : nous sommes jugés par l'Inquisition. Je réfute la légitimité de ce tribunal digne des brigands de la Vendée !

Beaupin se mordit les lèvres. Il venait de commettre deux graves erreurs : s'inspirant en effet des « chambres ardentes » dans l'espoir d'impressionner les accusés, il prêtait le flanc à l'attaque de Valencey d'Adana. Et l'oubli de drapeaux tricolores n'arrangeait pas les choses...

Par la suite, Valencey d'Adana, Mahé et O'Shea interrompirent plusieurs fois Beaupin lequel, subissant à présent l'ascendant des prisonniers, ne cherchait pas même à les faire taire.

À la question de l'accusateur public :

— Pourquoi un officier tel que vous, Américain, se trouve-t-il en France ?

O'Shea répondit :

— Mes amis ici présents savaient que je préparais un traité sur les monstres, les gnomes répugnants, les nains putrides : ils m'avaient signalé ton existence, citoyen Beaupin.

Beaupin attaqua alors sur le fait que, loin de leur navire, ces officiers étaient forcément déserteurs, allant jusqu'à s'égarer dans un long exposé sur la marine idéale. Valencey d'Adana lui jeta :

— Tu es un ignorant, tu ne sais pas même de quoi tu parles et n'entends rien à la marine.

— Silence, ci-devant capitaine !

— Halte-là, nabot : je suis toujours capitaine de vaisseau de la République quand tu n'es pas, toi, un ci-devant crétin !

D'abord satisfait, Beaupin fut pris d'un doute :

— Que veux-tu dire ?

— Eh bien c'est fort simple : tu n'es pas un ci-devant crétin car crétin, tu l'es toujours. Et définitivement !

Cette fois, il y eut quelques rires.

— Je constate, remarqua Beaupin d'un air pincé, que ce mois de prison ne t'a guère assagi.

Valencey d'Adana n'attendait que cela.

— Pas davantage que ne m'assagit la Bastille* quand j'y fus enfermé par le Louis Capet, ci-devant roi de France.

Le président du tribunal, stupéfait, répéta :

— Tu fus enfermé à la Bastille par les despotes ?

Valencey d'Adana haussa les épaules tandis que Mahé se dressait, accusateur :

— Oui, il le fut. Et Paris faillit se soulever pour le libérer !

— Mais qui es-tu, à la fin ?… demanda le président, soudain fort inquiet.

— Je suis en mission secrète pour la Convention, je n'ai pas à répondre à cette question émanant d'un tribunal constitué d'un fou et d'une bande de lâches.

Mahé regardait son ami avec émotion. Ainsi était-il, toujours superbe, et surtout magnifique dans les causes perdues où l'on s'engage simplement pour la beauté du geste.

Il s'inquiétait cependant de la légèreté, certes très aristocratique, avec laquelle Valencey d'Adana acceptait sa mort prochaine et se souvint d'une de ses phrases : « L'appel de la mort est parfois plus séduisant

---

* Cf. *La Tour des Demoiselles.*

que le cri de la vie. » Les vieux marins disaient de lui avec respect : « Il a l'âme envahie de brume. »

Le procès lui échappant, Beaupin exigea qu'on fît sortir les trois accusés.

Au dernier instant, Valencey d'Adana se pencha vers son avocat qui n'avait pas desserré les dents :

— Continue à dormir, dors beaucoup et longtemps : pour toi, spécialement pour toi qui as déshonoré ta charge, le réveil sera très brutal.

— Mais…

Moins de sept minutes plus tard, on fit revenir les accusés pour leur donner lecture du verdict de mort au motif d'« espionnage et activités royalistes ».

Élégants, les trois officiers écoutèrent le président sourire aux lèvres puis, pour la dernière fois, Valencey d'Adana prit la parole et l'on n'osa pas la lui refuser. Il parlait d'une voix posée, très calme, absolument pas altérée par une quelconque émotion :

— Nous ne pouvons reconnaître que notre procès fut juste, que nos droits furent respectés, que des haines relevant de la jalousie ne ternirent les débats, que la justice de la République fut honorée, que le crime fut recherché car il se trouve de votre côté et qu'il n'en est pas ainsi tel que l'ont voulu les législateurs des temps nouveaux, ni les sacrifices de tout un peuple, ni l'espoir du monde encore enchaîné. Messieurs, ce procès vous ressemble, et c'est tout dire.

Mahé lui succéda :

— Nous vous précédons de peu sur l'échafaud, tous autant que vous êtes.

O'Shea, détendu comme à son habitude, remarqua :

— Lors de la guerre d'Indépendance et des années qui suivirent, je vis de la France ce qu'elle avait de plus beau : des hommes venus du bout du monde pour défendre un peuple opprimé par le despote anglais. Mes deux compagnons furent de ceux-là qui dès les premiers jours risquèrent leur vie pour une idée.

Citoyens, je ne vous en veux pas de me condamner à mort, je vous en veux d'avoir terni l'idée que je me faisais du grand peuple de France. J'éprouve pour vous davantage de pitié que de haine.

On emmena les trois hommes dans un silence gêné.

Le président, l'avocat, le maire, deux officiers de la garde nationale tentèrent de fléchir Beaupin, proposant que la mort fût commuée en prison mais le petit homme vert n'en voulut point démordre, menaçant de les décréter eux-mêmes d'accusation.

Les autres capitulèrent. Comme d'habitude.

Conséquence indirecte de la condamnation à mort des trois officiers, le prêtre réfractaire bénéficia d'un sursis.

Avec cette rare combinaison de bêtise et de mesquinerie qui était sa marque, Beaupin, qui se croyait fin politique, fit surseoir à son exécution. Le curé monterait à l'échafaud en même temps que les marins. Ainsi, pensait-il, la présence d'un prêtre réfractaire dans une même fournée discréditerait-elle ceux qui se disaient républicains.

Sur ordre discret du maire, le boulanger fabriqua presque à l'identique un pain de Gonesse, le préféré des officiers, connu pour sa croûte ferme et dorée, parfois un peu brûlée.

Apportant leur participation, le notaire et l'apothicaire contribuèrent, en envoyant leurs cuisinières aider la femme du geôlier, à composer un superbe repas: ce serait le dernier, l'exécution étant prévue pour le lendemain, à midi.

Car si Beaupin avait voulu un procès discret, presque à huis clos tant il craignait d'y paraître ridicule, il souhaitait que toute la population assistât à la fin de ces orgueilleux marins dont l'un, il n'en doutait pas, était Valencey d'Adana.

S'étonnant de sa propre intelligence, Beaupin venait de trouver le moyen d'empêcher les trois officiers de s'adresser au peuple du haut de l'échafaud, car il ne doutait pas qu'ils le feraient contrairement à leur ami le maître d'équipage Dumesnil qui, la tête sous le couperet, chantait encore « Auprès de ma blonde ».

Soudoyant quatre gardes nationaux, ceux-ci devaient, prétextant une tentative d'évasion, casser à coups de crosse les mâchoires des officiers, briser les dents, éclater les lèvres, transformer le bas des visages en bouillies d'où ne sortirait aucun mot.

Le vieux geôlier, Joseph Lemaire, apporta le souper : entrecôtes sauce cornichons, chapon au riz, cuisses de dindon, vin de Bourgogne… mais seulement trois assiettes.

Ce que voyant, Valencey d'Adana, plus grand seigneur que jamais, s'exclama :

— Allons donc, citoyen Lemaire, apporte un couvert de plus, l'abbé est des nôtres. N'est-ce pas, l'abbé, vous partagerez bien notre souper ?

— C'est-à-dire, c'est un repas si délicieux… Ne céderais-je point à la gourmandise, si j'acceptais ?

— Et quand bien même, l'abbé ?… Ce serait votre dernier péché ici-bas, véniel au demeurant !… répondit Valencey d'Adana avec une bonne humeur qui ne devait rien à l'artifice et qui stupéfia ses camarades.

« Ainsi, ils meurent comme ça »… songea O'Shea, admiratif.

L'abbé, on s'en doute, se laissa convaincre.

On parla nourriture et comme on pressait Valencey d'Adana, le plus fortuné, d'évoquer des plats de rêve, il répondit :

— Au château, nous dînions à midi, souvent de la viande froide. Le soir, au souper… Que mangions-nous donc, Mahé ?

— Rosbif, entrecôte ou rôti. Jusqu'au jour où, nous trouvant en voyage, nous vîmes dans une ferme de pauvres paysans se presser au saloir pour dévorer un peu de charcuterie et du pain. Nous décidâmes alors de menus plus simples au grand désespoir du général, le père de mon ami.

L'abbé, savourant son entrecôte sauce cornichons, remarqua :

— La misère est grande, dans nos campagnes. Un de mes enfants de chœur m'avait dérobé le moule à hostie et mangeait celles-ci, qui ne sont pourtant qu'eau et froment sans levure ni sel.

Il engloutit un énorme morceau de viande en marmonnant :

— Oh oui, quelle misère !

— Que cela ne vous coupe pas l'appétit, l'abbé : vous êtes en quelque sorte à ma table, faisons simple, comme au château.

Un rayon doré du soleil couchant s'attarda dans la cellule et les quatre hommes le contemplèrent avec la nostalgie qui s'attache aux choses qu'on voit pour la dernière fois. Demain, ils seraient morts…

Valencey d'Adana ne voulait point ressentir cela songeant que la mort, comme tout le reste dès lors qu'on ne peut l'éviter, est une chose qui se prépare et qu'on doit toiser de haut. Balayant toute mélancolie, il souleva son bouledogue pour le montrer aux autres en disant :

— Messieurs, gardez les os de dindons pour La Fayette. Comme l'a remarqué le peuple de Paris, La Fayette adore ronger un os…

Mahé et O'Shea, qui savaient que leur ami n'éprouvait qu'une estime très mitigée pour le marquis de La Fayette, ne purent s'empêcher de sourire malgré les circonstances.

32

C'était d'une folle audace. La justice incline même à parler de bravoure bien que la personnalité de celui qui fut l'auteur de tels actes ne soulève que réprobation et dégoût.

Quittant les terres de Vendée sur un coup de tête, s'exposant à de grands périls en voyageant en diligence, Nicolas de Refroicourt, comte de Blacfort, général vendéen et un des hommes les plus recherchés de France était venu passer quelques jours à Paris.

Et il ne le fit pas en solitaire puisque, multipliant les risques, la très belle et très voyante comtesse Marie-Charlotte de Juignet-Tallouart, sa maîtresse, l'accompagnait.

Par goût de la provocation, Blacfort s'était ingénié à croiser Robespierre, à dîner dans le même restaurant que Saint-Just, à s'effacer devant le fauteuil d'invalide de Couthon* qui l'avait remercié et enfin, l'attirant à sa table grâce aux œillades de la belle comtesse, à boire un verre de marasquin avec Hanriot, commandant général de la garde nationale.

---

* Membre du Comité de salut public, très proche de Robespierre, guillotiné en même temps que « l'Incorruptible » et Saint-Just.

Le couple s'affichait au théâtre et semblait éprouver une prédilection pour les endroits publics où l'on se fait remarquer davantage qu'ailleurs.

Poussant à l'extrême la provocation, Blacfort portait une tenue demi-deuil, celle qu'affectionnaient les quelques rares aristocrates décidés à marquer publiquement leur réprobation concernant l'exécution du couple royal. Comment ne pas se trouver frappé par l'aspect de Blacfort : chapeau rond noir haut de forme, cheveux frisés, boucles d'oreilles d'or en fleurs de lys, cravate de taffetas noir s'achevant par une dentelle, manchettes de batiste, gilet de drap noir, montre au gousset suspendue par une chaîne d'or mais où chaque heure était figurée par la couronne des rois de France, culotte de casimir noir serrée pour mouler les cuisses, bas de soie noire, souliers enduits de cire anglaise très brillante.

Mme de Juignet-Tallouart avait revêtu une robe en tissu d'indienne bleu pâle, des souliers rouges brodés de soie rose avec falbalas brodés de fil de soie bleu, un chapeau de feutre noir sans cocarde mais à rubans blanc royal. Enfin, par dérision, elle portait en boucles d'oreilles de petites guillotines en or.

Un ami bien évidemment royaliste leur avait prêté son hôtel particulier, belle demeure avec porte cochère ouvrant sur un jardin et des écuries avec remise pour les carrosses.

Sur les commodes superbes, signe de raffinement extrême, même les pieds en « S » étaient marquetés en bois des îles.

Il existait une seconde entrée, avec porte à heurtoir, donnant sur une ruelle et il s'agissait là, pratiquement, d'une maison indépendante communiquant avec l'hôtel particulier par un passage secret.

Si Blacfort recevait dans le magnifique hôtel, invitant à sa table éclairée par des candélabres d'argent donnant une lumière nette et joyeuse des gens qu'il oubliait le lendemain, il dormait dans la maison bourgeoise pour des raisons de sécurité.

Bien qu'elle eût sans doute représenté un paradis pour la population laborieuse de Paris, Blacfort la trouvait triste à pleurer. Un rez-de-chaussée « digne d'un petit négociant » avec cuisine, office, chambre de la servante, salon où trônaient une table de Chine et des fauteuils recouverts de velours d'Utrecht.

Au premier étage, une très grande chambre donnant sur les quais, les herbes folles et la Seine avec ses grosses barques chargées de bois ou de tonneaux. Malheureusement, Blacfort détestait le lit à piliers de chêne et se disait navré de besogner la comtesse de Juignet-Tallouart sur « pareille horreur ». En outre, les tapisseries d'Oudenaarde à verdures qui couvraient les murs le désolaient.

Il avait bien risqué un regard sur le second étage mais le lit, la table de hêtre, les chaises, armoire et tapisseries de Flandres le révulsaient. Quant au troisième étage, défavorablement prévenu par les précédents, il n'y avait tout simplement jamais mis les pieds.

Malgré ses débordements et ses actes de dément le menant jusqu'au cannibalisme, l'étrange cerveau du général-comte de Blacfort semblait fonctionner par caissons, et si l'on accepte cette façon d'envisager les choses, force est d'avouer que certains compartiments échappaient à la folie. Tout au contraire, il se caractérisait par une grande froideur et un sérieux – à éclipses – dans l'analyse.

Ne sachant trop quelle initiative prendre en Vendée, redoutant un affrontement en rase campagne avec les « colonnes infernales » du général républicain Turreau, mais se lassant des actions de harcèlement, il cherchait surtout à gagner du temps.

Mille petites choses le contrariaient. Ainsi, malgré la forte récompense promise, nul ne lui avait encore livré la marquise Victoire de La Chesnaie de Flers, et ceux enfin qui venaient de se risquer en son château l'avaient trouvé vide depuis longtemps déjà et la jeune femme enlevée, disait-on, par des Vendéens.

Mais lesquels ?… Et où était-elle donc ?

Pareillement, la présence en Vendée de Valencey d'Adana représentait un véritable problème, à l'origine d'une peur qui n'était pas logique mais contre laquelle il ne pouvait rien. En effet, les effectifs ridicules de l'ancien « ami d'enfance », cinq officiers dont deux déjà tués, ne devraient pas l'inquiéter et pourtant…

Où était-il, celui-là aussi ?

Très mal, pris entre angoisse et impuissance, il ressentit un mieux en se souvenant de son action d'éclat, celle qui lui valait ses épaulettes de général : avoir fait sonner – fort brièvement – les cloches de Notre-Dame pendant l'exécution du roi. Et là jaillit l'idée…

Ce qu'il faisait à Paris aujourd'hui, prenant grand soin que les agents royalistes en fussent témoins, relevait donc d'une motivation de même nature que son acte d'audace et de bravoure du 21 janvier 1793.

L'or des princes en exil ne lui manquait pas pour s'offrir cette vie somptueuse mais demain, ah demain : ce qu'il se préparait à faire serait grandiose !

Les agents royalistes n'avaient pas eu l'audace d'approcher le bourreau de Paris, Charles-Henri Sanson. Pareillement, ils avaient évité son frère Martin et même Demoret, l'aide-bourreau aux bras épais comme des jambons.

En revanche, après de longues et laborieuses discussions, il leur sembla que Jacot, celui qui balayait le sang, présentait quelque intérêt.

L'homme s'enivrait quelquefois et, lorsque son état ne lui permettait pas d'accomplir son travail, un certain Bradet le remplaçait.

On sut immédiatement que celui-là était l'homme de la situation : vénal, corrompu et pourri.

Il ne fut certes pas très difficile aux agents royalistes de faire boire – plus que de raison – Jacot en son cabaret favori, « Les Trois Entonnoirs », au point qu'il se trouva ivre mort.

Le jour n'était pas choisi au hasard. En effet, le 5 avril 1794, dit aussi 16 Germinal An II, les Indulgents, dont Danton et Camille Desmoulins, avaient été exécutés.

Cherchant mieux, fouillant la province et y consacrant presque trois semaines, Fouquier-Tinville venait d'obtenir les têtes de dix-neuf Girondins d'une certaine importance, dont trois avaient voté la mort du roi.

Blacfort tenait la vengeance des royalistes et il ne doutait pas que la rumeur de son exploit courrait jusque dans les rangs des émigrés.

Dissimulés par la toile allant des planches de bois aux pavés, ils se tenaient nus, avec Mme de Juignet-Tallouart, debout dans un grand baquet de bois placé sous le plancher de l'échafaud. Habilement, Bradet avait agrandi une fente du parquet et c'est vers elle que de son balai il dirigeait tout ce flot de sang. Pour chaque tête, plusieurs litres rouges, bouillonnant et jaillissant des artères sectionnées.

Dix-neuf fois !

Ruisselant, Blacfort et sa maîtresse pataugeaient dans le sang jusqu'aux genoux.

Il avait réussi cela, lui et nul autre : se baigner dans le sang révolutionnaire, boire jusqu'à l'écœurement ce liquide au goût lourd et douceâtre qui avait été la vie même des régicides !

Quel exploit !... Quel symbole !...

Mais il fit mieux encore : la dernière tête tombée, il enfila un pantalon de sans-culottes tandis que sa maîtresse passait une vilaine robe de toile. Sans se cacher, ils écartèrent la toile et sortirent de sous l'échafaud sous les regards stupéfaits des gardes nationaux et des spectateurs.

Inspiré, une main sur le cœur, Blacfort déclama :

— Oui, je suis arrosé du sang des traîtres, de ceux qui vendaient la patrie aux despotes étrangers et à leurs esclaves. Peuple de Paris, il y en a un plein baquet : va t'y baigner, désaltère-t'en, purifie-toi en buvant le sang des vampires dont les complices nous assaillent aux frontières.

Un grand silence stupéfait succéda à ces paroles, puis ce fut une ovation et une bousculade vers le baquet contenant le sang des « traîtres à la patrie ».

Une bousculade à la faveur de laquelle Blacfort et sa maîtresse gagnèrent directement une voiture aux rideaux baissés qui les attendait à moins de trois cents mètres.

33

Promis à la guillotine pour midi, ils dormirent peu et certains pas du tout.

Seul le curé, soit qu'il fût en paix avec Dieu, soit par manque d'imagination, ronfla une bonne partie de la nuit tandis que les autres revoyaient leur vie, murés dans le silence.

Le commodore John O'Shea, commandant de la frégate *Ask For The Moon* ne regrettait rien, si ce n'est de mourir aussi bêtement dans cette petite ville française.

Il avait connu le grand bonheur de voir son pays briser ses chaînes et en finir avec l'exploitation que l'Angleterre faisait subir au Nouveau Monde.

L'aventure avec Valencey d'Adana illumina également son existence au point que, la paix venue, il ne put se résoudre à vivre régulièrement dans son pays, passant plus de temps dans « la petite république » fondée par le prince à partir de son ancienne « base ». Là était sa véritable vie, au milieu de ses compagnons d'armes et parmi toutes ces femmes de la colonie : Françaises, Américaines, Anglaises, Espagnoles, Canadiennes, Noires, Indiennes, Créoles… Ah, l'idée diabolique de Valencey d'Adana : à peine un navire saisi, parfois avec violence, on invitait les femmes à venir se reposer une semaine dans ce que certains appelaient « la colonie ». Après quoi, elles seraient conduites aux États-Unis. La grande majorité, dont des femmes mariées, préférait demeurer dans ce paradis de verdure exotique où les marins français, formés à l'école du prince, déployaient des trésors de courtoisie.

John O'Shea revit certains visages et s'endormit peu avant l'aube, un sourire aux lèvres…

Mahé, enroulé dans une mauvaise couverture et couché sur une paillasse, ne regrettait absolument rien si ce n'est, lui aussi, de finir ainsi, tué par ceux de son camp sur le caprice d'un fou qui se vengeait de sa terne existence.

Il jeta un regard circulaire sur la cellule : un tonneau pour la toilette, une table pliante, quatre vilaines chaises, une commode à trois pieds, une cuvette, un pot de faïence ébréché, trois paillasses et le lit à sangles de Valencey d'Adana, le seul qui eût accepté de dormir sur « cette chose » beaucoup trop dure.

Le prince d'Adana, celui qui si souvent l'appelait avec tendresse « monsieur mon frère » !… Qu'importait aujourd'hui de finir sur une guillotine de province, lui que le destin semblait promettre à la dure vie de garçon de ferme, comme tant de petits bébés abandonnés ?… Garçon de ferme ?… Il était baron, lieutenant de marine et héros de la guerre d'Indépendance !… Certes, il ne niait pas la griserie des batailles navales, vingt-deux ans de succès aux côtés d'un capitaine toujours invaincu. Mais plus encore, son cœur se serrait en songeant aux sauvages corps à corps et toujours, toujours, Valencey d'Adana de conserver un regard sur lui et un pistolet qu'il ne déchargeait jamais : cette balle ne devait servir que si lui, Mahé, se trouvait si mal exposé que sa vie en dépendait.

Valencey d'Adana pensait tenir là un secret bien gardé : tout l'équipage l'avait deviné et trouvait naturel que le commandant de *La Terpsichore* protégeât son frère.

Frère !

Oh comme il aimait, sans jamais oser le dire, ces tout jeunes officiers sortant des écoles de Brest, Rochefort ou Toulon et qui, se présentant à bord, lui demandaient :

— Lieutenant, à quel instant devrais-je me présenter à monsieur votre frère ?

Il les aurait embrassés, ceux-là !

Mahé attarda son regard vers le lit à sangles où Joachim devait également faire semblant de dormir, son bouledogue dans les bras, le long manteau bleu marine d'officier jeté sur eux et les magnifiques épaulettes d'or de capitaine de vaisseau luisant faiblement.

Puis il songea à Marie, sa femme, une Canadienne installée dans la petite république. Jolie, le visage piqueté de taches de rousseur, il s'était intéressé à elle en apprenant qu'elle fut enfant trouvée. Ils se virent de plus en plus souvent.

Un soir, regardant l'océan qui déroulait ses rouleaux d'écume filtrant les derniers rayons du couchant, il lui avait dit :

— Moi aussi je suis un enfant abandonné.

Surprise, son petit nez froncé, elle répondit :

— Ce n'est point possible, monsieur, on ne trouve jamais de barons au porche des églises !

— Baron, parfois, on le devient…

Et, disant cela, il observa un singe-hurleur qui lui adressait toutes sortes de signes depuis une branche basse et décida d'y voir un encouragement. Il reprit :

— Oui, baron on le devient… et baronne aussi si tu m'aimes comme je t'aime.

Deux enfants étaient nés.

Il soupira.

Il laissait à ses « trois chéris » un nom sans tache, et même assez glorieux, un plein sac d'or anglais, au moins deux kilos, et, en France, le vieux manoir des Campagne-Ampillac.

Oui, il avait réussi sa vie et si l'occasion par impossible lui en était cependant donnée, il la referait à l'identique tant il avait connu de bonheurs que sa condition première lui avait fait apprécier davantage que les autres, nantis par la naissance.

Rêveur, il observa le plafond et finit par s'endormir.

Partageant son lit à sangles avec le chien La Fayette qui ronflait comme un sonneur, lové contre sa poitrine, Joachim de Niel, comte de Valencey et prince d'Adana, songea : « Tudieu, ce chien pue !... Plus je le lave et plus il pue !... En outre, sa peau est vilaine, il a des oreilles de chauve-souris, sa couleur est mi-corbeau, mi-rat, il est trop court sur pattes, il ronfle et il pète du matin au soir... Lorsqu'il ne pète point, il grogne dans son jargon de chien. Pourquoi me suis-je pris à l'aimer ?... Est-ce parce qu'il ne semble voir que moi ?... Mais demain, tu seras sans maître, mon pauvre La Fayette !... »

L'idée d'un bilan de sa vie agaçait Valencey d'Adana qui pensa : « Je ne suis pas épicier, que diable, à quoi bon des comptes ? »

Il consacra cependant une à deux minutes à songer à ces vingt-deux ans où il fut officier de marine. Il pensa avoir sauvegardé l'essentiel en combattant dans l'honneur et avec humanité. Il avait certes lâché la monarchie, chose entendue, mais la monarchie avait d'abord lâché le peuple. Et puis quelle importance, à présent ?

Au chapitre des regrets figurait de ne pas avoir mené ses hommes contre Blacfort. Ils s'y étaient tous tant préparés, avaient tant répété, défilé des milliers de fois, fiers à l'idée de servir la République pourtant éloignée de milliers de kilomètres.

Mais son plus profond regret restait Victoire, son grand amour, sa « chère âme ».

Il se leva tout doucement, sans réveiller La Fayette, et s'approcha de la fenêtre.

À travers les barreaux, il vit l'aube poindre et une légère défaillance le prit. Il murmura :

— Ma dernière aube… La dernière aube du dernier prince d'Adana mais surtout du plus malheureux des amoureux que la terre portât jamais.

Il se retourna et jeta un regard amusé à son bouledogue qui dormait sur le dos, les quatre fers en l'air, un croc dépassant d'une babine.

Il allongea le bras et lui donna une caresse sur la joue à laquelle l'animal apporta une double réponse : un grognement vaguement satisfait suivi d'un pet énergique.

Puis il s'approcha de la table à peine éclairée par la lueur laiteuse de l'aube. Il saisit une plume en murmurant :

— Tudieu, comme c'est difficile…

Il savait parfaitement que cette lettre n'avait pas de sens, qu'elle ne traduirait pas un millième de son amour pour Victoire, mais pouvait-il quitter ce monde sans lui laisser au moins un petit billet ?

Il conserva son écriture un peu hâtée, celle des rapports et des livres de bord, assez jolie, au reste. Celle qui griffonnait en toute hâte des plans de batailles.

Victoire, ma bien-aimée, mon grand amour,

Après m'avoir si longtemps souri, le sort des armes m'est cette fois défavorable et je survivrai bien peu à l'écriture de cette lettre.

Depuis que nous sommes enfants, je t'aime, mon cher cœur. Je t'aime si fort qu'aujourd'hui encore, pareil amour me terrorise davantage, par sa force irrésistible, que le sort peu enviable qui m'attend.

Sache cela : bien que tu fusses sous mes yeux chaque jour pendant les longues années de notre jeunesse, ta simple apparition me nouait le ventre et me serrait le cœur dans une poigne de fer. La nuit, j'en pleurais de tant t'aimer et, en un quart de siècle, je n'ai pas changé sur ce chapitre. En mer, quand les sanglots me venaient, que je savais ne pouvoir les retenir, j'échappais brusquement et sans un mot à mes officiers et allais à la proue de ma frégate où les larmes se mêlaient aux embruns.

Le plus affreux, dans notre histoire, c'est que je n'ignore pas tes sentiments pour moi, enfin, jusqu'à ces derniers temps.

Pourquoi, bel amour, avons-nous eu si peu de chance ?... À la fin de la guerre d'Indépendance américaine, j'avais terrassé mes fantômes et brûlais de rentrer en France pour t'épouser enfin. C'est l'instant que choisit le « gros cochon » qui nous servait de roi pour m'interdire le royaume. Lui !... Justement lui dont on sait aujourd'hui qu'il était inconstant, versatile et avait si peu de caractère montra une résolution inébranlable dans mon affaire : comment de telles choses sont-elles possibles ?

J'ai aimé La Terpsichore, *la vie sur mer, la proximité de Mahé, « monsieur mon frère », mes officiers devenus mes amis, mes courageux marins, les causes justes que j'ai défendues le sabre à la main, de la guerre d'Indépendance à la Révolution. Mais pourtant, tout cela que je ne renie surtout pas valait-il un seul de tes regards ?*

Comme toujours, lorsque disparaît un homme qui s'éleva par ses actions dans l'estime publique, il se trouvera des êtres vils pour tenter de salir mon nom. Ne les crois pas. Je me suis battu avec humanité, j'ai aidé les vaincus, j'ai fait grâce chaque fois que la chose était possible.

Je n'ai jamais éprouvé d'amour pour une autre que toi mais je mourrai l'âme en repos en te disant ceci : j'ai parfois été faible. Avec quatre femmes – en quarante ans ! – qui furent fort brièvement mes maîtresses. De La

Désirade à Santiago et de Boston à La Jamaïque. Elles furent lingère, serveuse de cabaret, veuve d'un notaire et servante. De gracieuses passantes informées dès le premier instant de ton existence et que mon cœur était à jamais captif. Elles acceptèrent de n'être que des consolatrices et qui sait si moi-même je ne tins pas ce rôle pour elles?... Ainsi est la vie, si cruelle, parfois si déchirante de solitude qu'on ne résiste pas aux bras qui s'ouvrent pour accueillir votre détresse. Pardon mille fois si j'ai mal fait et t'ai déçue.

Le jour est déjà bien levé, ma mort approche à grands pas, je suis dans l'obligation, hélas, de me montrer fort ennuyeux par l'expression de mes dernières volontés. Étant l'ultime prince d'Adana, sans aucune descendance, par la présente, je te lègue ma fortune, châteaux, fermes et terres. Je serais heureux que tu ouvres ta porte et mettes une assiette à la cuisine si, d'aventure, un ancien marin de La Terpsichore *en détresse se présentait. Je serais comblé si tu entretenais mon vieux château, et tout particulièrement cet endroit pour moi sacré, la Tour des Demoiselles: c'est là qu'est mort mon père, c'est là que nous échangeâmes notre si long baiser.*

Ne cherche pas à joindre Mahé car hélas, mon cher frère va disparaître à mes côtés.

Joseph Lemaire, gardien de son état, te remettra ma croix d'or de l'ordre de Saint-Louis ainsi que ce sabre qui fut le mien et devait, du moins je l'espérais, me frayer un chemin jusqu'à toi. Il te remettra aussi La Fayette, mon chien, parfois si laid et si odieux qu'il en est très merveilleux. Sous ses airs grognons, c'est un cœur d'or, il a partagé ma dernière nuit, serré contre ma poitrine: de grâce, ménage-lui une place près du feu.

Sache ma chère âme, toi la plus belle des Victoire, que je t'ai aimée toute ma vie et que tu seras la dernière image que j'emporterai en quittant ce monde.

Joachim

Des quatre hommes, malgré son excellente nuit, le prêtre était le seul à ne pouvoir masquer sa frayeur.

Celle-ci redoubla lorsqu'on entendit la guillotine. L'abbé se précipita à la fenêtre, tremblant comme une feuille mais O'Shea, plus proche, lança :

— On essaye la machine.

L'abbé revint vers Valencey d'Adana en disant :

— C'est que j'ai si peur, mon fils !

— Pas ton fils, citoyen. Ton frère, si tu veux, ton frère dans la douleur.

Une nouvelle fois le couperet tomba et le prêtre se jeta sur sa paillasse en pleurant.

— Il est presque midi !... constata Mahé avec résignation.

— Tant mieux, qu'on en finisse rapidement !... répondit l'Américain.

Dehors, le foule s'amassait autour de la guillotine.

Joseph Lemaire, le vieux geôlier, entra en compagnie d'un gardien plus jeune tenant des ciseaux à la main.

Valencey d'Adana s'avançait déjà lorsque l'abbé le bouscula :

— Moi, moi le premier !... Et que je meure également le premier, je n'en puis plus d'attendre.

Le jeune gardien le fit asseoir et, lui coupant les cheveux sur la nuque, fut pris de pitié :

— La guillotine est prête, l'abbé. Dans cinq minutes, vous serez tous morts.

34

En terre étrangère, Louis, comte de Provence et Charles, comte d'Artois, dînaient en tête à tête : grande entrée, rôti de bœuf, soupe aux concombres, huîtres servies sur leurs coquilles, pâtés, gigot d'agneau bouilli, gibier, veau mariné dans une sauce piquante à la crème, légumes de printemps, salade verte, sorbet au citron, quatre sortes de fruits en compote, tarte aux pommes à la normande.

Vaisselle d'argent et de vermeil, verres de cristal de Bohême, vins de France.

Les deux frères parlaient peu de leur aîné, feu Louis XVI, pas plus qu'ils ne s'inquiétaient de leur neveu le dauphin, déjà reconnu tel Louis XVII par la noblesse française demeurée monarchiste. Confié à un cordonnier dénué de gentillesse, on disait ce pauvre enfant souffreteux et beaucoup de pronostiquer qu'il ne vivrait pas longtemps.

Ce sombre diagnostic ne semblait pas altérer plus que cela les deux oncles, lesquels, bien renseignés, le considéraient comme déjà mort.

Provence, le futur Louis XVIII, obèse et goutteux, était un être dissimulé, retors, impatient de régner, de se venger des Français et de restaurer la monarchie dans ses privilèges d'autrefois, ne voulant entendre parler ni de monarchie constitutionnelle, ni même d'un traité conciliatoire.

Les plus intelligents de ses conseillers tentaient bien de lui faire valoir que la société française avait profondément changé en ses profondeurs mêmes, et que si en regard de ce qu'ils jugeaient des excès de la Révolution telle la Terreur, certains « Français de France » n'étaient pas opposés au retour des Bourbons, même ceux-là accepteraient mal le retour au passé. Temps perdu, le comte de Provence refusait de les entendre.

Artois, le futur Charles X, grand, maigre et sec, plus franc mais beaucoup plus stupide, pensait secrètement qu'il faudrait bien fusiller deux cent mille républicains et raser la moitié de Paris pour stabiliser le trône.

Tous deux étaient d'accord sur autre chose qui leur semblait un détail mais fournissait matière à révolter tout homme qui n'est point un barbare. En effet, les deux futurs rois avaient déjà contacté les jésuites pour une mission qui devait revenir à ceux-ci : dès le retour des Bourbons, dans chaque ville de France, il fallait organiser des autodafés. Brûler, en chantant des cantiques, les livres pernicieux : Voltaire, Rousseau, les Encyclopédistes, d'Alembert, Diderot… Réduire la pensée à l'état de cendres, interdire la philosophie, encadrer sévèrement la presse, établir une censure sans failles.

Comme on disait chez les émigrés de Coblence : « Les Français ne doivent ni lire ni penser mais travailler ! »

Le comte de Provence mangeait tel un goret, en grande quantité et sans propreté. Le comte d'Artois se contentait de goûter les plats. Le premier était aussi gros que l'autre était mince mais celui-ci suivait là un fin calcul. En effet, il est bien ingrat d'être le frère cadet d'un roi, et de le regarder régner.

Aussi, dans la pauvre tête d'Artois où, à défaut d'esprit, ne soufflait généralement que la brise de la niaiserie, une idée cependant avait germé : « Et si l'autre porc crevait de sa gloutonnerie ? »

C'est donc sans déplaisir que le futur Charles X regardait son frère aîné engloutir ces viandes en sauce à peine mâchées, qu'il le voyait se déplacer avec difficulté tant il était gros ou demeurer au lit où le clouaient ses crises de goutte.

Après un long silence, on en vint aux raisons de leur rencontre : des courriers royalistes étaient arrivés de France en moins de deux jours et tous de raconter l'exploit du comte de Blacfort.

Si les émigrés faisaient fête à l'annonce de cette nouvelle, elle divisait les deux futurs monarques.

— Se baigner dans le sang et finir par en boire, c'est une chose dégoûtante ! dit le grand maigre.

— Mais c'est un royaliste et il but le sang des régicides, ceux qui votèrent la mort de notre malheureux frère !... riposta le petit gros.

Ils se regardèrent.

Le futur Louis XVIII reprit, conciliant :

— Certes, c'est dégoûtant, je vous l'accorde, mais c'est là un jugement moral et seule nous importe la politique. Or, jusqu'ici, la politique est plutôt de mon ressort que du vôtre, me semble-t-il.

Le futur Charles X baissa la tête.

L'aîné des deux frères reprit :

— Les républicains ont leurs héros, ils nous faut les nôtres. Ce Blacfort est un ambitieux qui fut un temps de la faction de notre détestable cousin d'Orléans.

— Philippe-Égalité !

— Peu importe !... Blacfort a l'échine souple et ces héros-là sont préférables aux purs qu'on ne manœuvre point ou aux violents qui ne font pas rêver : en cela, il est bien supérieur à Stofflet.

— Mais Stofflet, le 25 de mars, a pris, pillé et brûlé la ville de Mortagne !... protesta le comte d'Artois avec enthousiasme.

L'aîné balaya cette objection d'un geste agacé :

— Stofflet est un ancien garde-chasse, Blacfort est comte. Stofflet est brutal mais sans nuances, Blacfort est pervers mais calculateur. En outre, il a fait sonner les cloches de Notre-Dame à l'instant où notre lourdaud de frère montait sur l'échafaud. Très populaire, sa récente action le fera idolâtrer de notre parti car, si une chose est de boire le sang des députés régicides, une autre est de s'être placé sous l'échafaud, d'avoir osé en sortir et de s'être fait acclamer par la garde nationale et le peuple, lui, un général vendéen partout recherché. C'est toute leur Convention nationale, leur Comité de salut public, leur République et leur Révolution qu'il a ainsi ridiculisés.

— Aidé par nos agents.

— La chose est vraie.

Sans pitié, Blacfort avait fait dénoncer Bradet, celui qui balayait le sang et fut son complice. Le malheureux fut guillotiné mais avant cela, le procès public permit de souligner la rare audace et le courage des royalistes.

— Mais pourquoi a-t-il cru bon d'emmener cette femme, la comtesse de Juignet-Tallouart ?

— Vous la connaissez ?

— Je l'ai aperçue une fois. Très belle, très désirable. Fort bien entretenue par ses amants : montre garnie de brillants, jonc d'émeraudes, boucle de ceinture en diamants.

Le comte de Provence réfléchit un instant puis :

— Ils sont apparus tel un couple de sans-culottes. C'était habile, car beaucoup de femmes de Paris aiment voir fonctionner la guillotine. Mais là n'est pas l'important.

— Eh bien… Où est l'important ?

Le petit gros se pencha vers le grand maigre :

— Nous avons besoin de Blacfort. Les attaques de harcèlement ne suffisent pas. Ce Georges Cadoudal qui veut soulever tout l'Ouest s'agite vainement à Fougères. Stofflet ne commande qu'à une petite armée d'Anjou et du haut Poitou. Il s'est installé en forêt de Maulévrier, veut battre monnaie, y installer des entrepôts à blé, une imprimerie, un hôpital et un arsenal. Les Bleus le laisseront faire et prendre ses aises. Et puis un jour, il n'en pourra plus sortir et un autre jour, la forêt de Maulévrier sera investie par des dizaines de milliers de républicains. Stofflet est stupide !… Les temps changent, en Vendée. C'en est fini des messes dans les granges, les greniers, les caves ou au fond des forêts. On y place des guetteurs ?… Les escouades d'élite des républicains les égorgent. On organise au petit jour des rassemblements sur les plages : les républicains surgissent des dunes. C'en est achevé, vous dis-je. La petite fermette vendéenne tassée au bord d'un chemin creux bordé d'arbres, et où nos paysans attendaient parfois à cinquante pour attaquer ?… Les républicains y mettent le feu par principe et de combat, il n'est point. Ils brûlent tout !… Les nôtres attaquaient la nuit ?… Les Bleus surgissent à la brune avec leurs torches pour incendier les fermes et fusiller ceux qui en sortent. Nous avons besoin de Blacfort. À présent ce sera : tout l'or et tous les hommes pour Blacfort !

— Je… Je crois que je vous ai compris.

— Je n'en suis guère surpris : avec vous, ce n'est jamais qu'une question de temps !… répondit le futur roi appelé à mourir dans l'indifférence au futur roi qui devait finir ses jours en exil.

— Que j'ai de grâces à vous rendre, monsieur, mais ma décision est prise : je pars !

Le baron de Penchemel regarda Victoire avec surprise :

— Mais quand ?

— Demain, tout de suite, je ne sais mais je ne puis plus attendre.

— Mais où irez-vous ?

— Je ne sais pas. Chez moi, en Charente. Ou à Paris. Oui, à Paris car c'est là qu'il ira un jour.

— Cc n'est point la même chose.

Elle lui prit les mains.

— Je meurs de savoir où il se trouve et, malgré votre gentillesse, j'ai besoin de bouger, de chercher par moi-même.

Il la fit asseoir avec une douce fermeté :

— Stofflet a repris l'offensive avec succès. Blacfort, vous l'avez lu dans les gazettes, fait parler de lui. Je suis en la conviction profonde que cette fois, la République veut en finir, et pas seulement en utilisant les « colonnes infernales » du général Turreau. Le prince aura sans doute prolongé sa mission…

— Je veux savoir !… implora-t-elle.

— Bien !… Vous partirez donc. Je faciliterai même votre départ. Mais laissez-moi une semaine, rien qu'une semaine pour que j'organise tout cela au mieux.

Elle baissa la tête.

— Soit. Une semaine. Mais pas un jour dc plus.

35

L'abbé, nuque tondue, attendait en tremblant, blotti contre la porte.

Joseph Lemaire, le vieux gardien qui avait offert le chien à Valencey d'Adana, suggéra d'une voix douce :

— Serait-ce votre tour, monsieur le capitaine ?

Une à deux secondes, imperceptibles aux autres, la résolution du prince vacilla avec cette pensée : « Cette fois, c'est la bonne ! » Mais son double, celui qui devait toujours être exemplaire afin de prendre un peu du fardeau des autres, ce double se leva avec souplesse et répondit d'une voix joyeuse :

— Mais très certainement, citoyen !

Il n'en fut pas conscient, trop occupé à se surveiller, mais tous admirèrent sa superbe, y compris Mahé qui songea : « Il m'a appris à vivre, il m'apprend à mourir… »

Le jeune gardien, qui faisait office de coiffeur et avait été un temps barbier, lui dit d'un ton grave :

— Tu es admirablement rasé, citoyen !

— J'ai appris comme beaucoup, durant la guerre d'Amérique. Tu as davantage d'avenir dans les prisons que chez les barbiers, jeune homme !

Le regard du « coiffeur » manifesta une réelle incompréhension :

— Mais à quoi bon te si bien raser puisque tu vas mourir ?...

Une froide lueur traversa fugitivement le regard de Valencey d'Adana :

— Aux temps jadis, on demanda son dernier désir à un des mes ancêtres, compagnon d'Henri IV, qui allait être pendu par ordre d'Henri III. Il répondit : « Qu'on me rase, et de près, je ne veux point être un pendu qui fasse enfuir les petits enfants et effarouche les belles dames. »

Mahé, rasé avec soin lui aussi, et pareillement O'Shea, s'approcha :

— C'est une manière d'élégance, citoyen, et la beauté réside en cela que cet acte est absolument inutile.

L'Américain ajouta :

— On ne présente pas une joue rugueuse à une dame... ni à une guillotine, celle-ci étant un féminin.

Valencey d'Adana avait pris place sur le siège occupé au préalable par le prêtre et le jeune gardien, qui croisa son regard, nota qu'après la froideur celui-ci n'cxprimait plus rien, une sorte d'indifférence, une fixité lointaine.

Le gardien-barbier allait enfin se lancer dans son office lorsqu'un bruit de chevauchée et les clameurs d'une foule prise de panique suspendirent son geste.

O'Shea se précipita aux barreaux et, d'une voix excitée :

— Nous allons encore gagner quelques minutes... Accourez, messieurs, le spectacle est plaisant.

Bientôt, tous le rejoignirent à la fenêtre et virent avec surprise des dizaines de hussards et un parti de dragons, lesquels, sans descendre de cheval, tapaient du plat du sabre sur les gardes nationaux, leur infligeant une très sévère correction.

Puis la porte de la cellule s'ouvrit avec une telle violence que l'abbé, toujours tapi derrière, en fut assommé.

Pierre-François Gréville, suivi d'officiers de hussards, de dragons et de policiers de la Secrète vêtus de noir, investirent la cellule.

— C'est donc vous, Gréville, pourtant si discret, qui faites tout ce tapage?... lança Valencey d'Adana d'une voix où perçait le bonheur de ce que l'on crut perdu et vous revient: la vie.

Gréville sourit:

— Heureux de vous revoir!... Mais ce serait sous-estimer la République en général et moi en particulier que d'imaginer que nous ne sommes pas partout et informés de tout.

— Comment avez-vous su?

— Le greffier qui a fui cette ville voici trois jours; et, comme je réunissais des hussards et des dragons dans la caserne de la rue Bar-du-Bec, un colporteur venant à Paris m'apporta cette même nouvelle, mentionnant votre nom avec insistance. Il avait été payé un louis par un certain Joseph Lemaire qui vous semble fort dévoué.

Le vieux gardien, flatté, fit un pas en avant. Gréville l'observa froidement de la tête aux pieds puis:

— Tu as la reconnaissance de la nation, citoyen Lemaire. À partir de cet instant, tu diriges définitivement cette prison. Première mission: jette ton prédécesseur derrière les barreaux. Et prépare d'autres cellules, bien humides et très inconfortables.

Puis, à un homme en noir de la police secrète:

— Compte-lui dix louis: la République rembourse toujours, et un peu plus, ses citoyens exemplaires.

Ayant fait signe au prêtre de prendre discrètement le large, il invita Valencey d'Adana et ses deux compagnons à sortir mais, dans la cour, ils croisèrent les cinq officiers qui commandaient la garde nationale.

Désarmés, incertains, tête basse, ils faisaient grise mine. Gréville arracha leurs épaulettes avec une rare violence en hurlant:

— Vous êtes cassés de vos grades et tous accusés de complot, sachant fort bien ce qui se passait dans cette ville et vous en étant rendus complices par votre silence. En prison !

Il reprit sa marche, allant à grands pas vers le tribunal en maugréant :

Bande de jean foutre !… Ah, qu'on en finisse.

Deux hussards lui présentèrent le maire. Gréville contint difficilement une colère froide :

— Tu es destitué sur-le-champ et accusé de complot et de haute trahison au profit de…

Il chercha un instant :

— Au profit de… de… de la Prusse !… En prison !

Il entra au pas de course au tribunal dont le président blêmit en reconnaissant, libres, les trois officiers condamnés à mort.

— Te voilà donc, vieux lâche !… lui dit Gréville en le regardant avec dégoût de la tête aux pieds.

Puis il ajouta :

— Tu vas juger une ultime fois. Préside en te taisant, ou presque. Après, tu seras destitué et incarcéré. Tu comparaîtras pour trahison. Veille à ce que ce procès dure moins de cinq minutes, alors il t'en sera tenu compte.

On prit place dans le tribunal.

L'odieux Beaupin, qui semblait déjà appartenir au royaume des morts, fut poussé au banc des accusés tandis qu'à la place qu'il occupait habituellement arrivait un personnage étrange coiffé d'un chapeau à grandes plumes tricolores lui donnant l'aspect d'un perroquet – lequel serait coincé des intestins.

Gréville se pencha vers Valencey d'Adana en lui soufflant :

— L'accusateur public. Je l'ai amené de Paris pour être certain qu'il sera de fort mauvaise humeur et se déchaînera contre l'accusé.

— Est-ce là de la bonne justice ?… s'enquit Valencey d'Adana, plutôt pour le principe.

Gréville l'observa un instant, puis :

— Je ne sais jamais trop lorsque vous plaisantez !… Quoi qu'il en soit, cet homme assiste habituellement Fouquier-Tinville et en a appris les manières expéditives.

Quatre minutes après le début du procès, on en était déjà aux réquisitions de l'accusateur public :

— Le suppôt des despotes Jean-Marie Beaupin qui a perdu de sa superbe… regardez cette misérable ruine… est accusé de multiples crimes. Il a détruit un laissez-passer du Comité de salut public : pour cela, je demande la mort. Il a également détruit un ordre de mission du susdit Comité : je demande la mort !… Il a entravé par malice, mauvaise foi et esprit royaliste la mission d'officiers de la République, mission dont le caractère vital lui avait dûment été signalé par le citoyen Valencey d'Adana : je demande la mort. Avec ses complices, il a fait guillotiner Jules Dumesnil, maître d'équipage promu à titre posthume lieutenant de vaisseau avec pension à sa veuve : pour le meurtre de ce héros de la nation, la mort !… Ayant confisqué les effets des officiers en mission, havresacs et sacoches, il y a dérobé deux cents pièces d'or : la mort !… Pour tout ce qu'il a fait : la mort !… Pour ce qu'il aurait pu faire : la mort !… Pour ce qu'il ne fera jamais : la mort !… Pour avoir osé exister : la mort, la mort, la mort !…

Montant sur l'échafaud moins de dix minutes plus tard, en chemise échancrée et nuque rasée, l'ancien procureur Beaupin salua l'accusateur public, ne semblant voir que lui :

— Quel réquisitoire !

L'emplumé, faussement modeste, eut un délicat petit geste de dénégation mais n'en précisa pas moins :

— Et encore, cher confrère : comptez avec les fatigues du voyage !

Roulant dans le panier de son, la tête de Beaupin

ressemblait encore à ce qu'elle avait toujours été : une tête d'imbécile gonflée de prétention.

On dîna très frugalement chez l'habitant, précisément la femme du greffier républicain accouru à Paris pour y dénoncer ce qui se tramait en cette ville sous la coupe d'un fou.

Gréville, qui devait échanger bien des choses avec Valencey d'Adana, commença par les mauvaises nouvelles :

— J'ai appris trop tard, étant en mission en province, la mort d'un homme que votre père connaissait et estimait : M. de Malesherbes.

Valencey d'Adana en parut assombri :

— En effet, il est même venu au château lorsqu'il était directeur du livre sous Capet. Maître de la censure, il l'utilisa fort peu. C'est lui qui autorisa l'impression de l'*Encyclopédie*, protégea Voltaire et les philosophes. J'ai lu qu'il fut l'avocat du despote ?

— Fort courageusement. Même les hébertistes furent émus par sa sincérité qui lui attira l'estime générale car il s'était présenté spontanément pour défendre Capet à un moment où il n'avait rien à y gagner et tout à perdre : la preuve.

— Et… Comment est-il mort ?

— Guillotiné. Le 22 avril.

— La chose est fort injuste et même scandaleuse.

— S'il n'y avait que cela !… répondit Gréville.

— Quoi, il a dû mourir courageusement, n'est-ce pas ?

— Oui, certes. Mais également si drôlement qu'il fit rire tout Paris.

— Quoi, sur l'échafaud ?

Gréville, qui épluchait une pomme, suspendit son geste :

— Imaginez-vous la scène… Au pied de l'échafaud, M. de Malesherbes bute sur un pavé, manque de tomber, se tourne vers le bourreau qui l'a retenu et lui dit : « Voilà ce qui s'appelle un mauvais présage ; un Romain, à ma place, serait rentré chez lui ! »

On rit, malgré tout, et c'était souligner la supériorité de l'esprit sur toute chose, même la mort, en cela que, si elle a le dernier acte, il a le dernier mot !

Bientôt, la maîtresse de maison entra, soucieuse.

— Citoyens, il y a devant la porte l'affreux chien de la prison qui se roule de désespoir sur le pavé et ne veut point décamper malgré les coups de balai.

— J'y vais !... répondit Valencey d'Adana qui revint bientôt en tenant le chien dans ses bras.

Gréville fronça les narines.

— Hem... Il ne semble pas tout à fait propre.

— Vous m'étonnez, il sort pourtant du lavage. Il ressemble assez à une chauve-souris, ne trouvez-vous pas ?... De ce fait, certains l'appellent « la chose ».

— Et cette chose a-t-elle un nom ?

— La Fayette !

— Vous êtes fort cruel, ce chien est bien plus beau que le ci-devant marquis.

Un des policiers, brisant les scellés, avait apporté les havresacs des officiers.

Se levant de table, Gréville et Valencey d'Adana firent quelques pas à l'écart et le policier sortit de sa poche un document en disant :

— J'espère que vous ne m'en voudrez pas, un de mes officiers a contrefait votre signature pour gagner du temps : vos hommes font route vers Cherbourg, plus proche de Paris. À peine débarqués, ils se rendront dans la capitale à marche forcée.

— Parfait, êtes-vous prêt à les bien recevoir ?

— Des casernes sont à leur disposition.

— Le matériel promis ?

— Tout y est, neuf, sortant des ateliers. Les modifications que vous avez demandées ont été effectuées par nos ingénieurs. Même le ton des peintures des chariots fut trouvé selon votre désir. L'itinéraire du défilé a été reconnu plusieurs fois, il paraîtra long mais tous les Parisiens vous doivent voir. Autre chose : en votre… absence, Joseph de Keringan, qui vous remplace sur *La Terpsichore*, a confirmé vos chiffres : deux cent cinquante hommes de la frégate, cent quatre-vingts venant de votre colonie, trente Indiens, quarante anciens esclaves noirs, une trentaine d'Américains, Espagnols et prisonniers anglais ralliés, bref, tout les hommes de cette libre colonie auxquels s'ajoutent cent quatre-vingts vétérans qui en furent, servirent sur vos navires mais vivent en France et sont volontaires. Nous arrivons à sept cent quatorze hommes.

— Ce sont également mes chiffres, ou très peu s'en faut.

Gréville reprit :

— Même si ce n'est pas exactement l'effectif, le Comité de salut public a décidé que vous alliez former une demi- brigade. Votre grade de capitaine de vaisseau qui équivaut à celui de colonel dans l'armée a semblé insuffisant : j'ai l'honneur de vous annoncer que vous êtes promu au grade de général de brigade. En outre, considérant votre insistance, le Comité a cédé : vous demeurez des marins et l'appellation « infanterie de marine » est acceptée. Votre demi-brigade est pour l'instant la 123e mais l'on souhaite, considérant d'où elle vient et le rôle historique qu'elle est appelée à jouer, que ce numéro soit remplacé ou doublé par un nom de votre choix.

— J'y réfléchirai. Autre chose ?

Gréville considéra sa montre.

— Voilà deux heures qu'un de mes hommes est en route pour Paris à bride abattue. Un cheval frais l'attend tous les trente kilomètres. Saint-Just sera donc rapidement prévenu de votre survie et de votre arrivée. Dès demain, les gazettes en parleront et ainsi tous les jours jusqu'au défilé qui est davantage qu'un défilé : un ciment pour la nation.

— Tous les jours... N'est-ce pas un peu excessif, Gréville ?

Le chef de la police secrète secoua négativement la tête.

— Peut-être ne comprenez-vous pas tout à fait... Vous, vous êtes un héros de la guerre d'Amérique, un capitaine invaincu. Ajoutant à votre gloire, songez à ce bannissement par un despote haï. On rappellera votre séjour à la Bastille en guise de remerciement pour vos courageux combats, votre ralliement immédiat à la Révolution, les convois de la République que vous avez escortés jusqu'en vue des ports où vous aviez la modestie de ne vous point montrer. Et que fait ce héros ?... À peine en France, il se jette dans les guerres de Vendée. Robespierre l'a dit : c'est davantage qu'on n'en peut rêver. À vous et vos hommes, Paris fera un triomphe.

Valencey d'Adana semblait réservé :

— Je n'aime pas trop tout cela...

— La vérité n'est point travestie, vous connaissant, j'y ai veillé... Vous avez cinq jours francs pour préparer le défilé, cinq jours pendant lesquels journaux et gazettes appelleront à venir vous voir de toute la France, cinq jours où l'on écrira aux cousins de province...

— Bien. Et l'opération secrète en forêt ?

— Parfait !... cinq de vos curieux Indiens... Les Mayos ?

— Mayas. Mayas et Indiens bravos.

— Cinq prennent la mesure de cette forêt que vous avez choisie. Nos propres éclaireurs, pourtant la fine fleur de nos armées, sont stupéfaits de leur efficacité... De son côté, malgré son caractère de chien, le général Turreau et ses « colonnes infernales » suivent vos ordres : sur la ligne d'inclinaison sud-ouest, nord-est, ils repoussent doucement l'armée Blacfort selon vos souhaits, là où vous la voulez amener.

— Excellent travail !... Eh bien... Ah, comment vous dire.... Je ne crois pas avoir pris des nouvelles de... Eh bien, n'est-ce pas...

Touché, le chef de la police secrète mit fin au calvaire du tout nouveau général :

— Des nouvelles de la marquise, peut-être ?

Valencey d'Adana éprouva quelque peine à feindre l'indifférence. Il s'y essaya pourtant, sans grande conviction :

— Oui, la marquise, au fait.

Gréville songea à part lui qu'on peut décidément être un grand chef militaire et un piètre comédien. Il soupira :

— Vous n'êtes pas le seul à vivre des aventures agitées. Imaginez que l'ignoble Blacfort avait proposé une forte récompense à qui capturerait et lui livrerait la marquise. Une vingtaine de garçons d'un même village royaliste de Vendée se lança dans l'aventure, et dix-huit y laissèrent la vie après des rencontres malheureuses avec nos soldats. Lorsqu'ils ne furent plus que deux, ils se querellèrent car entre-temps votre louve, une véritable républicaine, avait converti le plus jeune. L'autre, qui n'est qu'un pauvre diable, a accepté la séparation...

— Et qu'advint-il ?

— Mes hommes n'éprouvèrent aucune difficulté à identifier le château où elle a trouvé refuge chez un baron libéral, un très brave homme qui dut la cacher car Blacfort a occupé le château alors qu'elle s'y trouvait. Amusant, n'est-ce pas ?

— « Amusant » n'est peut-être pas le mot que je choisirais... Quoi qu'il en soit, je m'y rends à l'instant. Où est ce château ?

Gréville leva la main.

— Attendez, vous ferez bien entendu comme il vous plaira mais je vous le déconseille.

Devant l'air surpris mais attentif de Valencey d'Adana, le policier reprit :

— Quoi, la voir entre deux portes après treize ans de séparation et filer vers Paris ?… Le baron est abonné aux gazettes, je veillerai à ce qu'elles lui parviennent exceptionnellement vite et c'est la marquise qui montera vous retrouver à Paris où elle sera d'ailleurs beaucoup plus en sûreté.

Sentant son interlocuteur très ébranlé, Gréville enfonça le clou :

— Le château est déjà sous surveillance discrète, autant dire sous protection. Si elle prend la diligence, comme c'est probable, elle voyagera sans le savoir avec mes deux meilleurs hommes. Sitôt à Paris, elle sera à son insu protégée vingt-quatre heures sur vingt-quatre. Vous le savez, je crois : je n'établis jamais mes plans à la légère.

Ce dernier argument emporta la décision du nouveau général qui hocha la tête.

Gréville sortit alors de sa poche un chaton, belle émeraude où se trouvait sertie une biche en or : un travail remarquable, un adorable résultat…

Valencey d'Adana sursauta :

— Mais comment…

Gréville lui offrit le bijou.

— Acceptez ce cadeau tel un modeste témoignage de la reconnaissance de la nation… Imaginez qu'un prisonnier vendéen, le rescapé de l'aventure où fut mêlée la marquise, le portait autour du cou. Capturé, à l'instant d'être fusillé sans jugement, il demanda qu'on remette ce bijou à sa propriétaire, la marquise de La Chesnaie de Flers. Par bonheur, j'avais veillé à ce que toutes les troupes de l'Ouest connaissent ce nom. On me remit le prisonnier que j'ai gracié et indemnisé pour ce bijou que lui avait offert la marquise.

Il fit signe à un de ses hommes qui amena Bienvenu, une cocarde tricolore au revers : on l'avait trop humainement traité pour qu'il ne rallie pas ce camp sans faillir à l'honneur.

Il sembla très impressionné de se trouver face à Valencey d'Adana, qu'il admirait.

Gréville, avant de les laisser, lança au général :

— Questionnez-le, il vénère la marquise et se montre intarissable sur ce sujet.

36

Nicolas de Refroicourt, comte de Blacfort, ne décolérait pas. S'il avait renvoyé sa maîtresse, Mme de Juignet-Tallouart, par la diligence menant en Vendée, il ne pouvait quant à lui courir pareil risque.

Certes, cette idée de séparation ne manquait pas d'intelligence car c'est un couple que les républicains recherchaient mais lui-même se condamnait à un vaste détour. En outre, le fait qu'il fût borgne simplifiait les recherches le concernant.

Ayant été rejoint à une barrière de Paris par Chapeau-ciré, Gros-beauceron et Simon dit « la Douceur », il prit la direction d'Auxerre puis de Bourges, au sud. De là, il inclina sa route légèrement au sud-ouest par Châtellerault et Ruffec, presque sur ses terres.

Se trouvant au sud de la Vendée, par où on n'attendait certes pas un fugitif venant de Paris, il réfléchit sur le parti à prendre.

Jusqu'ici, on se trouvait dans l'incapacité de lui reprocher la moindre imprudence. Il allait, ainsi que ses compagnons, à une allure modérée quoique régulière et nul, dans les relais, ne se pouvait plaindre qu'il amena des chevaux harassés par la course.

Il observait la même prudence dans les auberges où il se restaurait et dormait avec ses compagnons faisant preuve, eux aussi, de la plus grande discrétion. On mangeait assez peu, buvait moins encore et aucun des quatre ne fit monter une servante en sa chambre, même si tous en mouraient d'envie.

Aux contrôles et barrages républicains, ils se présentaient comme négociants en vins, liqueurs et spiritueux descendant de Charenton vers le sud-ouest et transportant à cet effet de petites fioles et échantillons.

Un officier de la gendarmerie de Châtellerault interrogea le général vendéen clandestin sur son œil avec quelque insistance. Affichant un air modeste, et comme gêné de narrer un fait d'armes, Blacfort prétendit l'avoir perdu du fait d'un garde suisse le 10 avril 1792, lors de l'attaque des Tuileries. Et ses compagnons de confirmer la chose en citant des détails que ne pouvaient connaître que ceux-là mêmes qui participèrent à cette journée.

Au reste, ils y étaient tous, sauf Blacfort. Mais, loin d'attaquer la monarchie, ils pillaient et détroussaient les cadavres, qu'ils fussent suisses ou républicains mais davantage encore ceux de la garde du corps du roi, exclusivement composée de gentilshommes nantis d'or, bagues, montres et de chaînettes. L'officier de gendarmerie, convaincu et respectueux, salua et fit ouvrir le barrage.

Ayant obliqué sa route à l'ouest, Blacfort passa au nord de Saintes, puis remonta avec prudence vers les terres de Vendée.

Des jours de voyage !

Ils étaient fatigués et mouillés, la pluie tombant depuis le matin. Mais curieusement, davantage qu'un lit et un repas chaud, les femmes leur manquaient à tous les quatre. Leur désir se trouvait sans doute aiguisé par l'abstinence à laquelle ils se contraignaient quand tant de serveuses peu farouches ou de voyageuses volages croisées dans les auberges semblaient prêtes à se donner.

Entre chien et loup, ils arrivèrent dans un petit hameau dit « La Lanterne des Morts ».

— Et pourtant, de lanterne il n'est point car on n'y voit rien !... remarqua Blacfort.

Ces paroles à peine dites, il aperçut une très jeune fille sortant d'une étable et entrant dans un pauvre logis où brûlait une chandelle.

Un regard échangé avec ses compagnons suffit.

L'enfant n'avait pas treize ans et ne put opposer aucune résistance lorsque les quatre hommes se jetèrent sur elle et que la malheureuse fut prise à même le sol, entre la table et le saloir.

Blacfort fut le premier en raison qu'ainsi était l'usage en cette lie de l'humanité que, même pour un viol, l'aristocratie avait préséance. Simon dit « la Douceur » fut le dernier car sa manière était telle, d'une si grande violence, que ses victimes en mouraient parfois, ce qui irritait fort ceux dont le tour n'était point encore venu.

Blacfort contempla sa victime, pantelante, demeurée sur le sol. L'entrejambe sanglant de l'enfant, à laquelle on venait de prendre sa virginité, exerça sur lui une bouffée d'excitation, d'un genre bien différent. En un instant, son long couteau de chasse à la main, il ouvrit totalement ce ventre dénudé en poussant un profond râle de plaisir.

En ayant achevé avec ce crime, un de plus, les quatre hommes se remirent en selle et bientôt décrut le bruit des sabots de leurs chevaux.

C'est alors qu'un homme sortit de la pièce voisine, un réduit où l'on entassait le bois coupé et rangeait les outils.

Il était âgé de quatre-vingt-une années. Un visage décharné. La jambe gauche lui manquait et il s'aidait d'une canne. Arrière-grand-père de la fillette venue lui préparer son souper et s'occuper des bêtes, il avait assisté à la scène derrière les cloisons dont deux planches, disjointes, lui permettaient d'y bien voir.

Il s'était mordu les lèvres jusqu'au sang et entré les ongles dans les paumes pour ne point intervenir et se faire tuer dans l'instant. La sagesse le poussa à n'en rien faire mais à graver en sa mémoire les traits des quatre violeurs.

Il savait déjà qu'il n'oublierait jamais ceux de leur chef, sans doute un aristocrate, auquel manquait un œil.

Jamais !

Et « jamais » n'est quelquefois pas si loin…

Plus on approchait de Paris et plus la marche de Valencey d'Adana, Mahé, O'Shea, Gréville et six de ses policiers d'élite se trouvait ralentie.

Curieuse chose, en vérité, que cela. Comme si la nouvelle, arrivée dans la capitale, en refluait comme une vague pour inonder la province à la vitesse réputée des marées du Mont-Saint-Michel.

À chaque fois, on fêtait Valencey d'Adana, découvrait les traits du héros avec une curiosité peu commune et tous de penser que cet homme grand, mince, à la taille bien prise, au visage osseux, au regard étrange mais au sourire d'enfant était absolument digne de sa fabuleuse légende.

À chaque fois encore, comme on organisait hâtivement défilés patriotiques et banquets, le chef de la police secrète souhaitait qu'on passât outre mais toujours Valencey d'Adana désarmait sa résolution :

— Mais enfin, Gréville, vous n'y pensez pas ?… Quel homme serais-je donc si je ne donnais pas au peuple le temps qu'il me demande pour me faire le grand honneur de me si bien recevoir ?

Gréville ressentait une certaine frustration car ces intermèdes empêchaient les discussions de fond avec Valencey d'Adana. Cependant, même entrecoupées ainsi, ces conversations étonnaient le policier. Était-ce l'éloignement qui donne le froid jugement ?... Son esprit analytique ?... Sa vive intelligence ?... Quoi qu'il en soit, bien qu'arrivé du Nouveau Monde, Valencey d'Adana comprenait merveilleusement les choses.

Ainsi, Gréville n'était pas près d'oublier ce court dialogue où le marin lança sans passion :

— Lorsqu'ils ont investi Nantes, les Vendéens auraient pu marcher sur Paris et prendre la capitale.

— Nous le pensons aussi. Mais il s'est trouvé un tireur d'élite républicain, parmi les ruines, pour abattre Cathelineau, leur généralissime, et ils se retirèrent de Nantes en désordre.

— La mort d'un général en chef n'est pas si dramatique, il est dans son rôle en se faisant tuer et un autre doit pouvoir le remplacer. La raison de la future défaite vendéenne, celle qui leur fera perdre la guerre, est ailleurs.

Gréville fut très surpris.

— Ah ça, vous m'étonnez fort : et quelle est-elle, cette raison ?

— N'avez-vous pas remarqué ?... Aucun des frères du ci-devant roi, aucun des princes du sang et pas même un évêque ne s'est joint aux Vendéens. La bêtise d'un roi leur fit perdre le trône, la lâcheté des princes a scellé la défaite de l'insurrection qui le pouvait reprendre.

Gréville, atterré par ces paroles, imagina qu'il se fût trouvé un frère du ci-devant roi lors de la prise de Nantes. La mort du généralissime serait passée inaperçue, toutes les armées de la République se battaient aux frontières, sauf celle qui venait d'être défaite. Pendant quelques jours, entre Nantes et Paris, entre l'armée vendéenne et le pouvoir qui siégeait dans la capitale, il n'exista que... deux régiments.

Deux régiments, autant dire rien !

Il en frémit.

Deux heures plus tard, comme ils se trouvaient fêtés à Étampes et qu'un chœur interprétait *La Marseillaise*, Valencey d'Adana, qui connaissait pourtant très bien ce chant, dressa l'oreille en entendant une des strophes :

Amour sacré de la Patrie
conduis, soutiens nos bras vengeurs,
Liberté, liberté chérie
Combats avec tes défenseurs...

Se trouvant tous deux en selle, Valencey d'Adana se pencha sur l'encolure de son cheval et souffla à Gréville :

— Au fait, puisqu'il vous en faut un, j'ai trouvé le nom de ma 123e demi-brigade.

— Quel est-il ?... demanda Gréville, très curieux de ce qu'il allait entendre.

— Ce sera la brigade « Liberté, liberté chérie ». Je ne sais rien de plus beau.

Gréville réfléchit longuement, puis :

— Ni moi non plus !

Elle n'en pouvait plus !... Les adieux au baron de Penchemel et au petit Jean-Baptiste parti s'engager aux armées de l'Ouest, et maintenant cette impression que le temps s'étirait sans fin. À d'autres instants, il lui semblait que ce répit n'était pas de trop car Victoire n'avait toujours pas arrêté définitivement sa décision : irait-elle directement voir Joachim ou attendrait-elle encore deux jours et qu'il en eût achevé avec le défilé ?

En réalité, sa décision ne faisait guère de doute car Victoire pensait qu'entre mille autres choses, aimer, c'est ne pas être un embarras ou une gêne pour l'autre.

À lire les gazettes et la presse révolutionnaire, la Convention et à travers elle la République faisait le plus grand cas du défilé de sa 123e demi-brigade, la seule de l'armée française qui fût exclusivement composée de marins. Certes, après plus de treize ans, le retour d'un héros aussi populaire que Valencey d'Adana constituait un événement exceptionnel mais cependant, une des gazettes au moins s'interrogeait : quelle serait la contenance des troupes de marine face à un ennemi aussi redoutable que les Vendéens ?.... Et l'auteur, assez perfide, d'ajouter que telles que défileraient les troupes, telles elles se battraient estimant que la tenue, la discipline et l'efficacité au feu font tout un.

Connaissant Joachim, elle ne s'inquiétait pas vraiment mais jugeait cependant qu'il ne le fallait point déranger : il devait sans doute veiller à chaque détail de sorte que troupes de marine ou pas, ce défilé fût un des plus beaux auxquels aient assisté les Parisiens.

En quoi elle ne se trompait pas car, malgré un don évident, un, au moins, éprouvait quelques difficultés lors des répétitions à régler son pas sur celui du cheval du nouveau général.

Celui-là qui peinait à la parade s'appelait La Fayette et sa condition de chien ne l'exemptait pas de devoir viser un seul but : la perfection.

37

Mai 1794…

L'envoyé du Comité de salut public pâlit : cinq minutes avant le départ du défilé, les troupes de marine offraient le spectacle d'une inextricable confusion. Tout se mêlait : canons, chevaux, officiers gesticulant, musiciens, porte-drapeaux, grenadiers, chariots… et même un affreux chien qui engueulait tout le monde !

— Quel échec !

Et Valencey d'Adana lui-même, arrivé au dernier instant, trop occupé à visiter des aérostats à Meudon !

— Meudon !… répéta-t-il, anéanti.

La sueur lui vint au front et le rouge de la honte monta à ses joues. Quoi, sur les trottoirs, on comptait des dizaines de milliers de Parisiens, sans parler des milliers d'autres qui attendaient l'arrivée du défilé place de la Révolution* dont les troupes de marine devaient faire un tour complet. Des propriétaires ayant le sens des affaires avaient loué à prix d'or chacune des milliers de fenêtres d'où l'on pouvait voir

* Place de la Concorde.

passer les troupes. Place de la Révolution, sur une tribune tendue de tricolore, attendaient Robespierre, Saint-Just, Couthon, Collot d'Herbois, Barère, Billaud-Varenne, Lazare Carnot, Lindet, Prieur de la Marne et Jean Bon Saint-André, les membres du Comité de salut public au grand complet !

Plus à droite, on distinguait les membres du Comité de Sûreté générale et les ambassadeurs des rares pays qui n'étaient point en guerre avec la France.

Enfin, il ne faisait aucun doute que les espions des puissances étrangères se trouvaient là, et tous ceux des factions, tels les agents royalistes.

Oh la folle idée de faire défiler des marins au pas dans les rues de Paris sur ce long trajet allant de l'Hôtel de Ville à la place de la Révolution !

Un enfant de dix ans n'eût pas commis semblable erreur ni pareille imprudence.

L'homme, républicain sincère, ne doutait pas un seul instant que Valencey d'Adana fût un héros. De même, il se persuadait sans peine que sur mer, ces hommes représentaient la plus redoutable des forces. Même le « carré des vétérans », les cent quatre-vingts hommes vivant en France et effectuant tous les trois ans une période sur *La Terpsichore*, même ceux-là âgés de trente-cinq à quarante ans, anciens de la guerre d'Amérique, vous glaçaient le sang avec ces visages durs, balafrés de coups de sabre, ces silhouettes massives faisant songer à des chênes indéracinables.

Mille fois oui, mais sur mer !

— Sur mer… reprit-il à mi-voix, désespéré, tandis que son affolement cédait la place à une sorte d'apathie.

L'idée qu'ils fussent tous, mais surtout la Convention nationale et le Comité de salut public, la risée de l'Europe, cette idée le paralysait.

Il observa d'un air désolé les « Étrangers » et secoua la tête en entendant parler anglais, espagnol, créole…

Quelle idée encore que celle-là !... À croire que toute cette histoire de défilé avait été organisée ou soufflée au Comité de salut public par d'habiles agents de la contre-révolution !

Faire défiler des marins sur la terre ferme constituait bien entendu une aberration mais corser l'affaire en y mêlant des étrangers culminait en une manière de suicide.

— Et ça jacasse, et ça baragouine dans tous les patois du monde !... Comment un Anglais et un Indien, un Nègre et un Espagnol arriveraient-ils à se comprendre et à saisir les ordres ?

Son voisin de gauche ayant surpris ses paroles et lui jetant un regard suspicieux, l'envoyé du Comité de salut public préféra changer de place.

De plus en plus chagrin, il observa d'un air hagard les marins en files attendant de recevoir chacun trois œillets : bleu, blanc, rouge. Chimistes et teinturiers avaient passé la nuit à rehausser artificiellement certaines de ces couleurs et, si l'homme ne niait pas l'effet saisissant du résultat, il voyait surtout que dans cette entreprise le ridicule, voire le grotesque, allaient désormais s'attacher aux couleurs nationales.

Il haussa les épaules :

— D'un autre côté, des fleurs, pour un enterrement...

Député proche de Robespierre, l'homme aurait à cet instant donné cher pour ne point avoir à accomplir aussi sinistre mission.

Il regarda sa montre et pâlit de nouveau. Sa tâche était simple : monter en selle et galoper jusqu'à la tribune. Les gardes nationaux, prévenus de son passage, le laissant aller par les rues interdites.

Soit, mais une fois devant Robespierre, qu'allait-il lui dire ?

Quelque chose comme : « Citoyen Robespierre, quitte immédiatement cette tribune pour t'éviter à toi-même, à la dignité de ta fonction et à la nation que tu représentes le ridicule de devoir accueillir une bande de marins désolants débouchant sur l'immense place de la Révolution dans le plus grand désordre. »

Langage de vérité !…

Mais gros risques personnels !…

À présent qu'il se trouvait au pied du mur, les pensées du député avaient progressé. Fi donc, ce défilé raté et l'image désastreuse qu'il donnerait de la nation à l'étranger. Au fond, une seule chose importait : ne pas fâcher Robespierre, ne pas provoquer une de ses terribles colères intérieures !… Bref, s'occuper avant tout de ses propres intérêts en n'étant pas le funeste messager de cette forme de trahison certes sans malice, et qui ne se pensait pas comme telle, mais se trouvait cependant bel et bien réelle.

Il n'est jamais souhaitable, en période de révolution, d'être associé, même de fort loin et très indirectement, à un quelconque acte de trahison. Surtout pendant la Terreur.

Le député, un ancien avocat au reste assez vif et brillant, envisagea le problème tout autrement : que voyait-il ?

— Les hommes s'activent… Ils y mettent de la bonne volonté… Et pourtant, ce n'est guère facile… Toute cette mise en place… mais tous ont hâte de défiler !

Et voilà !… Il en aurait dansé de joie. Tout, dans ce message, relevait de la plus stricte vérité. Pas l'ombre d'un mensonge. Cela, c'était juste avant le défilé. Ce qu'il en sera du défilé lui-même, voilà tout autre chose. D'ailleurs, il n'y assisterait pas.

Il porterait la nouvelle, s'esquiverait, regagnerait immédiatement son logis de la rue du Pas-de-la-Mule, retrouverait sa femme et ses enfants. Chez lui, enfin, à l'abri !… Il s'y vit, poussant la porte ferrée ouvrant sur une salle basse, la table, les bancs, le dressoir, les quatre chaises à bras de cuir, les sept tabourets recouverts de vilaine étoffe pour les gamins et gamines, le tableau représentant le grand-père Jean-Nicolas procureur au Mans, l'étage et le grand lit où il s'enfouirait en prétextant un mal de dents.

Étant passé de l'abattement profond à une joie presque exubérante, laquelle, ressemblant à de la ferveur patriotique, servait ses intérêts, il sauta à cheval et partit au galop porter la « nouvelle » à Robespierre.

Gréville attendait au premier rang, à proximité de la tribune officielle. Informé le tout premier, comme il se doit, que les marins semblaient éprouver de grandes difficultés dans le départ du défilé, il ne ressentait cependant pas la moindre inquiétude.

Chose à peine concevable, le chef de la police secrète française avait pour la première fois de sa vie donné sa confiance, toute sa confiance, à un homme : Valencey d'Adana.

Il nc pouvait donc tout simplement pas s'être trompé, quelles que fussent les apparences.

Dawson, chef de l'espionnage anglais, attendait également place de la Révolution, enlaçant tendrement la taille fine et cambrée de Léonore, celle qu'il aimait plus que tout, et même que sa propre vie. Avec l'art consommé du maître-espion, il tenait des nouvelles fraîches d'un officier qui ne s'était pas même rendu compte qu'on l'interrogeait, à moins qu'il n'ait voulu étonner la belle Léonore qu'il ne quittait pas des yeux.

Quoi qu'il en soit, Dawson savait que le défilé serait une véritable catastrophe.

Voilà encore un mois, pareille nouvelle l'eût transporté de joie à l'idée de ces millions de Français sombrant dans le ridicule.

Or, à son grand étonnement, c'est la tristesse qui emplissait son âme tout entière. Triste, le mot lui sembla bien faible, ou bien fallait-il lui adjoindre « abattement », « consternation », « accablement » ?…

Prompt à fouiller son âme, exercice auquel il devait sa survie, ce qu'il y découvrit le stupéfia. Sans doute était-il triste pour celle qu'il aimait, laquelle, à l'annonce de cette nouvelle d'un désastre imminent, parut au bord des larmes. Mais au-delà de Léonore, l'idée de voir un cœur si noble et un héros si attachant que Valencey d'Adana humilié publiquement, eh bien cette idée l'affligeait.

Et pareil de ce peuple qu'il aimait de plus en plus bien qu'il fût parfois hargneux, critiquant la terre entière, mais aussi courageux, dur à la peine, souvent plein d'esprit et parfois sublime.

Le chef des espions de George III d'Angleterre comprit qu'il se sentait plus proche de ces républicains français dos au mur, faisant face à toute l'Europe coalisée sur ses frontières, que de son roi et de son aristocratie empaillée.

Victoire était arrivée fort tôt pour se bien placer au premier rang. Mais, petit à petit, des sans-culottes étaient passés devant elle, ce que voyant, un sous officier de la garde nationale qui avait remarqué sa grande beauté l'était venu chercher, la plaçant de nouveau au premier rang en disant :

— Reste à mes côtés, citoyenne, et nul ne te repoussera vers l'arrière. .

Elle remercia. Il se pencha alors vers elle et, sur le ton de la confidence :

— Quoiqu'il vaudrait peut-être mieux : on dit que les marins ne savent pas défiler et que nous courons à la catastrophe.

— Qui dit cela ?… s'insurgea Victoire.

— Une rumeur qui court entre nous, ceux de la garde nationale.

Des milliers d'hommes de la garde nationale isolaient en effet la foule de la chaussée que devaient emprunter les troupes pour le défilé.

De garde en garde, un bruit pouvait en effet courir d'un bout de la chaîne à l'autre.

Victoire toisa le sous-officier :

— Quant à moi, citoyen, je n'en crois rien.

— Nous verrons !... ricana-t-il en ajoutant : chacun à sa place. Est-ce que nous organisons des parades navales sur la Seine, nous autres ?

À cet instant, un homme en noir remit une lettre à la ci-devant marquise et s'éclipsa. Son cœur battit la chamade en reconnaissant l'écriture de Valencey d'Adana : Gréville, qui aimait mettre toutes les chances du côté de la cause qu'il servait, venait de faire parvenir la « lettre d'adieu » de Joachim... discrètement récupérée.

Elle le savait vivant mais lut, relut et lut encore. Puis elle fondit en larmes et éclata de rire avant de choisir de rire et pleurer tout en un.

Sous les regards perplexes de ses voisins...

38

Les milliers de femmes et d'hommes massés place de la Révolution entendirent une immense et impressionnante clameur qui se rapprochait et l'on ne saurait trop démêler s'il s'agissait de hurlements d'acclamation ou de huées. Mais chose très curieuse, comme la foudre précède le tonnerre, un silence profond devançait toujours, en décalage, les cris.

Et ce silence mortel ne laissait rien augurer de bon, la parade des rumeurs mauvaises défilant plus vite que celle des hommes...

Puis l'on vit enfin les troupes de marine déboucher sur la place et ce fut effectivement un silence stupéfait qui les accueillit.

Le premier rang, très détaché, avait été laissé aux mousses, longs rubans tricolores aux chapeaux. Cette rangée était composée de tambours de douze ans et de fifres à peine plus âgés dont les notes s'envolaient tels des alizés ou ces souffles qui caressent les îles Sous-le-Vent.

Puis vinrent les troupes.

Leur pas, et tous avaient exactement le même, ne ressemblait à rien qui fût connu jusqu'ici et sans doute Valencey d'Adana l'avait-il mis au point en fonction de la lourdeur du climat des Amériques en leur hémisphère du Sud. C'était un pas assez lent et long, qui effleurait le pavé, mettant en valeur les guêtres blanches assorties aux gants blancs tranchant sur les uniformes bleu marine et blanc à boutons dorés, le même pour tous à l'exception des sections spéciales.

L'impression d'admirables petites poupées mécaniques fut générale, on eût aimé jouer avec, et ils furent quelques-uns, quelques-unes aussi, qui pensèrent qu'il ne fallait pas engager au combat des troupes si belles, si parfaites, que le canon allait hacher et qui s'en iraient pourrir dans les fosses communes.

La seconde impression tout aussi émerveillée venait du fait qu'il n'était pas un canon de fusil, porté à la bretelle, qui ne fût garni d'œillets bleus, blancs et rouges si bien que, dépassant en hauteur les tricornes des marins, on avait l'impression d'un jardin fleuri leur faisant escorte.

À présent, les sept cent quatorze hommes de la 123e demi-brigade « Liberté, liberté chérie » prenaient vraiment pied sur la place.

Émouvant clin d'œil à l'histoire, on vit d'abord une douzaine d'Américains porteurs des drapeaux des deux nations alliées.

John O'Shea, commodore de la marine de guerre des États-Unis, marchait en précédant de trois pas ses volontaires et, comme le firent tous les officiers, il sortit son sabre en arrivant devant la tribune officielle et le tint perpendiculairement à sa marche en exécutant un « tête à droite ».

Toujours dans cet esprit qui voulait rappeler au peuple de Paris le souvenir de la guerre d'Indépendance, arrivèrent d'autres alliés d'hier, la douzaine d'Espagnols, d'une noblesse et d'un maintien incomparables. Ils précédaient la douzaine de militaires anglais ralliés par idéalisme et spécialement applaudis eux aussi.

Avec un sens étonnant du spectacle et une esthétisation de l'art militaire, Valencey d'Adana avait veillé à laisser de larges espaces entre les diverses formations de sorte que le public pût apprécier chacun, et ses différences.

Créant la stupéfaction, vinrent ensuite les Indiens mayas et bravos, une trentaine, dans un uniforme spécial créé à leur demande pour la jungle et qu'on ne connaissait pas : chemise grise aux manches courtes avec écussons tricolores sur l'épaule droite, pantalon vert foncé coupé à mi-cuisse, ceinturon où pendaient de terribles couteaux de pierre. Ils allaient pieds nus et ne portaient pas de chapeau, laissant au vent de longs cheveux noirs et lisses. Ils tenaient curieusement les fusils, à bout de bras et à deux mains, droit devant eux.

Parmi les spectateurs où s'étaient mêlés des hussards, des dragons, des cuirassiers, des voltigeurs, des sapeurs, des « lignards » – l'infanterie de ligne – et des gardes nationaux, tous ressentirent semblable certitude : de tels hommes, si on ne les tuait du premier coup, devaient vous transpercer dix fois avec leurs terribles couteaux de pierre.

Un officier du génie, admiratif, lança même à la cantonade :

— Quelle troupe !... Je n'aimerais pas les combattre. Les Vendéens ne seront pas à la fête !

Les Mayas et les Bravos demeuraient impassibles et seuls certains de leurs regards traduisaient un passager étonnement à défiler si loin de chez eux, sur cette place magnifique, accueillis par les acclamations d'un peuple en délire.

Un espace les séparait de deux rangs de marins armés de redoutables biscaïens, ces mousquets de très gros calibre et à longue portée qui décimèrent les ponts des navires de George III d'Angleterre.

Ménageant savamment ses effets, Valencey d'Adana

avait coupé le défilé des troupes par le train des équipages.

Rien moins que soixante chariots tirés chacun par deux magnifiques chevaux. Destinés à transporter vivres, munitions, matériel de rechange et troupes en cas d'attaques rapides, ils trouvaient place dans le défilé grâce à une astuce : tous, flambant neufs, avaient été peints en un très joli vert foncé et sur les bâches chamois on pouvait lire en lettres noires dessinées en demi-cercle : 123e demi-brigade « Liberté, liberté chérie ».

Une trentaine de mètres derrière venaient les troupes noires. Hyppolite avait été nommé lieutenant le matin même par Saint-Just sur proposition du ci-devant prince d'Adana. Le nouveau lieutenant, au reste, s'était évanoui et fut si émotionné, lui, l'ancien esclave promu officier de la République, qu'on craignit un instant qu'il ne pût défiler.

Le peuple de Paris fit un triomphe à cette troupe. Fusiliers dans leurs jeunes années, ils portaient à présent l'uniforme des grenadiers de marine avec cette coiffure extraordinaire – que devaient copier les Anglais – appelée « le bonnet d'ours », haut chapeau à poils noirs barré d'une chaînette et portant une plaque dorée.

On commençait à s'habituer au pas de la 123e demi-brigade avec, au milieu du mouvement, comme une fugitive hésitation, une suspension d'une seconde. Cela donnait aux centaines d'hommes qui défilaient ce côté aérien, léger et irréel.

Puis vint le gros de la formation, un carré de quatre cents hommes, quatre cents bouquets tricolores fleurissant autant de canons de fusil.

C'est ceux-là qui lancèrent la chanson de marche en arrivant sur la place, reprise dans tout le rang, de la fin du cortège jusqu'aux Américains de tête.

On n'avait pas sacrifié le quotidien de la marine à l'air du temps… pour une fois que la marine « occupait » Paris. En effet, il ne s'agissait pas là d'un chant martial et révolutionnaire mais tout au contraire d'une très vieille chanson que des générations de marins français avaient fait connaître, et presque toujours aimer, sur toutes les mers du monde.

Les femmes qui à l'instant hurlaient leur bonheur et leur fierté furent brutalement émues aux larmes. En effet, après quinze ans d'exil et tant d'événements, ces beaux marins ignoraient que cette chanson était devenue enfantine, de celles qu'on murmure aux petits enfants pour les faire dormir. Quoi qu'il en soit, elle venait à temps pour rappeler que « les merveilleuses petites poupées mécaniques » étaient aussi des fils, des frères, des pères et des époux. Et comment dire combien fut magique au cœur des femmes cette confusion des genres où des hommes solides, des soldats d'élite, prenaient tout à coup ce côté petit garçon qu'ils étaient, pour certains, hier encore ?

Dans un français parfois mâtiné d'espagnol, d'anglais, de canadien, de créole et de langues plus inconnues encore, on entendit dans le silence qui tomba sur la place sept cents voix graves entonner « la Chanson du Prisonnier » :

Dans les jardins de mon père
Les lilas sont fleuris,
Dans les jardins de mon père
Les lilas sont fleuris,
Tous les oiseaux du monde
Viennent y faire leur nid
Auprès de ma blonde
Qu'il f'rait bon, f'rait bon dormir…
Dites-nous la belle
Où donc est vot'mari ?

On pensait aux morts, aux disparus, aux cadavres pourris et à jamais inconnus dans les fossés de la Vendée des brigands, aux prisonniers désespérés loin de chez eux, tandis que sur la gracieuse mélodie et ses jolies paroles continuait à se dérouler un message qui serrait les cœurs :

Que donneriez-vous la belle
Pour avoir votre ami ?
— Je donnerais Versailles,
Paris et Saint-Denis…

Dawson baissa la tête. Lui savait les épouvantables conditions de détention sur les pontons anglais : nulle prison au monde n'était si inhumaine.

Que donneriez-vous la belle
Pour avoir votre ami ?
— Les tours de Notre-Dame
Et l'chocher d'mon pays.

Gréville se dit qu'il lui faudrait peut-être arranger les choses avec l'autorité politique mais que cette chanson, qui lui rappelait de lointains souvenirs, était bien émouvante.

À peu de distance, Victoire, traversée un instant par la pensée d'une capture de l'homme qu'elle aimait, chassa cet oiseau noir. Elle piaffait d'impatience : treize ans d'absence, c'est toute une vie, surtout lorsqu'on est jeune. Il allait paraître, fatalement, et ne pas se placer en avant était bien dans sa manière discrète.

Que donneriez-vous la belle
Pour avoir votre ami ?
— Les tours de Notre-Dame
Et l'chocher d'mon pays
Et ma jolie colombe,
Pour avoir mon mari.

Sur la tribune officielle, Robespierre et Saint-Just échangèrent un regard. Ce chant n'était guère patriotique mais à tout bien considérer, il soudait le peuple autour de son armée et de ses malheureux prisonniers qu'il faudrait bien aller libérer en renversant tous les trônes d'Europe et en jetant dans la boue toutes les couronnes des tyrans.

Pour le gros de la troupe, Valencey d'Adana avait adopté une forte concentration, réduit les espaces jusqu'au coude à coude, si bien que ce carré à la manière des légions romaines dégageait une impression de force invincible.

Un instant, on crut le défilé achevé. Un écart s'était creusé : cent, deux cents, cinq cents mètres… Puis l'on en comprit la raison. Pour le plaisir des Parisiens, c'est au galop que Valencey d'Adana présentait ce qu'on appelait déjà son « artillerie volante ». Dans une longue correspondance, il avait tout repensé concernant la densité des matériaux, jusqu'aux métaux et acier des alliages composant les roues. Partout, sur ces pièces, trois principes prévalaient : vitesse, légèreté, solidité.

Quarante attelages, quarante canons : le Gribeauval, le plus rapide du monde, jusqu'à quatorze coups à la minute « au jugé » et sept « au dirigé ». L'avant-train était muni de deux roues où reposait l'extrémité de l'affût, et se trouvait assemblé par un caisson pour former astucieusement un véhicule à quatre roues. On distinguait même une boîte à outils sur chaque caisson ainsi que les réserves de boulets.

L'arrivée à grande vitesse de l'artillerie tractée que les républicains nommaient « la foudre patriotique » amena la foule aux hurlements d'autant que chevaux, canons et caissons avaient été partout enjolivés de fleurs, de pompons et de longs rubans tricolores. On s'évanouissait. La garde nationale, chargée de maintenir une foule qui n'exultait pas moins, tira en l'air.

Cette demi-brigade rutilante et qui semblait invincible par sa cohérence devenait la réalité matérielle des idéaux de la Révolution.

S'il fut un jour où le ci-devant et défunt roi fut l'objet d'une nouvelle bouffée de haine, c'est bien celui-là : comment ce despote avait-il pu exiler des hommes pareils, aussi exceptionnels ?

Enfin, après deux rangs d'officiers à cheval, on vit, en formation serrée, les cent quatre-vingts « vétérans », des hommes durs, solides comme des arbres, aux visages marqués par les coups de sabre.

— Où est-il ?… demandait-on partout.

Car l'évidence s'imposait : les vétérans fermaient le défilé.

Cependant, point n'était besoin de connaître Valencey d'Adana pour le deviner. Refusant de se trop distinguer, de se faire remarquer en se trouvant très détaché, il n'était que deux mètres devant un ultime rang d'officiers à cheval parmi lesquels Mahé, Keringan et Lamorville.

Il avait refusé un cheval blanc. Et refusé de porter son uniforme de général, préférant défiler en tenue de capitaine de vaisseau.

Arrivé devant la tribune, il sortit son sabre du fourreau et effectua un superbe tête à droite pour saluer les représentants du Peuple.

Dawson écarquilla les yeux, murmurant :

— Mon Dieu, c'est donc lui…

— Et tu le veux tuer ?… souffla Léonore.

Dawson secoua négativement la tête tandis qu'à cinquante mètres de là son adversaire, Pierre-François Gréville, souriait, fier d'être l'ami d'un tel homme auquel l'unissait une si ancienne complicité.

Comment jamais l'expliquer ?… Même si Valencey d'Adana ne s'était pas trouvé deux mètres devant son dernier rang d'officiers, le peuple de Paris l'eût reconnu. Calme, maître de lui, un très léger sourire aux lèvres, promenant le regard un peu étonné de ses yeux gris-vert sur ces dizaines de milliers de visages qui criaient son nom, il paraissait aussi invincible que sa légende.

Passant devant le bas des Champs-Élysées, il lui fallait faire le tour complet de la place, comme ses troupes.

Son cheval noir allait à pas lent. Le tricorne marine galonné d'or posé très droit, la taille bien prise par une large écharpe tricolore, des décorations françaises, américaines et espagnoles formant tout un rang sur sa poitrine, combien furent-ils à l'imaginer sur le pont de sa légendaire frégate, semant la terreur chez les marins de la Royal Navy ?

L'humanisant s'il en était besoin, son chien allait à ses côtés, le plus parisien des chiens puisque le bouledogue est dit, depuis les halles du Moyen Âge, « chien des bouchers ». Flatté, tout Paris sourit, étant prévenu par les gazettes que l'animal s'appelait… La Fayette.

Mais le curieux petit bouledogue, quoique assez laid, chavirait les cœurs les plus durs en cela que, tous les quatre ou cinq mètres, il levait un regard sur son maître, tout là-haut sur son cheval, comme pour s'assurer qu'il défilait convenablement et faisait ainsi honneur au général et ancien prisonnier de la Bastille.

Victoire crut défaillir. C'était lui !… Lui, lui, lui !… Et Dieu qu'il était beau, plus beau encore qu'auparavant, répondant par son élégance et un léger sourire à la folie de la foule qui l'acclamait après en avoir été si longtemps privée. De temps à autre, il soulevait d'un geste gracieux son tricorne pour saluer en retour. Ses cheveux à peine grisonnants, son visage tourmenté aux joues creusées, ses paupières légèrement tombantes sur les côtés qui lui donnaient un charme supplémentaire, ce regard profond et tendre, ces yeux gris-vert auxquels elle ne résistait pas. Beau, tellement beau qu'aucune statue, aucun tableau ne pourrait jamais restituer son héros tel qu'il était pour elle.

À côté de Victoire, un homme tenait son petit garçon dans ses bras et la jeune femme l'entendit alors qu'il disait avec orgueil et un rien de tristesse à son fils :

— Regarde, mon garçon, regarde ce grand général et tous ses marins magnifiques. Regarde-les bien et ne les oublie jamais : ils viennent de l'autre bout du monde et s'en vont mourir en Vendée pour la République et pour le peuple !

Anéantie par ces paroles, Victoire secoua l'épaule du sous-officier de la garde nationale qui l'avait placée au premier rang :

— Laisse-moi passer, citoyen, cela fait treize ans que le général et moi nous… nous attendons de nous rencontrer.

Il allait l'envoyer au diable car sans doute des dizaines de milliers de femmes voulaient serrer le héros dans leur bras mais… Il vit Valencey d'Adana soudain tout pâle arrêter son cheval et regarder la jeune femme avec stupeur.

Le sous-officier, courant le risque, laissa passer Victoire.

Statufié, et tandis que la foule s'interrogeait avec angoisse, croyant qu'on avait déplu au général, Valencey d'Adana la regarda tel le plus beau joyau du monde. Le temps, toutes ces années, ne l'avaient pas même effleurée, bien au contraire : plus épanouie, les formes plus généreuses, elle ne lui avait jamais paru aussi belle, aussi désirable.

Elle portait une légère robe à la mode qui venait d'être lancée, sans jupons et très près du corps. Une robe bleue au collet blanc liséré de rouge ainsi que les manches qui s'achevaient, bouffantes, au-dessus du coude. C'était fort gracieux… et très patriotique !

Coiffée d'un petit chapeau bleu marine à cocarde et ruban tricolore, elle portait les boucles d'oreilles ressemblant à des cerises qu'il lui avait offertes pour ses dix-huit ans.

Tous deux se souriaient, et tous deux voyaient les larmes de l'autre en ignorant les siennes.

Il avança son cheval de quatre pas puis, toujours en selle, sa botte quittant un des étriers, il se pencha très bas et, d'un geste large comme on cueille une brassée de fleurs, il la saisit par la taille, la souleva et la posa devant lui, en amazone, murmurant :

— Voilà si longtemps que j'attends cet instant, cher amour.

La Fayette repartit le premier, le haut cheval noir suivit mais le couple, qui s'embrassait follement, en fut-il seulement conscient ?

À part Mahé et Gréville, tous deux très émus, nul ne connaissait leur douloureuse histoire. L'instant de dépit passé, les Parisiennes furent flattées que le héros dont la rumeur affirmait qu'il était inapprochable fût ainsi pris de passion soudaine par l'une d'entre elles. Les Parisiens l'envièrent, certes, mais ceux qui connaissaient la guerre se dirent que Valencey d'Adana aurait bien peu de temps pour profiter de sa bonne fortune, étant davantage promis à l'enfer qu'à la volupté, au charnier qu'à l'alcôve, à Thanatos qu'à Éros.

Sur la place de la Révolution, le geste galant du général commandant la 123e demi-brigade « Liberté, liberté chérie » agit comme un signal et les sept cent quatorze marins furent littéralement happés par la foule.

On ne les entendit point protester.

Un grand nombre de volontaires, cette nuit-là, ne regagnèrent pas leurs casernes…

39

— Je ne peux pas faire cela. Pas après ce que j'ai vu… Au reste, je n'ai jamais été très enthousiaste à cette idée. Non, je ne le ferai pas.

— Et ton roi ?

Il parut surpris :

— De quoi parles-tu ?

— Francis, tes demi-phrases, tes allusions, ces réflexions que tu t'adresses à toi-même en pensant que je n'y comprends rien et les mots qui t'échappent la nuit dans ton sommeil : penses-tu vraiment que je sois si sotte ?

— C'est que…

— C'est qu'il faut que tu le saches : idiote, je ne le suis point.

Il y eut un court silence puis Dawson leva sur la jeune femme le regard de ses yeux d'un bleu délavé.

— J'irai voir ce Molière, ces Ronsard et tous ces La Boétie…

Elle l'interrompit :

— C'est moi qui irai. Toi, ils se méfieraient. Que leur veux-tu ?

— J'abandonne cette affaire d'assassinat de Valencey d'Adana. Qu'ils gardent les cent louis d'acompte. Je crois que pour eux, l'affaire est bonne.

— Elle l'est. Mais une fois encore : que dira ton roi ?

— Tu t'inquiètes vraiment pour moi ?... demanda-t-il, ému.

— Il semblerait, non ?... répondit-elle un peu rudement car effectivement, son service de la République ne l'obligeait pas à s'inquiéter pour l'avenir de l'espion Francis William Dawson.

Il réfléchit un court instant.

— Je vais gagner du temps. L'entretenir dans ses folies car avec George III, il n'est guère d'autre moyen.

La jeune femme, gagnée par une grande mélancolie, lui dit en baissant la tête :

— De toute façon, un jour tu partiras pour ton affreux pays et me laisseras. Je serai « ta Française », tu en parleras à ceux de ton club...

Il la prit dans ses bras et releva délicatement le visage de la jeune femme :

— Tu ne comprends donc pas que je t'aime ?... Tu es la seule belle chose qui soit arrivée dans ma vie de chien. Jamais, je ne pourrai plus jamais te quitter.

Elle l'embrassa avec fougue puis :

— Quoi qu'on te dise, quoi que tu apprennes, sache ceci : tu es le seul homme que j'aie aimé et en retour le seul qui fut si aimant, si attentif. Oh oui je t'aime, Francis.

L'homme à l'esprit froid parla sans s'enflammer, d'un ton calme qui donnait beaucoup de crédit à ses paroles mesurées :

— Voici une dizaine d'années, dans ces guerres sourdes qui furent miennes, je fus amené à vivre en Hollande. Je montai avec des fonds secrets une société de commerce maritime pour légitimer ma présence. Je me piquai au jeu et y pris beaucoup d'amusement si bien que je créai une seconde société mais avec mes fonds propres. L'Angleterre se désintéressa bientôt de mon activité en Hollande. Je liquidai la première société et rapatriai les capitaux vers la couronne mais la mienne prospéra. Léonore, j'ai gagné tant d'or que j'ai des intérêts dans la taille des pierres précieuses, la construction navale, les filatures de soie et de coton, les fournitures pour l'armée et bien d'autres choses… Je continuai mon métier d'espion par jeu, et peut-être prenais-je du plaisir à manœuvrer les hommes telles des marionnettes. Ce temps est révolu, il n'y a que toi.

— Mais… L'Angleterre ?

Il la prit dans ses bras et la serra contre lui.

— J'ai écouté cette jolie chanson de marins, tout à l'heure, quand la jeune femme donnerait Versailles et Paris pour son mari prisonnier. Moi, je te donne l'Angleterre, Léonore, et te veux épouser.

Complètement affolée par cette déclaration, elle ne sut que faire. Toutes ces nuits de passion, ces longues promenades, l'amour absolu de Dawson, elle ne pouvait se résoudre à perdre cela mais ne voulait ni ne pouvait trahir la République.

Elle s'écarta et lui sourit.

— Je cours voir Molière. Au moins, avec ton désistement, serons-nous libres sur ce chapitre.

C'est donc chez Gréville, qu'elle se précipita…

Quarante-cinq minutes plus tard, sans le concours trop voyant de la garde nationale, huit policiers de « la Secrète » vêtus de sombre vinrent arrêter Dawson chez lui. Il n'opposa aucune résistance.

Sans ménagements excessifs, et sans brutalités non plus, on le mena dans un bureau proche du Palais de justice et on le laissa seul dans une pièce pendant deux heures.

Il n'en fut guère éprouvé, connaissant de longue date cette partition-là. Sa seule angoisse venait d'ailleurs : Léonore !… La maison était-elle surveillée ?... Allait-on l'arrêter, la transférer à la prison de la Conciergerie et la livrer au Tribunal révolutionnaire où officiait cet horrible Fouquier- Tinville ?

On vint enfin le chercher, lui annonçant avec certains égards qu'il allait rencontrer le chef de la police secrète en personne.

— Gréville ?... demanda-t-il.

Le policier sembla un instant étonné mais ne fit aucun commentaire.

Apercevant Gréville assis derrière un vaste bureau, Dawson ne put réprimer un haut-le-corps.

Le policier d'élite observa l'espion hors pair avec intérêt, puis :

— Je sais, vous me connaissiez sous le nom de Molière.

— Beau travail !... remarqua Dawson.

Mais au fond, cela l'intéressait moins qu'il ne paraissait, la question étant : si « Molière » était « Gréville », qui donc était « Léonore » ?

Avec son esprit pénétrant, Gréville devina les tourments de l'Anglais :

— Ne vous torturez point ainsi, Dawson. Elle s'appelle effectivement Léonore Letessier, veuve d'un de mes hommes. Cessez également de penser qu'elle vous a joué, ce serait faux et pourquoi vous mentirais-je ?... Nous sommes en quelque sorte confrères et vous savez que je possède toutes les cartes : j'ai arrêté vos gens, démantelé votre organisation et contrôle tout, même ce Belge nommé Van Eyck. Vous êtes en outre à ma merci, aussi devez-vous me croire sur ce point : Léonore sort d'ici et a contrarié mes plans pour vous sauver.

L'Anglais dressa l'oreille.

— Que voulez-vous dire ?

Gréville hésita quelques instants, espérant jouer avec les nerfs de Dawson mais s'aperçut rapidement qu'il perdait son temps.

— Voyez-vous, Dawson, je vous tenais mieux encore que vous ne pouvez l'imaginer. J'avais ambitionné de vous faire croire à l'arrestation de la bande de ce « Molière », dont Léonore. Vous eussiez été affolé et je pouvais dès lors passer un marché avec vous : la vie de Léonore contre un certain renseignement. Et après : la guillotine pour étoffer mon rapport.

— Adroit. Et Léonore ne l'a point voulu ainsi ?

— Eh bien non, cher confrère. Vous connaissez les femmes, je présume, et cela elle ne l'a pas voulu au motif que si elle n'a point mauvaise conscience à espionner vos secrets anglais, il n'est pas question qu'on joue avec votre amour.

Dawson, qui avait baissé ses défenses, ne tenta pas même de réprimer son sourire attendri.

Gréville poursuivit :

— Monsieur Dawson, je suis enchanté que Léonore vous aime d'amour tel que vous semblez l'aimer. Si, si !... Absolument enchanté, j'adore ce genre d'histoire... surtout chez les autres. Mais voyez-vous, votre passion me met dans une situation délicate, très délicate, me laissant démuni face à un insoluble problème. Aussi... Aussi, n'ayant guère le choix, je me vois dans l'obligation de vous proposer le plan de substitution mis au point par Léonore. Un plan qui repose entièrement sur la confiance qu'elle vous porte. Une confiance, dois-je le dire, que je suis loin de partager si complètement.

— Quel est ce plan ?... demanda l'Anglais, troublé.

— Avant de vous répondre il faut que vous sachiez, monsieur, qu'en France, la famine guette.

— Je sais cela, Gréville, ne fréquentant point que les beaux quartiers.

— Ce que j'attends de vous concerne ce chapitre et revêt donc un aspect... d'humanité.

— Je ne comprends pas.

— Vous n'avez pas à comprendre. Voici la proposition, très risquée pour elle, de Léonore : vous envoyer en Angleterre, vous permettre de recueillir cette information vitale pour le peuple de France et revenir, avec la garantie de pouvoir vivre à Paris en toute liberté et sous ma protection.

— Vous me demandez de trahir mon pays, Gréville : rien moins que cela !... Et que risque Léonore ?

— Bien que j'aie tenté de l'en dissuader, elle tient absolument à répondre de votre retour sur sa jolie tête.

— Pas question : oubliez ce marché.

— Impossible.

— Feignez de ne point avoir entendu pareille proposition.

— Dawson, j'aime beaucoup Léonore et je l'estime fort mais si je me trouve dans semblable situation, c'est bien sa faute et peu m'importe qu'elle le fasse par amour pour vous. Comprenez-moi : j'ai la tête de Léonore sur un plateau, des centaines de milliers de Français en péril de mourir de faim de l'autre et comme toujours, ce seront les bébés et les petits enfants qui périront les premiers.

Il ménagea un petit silence et reprit :

— Léonore pense que vous aimez ce pays qui a brisé ses chaînes et se trouve encerclé. Dawson, la République française est jeune, elle n'a pas prié tous les despotes d'Europe de venir la mettre à feu et à sang pour rétablir sur le trône des princes oppresseurs avec l'aide des esclaves servant dans les armées étrangères. On vous demande un peu d'humanité, vous comprenez trahison !

— Que désirez-vous ?

— Vous partirez, si vous l'acceptez, le 20 mai pour être de retour cinq jours plus tard avec ce petit renseignement qu'un homme tel que vous obtiendra sans aucune difficulté.

— Au fait, Gréville.

— Je veux connaître tous les mouvements des vaisseaux de la Royal Navy entre le 25 mai et le 4 juin.

Dawson conserva le silence, tourmenté, et Gréville se garda bien du moindre mouvement. Il avait dans sa vie vu bien des hommes trahir : un pays, une cause, des complices… Mais empêcher une famine et sauver celle que l'on aime dans un même mouvement, est-ce encore de la trahison ?

Dawson releva brusquement la tête.

— Où est Léonore ?

— Dans une pièce voisine. Morte d'inquiétude, j'imagine.

— Si je faisais… cette chose, je ne reverrais jamais plus l'Angleterre.

— Ni votre adorable George III…

— Je ne peux vous garantir que les mouvements des escadres, pas des navires solitaires.

— Seules les escadres intéressent le Comité de salut public.

— C'est bon, Gréville, vous gagnez.

Le policier se leva, l'espion en fit autant en questionnant :

— À ma place, qu'auriez-vous fait ?

Gréville baissa les yeux et se mordit nerveusement les lèvres, puis :

— Nulle femme ne m'a jamais aimé, Dawson. Jamais… Alors, comment le saurais-je ?

Puis, beaucoup plus sèchement :

— Je vous souhaite de la réussite dans l'accomplissement de votre mission pour la République et…

Il tenta, sans trop de succès, d'adopter un ton plus chaleureux :

— … et beaucoup de bonheur.

— Gréville, après cela, je vous enlèverai Léonore.

— Je sais.
— Nous vivrons… comme tout le monde.
— Et pourquoi pas, Dawson, pourquoi pas ?

40

Depuis son retour de Paris, Blacfort éprouvait la désagréable sensation que les choses lui échappaient, au moins pour partie.

Certes, son escapade dans un baquet sous la guillotine et le sang des régicides dont il fut aspergé avant de l'avaler comme une eau fraîche lui valait un surcroît de popularité chez les Vendéens et dans l'émigration. Mais d'autres choses l'inquiétaient.

Ainsi, l'accueil assez réservé du généralissime Stofflet et l'insistance du général républicain Turreau, chef des « colonnes infernales », à le repousser au sud sans combats violents mais à l'aide de barrages, reconnaissances et verrouillages. Une manière ferme, si bien qu'on se trouvait toujours au bord d'une bataille que Blacfort ne souhaitait pas. Pas pour l'instant et pas avec Turreau.

Cependant, l'inquiétude de Blacfort venait surtout d'ailleurs, très précisément du fait que son protecteur, le généralissime vendéen Stofflet, le battait froid.

Saute d'humeur ?… Angoisse due à la situation très préoccupante de la Vendée pour les royalistes ?… Ou jalousie ?….

Blacfort inclinait plutôt pour ce dernier point, des renforts importants et inattendus s'étant le matin même présentés à lui et non, comme il eût été naturel, au généralissime. Ajoutant à l'amertume de Stofflet, il était peu douteux que les susdits renforts avaient agi de la sorte sur ordre direct des princes. Si bien qu'aujourd'hui, l'armée Blacfort comptait autant d'hommes, voire davantage, que celle de Stofflet.

Blacfort haussa les épaules et, émerveillé, fit ses comptes. À ses mille deux cents hommes s'étaient d'abord joints trois cents volontaires du nord de la Vendée puis cinq cents chouans et, raclant les fonds de tiroirs d'Anjou et du Maine-et-Loire sur ordre des princes, huit cents de plus, ce qui faisait un total de deux mille huit cents fantassins, quatre-vingts cavaliers et vingt-cinq canons !... Mais d'autres devaient joindre...

On était fort loin des chiffres des armées catholiques et royales des débuts comptant plusieurs dizaines de milliers d'hommes mais par les temps actuels, une telle force paraissait respectable : assez considérable pour frapper fort, trop peu nombreuse pour ne pas pouvoir se déplacer de forêt en forêt. Sans compter qu'en face, les troupes républicaines se fatiguaient, gagnées par l'écœurement. Aussi avait-il laissé l'aigre Stofflet en forêt de Maulévrier et marchait-il au sud sans rencontrer de résistance.

— L'idéal !... souffla Blacfort et l'abbé Phébus Monteroux lui fit écho en amplifiant ses paroles avec son habituelle servilité :

— Et mieux encore !

Mais Blacfort l'ignora, tout soudainement préoccupé d'autres chose :

— Mme de Juignet-Tallouart est-elle arrivée ?

À sa grande surprise, alors qu'il tentait de quitter la place de la Révolution en emportant Victoire sur son cheval, Valencey d'Adana avait été abordé par deux hommes du Bureau de police générale du Comité de salut public, prétendant obéir à Gréville – dont ils ne dépendaient pas directement – et devoir les mener en un endroit assez proche.

Quoique perplexe, et alors qu'il eût souhaité pouvoir enfin parler avec Victoire, Valencey d'Adana et son « amazone » furent conduits près des Tuileries vers un somptueux hôtel particulier. À peine pénétrèrent-ils dans la cour que des palefreniers se précipitaient pour s'occuper de la monture du général.

Leur curiosité éveillée, Valencey d'Adana et Victoire suivirent les deux policiers jusqu'à la salle de réception, un endroit magnifique.

Le plus âgé des policiers, déférent sans être obséquieux, expliqua alors :

— Le général Gréville a songé que votre petit appartement de trois pièces de la rue Saint-Martin n'était pas digne de l'accueil que souhaite vous réserver Paris. Aussi, durant votre séjour et si vous l'acceptez, allez-vous résider en ces lieux.

— Mais attendez… À qui appartient cet endroit ?

— À la nation !… Le propriétaire, un fermier général, est en fuite.

— Mais nous l'attraperons aux frontières !… assura l'autre qui ajouta : toutes ces sangsues furent pour le peuple bien plus nuisibles que nombre d'aristocrates et bientôt…

Il se tut sur un coup de coude de son chef et les deux hommes prirent rapidement congé.

Un valet perruqué, flatté de servir un prince plutôt qu'un nouveau riche, se présenta pour s'enquérir des désirs de Valencey d'Adana. Étonné, il s'entendit répondre :

— Une chambre. Et la paix, de grâce !

Ils venaient de découvrir l'amour et se regardaient avec un mélange d'émerveillement, de passion et de surprise.

Victoire, de tout temps, n'avait jamais envisagé qu'un autre que Joachim pût lui offrir cette révélation : plutôt mourir vierge.

Quant à lui, qui pensait posséder une certaine expérience, dont il ne s'exagérait surtout pas l'importance, il eut l'impression d'une première fois, tout lui parut nouveau, envoûtant et sublime.

En pénétrant dans la chambre, pourtant, et devant ce grand lit aussi précieux que prétentieux, c'est le jeune général qui se montra le plus nerveux, se prenant d'abord les pieds dans un tapis, se rattrapant in extremis à un guéridon mais faisant du même coup chuter un grand vase de glaïeuls… Et ce fut peut-être un bienheureux hasard car devant une telle succession de maladresses de la part d'un homme qui pouvait faire accoster au mètre près un navire de plusieurs centaines de tonnes ou faire mouche au canon, à cent cinquante mètres, sur la tête d'un amiral anglais, il n'était plus qu'une chose à faire : éclater de rire. Ce qu'il fit le tout premier.

Et ce rire, qui leur faisait souvenir de tant d'autres à l'époque de leurs années heureuses, eut pour effet salutaire de faire s'effondrer timidité et nervosité. Tout devint naturel, même ce qui semblait à Valencey d'Adana d'infranchissables obstacles. Par exemple, il redoutait de la voir se déshabiller, et de faire de même, ressentant une paralysante pudeur : que faire ?… Qui commence ?… Où regarder ?… Faut-il se taire ou parler en pareil cas ?…

Au lieu de quoi, sans même y songer, après de longs baisers, ce fut lui qui la dévêtit très doucement, avec des mains tremblantes mais des gestes sûrs.

Après ses lèvres, il l'embrassa sur tout le corps, longuement, l'enveloppant de la tête aux pieds d'une tendresse qui permit à la jeune femme de s'abandonner à ces caresses sans plus songer qu'au bonheur de l'instant.

De part et d'autre, en parfaite harmonie, on devint plus violent. Comme si posséder l'autre, le serrer plus fort contre soi, c'était remonter toutes ces années perdues, inverser le cours du temps, reprendre ce qu'on leur avait volé : leur jeunesse. Il y avait là un mélange de passion et de désespoir qui créait une sensation incomparable, alliant les contraires : douceur et brutalité. Mais surtout, surtout, à la seconde près, leur désir semblait une fusion, le même mouvement au même instant, le même soupir extasié à la seconde près.

Lorsque, dans un cri qu'elle n'entendit pas même, ils atteignirent ces quelques fugaces secondes où les amants ne font plus qu'un et où l'un est l'autre, ils furent submergés par une vague de tendresse et la plus délicieuse des fatigues.

Enfin, s'étant trouvés, ils surent que plus rien, jamais, ne les séparerait.

Il se leva brusquement, comme pris d'une inspiration subite. Il chaussa ses bottes noires, enfila sa vareuse cliquetante de décorations et la boutonna sur sa poitrine nue : tant pis pour la chemise et le gilet. Enfin, il coiffa son beau tricorne galonné d'or où se voyait un plumet tricolore puis il l'observa.

Toujours couchée, amusée, elle le regardait mains croisées derrière la nuque, attendant.

Il afficha une certaine raideur :

— Considérant que ni toi ni moi n'avons plus de famille à laquelle je puisse demander ta main, accepterais-tu, Victoire, ci-devant marquise de La Chesnaie de Flers, de devenir Victoire de Niel, ci-devant comtesse de Valencey et ci-devant princesse d'Adana ?...

Comme elle le regardait, stupéfaite, il ajouta :

— Citoyenne... adorée, considérant mon départ imminent pour la guerre, je pense que Gréville pourrait nous organiser ce mariage pour demain matin.

— Citoyen mon amour, j'accepte !... Mais la guerre, je la ferai à tes côtés, à présent !... dit-elle, souriante, en lui ouvrant les bras.

Ils s'embrassèrent avec fougue et allaient refaire l'amour avec encore plus de violence lorsque... ils durent acquitter la rançon de la gloire !

Les couturiers s'étaient battus comme des chiffonniers pour venir offrir à Victoire leurs dernières créations.

La jeune femme, en grande partie par curiosité, se laissa convaincre de passer aux essayages et, finalement séduite, fit quérir Valencey d'Adana très occupé, au rez-de-chaussée, à refuser, souvent en vain, d'autres présents.

Il vacilla un peu en découvrant Victoire magnifique dans une très piquante robe rouge. Il la complimenta et remarqua alors un homme à tignasse blanche, lunettes foncées, grosse tête, petits pieds et léger accent allemand : le couturier. La beauté de Victoire sembla brusquement moins frapper le Lully de la quenouille que le charme viril de Valencey d'Adana. Il se pâma en joignant les mains :

— Ah, prince, prince je...

— Citoyen, oublie le prince : je suis républicain.

— Eh bien... Cette robe te semble bien entendu trop audacieuse ?

— Non, elle ne l'est pas. On n'est jamais trop audacieux : j'ai construit ma vie sur cette croyance.

Ces paroles mirent le couturier en confiance de sorte qu'il put parler très librement de son art :

— Les femmes d'aujourd'hui portent des robes conçues pour laisser apercevoir tous les mouvements de leurs corps. Vois-tu, citoyen, j'ai voulu que les plis, l'ensemble des plis formés par le vêtement... Tournez-vous, madame... Voilà, que ces plis soient portés sur l'arrière et disons-le, sur le derrière… Oui, c'est très bien, mon petit, tournez encore… Cela a pour effet, n'est-ce pas, hum, de faire ressortir la cambrure de la taille et la rondeur de la croupe…

— Tu maîtrises bien ton métier, citoyen couturier.

— Mais je suis un grand !

— J'en prends bonne note, citoyen grand couturier.

L'homme rougit de plaisir et battit des cils sous le compliment avant de poursuivre :

— Quant aux vêtements de sous la robe…

Il hésita mais Victoire le prit de vitesse en relevant sa robe jusqu'au haut des cuisses, ce qui ne fit, comme elle s'en doutait, aucun effet sur le couturier qui continua :

— Vois-tu, citoyen général, nous avons là de très jolies jambes…

— J'avais remarqué, citoyen grand couturier : les plus belles jambes du monde.

— Certes… Donc, les bas sont en soie blanche brodée d'or. Sur les jarretières aurore, je suis assez fier de cette petite décoration brodée, couleur feu : deux cœurs enflammés.

— Tu as su préserver une sensibilité de grisette en cette époque d'affrontements sauvages et c'est un grand mérite, citoyen grand couturier.

— Merci, ah, merci : quelle compréhension. Ce n'est sûrement pas un hasard si j'ai toujours été attiré par les marins, surtout les mousses, d'ailleurs… Quelle fraîcheur dans le compliment !

Le couturier portait culotte noire, ensemble demi-deuil, cheveux poudrés et il fallait une certaine audace pour se vêtir ainsi dans le Paris de 1794.

Il n'accepta pas d'être payé, expliquant qu'il était très heureux d'être agréable à Valencey d'Adana ainsi qu'à Gréville.

— Gréville, tiens tiens !… remarqua Victoire.

— C'est que je lui dois ma tête, citoyenne !

— Et sauve-t-il souvent des condamnés ?

— Il a ses têtes, si j'ose dire.

— Mais encore ?... demanda à son tour Joachim.

— Peintres, musiciens, poètes, sculpteurs... couturiers : sous ses airs glacés de Torquemada, le citoyen Gréville est un être secrètement sensible qui aime les artistes et peut casser des décisions du tribunal en prétextant l'intérêt de son service. J'ai vu le grand Fouquier-Tinville baisser les yeux devant lui.

À peine les amants s'étaient-ils débarrassés du couturier volubile, et comme Valencey d'Adana s'apprêtait à voir de plus près cette robe rouge, ces bas de soie et ces jarretières, on vint les chercher pour le souper.

La salle à manger où on allait les servir était éclairée par des lampes à pied et, dans les recoins, des torches de résine parfumée. Un couvert était placé à chaque extrémité de la longue table. Sur les dressoirs, on pouvait contempler des vaisselles d'or dont certaines pièces aux armes de Charles Quint, ce qui prouvait que le fermier général propriétaire des lieux ne reculait point devant les trafics. Les murs, quant à eux, étaient recouverts de lambris sculptés du XVIe siècle.

Valencey d'Adana jeta un regard froid sur tout cela puis, d'une voix un peu sèche :

— Madame présidera le souper. Placez mon couvert à sa gauche car je n'entends pas lui parler d'amour d'un bout de la table à l'autre en hurlant comme sur le pont d'une frégate.

Les deux plus grands traiteurs de Paris s'étaient associés pour préparer un souper au reste léger : asperges de l'archipel des Glénans, petits pois de mai, chou-fleur de Saint-Brieuc en salade, salade de maïs d'Aquitaine aux légumes du Val de Loire. Un seul plat de viande mais on sentait dans la préparation le goût subtil de l'anis et de la coriandre. On acheva avec des fraises de mai.

Que des choses légères : décidément, Gréville savait tout de leurs goûts.

On but de l'eau de source de Ville-d'Avray, qui fut la favorite de la ci-devant reine Marie-Antoinette, mais l'on dîna au champagne, le goût du général pour ce vin de préférence aux autres étant bien connu.

Victoire, émerveillée par la délicatesse des mets, lança en souriant :

— Je crois que je vais t'épouser par intérêt, mon cher cœur !

Il rendit le sourire.

— N'en prends pas l'habitude : à la guerre, nous mangeons mal et parfois pas du tout.

Elle lui prit la main.

— C'est bien vrai, tu m'emmèneras ?

— Partout où j'irai, et jusqu'à mon dernier souffle : je ne veux plus jamais que l'on nous sépare. Jamais !… Jamais plus !…

41

Ainsi le voulaient les temps nouveaux où la proximité de la mort déchaînait les passions amoureuses : on faisait l'amour, souvent et en tous lieux. Même à la prison de la Conciergerie où hommes et femmes se donnaient et se prenaient dans une frénésie sexuelle qu'enflammait une certitude : étant condamnés à mort, demain, ou les jours suivants, ils seraient guillotinés.

William Francis Dawson regardait Léonore dormir. Il la contemplait depuis deux heures, sans oser bouger, et l'émotion le submergeait. La peur, aussi, bien des peurs dont celle de leur différence d'âge. Il avouait cinquante-neuf ans mais en avait soixante-trois. Une jeune femme peut-elle vraiment aimer d'amour un homme si âgé ?… Emportée, elle affirmait que oui.

Pourtant, obligeant Gréville à modifier ses plans, elle lui avait sauvé la vie et, si la chose ne suffisait pas à montrer qu'elle l'aimait, une preuve plus sublime encore imposait cette croyance : c'est sur sa tête, son adorable tête, que « sa petite sans-culotte » répondait de son retour en France. Non seulement elle l'aimait à ce point mais se croyait pareillement aimée en retour puisqu'elle mettait sa vie en gage, sa vie entre ses mains, à lui qui n'avait qu'à demeurer en Angleterre pour échapper à Gréville… et condamner Léonore à une mort certaine.

Il sourit, tant pareille chose tenait du rêve.

Aimé, lui !… Elle si jeune et si belle, lui trop gros, demi-chauve, la peau trop rose et dans les yeux ce bleu désespérant du ciel qui manque souvent à la grise Angleterre.

L'Angleterre !… Une trahison ?… L'Angleterre paraissait bien assez solide pour y survivre. Trahir le roi George III ?… Ce presque fou l'eût tôt ou tard disgracié et remplacé à la tête de l'espionnage anglais sans reconnaissance pour les services rendus.

Pour son « travail », Dawson avait lu Voltaire, Rousseau, les philosophes, les Encyclopédistes et la presse révolutionnaire. D'abord révulsé, puis choqué, critique enfin, sa pensée évolua : semi-approbation, adhésion, enthousiasme.

Les idées menaient le monde, la morale était son guide et la vertu son aiguillon. Les guerres modernes, les crises, tout venait à présent des idées et ce sont elles qui révélaient chacun. Sans ses idées, Valencey d'Adana eût-il participé avec tant d'éclat à la guerre d'Indépendance américaine ?… Eût-il été banni par le tyran en raison de son goût de la liberté, son indocilité et sa désinvolture affichée très ostensiblement ?… Eût-il continué seul la guerre contre l'Angleterre, fondé une colonie républicaine et vigoureusement épaulé la Révolution ?… Sans ses idées, Valencey d'Adana eût été un simple officier de marine.

Les idées créaient l'Histoire, l'Histoire permettait aux hommes de se révéler tels qu'on ne les eût point soupçonnés sans elle. À preuve ces jeunes généraux glorieux, hier encore tonnelier, palefrenier ou simples commis.

L'Histoire n'effectue point deux services et il faut savoir la saisir par la taille comme une jolie cavalière un soir de bal.

Dawson le savait, il avait choisi Léonore, la France, la République et cet air de liberté qui soufflait sur le monde.

Apaisé, il tenta de trouver le sommeil.

Blacfort aimait prendre la jolie comtesse de Juignet-Tallouart tandis qu'elle se trouvait à quatre pattes, les fesses tendues vers lui qui se trouvait à genoux derrière et la besognait sans douceur.

L'idée que la jeune femme en souffrît dans son physique et sa fierté ne l'effleurait pas même.

Moins original en cela, hélas, qu'il ne le pensait, le général vendéen n'envisageait de relation sexuelle que par l'humiliation de l'autre. Et cette position animale lui semblait la plus avilissante qui soit. Cependant, il eût mieux fait d'écouter « son ami » Valencey d'Adana lequel, à quinze ans, lui faisait déjà remarquer : « Nicolas, pourquoi ne vois-tu les choses que de ton point de vue sans t'élever jamais à celui des autres ? »

L'eût-il fait, son plaisir actuel se fût trouvé gâché avec cependant l'avantage de le voir peut-être renaître de manière où l'amour devient partage. En outre, il n'était guère subtil : si la jeune femme se trouvait à quatre pattes « comme une chienne », ainsi qu'il le disait, n'était-il pas lui-même à genoux derrière elle ? À genoux : une position d'humilité et d'idolâtrie s'il en fut jamais !

Blacfort n'y songea pas.

— Aboie, chienne !

Elle aboyait. Mais Blacfort qui pensait que la jeune femme en arrivait à pareille extrémité poussée par le désir serait tombé de haut s'il avait connu les véritables raisons de la docilité de sa maîtresse.

Il pensait humilier une femme hautaine, méprisante et arrogante dont il se croyait le maître… quand il ne faisait que servir l'ambition de la sulfureuse comtesse.

Elle ne l'aimait pas. Elle ne prenait aucun plaisir avec lui, ayant connu des hommes autrement attentionnés dans l'art de la caresse qui exige qu'on soit toujours très attentif. Avec Blacfort, elle assurait sa propre notoriété, ce qui, dans la vision des temps futurs, faisait monter son prix. Maîtresse officielle de Blacfort, elle devenait une des grandes amazones, sinon la plus grande, de l'épopée vendéenne. S'étant baignée nue dans le sang des régicides, elle éclipsait toutes les ambitieuses de sa sorte. En outre, elle n'ignorait pas que les émigrés, ces hautes fortunes qui se trouvaient aussi les plus grands noms de France, en faisaient leur héroïne, celle qu'on désire, dont on rêve et qui constitue un centre d'intérêt dans les conversations des cercles d'hommes.

Mais, froide comme la glace, le cœur sec et l'esprit aux aguets, elle voyait poindre autre chose et disposait d'un second fer au feu. La grande pourriture de certains députés, la vénalité d'un Danton, tout cela ne lui échappait pas. Ces révolutionnaires, dont certains édifiaient des fortunes colossales par la vente des biens nationaux, n'écouteraient pas toujours les Robespierre et les Saint-Just, ces hommes étranges qui, désintéressés, plaçaient la vertu et le contentement de vivre à petits moyens au-dessus des plaisirs dont l'or est le grand dispensateur.

Tôt ou tard, la vertu trébucherait : elle trébuche toujours !... Un jour, le goût du bien public laisserait la place à l'enrichissement personnel car sur ce chapitre, l'Histoire est sans appel. Un matin, les purs seraient tués par les corrompus. Et arriverait l'instant où un banquier « républicain » ou un fournisseur aux armées se piquerait d'épouser une véritable comtesse, par ailleurs très jolie femme devenue un personnage de l'histoire de la Vendée : de quoi emplir le salon d'un parvenu !

Il poussa un râle, puis, se retirant brusquement d'elle :

— Nettoie-moi ça. Avec ta bouche.

Soumise en apparence, elle s'exécuta de la manière dont il l'attendait.

Elle ne ressentait aucune humiliation, l'ambition prenant le pas sur tout le reste. Pareille chose eût déçu le général vendéen qui attachait beaucoup d'importance à cette manière de faire l'amour, ce qui n'était pas le cas de sa compagne.

Il lui claqua durement les fesses en disant :

— Morbleu, j'ai reculé les frontières de ce que tu croyais être l'amour !

Ce n'était pas même une question, elle se contenta donc de lui sourire en feignant un air d'émerveillement tandis qu'elle songeait : « Imbécile, tu as seulement reculé les frontières de mon mépris ! »

Quant à la surprendre… À treize ans, Mme de Juignet-Tallouart couchait déjà avec son frère, imitant en cela la célèbre duchesse de Gramont laquelle, de notoriété publique, faisait l'amour avec son frère, M. de Choiseul, ministre de Louis XV.

Blacfort prit ombrage de son regard rêveur et demanda d'un ton suspicieux :

— À quoi penses-tu ?

L'air angélique, soumise et énamourée, elle baissa les yeux et, d'une petite voix :

— Ce que tu as fait de moi, tout de même…

— Ma putain. Tu es ma putain.

— Tu es… si dur, quelquefois.

Flatté, il haussa les épaules.

— Je sais.

Le soleil se couchait dans un magnifique rougeoiement qui empourprait le bocage vendéen.

La jeune cantinière d'un régiment de ligne des armées de l'Ouest regarda le soldat, un volontaire, qui lui tenait la main. Elle l'avait choisi moins eu égard à sa beauté que pour sa gentillesse et sa timidité.

— Que fera-tu après la guerre ?... demanda-t-elle.

— Je retournerai chez nous, en Alsace, m'occuper de nos vignes. Et je t'emmènerai.

— Ils m'aimeront, en Alsace ?

— Mes parents t'aimeront. Ils sont simples et bons. Je suis le seul enfant qui leur reste.

— Alors nous serons heureux !... dit-elle en essayant d'y croire car de sombres pressentiments alourdissaient son cœur.

— Oui, nous serons heureux. Plus de rois, plus de nobles et nos enfants naîtront libres, aimés par des parents qui ne se quitteront jamais.

Elle décida d'y croire et se coucha dans l'herbe. Elle pensait que le bonheur est la seule chose qui vaille en ce monde, elle ne demandait rien d'autre.

Elle fut heureuse cette nuit-là et nul ne lui ôterait jamais cela car les heures, même brèves, qu'on dépose sur l'autel de la félicité, c'est toujours autant qu'on arrache au malheur : les dispensateurs de leçons de morale, les prêtre fanatiques rappelant les moines ligueurs, les philistins emmurés dans des préjugés d'un autre temps et ces messieurs de la chouannerie à panache et rubans blancs qui interdisent au peuple les plaisirs qu'ils s'octroient, tous ceux-là n'y avaient jamais pensé. Ni eux, ni leurs pareils en les siècles futurs...

L'amoureux, devenu sous-lieutenant, fut tué deux ans plus tard à la bataille d'Altenkirchen, la jeune femme, inconsolable, fut sabrée par un cosaque dix-huit ans après, lors du désastreux passage de la Bérézina.

Mais, contrairement à un Blacfort, ils avaient en eux, à l'instant du saut suprême, cette merveilleuse nuit, ce souvenir précieux qui fonctionne comme une lanterne magique si d'aventure viennent les heures sombres.

Mais qu'advient-il donc des amours mortes, foudroyées en leur zénith, si ce n'est parfois, dans l'air, une allégresse dont on ne sait l'origine, à moins qu'elle ne soit le souffle heureux des amants disparus ?… Une joie de vivre inattendue et inexplicable qui vous prend sans raison un soir d'été ou un matin de printemps, dont l'effet réconforte les cœurs malheureux et les âmes solitaires : allons, ceux qui ont déjà souffert de chagrins d'amour et du déchirement de la séparation savent bien tout cela !

42

Dans une vaste clairière de Vincennes, entourée de sainfoins aux jolies fleurs rouges, entre le château et le couvent des minimes, Valencey d'Adana qu'accompagnait Victoire et que suivait le chien La Fayette, était bien le seul à s'y retrouver parmi des centaines de chariots venus compléter ceux marqués aux armes de la 123e demi-brigade « Liberté, liberté chérie ».

Dans l'armée, où l'on murmura fort de ces nouvelles méthodes, on n'avait jamais vu chose pareille : les hommes, mais aussi les canons soigneusement démontés, partaient vers le front des combats de l'Ouest… en chariots.

– Cette campagne sera dure, je veux que mes hommes arrivent frais et que mon matériel n'ait point souffert, surtout mes canons, des ornières et des cahots de la route.

On avait cédé au général sans bien comprendre et, sur la longue route menant en Vendée, des milliers de villageois et de citadins devaient écarquiller les yeux en voyant ces interminables convois de troupes et de matériels de la marine monter à la bataille en voiture.

Pendant ce temps, Valencey d'Adana s'était rendu à Ermenonville, toujours accompagné de Victoire mais également de Mahé qui s'était joint à eux.

En barque, il gagna seul « l'île aux Peupliers » où se trouvait la tombe de Jean-Jacques Rousseau. C'est là qu'il avait donné rendez-vous à Robespierre, familier du lieu.

Ils se regardèrent avec émotion et échangèrent un sourire. Puis, celui qui dans quelques jours serait président de la Convention et le prince échappé de tant de périls se donnèrent l'accolade.

L'histoire ne le retint pas, ou si peu, mais quoi qu'on puisse lui reprocher par ailleurs, Robespierre était un homme aux sentiments délicats, sensible et fragile, qu'un rien bouleversait.

— Quel chemin depuis Arras et notre dîner au « Sabot » après cette bagarre avec des laquais !... lança Valencey d'Adana d'une voix où perçait une légère nostalgie.

Robespierre lui prit amicalement le bras.

— Faisons quelques pas... Ah, mon ami, mon très cher ami, comme j'ai suivi vos exploits avec ferveur.

— Et moi votre ascension !

Robespierre eut un petit geste qui traduisait sa nervosité naturelle et le peu d'importance qu'il accordait à sa réussite personnelle.

— Je suis dans ces fonctions pour le bien public, moi, je n'ai pas d'importance. Vous savez, ils me tueront bientôt.

— Ce serait tuer la Révolution.

Robespierre s'immobilisa un instant sans lâcher le bras du général qu'il observa en souriant :

— Comme j'aime que vous ne me déceviez jamais. Je pense souvent à Arras, à votre intervention inespérée quand je n'étais rien qu'un malheureux jeune homme face à ces brutes...

— Nous étions bien trempés, moi des pluies de la nuit précédente et vous du fait de la méchanceté de ce cocher. À propos, qu'est devenu ce nobliau prétentieux, cette merde suffisante ?

Robespierre ne put s'empêcher de sourire :

— Lui ?... Il fut guillotiné. Que voulez-vous, il complotait comme tant d'agents de la contre-révolution.

Il ne lâchait pas le bras de Valencey d'Adana et marchait en regardant le sol. Sa voix était demeurée aussi faible que par le passé et sa silhouette toujours frêle.

— Quelle chance fut la nôtre, mon ami. Nous avons trouvé un sens à nos pauvres vies !... Vous avez ébloui ma jeunesse par ce côté chevaleresque qui est le vôtre et fortifié ma croyance en ceci que l'homme est bon.

— Il est... sauvable !... corrigea Valencey d'Adana.

Robespierre s'arrêta de nouveau, toujours souriant, regardant son interlocuteur avec une intensité pénétrante et une infinie bienveillance :

— La nuance est fine mais ne me contredit point formellement. Parlons franchement, j'ai si peu de temps : êtes-vous en accord avec la politique du Comité de salut public ?

— Vous savez bien, Robespierre, qu'on ne peut répondre d'un mot à pareille question. Oui, je suis en accord sur l'essentiel avec une réserve : la guillotine n'a point le temps de rouiller et, quant à moi, je crois davantage à l'éducation qu'au châtiment.

L'homme le plus craint de France parut un instant dérouté.

— Je le pense également... mais nous sommes en guerre, partout. Et nos ennemis de l'intérieur sont les plus vils, les plus lâches, les plus coupables !... Il faut être implacable avec dix mille hommes pour en sauver des millions.

Il hocha la tête pour appuyer ses propres convictions puis changea de sujet :

— Et votre arme si... singulière ?

— Il ne m'en reste que deux. Je n'ai plus la matière pour réaliser mes alliages mais, si la Révolution ne triomphait pas, ce serait les deux dernières. J'emporterai mon secret dans la tombe plutôt que de le livrer à une dictature militaire ou aux royalistes.

— C'est très sage, mon ami, très sage. Vous êtes un homme de bien. Pour vos armes secrètes, les ateliers nationaux sont à vos ordres.

— Merci. Robespierre, je vous sais pressé, appelé à bien des tâches exigeantes et m'en voudrais, au nom de l'amitié, d'abuser de votre temps.

— Dînons ensemble : quand partez-vous affronter les brigands de Vendée ?

— Demain matin, ma demi-brigade est déjà en route.

Il posa ses mains sur les épaules de Valencey d'Adana :

— Ah, ce nom, « Liberté, liberté chérie », c'est magnifique et nul n'y avait pensé. Il faut l'aimer beaucoup, la liberté, pour avoir eu cette idée…

Il resta un instant rêveur puis :

— Demain, c'est hélas impossible. Mais dès votre retour, la chose est promise.

Ils s'embrassèrent et se dire à bientôt. Ils ignoraient qu'ils ne devaient jamais plus se revoir et qu'il s'agissait là d'un adieu.

Menée par Pierre-François Gréville, ravi de montrer son savoir-faire, la cérémonie fut rondement enlevée. Cependant, l'officier d'état civil fut comme assommé de marier un ci-devant prince, qui plus est héros national, avec une ravissante ci-devant marquise quand les témoins étaient le chef de la police secrète et un colonel – Mahé avait été promu le matin même à ce grade par « monsieur son frère ».

Seul le chien La Fayette parut boudeur, et l'était de fait, ayant à cet état plusieurs motifs. Ainsi avait-il dû céder sa place dans le lit, qui semblait très confortable, à cette femme arrivée on ne sait d'où. Ensuite, prétextant que le lavage rapide n'était point suffisant pour vaincre des années de crasse, sa tortionnaire l'avait-elle fait tremper plus d'une heure dans un bain aux essences de jasmin, si bien qu'il ne reconnaissait plus sa propre odeur naturelle fortement boucanée, mais qu'il appréciait fort. Enfin, depuis le matin, ce n'était que marches harassantes et mouvements.

Tout à ses pensées moroses, La Fayette ne vit point, embusqué, un ignoble chat noir à l'air fourbe lequel, attaquant par-derrière, lui sauta sur le dos.

Dans sa vie de bagarreur, le petit bouledogue en avait vu bien d'autres et, se secouant avec énergie, il fut bientôt face à son adversaire. C'est alors que la mariée, sa tortionnaire, se jeta à coups d'ombrelle sur l'odieux agresseur qui trouva le salut dans une fuite sans gloire.

Dès cet instant, les sentiments de La Fayette pour la princesse d'Adana changèrent du tout au tout.

On félicita Victoire pour sa promptitude mais les trois hommes sentirent que, malgré son bonheur, une ombre voilait celui-ci. Avec cette franchise naïve qui paraissait parfois de la rudesse, Valencey d'Adana s'enquit auprès de son épouse du motif de sa contrariété.

D'une égale franchise, et bien qu'elle en fût par avance très gênée, Victoire répondit bravement :

— Je pensais à tante Aglaé, la seule de ma famille, avec feu mon père, qui m'eût vraiment aimée. Elle eût tant souhaité que ce mariage ne fût point tout à fait étranger à l'église…

Brûlant la politesse à Valencey d'Adana, Gréville répondit :

— Rien de plus facile. Voulez-vous un réfractaire ? J'en cache justement un, rue des Postes, un très fin latiniste.

— Oh non, pas un réfractaire : un jureur ferait l'affaire, surtout s'il est rapide.

Gréville sourit et les mena devant une petite église proche de la rue des Marmousets, expliquant :

— Ce prêtre est aussi un sans-culotte… mais les voies du Seigneur sont impénétrables.

— Seriez-vous chrétien ? demanda Mahé, surpris.

Gréville réfléchit un instant, puis :

— S'Il existe tout de même, il serait prudent de ménager Dieu aussi, j'ai mes accommodements…

Puis, désignant l'église d'un geste large :

— Saint-Pierre-aux-Bœufs. Je raffole de son histoire. Elle fut construite sur les ruines d'un oratoire. On dit qu'aux temps anciens, des bœufs qu'on menait aux abattoirs s'étaient agenouillés en passant devant le portail un jour d'éclipse de soleil. Pareil spectacle stupéfia le peuple, les bêtes furent graciées et l'église y gagna un nouveau nom.

On apprécia puis – les deux officiers avec des sentiments mitigés – on pénétra dans l'édifice religieux où un prêtre compréhensif hâta grandement la cérémonie.

Celle-ci terminée, il se plaignit à Gréville qu'on eût enterré deux guillotinés dans son minuscule jardin. Le policier promit d'intervenir auprès de la Commune de Paris puis, entraînant ses amis :

— On ne sait plus où enterrer tous ces morts.

— C'est à ce point ? demanda Mahé.

— Et plus grave encore. Les voisins du cimetière de la Madeleine se plaignent des odeurs, et pareillement ceux de Sainte-Marguerite. On procède donc à des enterrements de nuit, à Picpus, mais là encore, l'odeur des cadavres des décapités trahit les autorités de la ville. Tiens, j'aurais peut-être une chose à vous montrer. Vous êtes là aussi pour connaître Paris et ses mystères, n'est-ce pas ?

Victoire, Valencey d'Adana et Mahé eurent l'impression que le chef de la police secrète cherchait à gagner du temps mais ils ne posèrent pas de questions et se laissèrent mener au cimetière de la petite église de Saint-Cosme. Des fossoyeurs ouvraient des tombes très anciennes destinées à recevoir les nouveaux locataires envoyés par le Tribunal révolutionnaire.

D'un geste, Gréville écarta les ouvriers, puis montra des restes humains en disant :

— Vous ne remarquez rien ?

Valencey d'Adana hocha la tête.

— En effet, et c'est très curieux : tous ces squelettes ont la colonne vertébrale incurvée.

Troublé, Gréville répondit :

— À l'origine, c'était un jeune garçon, un petit bossu, un malheureux souffre-douleur. Il était si seul et si malheureux qu'à l'âge de quinze ans, il se laissa mourir ici même, en ce qui était alors un jardin. Le curé, pris de pitié, l'y ensevelit. On ne sait comment la chose s'apprit mais dans les siècles qui suivirent, tous les bossus de Paris vinrent y mourir pour y être enterrés*. Pitoyable, n'est-ce pas ?

Il semblait si touché, si blessé, que tous en furent émus mais l'étrange policier changea d'attitude en un instant, passant à une franche gaieté :

— Mes amis, inutile de vous le cacher : j'attends cet instant depuis ce matin. C'est l'heure. Ah, suivez-moi, vous ne le regretterez pas.

— Où nous menez-vous ? demanda Victoire.

— Rue Amyot.

— Qu'y voit-on ? s'enquit Mahé.

— Voir n'est pas le mot, disons : entendre !... Entendre une chose des plus curieuses : un puits qui parle !

---

* La petite église Saint-Cosme et son cimetière se trouvaient entre l'actuelle rue Racine et la rue des Écoles, sur l'actuel boulevard Saint-Michel.

Le puits de la rue Amyot ne semblait point extraordinaire sinon qu'il était bas et dangereux pour les piétons. Gréville s'en approcha et, devant les autres assez perplexes, cria en direction du fond :

— Saint-Denis, Beaugency, Notre-Dame-de-Cléry…

— Vendôme !… Vendôme !… lança des entrailles de la terre une voix qui semblait d'outre-tombe.

Après un court silence, la voix demanda :

— Qui êtes-vous ?

— Un envoyé des princes.

— Mais encore : votre nom ?

Gréville adressa un clin d'œil à ses compagnons :

— Vicomte de Saint-Argousin.

— Je ne vous connais point, monsieur, mais brisons là avec ceci : voici des nouvelles !… Robespierre est mort, remplacé par une poupée de cire. Le roi est arrivé de Prusse et dîne ce soir avec le tsar. Les Vendéens sont à Marseille et les Marseillais à Strasbourg. Au cul, leur République, au cul : faites-le savoir au peuple de Paris.

— Quelle histoire !… répondit Gréville en faisant signe à deux ouvriers qui attendaient près d'un tombereau. Les hommes se mirent en marche, précédés d'une insupportable odeur.

Au fond du puits, la voix reprit :

— Et en voici d'autres : Marat n'est pas mort mais moine au Mont-Saint-Michel, les armées de la République sont ravagées, tant on y compte de vénériens et les Autrichiens campent aux Tuileries demain soir. Au cul, la République, au cul !

Sur un signe, les ouvriers basculèrent par l'arrière l'ignoble contenu du tombereau au fond du puits. On entendit un hurlement, puis la voix sépulcrale constata :

— Foutre, la République m'attaque à la merde !

— Lancez-lui une corde !… ordonna froidement le général de la police secrète et bientôt on remonta un vieil homme tout penaud et couvert d'excréments. Agitant l'index sous le nez du vieillard tête baissée, Gréville lui fit durement la leçon :

— Baron, c'est la dernière fois que je vous sauve !... Si vous vous échappez encore de chez les fous, ce sera la guillotine et je n'interviendrai plus pour vous !

— Foutre, point de guillotine, monsieur le général. La merde est plus amère, mais moins dangereuse.

On l'emporta sous le regard indulgent de Gréville qui expliqua :

— Le baron de La Vergne, un vieux fou royaliste. C'est la troisième fois qu'il se terre dans ce puits.

— Mais comment vit-il ?... demanda Victoire.

— Certains lui jettent du pain, d'autres le dénoncent. Il n'est dangereux que pour lui-même. Et maintenant, allons souper puisque hélas vous partez demain.

43

L'arrivée par échelons puis l'installation de la 123e demi-brigade « Liberté, liberté chérie » éveillèrent une vive curiosité dans les rangs de l'armée républicaine opérant en Vendée.

Un premier problème se posa très rapidement concernant les rapports de Valencey d'Adana avec les généraux voisins scindés en deux groupes. Le premier, quoique sympathique, n'écoutait pas, interrogeant le prince sur… ses victoires navales.

Le second groupe comprenait les éternels jaloux lesquels, oubliant qu'ils servaient la République avant leur ambition, soulevaient avec esprit de malice toutes sortes de difficultés à la moindre demande du général.

Le commissaire aux armées délégué sur place envoya un rapport sévère au Comité de salut public qui provoqua la visite éclair de Saint-Just. Celui-ci s'entretint avec les généraux un par un, leur parla en les regardant droit dans les yeux et leur rappela que, s'ils dépendaient effectivement du commandant général des armées de l'Ouest, cela ne valait pas pour Valencey d'Adana, en mission spéciale et dont il fallait sur-le-champ satisfaire toutes les demandes dans l'intérêt supérieur de la nation.

Néanmoins, Valencey d'Adana prit l'habitude de déléguer aux réunions son chef d'état-major, le colonel Mahé de Campagne-Ampillac.

Avec sa formation rigoureuse d'officier de marine, habitué à calculer les routes maritimes et à couper celles de l'adversaire, Valencey d'Adana passait sur les cartes dix fois plus de temps que les autres généraux. Il poursuivait un plan, chacun en était persuadé, mais nul, à part ses proches, n'en avait connaissance.

Le commodore John O'Shea, incomparable cavalier, avait été promu lieutenant-colonel et chargé d'organiser une petite unité de cavalerie d'une quarantaine d'hommes. Sélection sévère et résultat étrange puisque le peloton comprenait, outre des Français, des Anglais, des Américains, des Espagnols, un Noir et… une femme ! En effet, Victoire qui entendait participer activement aux opérations et qui montait depuis l'âge de sept ans ne put en toute justice être écartée, malgré les efforts de John O'Shea effaré de se trouver responsable de la princesse. Mais comment faire autrement que l'admettre, sauf à tricher honteusement ? En outre, ayant grandi avec Joachim, Mahé et « l'ancien ami » Blacfort, elle savait parfaitement tenir un sabre et tirer au pistolet.

Elle ne s'illusionnait pourtant pas sur ce qui l'attendait en cas de capture. Dans un village repris aux Vendéens par les troupes de marine dès leur arrivée, on se fit une idée de l'adversaire. Les survivants de la garnison bleue avaient eu le ventre, les cuisses et les bras ouverts à la faucille par des femmes qui enfournèrent de l'herbe sèche dans les plaies profondes et y mirent le feu. On scia les mains des canonniers. Les officiers avaient été enterrés vifs, on voyait un bras dépasser de la terre. Une républicaine ayant été prise les armes à la main fut égorgée et son corps, nu, jeté sur un tas de fumier… Le chef royaliste, dit « l'Épluché » en cela qu'il était totalement chauve, fut capturé et fusillé sans procès sur ordre de Valencey d'Adana. Mais la nuit même, on captura trois Vendéennes lesquelles, s'étant introduites dans le camp des troupes de marine, crevaient les yeux des chevaux avec des aiguilles…

Ces horreurs n'arrêtèrent pas Victoire, au contraire. Pendant les trois premières semaines, elle se rendit dans chaque unité de la 123e, du génie à l'intendance, en disant simplement :

— Apprenez-moi, citoyens !

On la vit même tirer – avec un certain bonheur – au canon où l'officier, qui ne parvint pas à se défendre d'une certaine condescendance en la recevant, lui expliqua :

— C'est un canon Gribeauval, le meilleur du monde. Bien entendu, vous n'y entendez rien ?

— Pourquoi cela ?

— Vous êtes une femme.

— Je connais le canon Gribeauval.

— Soit. M'en parlerez-vous ?

— C'est un canon de bronze selon un mélange de cuivre à 90 % et d'étain à 10 %. Les affûts sont en bois de chêne, renforcés de métal, l'axe des roues est un alliage renforcé défini par notre général. Les appareils de pointage sont très perfectionnés car la hausse, ici, est ajustable pour régler la distance de tir. Les nôtres sont des canons de douze tirant des projectiles de six kilos à une vitesse de quatre cent quinze mètres à la seconde. Ces boulets sont en fer forgé, sphériques, contenant une charge explosive de poudre noire avec une fusée à retardement. Un tel boulet traverse deux mètres de terre ou quarante centimètres de muraille maçonnée. Avec le Gribeauval, le boulet arrive dans un hurlement qui glace le sang des brigands de la Vendée. Quatorze coups à la minute au jugé, sept pour les tirs de précision. Portée hasardeuse de neuf cents mètres, précise de quatre cents. Qu'ai-je oublié ?

L'officier, un assistant talentueux de Guillaume de Lamorville, maître de l'artillerie de *La Terpsichore*, la regarda avec incrédulité avant de tenter de la débaucher :

— Pourquoi perdre votre temps dans la dangereuse cavalerie, princesse ? Venez donc chez nous, l'artillerie, c'est l'avenir.

Le camp s'organisait très méticuleusement, avec un premier rideau de « sentinelles perdues », les plus avancées, presque au contact de l'ennemi. Les mots de passe changeaient toutes les nuits, fonctionnant par ensemble de trois mots tels : « Révolution-Convention-vertu », « roi-tyran-oppresseur » ou « peuple-fraternité-nation ».

En un instant, mouchant les chandelles avec les doigts, on pouvait plonger le camp dans l'obscurité et gagner son poste de combat sans hésiter. Les hommes dormaient théoriquement sur de la paille dans des tentes de sept à huit mais la plupart se sentaient plus en sécurité à la belle étoile.

Les marins avaient unanimement refusé le bicorne, réputé moins gênant pour le tireur embarrassé de son long fusil et d'une baguette : ils acceptaient de mourir, mais coiffés du tricorne de la marine.

Le vocabulaire se modifiait au contact d'autres régiments. Lorsqu'un marin tireur d'élite tuait un officier vendéen, il disait comme dans l'infanterie : « Je lui ai donné son billet de sortie de ce monde » ou « Le voilà expédié dans le royaume des taupes. »

Pas de blanchisseuses : dans la marine, on lave son linge soi-même. Pas de vivandières. Une seule cantinière. Aux armées, certaines, très belles, monnayaient leurs charmes mais d'autres étaient avant tout patriotes. Celle des marins était une fervente admiratrice de feu Marat et haïssait les brigands de la Vendée. Réputation sans tache et héroïsme au combat : dommage qu'elle eût une tête de phoque. Mais au fond, les marins étaient rassurés par ce genre de femme courageuse soignant les blessés sous la mitraille, donnant de l'eau-de-vie aux mourants. Celle-ci, la Marie-Jeanne, portait une robe à rayures tricolores, des bottes et un bonnet de police, tout cela avec un air martial assez piquant mais les marins lorgnaient plutôt vers le petit tonneau d'eau-de-vie qu'elle portait en sautoir.

Sous sa tente, elle vendait des suppléments de nourriture tels beignets ou craquelins et de boissons, se déplaçant avec un âne, « Louis XVI », tirant une petite charrette. Les marins aimaient se retrouver quelquefois sous la tente de Marie-Jeanne pour jouer aux cartes, parler du pays ou discuter de la guerre en fumant dans une ambiance agréable. L'accès de cette cantine, et même du camp, était interdit aux habituels marchands qui y venaient en général acheter les prises de guerre des soldats : dans la 123e de marine, le pillage était interdit. Enfin, considérant le sérieux légendaire de Marie-Jeanne, il n'était nul besoin des visites des officiers de santé car on ne pouvait redouter de sa part qu'elle propage des maladies vénériennes.

Les marins aimaient aussi se retrouver à la marmite où l'on mangeait par escouade. Une nourriture peu variée à base de riz, de viande et d'un pain aux trois quarts froment pour un quart de seigle. Prise de pitié, Marie-Jeanne enseigna à ses protégés les ruses de l'infanterie. À sept heures du matin, après avoir creusé un fourneau dans la terre, on allumait, la marmite contenant beaucoup d'eau. À mesure que le bouillon diminuait, on le remplaçait par des pois, des pommes de terre et des poireaux en y ajoutant du sel. Après quoi, recueillant le bouillon, on y trempait son pain tandis que dans une autre casserole au fond tapissé de graisse, on mettait à rissoler des tranches d'oignons très fines, y ajoutant les légumes et un peu de bouillon. On mangeait vers onze heures et conservait la viande pour le soir en la faisant réchauffer dans de l'eau salée et poivrée.

En trois semaines, avec quinze jours d'avance sur les prévisions, les marins s'étaient acclimatés, affrontant déjà de petites unités royalistes.

À la grande surprise des populations vendéennes, qui affichaient pourtant leur hostilité, les marins, lors des activités de patrouille et des perquisitions faisaient preuve de la plus exquise courtoisie. Pas le moindre vol, tenue irréprochable avec les femmes.

Les nouvelles allaient vite, en Vendée, et la 123e demi-brigade « Liberté, liberté chérie » était partout beaucoup mieux reçue que les troupes de ligne ou « les colonnes infernales » du général Turreau, absolument haïes. Les marins y gagnaient, sans toujours le savoir. Ainsi, ils ne perdirent aucune de leurs montures avec ces horribles pièges à loups qui coupaient les jambes des chevaux, pièges souvent disposés par des femmes et des enfants.

En trois semaines, et malgré leur inexpérience, les marins avaient admirablement manœuvré.

À peine l'armée Blacfort avait-elle quitté celle du généralissime Stofflet qu'elle fut bousculée sur les deux ailes tandis que la 123e demi-brigade lui faisait face.

Retraitant avec un certain talent, Blacfort parvint à marche forcée, et souvent de nuit, à gagner la forêt de Vouvant… ce qui n'échappa pas à Valencey d'Adana, rusé et infatigable, dont la réputation de chasseur d'élite gagnait toutes les troupes de l'Ouest.

Valencey d'Adana l'y laissa souffler deux jours avant d'y envoyer deux régiments de ligne et un parti de dragons qui l'en délogèrent sous le regard impassible de la 123e qui demeura l'arme au pied, à la grande surprise des royalistes.

Blacfort sentait bien qu'on le poussait au sud mais il ne pouvait rien là contre. S'étant dégagé, il tâta des défenses de Fontenay-le-Comte. Mais la ville s'avérant hérissée de canons, il dut renoncer et sauf à se glisser entre Niort et les marais, Blacfort se trouvait dans une situation délicate.

Il opta pour les marais, certains de ses hommes en ayant une bonne connaissance.

Le général vendéen éprouvait une aversion profonde pour le marais poitevin humide où les moustiques vous harcèlent et la comtesse Marie-Charlotte de Juignet-Tallouart ne manquait pas de s'en plaindre plus souvent qu'à son tour.

Malgré l'avis contraire de certains de ses officiers, Blacfort traversa hâtivement les marais, ayant repéré l'endroit où il pourrait tenir les Bleus en échec : l'immense forêt de Chizé-Aulnay. Près de trente kilomètres de long sur une largeur atteignant parfois dix kilomètres.

— Un sanctuaire !... ne cessait-il de répéter à ses officiers ignorant que, depuis le début, Valencey d'Adana le poussait vers cette forêt que ses éclaireurs mayas et bravos arpentaient en tous sens depuis des mois, s'y déplaçant les yeux fermés...

44

Traversant le marais poitevin dans sa partie est, Blacfort en sortit à hauteur de Saint-Hilaire-La-Palud. Un choix habile de ses conseillers et éclaireurs. En effet, il pouvait ainsi se faufiler très au sud-ouest de Niort distante d'une vingtaine de kilomètres et au nord-est de la petite ville de Mauzé-sur-le-Mignon.

Vingt kilomètres le séparaient encore de l'orée de l'immense forêt.

Il décida de partir vers minuit, espérant arriver à l'aube.

— Citoyen général, je suis fort aise de te voir et désolé de ce retard.

L'homme, vingt-cinq ans et belle prestance, regardait Valencey d'Adana dans les yeux. Celui-ci lui lança :

— Présente-toi et dis-moi les raisons de ton retard.

— Baron de Saint-Eulay. Blacfort et son armée t'avaient laissé au nord, derrière eux, je suis surpris de te trouver au sud, et devant.

— Nous nous déplaçons très rapidement !... répondit Valencey d'Adana en souriant au jeune homme en tenue d'officier vendéen, écharpe et cocarde blanche.

— J'ai déserté à l'heure convenue, mais il faut compter avec cette erreur sur votre position et ce colonel d'un régiment de ligne qui voulait me faire fusiller sans m'entendre.

— Je constate cependant avec satisfaction qu'il n'en fut rien. Blacfort te soupçonne-t-il ?

— Impossible, je suis infiltré chez eux depuis le début. Ils penseront que je me suis noyé dans les marais, ce sont des choses qui arrivent, et pas seulement aux Bleus… pardon, aux nôtres.

L'aube s'était levée. Le jeune officier s'assit sur une roue de chariot et ôta une de ses bottes. Il en tira une feuille de papier pliée en disant :

— Je tenais dans l'armée Blacfort l'état des effectifs, c'est assez commode… Les chiffres ne sont pas bons, citoyen général : ils ont encore reçu des renforts.

— Je t'écoute.

— Vendéens : deux mille huit cents ; chouans de Bretagne : cinq cents ; cavaliers : cent ; Anglais : cinquante ; émigrés : cent vingt. Ils sont plus de trois mille cinq cents. Et vingt-huit canons. Le risque d'erreur est minime, une vingtaine en raison de la traversée des marais, un officier de l'ancien Berry-infanterie s'est enlisé devant moi. Mais les guides connaissent bien leur affaire et je pense qu'ils perdront moins de dix hommes.

Quoique fort désagréablement surpris, Valencey d'Adana n'en laissa rien paraître :

— Explique-moi ces chiffres… étonnants !… ordonna Mahé.

— Citoyen colonel, à part la dernière arrivée d'un fort groupe, il n'est pas de village voire de hameau, depuis le début de la marche, où un, deux, parfois quatre hommes ne rejoignent l'armée Blacfort. À l'entrée d'un bois, vingt-cinq nous attendaient : les princes royaux ont dû insister. Pour les chouans…

— Cela, nous le savons !… coupa le général.

— Quelques cavaliers aussi ont rejoint. Les cinquante Anglais sont des fous furieux, tous militaires, tous volontaires, tous sachant qu'ils seront désavoués par leur hypocrite gouvernement en cas de capture. Ils ont débarqué voici quinze jours au sud de Châtelaillon avec les cent vingt émigrés tout aussi fanatiques. Ils arrivaient par une corvette anglaise appelée *The Iron Bell*, elle-même protégée par la frégate *Grey Swallow*. Ils ont aussitôt marché, avec un bon guide, sur un axe nord-est.

— Qui sont ces émigrés que tu dis fanatiques ?

— Anciens officiers, survivants de la garde du corps des Tuileries, « chevaliers du poignard » : ce qu'on fait de pire en ce genre.

— Va te reposer. Avant une heure, nous serons au feu et toi, tu retournes chez les Vendéens.

L'homme pâlit mais hocha la tête. Le général ajouta :

— Tu es lieutenant dans un régiment de tirailleurs d'Étampes, c'est bien cela ?

— Oui.

— Si nous gagnons, tu seras colonel.

Le jeune homme sourit.

Gréville, déçu, éprouvait beaucoup de peine à masquer son irritation :

— Citoyen Dawson, est-ce de ta part malice ou incompétence ?... Le 1er juin à Brest !... Valencey d'Adana est en ligne en Vendée, comment le faire remonter si vite avec son équipage ?

— Son navire est à l'île d'Aix, c'est fort peu éloigné. C'est ton messager qui sera plus long à joindre Valencey d'Adana que celui-ci son navire.

— Les messagers sont déjà en route, les pigeons également. Pourquoi as-tu tant tardé ?

Dawson hésita un instant, puis :

— Ils se méfiaient de tout le monde, et pas seulement dans la Navy. Pour eux, cette affaire est d'une extrême importance. Ils poursuivent un double objectif : obtenir une grande victoire et la fêter en mettant la France révolutionnaire à genoux.

— S'ils y parviennent, si la République est battue, alors… commença Gréville, rêveur.

— Eh bien, que feras-tu ?… demanda Dawson, curieux malgré la gravité de l'heure.

Gréville rit, ouvrit un tiroir de son bureau, en sortit un pistolet et l'appuya sur sa tempe.

— Voilà !… Les princes m'ont aimablement fait prévenir, et tout particulièrement le comte d'Artois : ni guillotine, ni peloton d'exécution mais la corde. Pendu !… Belle fin pour le chef de la police secrète de la République, ne crois-tu pas ?

— Ainsi, tu te suiciderais ?

— Tomber entre leurs mains infectes : jamais !

Dawson se gratta machinalement la joue :

— Crois-le ou pas, j'ai fait le plus vite qu'il fut possible… J'ai beau le savoir surprenant, Valencey d'Adana aura bien du mal à tenir pareil délai.

Maîtrisant son cheval blanc très nerveux sans crainte de lui blesser la bouche, Blacfort interpella ses éclaireurs :

— Eh bien, parlez !

— C'est cette maudite 123e demi-brigade qui devrait se trouver derrière nous, général, très loin derrière nous : eh bien elle nous barre la route.

— Absolument impossible !… jeta Blacfort.

Un des plus brillants éclaireurs royalistes, ayant consulté les autres du regard, insista :

— Ils se déplacent plus vite que le vent, général, mais c'est eux. Nous avons lu le nom sur les bâches des chariots, « Liberté, liberté chérie ». C'est la fameuse

123e demi-brigade d'infanterie de la marine. Ils sont environ sept cents mais déployés avec intelligence au resserrement de la vallée. Pour passer, il faut forcer leurs lignes.

Blacfort ferma les yeux un instant.

Derrière lui, Mme de Juignet-Tallouart, l'abbé Monteroux et le bande de tueurs échangèrent des regards surpris.

— Nous attaquons !

La 123e demi-brigade semblait figée, ses soldats pareils à des statues de sel.

L'armée Blacfort, et surtout ses vétérans dont certains servaient depuis le début, avait une réelle expérience des combats et de l'attitude, au feu, des Bleus. Armées très inégales que celles de la République. Souvent courageuses, mais parfois inexpérimentées comme ces deux régiments de volontaires alsaciens massacrés, plus de mille cinq cents morts en vingt-quatre heures.

Mais aucune troupe, jamais, n'avait conservé comme ces marins une telle immobilité et l'on y vit la main du diable. Le mot se répandit et l'appréhension se mua en haine, en folie assassine.

Connaissant trop bien Valencey d'Adana, qu'il rencontrait pour la première fois sur un champ de bataille, Blacfort se méfiait. Lui aussi s'interrogeait sur cette immobilité, envisageant que la terreur n'y était peut-être pas étrangère : n'était-ce pas leur premier combat terrestre ?

Prudent, il fit avancer son artillerie, ses vingt-huit pièces de bric et de broc, notant avec satisfaction l'absence de réaction de la 123e demi-brigade. Il commençait vraiment à y croire lorsque, à sa grande stupeur, un rideau de jeunes arbres s'effondra, révélant quarante canons Gribeauval flambant neufs. Servis par la fine fleur de l'artillerie de marine française, ils firent feu à la même seconde.

Tout était déjà fini. Dans un hululement terrifiant qui fit instinctivement reculer toute l'armée Blacfort de plusieurs mètres, l'artillerie républicaine avait à tout jamais fait taire les pièces vendéennes, hommes hachés, canons pulvérisés.

Quoiqu'il ne fût pas un général chevronné, Blacfort savait qu'il ne pouvait rester sur pareil échec: il fit donner sa cavalerie. Celle-ci eut l'intelligence de se déployer sur trois cents mètres de large, ôtant par sa dispersion une grande partie de ses moyens à l'artillerie de marine qui ne tua ou démonta qu'une quarantaine de cavaliers.

Les autres, qui ne manquaient pas de bravoure, continuèrent la charge: six cents fusils à quoi s'ajoutait le tir des biscayens brisèrent celle-ci. Une trentaine de survivants tourna bride mais vit sa route coupée par une quarantaine de cavaliers aux chevaux frais débouchant d'un petit bois.

O'Shea, commodore de la marine américaine et lieutenant-colonel dans l'armée française, menait la charge sabre au clair. Les Américains se révélaient les plus intrépides cavaliers mais que dire des Espagnols, forteresses de muscles soudées à leurs chevaux, et de tous les autres ?

Valencey d'Adana fit alors donner ses cent quatre-vingts vétérans, la garde, qui avancèrent au pas de charge, baïonnette au canon. Pris entre la cavalerie « étrangère » et les vétérans, les cavaliers vendéens virent venir leur fin.

Victoire, pour laquelle O'Shea avait soigneusement choisi une monture exceptionnelle, cheval de guerre rompu à ce genre de combat, prit par sa fougue l'ascendant sur son adversaire qui devint cramoisi en constatant qu'on lui opposait une femme. L'homme, un vieil officier monarchiste au Sacré-Cœur cousu sur la veste verte d'officier, l'injuria. Perdant pied, il tenta de lui cracher au visage en lui disant :

— Je te foutrai, salope !

Cet homme au visage haineux représentait tout ce qu'elle combattait et cela lui permit de frapper de toutes ses forces, sectionnant la jugulaire du Vendéen qui vida les étriers en inondant l'herbe de sang.

Elle demeura un instant stupéfaite, puis O'Shea lui prit délicatement le coude pour l'entraîner :

— Très beau combat mais c'en est fini, à présent. Venez, nous allons nous replier.

Blacfort ne pouvait plus reculer, il lança son armée, la déployant en largeur.

Aussitôt, l'artillerie républicaine entra en action.

Le courage des Vendéens aurait pu forcer l'admiration si on ne s'était trouvé dans l'action. Les soldats-paysans montaient à la mort en chantant des cantiques. Ils payaient l'assaut cher, fort cher. Mais ils progressaient inexorablement.

Blacfort était mort d'anxiété lorsqu'il vit que les Bleus approchaient les chevaux comme pour assembler avant-trains et caissons. Plus en arrière, les soixante chariots du train des équipages se mettaient en ordre pour une évacuation.

Saisissant sa chance, Blacfort eut l'intelligence de suspendre son attaque. Aussitôt, la 123e demi-brigade se replia à une vitesse époustouflante et dans un ordre admirable.

Bientôt, non sans emporter ses morts et ses blessés, elle disparut vers l'étranglement de la vallée.

Les Vendéens poussèrent des cris de victoire où se mêlait peut-être un certain soulagement.

Blacfort exultait. Il avait perdu toute son artillerie, toute sa cavalerie et quatre cent cinquante de ses hommes mais il passait en obligeant la 123e au repli !

Dans un bruit d'enfer, les fantassins juchés à dix sur les chariots, les canons, les affûts et tout ce qui roulait, la 123e demi-brigade « Liberté, liberté chérie » se repliait à la vitesse du vent.

Interminable colonne mobile d'uniformes bleus, de cocardes tricolores, de jeunes soldats nerveux, tout cela traîné et porté par des chevaux aux yeux fous dans un nuage de poussière, la 123e traversait les villages sans ralentir, sous les injures des paysans.

Dans un village où elle fut accueillie à coups de fusil, Valencey d'Adana, pressé, riposta au canon !

Peu après, les troupes républicaines arrivèrent à Beauvoir. Valencey d'Adana fit placer des canons sur les ponts et toutes les élévations, pensant cependant que Blacfort l'éviterait.

Tous les objectifs que s'était fixés le général avaient été atteints et il ne déplorait que trois morts et sept blessés, dont deux graves.

Au soir, à l'instant où Valencey d'Adana allait enfin se détendre, deux pigeons se posèrent en provenance de Paris. Ils étaient porteurs d'une stupéfiante nouvelle que devaient confirmer des messagers arrivant dans la nuit. Il fit renvoyer les pigeons avec cette réponse sibylline : « À Pâques, on dit que même les œufs volent… »

Puis il réunit ses officiers, étudia la carte et, l'air grave :

— Mahé, tu as le commandement de la brigade. Tu vas remonter vers Marigny. Contente-toi d'envelopper le nord de la forêt de Chizé. Je ferai consolider tes flancs par des régiments de ligne.

Mahé, les larmes aux yeux, balbutia :

— Alors… tu pars ?

— Je n'ai pas le choix, ordre du Comité de salut public.

— Ce sera la première fois que nous ne combattrons pas côte à côte, Joachim !

Celui-ci posa ses mains sur les épaules de Mahé.

— Tu crois que je n'y pense pas ?... Et les cinq cents hommes qui demeurent ici, tu y songes ?... Tu me remplaces, Mahé, et tu feras ça très bien : pas question de lâcher Blacfort !

— Comment vas-tu faire ?... demanda O'Shea.

Valencey d'Adana hocha la tête.

— Je prends les chariots et vous les ferai renvoyer. Nous passerons par Surgères et Rochefort, la route est meilleure. De là, nous embarquerons pour l'île d'Aix où nous attend *La Terpsichore*.

Trois heures plus tard, Valencey d'Adana, Victoire et deux cents hommes d'équipage de *La Terpsichore* se mettaient en route. Ils allaient assurer une des plus belles et sans aucun doute la plus méconnue des victoires maritimes françaises en volant au secours de l'amiral Villaret de Joyeuse commandant la flotte de l'Atlantique.

Mais à un prix que nul, dans la 123e demi-brigade, n'eût osé envisager !

45

N'était l'inquiétude d'avoir laissé cinq cents des siens – et surtout, surtout Mahé ! – aux confins de la Saintonge, Valencey d'Adana ressentait un profond plaisir à sentir *La Terpsichore* vibrer sous ses pieds.

Il avait deux cents de ses hommes avec lui dont les meilleurs artilleurs et marins, retrouvant avec joie Josselin de Keringan, qui assura l'intérim en son absence, et Guillaume de Lamorville, commandant l'artillerie de bord. Tous deux restèrent muets de surprise en apprenant leur promotion au grade de colonel dans l'armée. Mais cette stupeur égalait celle de Valencey d'Adana lui-même en découvrant que, sachant l'arrivée imminente de Victoire, les quelques officiers et marins demeurés sur le navire avaient décoré la dunette d'une multitude de roses.

Les tambours saluèrent le pavillon tricolore, puis on leva l'ancre sous des vents favorables, naviguant brise portante.

Accompagné de Victoire qui découvrait le navire avec émerveillement, et suivi du chien La Fayette qui semblait détester le léger roulis, Valencey d'Adana procéda à une rapide inspection du navire. Il vérifia l'arrimage des caisses, l'état des vivres et surtout des salaisons, légumes, biscuits, barriques d'eau et de vin. Il inspecta également les soutes : boulets, poudre, câbles, voiles neuves. Il respira l'air des cales et entreponts, heureux qu'on ait exécuté ses ordres : fumigations, ventilateurs, parfums. On avait sans doute également fait brûler près des sentines un mélange de goudron, poudre à canon, genièvre et vinaigre, parfumant ainsi l'atmosphère.

La République était exsangue, mais on avait fait l'impossible pour admirablement doter *La Terpsichore*.

Valencey d'Adana et Victoire remontèrent sur le pont.

La hâte, les gestes précis, les ordres, les cris, tout paraissait nouveau à Victoire :

— À border les huniers !

— Amure la misaine !

— Navire par le bossoir du vent !

On vit une frégate anglaise assez intrépide pour s'approcher et Victoire, stupéfaite, découvrit l'homme qu'elle aimait changeant de visage, les traits durcis, l'œil à la lunette d'approche et cette voix métallique :

— Appelez au branle-bas de combat !… La barre au vent, toute !… Hissez les couleurs !

— Aux armes !… hurla le bosco entre les deux gaillards appelés batterie haute.

Mais l'Anglais, reconnaissant *La Terpsichore*, décampa en toute hâte.

Le visage à présent détendu, Valencey d'Adana sourit à Victoire.

— Fausse alerte.

La brise adonnait et la frégate filait au sud, vers Brest.

On eut bientôt une légère houle alors qu'on naviguait vent arrière puis, en moins d'une heure, les vents changeants s'orientèrent ouest quart nord-ouest.

Victoire observait sans cesse Joachim, cette façon de poser deux mains nerveuses sur la lisse, de vérifier machinalement que son tricorne noir galonné d'or et orné d'un plumet tricolore se trouvait posé bien droit, de saisir sa lunette d'approche à intervalles réguliers pour scruter l'océan désert.

Le bateau cherchait sans cesse le vent et Valencey d'Adana, d'une grande patience qu'égalait sa gentillesse de ton, expliquait la manœuvre à Victoire :

— Non, là, nous avons viré vent devant. On fait tourner le bateau par le jeu du gouvernail et des voiles pour se placer dans le sens du vent et, pendant qu'il pivote, le vent le frappe à la proue. C'est assez délicat.

— Mais tu avais dit « lof pour lof », tout à l'heure, n'était-ce point la même chose ?

Il sourit, amusé :

— Tu m'auras mal compris, jolie biche : lof pour lof, le navire tourne de sorte que le vent le frappe à la poupe. C'est sans difficulté mais long, et nous perdons du terrain.

— Mais Joachim, s'il n'y a pas de vent du tout ?

— C'est assez dramatique : les moustiques nous peuvent rattraper !

Ils rirent mais elle insista :

— Et tu ne peux rien faire sans le vent ?

— Si, utiliser l'ancre à jet. On charge l'ancre très lourde sur une chaloupe qui la mouille le plus loin possible, puis on fait avancer le navire au cabestan, en halant. Et on recommence plus loin. C'est épuisant, il faut avoir une bonne raison… Demain, je t'apprendrai en quoi consiste embosser un navire, l'abattage qui nous donne cette coque si nette et comment mettre en panne afin d'immobiliser un navire.

Il la prit par les épaules et tous deux regardèrent la mer en silence tandis que le ciel, s'assombrissant, devenait menaçant.

Comme pris d'un doute, Valencey d'Adana fit venir Josselin de Keringan :

— Profitons que la mer n'est point encore trop grosse pour vérifier ce que vous savez.

Puis, se tournant vers Victoire :

— Je vais te montrer ce qui terrifie tant les Anglais.

La manœuvre aux treuils et poulies fut rapide et, montant des entrailles de la frégate, on vit un long tube peint en gris souris qui évoquait un requin. À la craie, une main anonyme et facétieuse avait écrit sur l'acier : « Good Morning ! »

Valencey d'Adana parlait avec une certaine nostalgie, sachant qu'il ne disposait plus que de deux de ses armes :

— Cela, c'est notre catapulte. Il nous fallut deux ans pour traiter et doser convenablement le caoutchouc. Et voilà ce que les Anglais nomment « le requin à poudre »... C'est bien trouvé car c'est vrai qu'il en a la forme, surtout en raison de ses ailerons qui le stabilisent. L'enveloppe très effilée est principalement en cuivre, l'ensemble doit être étanche. La charge pèse quarante kilos, de la poudre noire et...

Il sourit :

— ... un produit ajouté, qui vient de Chine. L'explosion au contact occasionne dans les coques ennemies un trou d'un mètre de diamètre, parfois davantage, c'est selon l'état du bois, mais « le requin » frappe toujours sous la ligne de flottaison. La cale se remplit rapidement sous un flot très violent, et la victime sombre peu après. En raison de la densité de l'eau de mer, et comme je l'avais cherché lors de mes calculs, le « requin » navigue entre deux eaux, sous le niveau, prenant toujours de court les canonniers ennemis. Nous devons régler le tir en fonction de notre vitesse et de celle de l'Anglais. Il n'est pas rare que je lance « le requin » à vingt mètres devant la proue de l'Anglais, pour le toucher en son milieu. Nous tirons hélas d'assez près, ce n'est pas sans danger. Que te dire d'autre ?... C'est cette petite pièce, là, vois-tu, qui explose au contact de la coque, déclenchant la bombe. C'est un dispositif semblable, dans le principe, à une pièce métallique frappant une amorce : elle est armée avant le tir. Le choc libère la pièce mobile comme le silex pour le fusil et amorce la charge qui déclenche l'explosion. Tu sais l'essentiel, ma chérie.

Elle le regarda, incrédule.

— Tu as inventé cela ?

— J'en ai défini le principe très jeune, sur la Tour des Demoiselles. C'était comme un jeu et puis, et puis voilà…

— C'est une arme imparable !

Il haussa les épaules.

— « Ce qu'un homme a conçu, un autre peut le défaire. » C'est un proverbe américain que je tiens de John O'Shea.

D'un geste, il fit signe qu'on redescende le « requin à poudre », puis il emmena la jeune femme à la proue du navire et lui montra ce qui semblait l'infini :

— Vois-tu, tout là-bas, c'est l'Amérique… Washington m'a fait citoyen de ce pays : étant ma femme, tu es une Américaine.

Elle posa la tête sur son épaule :

— Américaine… Sais-tu que j'en suis fière moi qui lisais tout sur cette guerre ?

— Je crois… J'en suis même certain : tu es la première princesse américaine dans l'histoire des États-Unis !

Le dîner fut joyeux et eut lieu dans la grande salle des opérations qui servait aussi de salle à manger pour les officiers. Couverts d'argent, verres de cristal…

Joachim se tourna vers Victoire et à mi-voix, un peu gêné :

— Tout cela vient, à leur corps défendant, de nos « amis » anglais. Et les assiettes sont aux armes du prince de Galles. Même la marqueterie du sol est anglaise, ce qui prouve qu'ils ont parfois bon goût.

À la fin du souper, Valencey d'Adana attira l'attention de ses officiers :

— Messieurs, je vais vous révéler enfin le but de notre mission. Je vous ai toujours dit la vérité : demain, ou après-demain, nous livrerons notre plus terrible combat.

— C'est à ce point ?… demanda Keringan, davantage intrigué qu'inquiet.

Valencey d'Adana fit signe qu'on servît du champagne, puis répondit :

— Toute la flotte anglaise va attaquer le plus gros convoi de vivres de tous les temps, convoi destiné à la France étranglée par la famine : rien moins que cent dix-sept gros navires aux cales bourrées de blé et de produits alimentaires en provenance de nos amis des États-Unis. La Convention nationale a donc ordonné à l'escadre de l'Atlantique d'appareiller de Brest pour se porter au-devant du convoi et le protéger, ce que fait en ce moment l'amiral Villaret de Joyeuse. Vous savez tous dans quel état lamentable se trouve l'escadre de Brest mais, sans ce convoi, la France est perdue, nous compterons des dizaines et des dizaines de milliers de morts et bien davantage avec la famine et les épidémies qui suivront.

— On demande à Villaret de Joyeuse et à l'escadre de l'Atlantique de se suicider… remarqua un officier.

— On lui demande de faire ce pourquoi cette escadre existe : son devoir !… répondit sèchement Valencey d'Adana.

Guillaume de Lamorville, commandant de l'artillerie de *La Terpsichore*, questionna à son tour :

— Et nous, qu'attend-on de nous ?

— Nous serons en pointe face aux Anglais. Immédiatement. Nous les attaquerons avec sauvagerie puis, nous éclipsant, nous nous placerons à l'arrière-garde du convoi et de l'escadre. Notre mission sera alors de couvrir la retraite. Nous serons seuls entre les navires de commerce et de guerre se hâtant vers Brest et la totalité de la flotte de guerre anglaise. Il faudra non seulement protéger la retraite mais également couvrir les traînards. Nous serons au feu du début à la fin, nous rentrerons les derniers à Brest.

— Si nous rentrons… murmura une voix rêveuse et résignée.

Valencey d'Adana se leva.

— Keringan, prenez le commandement.

— Vous avez en effet l'air fatigué…

Valencey d'Adana hocha distraitement la tête et, s'adressant à l'ensemble de ses officiers :

— Nous en avons connu de dures, vous et moi. Souvenez-vous lorsque nous avions défait successivement le *Honey Bee*, le *Hornet* et le *Hood*, ces gigantesques monstres. Cependant, ne sous-estimez surtout pas ce nouveau combat.

Victoire et Valencey d'Adana étaient un instant montés sur le pont. Par intermittence, la lune se reflétait sur une mer houleuse qu'elle argentait de ses rayons.

Puis, gagnant la vaste chambre de Valencey d'Adana, ils firent longuement l'amour tandis que sur le pont, on carguait les voiles pour ne pas démâter sous ce vent d'enfer.

Ils étaient allongés, nus, sur le lit étroit, feignant d'ignorer La Fayette lequel s'était glissé près de leurs pieds. Une bougie à la flamme tremblotante éclairait faiblement la pièce.

Ils se tenaient la main en se regardant. La frégate avait ralenti sa vitesse en raison que, lors des tempêtes, on ne navigue qu'avec les voiles basses. On entendait fermer tous les sabords par crainte d'embarquer des paquets de mer.

Victoire se coucha sur lui, sentant aussitôt les mains de Joachim qui lui caressaient la nuque, le dos, les hanches, la taille, les fesses…

La mer tapait violemment contre les parois de chêne et on ne pouvait ignorer les terribles hurlements du vent qui cherchait à s'immiscer par tous les interstices de la frégate.

— Je suis bien !… lui souffla-t-elle.

— Moi aussi !… A-t-on le droit d'être si heureux ?… Cette cabine, si tu savais les milliers de fois où je t'ai imaginée ici et combien cela me paraissait un impossible rêve. Tout arrive, alors… Peut-être parce que nous avons si longtemps attendu.

— Et, lorsque sortait le cercle de champignons magiques après l'orage, combien de fois je me suis assise là, à rêver, sourire et pleurer.

— Ma chère âme, pourquoi suis-je du nombre de ces malheureux hommes pour lesquels tout est toujours si compliqué ?

— Qui sait, mon cœur, c'est arrivé ainsi, nous nous aimons, peut-être qu'autrement, ce n'eût point été aussi merveilleux.

— Tu es trop gentille, on n'a pas le droit d'être gentille comme ça.

Il sourit.

— Un jour, je me suis dit que toutes ces études pour l'art de la guerre… Eh bien, si j'avais tenté d'inventer une machine à éplucher les légumes, j'aurais travaillé au château, tu aurais été près de moi…

— Non, le baron de Penchemel m'a dit que tu faisais les plus fines épluchures de pommes de terre qu'on vît jamais.

Il lui ébouriffa les cheveux.

— Ah, scélérate, tu songes à l'avenir !… Soit, j'éplucherai nos légumes.

Il s'assombrit.

— Je préfère cela que tuer ces pauvres marins anglais, ces malheureux esclaves qui ne se rendent pas compte pour qui ils meurent…

— N'y songe pas. Oh, comme je suis bien dans tes bras avec dehors ce vent et cette tempête. Je n'ai jamais été aussi bien et cependant, j'ai envie de pleurer.

— Moi aussi !… dit-il avec conviction.

Elle se redressa légèrement et surprit les beaux yeux gris-vert de son amour légèrement embués. Elle en fut bouleversée.

— Oh parle, mon cher cœur, parle.

Il balbutia, comme pour s'excuser :

— Nous survivrons peut-être mais je le sais : *La Terpsichore* va mourir.

— Non, c'est impossible, mon chéri, pas elle, c'est une légende, c'est l'Histoire…

— Écoute-la craquer de partout : elle me parle. Ma pauvre, ma vaillante, ma fidèle frégate, mon bébé que j'avais dessiné, que j'ai construit… Chaque planche, chaque objet me dit adieu, je le sens si fort…

— Mais… Tu peux te tromper !

— Oh non !… Ma vieille compagne va partir pour les fonds froids et obscurs. Je crois… Maintenant, enfin, elle t'a vue, elle te cède la place, elle me confie à toi… Il n'y a pas de tristesse, elle est heureuse, elle fut elle aussi mon amour, mais bien autrement que toi qui es vivante car cela ne se compare pas… Oh, c'est déchirant !

Elle fut plongée en un total désarroi. Son héros si beau, l'homme couvert de fleurs par tout un peuple place de la Révolution, l'invincible capitaine lui semblait brusquement un tout petit garçon si vulnérable devant un tant cruel chagrin.

Il jeta un regard désespérément triste autour de lui. Les parois lambrissées d'acajou, le parquet marqueté d'olivier, le plafond couleur azur où les fleurs de lys argentées de jadis avaient été repeintes en tricolore. Par les vitres des fenêtres à petits carrés légèrement bleutées et serties de plomb de la chambre qui achevaient la poupe de la frégate, on voyait un ciel noir zébré d'éclairs. Il songea à d'autres nuits, chaudes celles-là, aux Caraïbes, à l'île de la Tortue…

Il la rcgarda droit dans les yeux :

— Pardon, j'ai été faible. Je le suis plus que tu ne l'imagines.

— Eh bien sache-le, mon amour, je ne t'ai jamais autant aimé qu'en cet instant de faiblesse.

— Ah, tu me connais trop bien. Je vois que si la marine est une science, la manœuvre est un art.

— Vous ne m'échapperez pas, monsieur mon amour.

Enfin, songeant au terrible combat à venir :

— Rien ne nous séparera, jamais. Pas même la mort. Nous ne nous survivrons pas l'un à l'autre, je le jure.

— Je le jure !… dit-il à son tour en la pressant très fort contre lui.

46

C'est très au large de Brest qu'une corvette républicaine joignit *La Terpsichore*. Un officier apporta à Valencey des courriers contenus dans des chemises de toile. Elles étaient lestées de plomb afin de pouvoir les jeter à la mer avec la certitude qu'elles s'y enfonceraient à jamais, empêchant ainsi l'ennemi d'en avoir connaissance.

Après le départ de la corvette, Valencey d'Adana regarda distraitement consignes et conseils qui ne lui apprirent rien de bien nouveau. Il mit de côté une lettre personnelle et jeta les chemises lestées par-dessus bord.

Keringan avait soigneusement gardé le cap tandis que « Diego » Quetzalcóatl qui y voyait la nuit comme en plein jour garantissait des mauvaises rencontres avec les Anglais comme des collisions car *La Terpsichore* naviguait tous feux éteints, tel un vaisseau fantôme.

Une fois encore, Valencey d'Adana prit adroitement le vent et Victoire admira ses manœuvres. Il n'avait pas son pareil pour virer à la perfection, combinant très exactement l'effet du gouvernail et celui des voiles. Il veillait avec soin à ce que la tension de celles-ci corresponde à la direction et à la vitesse du vent, jouant habilement avec l'orientation des vergues.

Il lut la lettre qui lui était adressée, puis en indiqua l'origine à Victoire :

— C'est mon cousin le comte de Nissac* qui réalise des prodiges en mer des Indes. Pendant la guerre d'Indépendance, il servit dans l'escadre de Guichen, aux Caraïbes, puis auprès de Suffren, dans l'océan Indien. Il a rallié la Révolution aux premiers jours…

Valencey d'Adana affectait un ton joyeux, presque désinvolte, mais qui ne trompait point Victoire, lisant une grande tristesse au fond des yeux de celui qu'elle aimait. Elle l'admira de prendre ainsi sur lui, d'éviter de charger les autres de son fardeau… même si elle eût préféré qu'il s'épanchât auprès d'elle.

— Faites hisser la flamme rouge !… ordonna Valencey d'Adana.

Une étamine rouge longue de trois mètres fut hissée au mât d'artimon quand le drapeau tricolore, lui, flottait sur le grand mât.

— Pourquoi cela ?… demanda Victoire.

— Ah, j'aimerais que tu devines. Pourquoi un navire hisse-t-il une si longue flamme rouge ?

— Pour qu'on le repère ?

— Exactement. Mais qui doit le repérer ?

— Un autre navire ?

— Eh bien non… Réfléchis, c'est lié à une certaine visite à Meudon…

Elle sourit.

— Non ?

— Si !

— Tu… Tu as fait cela ?

— Oui.

— Et tu ne crains pas un échec ?

— Bien sûr que non.

La vigie lança :

---

* Cf. *Les Foulards rouges* et *Le Voleur de vent* (Lattès et Le Livre de Poche n°s 15346 et 30095).

— Nombreuses voiles par le tribord avant.

Valencey d'Adana saisit immédiatement sa longue-vue :

— Ils sont au moins cent cinquante.

— Le convoi ?... demanda Victoire, émue.

— Les cent dix-sept du convoi et toute l'escadre française de l'Atlantique.

Keringan s'approcha.

— Vous avez vu leurs signaux, commandant : que fait-on ?

Valencey d'Adana hésita, puis expliqua à Victoire :

— Ils progressent sur deux files parallèles : le convoi à bâbord, l'escadre à tribord qui protège son flanc. Ils voudraient que nous passions entre les deux... Mais à quoi bon ?

Bien qu'elle fût très respectueuse de l'homme qu'elle aimait et admirait, et pensât qu'un navire serait le dernier endroit où elle pourrait se trouver en désaccord avec lui, Victoire n'était pas femme à se taire dès lors qu'elle estimait apercevoir une vérité qui échappait peut-être au commandant.

Elle intervint avec ce mélange de douceur et de fermeté qui la rendait redoutable :

— Joachim, pense à ce que tu m'as dit cette nuit. Passer entre deux rangs de navires serait pour *La Terpsichore* une véritable parade, l'équivalent de la 123e demi-brigade place de la Révolution...

Il la regarda, attendri, touché par son intelligence et sa sensibilité : l'ultime parade de *La Terpsichore*, comment n'y avait-il pas songé lui-même ?

— Tu as raison, comme toujours !

Elle fut émue et anxieuse tout à la fois, redoutant, s'il l'estimait trop, de le décevoir quelque jour prochain.

Déjà, il donnait ses ordres. Aussitôt, les hommes qui n'étaient pas à la manœuvre s'alignèrent sur le pont dans un ordre impeccable, fidèles à la réputation de haute tenue de l'équipage de *La Terpsichore*.

Tout soudainement, la frégate sembla à Victoire bien petite tandis qu'elle approchait des deux premiers navires de haut bord qui formaient les têtes de colonnes : un énorme bâtiment de transport d'un côté et de l'autre, un gros deux-ponts de soixante-quatorze canons, redoutable vaisseau de ligne. Des monstres. La fine frégate défilait vite entre ces deux lignes, secouée par les remous de ces dizaines de navires. Sur chacun d'eux, les acclamations jaillissaient des ponts et des haubans et il eût été impossible de déterminer ceux qui manifestaient le plus d'enthousiasme entre les équipages militaires et ceux des navires de commerce.

L'amiral Villaret de Joyeuse fit envoyer : « Merci ! »

À quoi Valencey d'Adana fit répondre la phrase des gladiateurs aux empereurs de Rome : « Ceux qui vont mourir te saluent ! » Citation qu'il tempéra par un second message : « Et tous te souhaitent bon vent vers Brest ! »

Les derniers vaisseaux passés, on eut comme un vertige mais les sifflets rappelèrent aux postes. *La Terpsichore* amorça un long demi-tour.

— C'est pour bientôt ? demanda Victoire.

Valencey d'Adana hocha la tête :

— Les Anglais vont fondre sur le convoi, reste à savoir par où.

— Je vais me préparer !... dit-elle en déposant un baiser sur les lèvres de Joachim. Il la regarda partir, suivie comme son ombre par La Fayette qui commençait à avoir le pied marin et dont Victoire avait entouré le cou d'un ruban tricolore.

Valencey d'Adana se tourna vers Keringan et Lamorville :

— Mme de Valencey prendra rang parmi les fusiliers. Je ne souhaite pas la voir grimper dans les haubans : elle est intrépide… bien trop, sans doute, mais manque d'expérience. C'est vous qui lui assignerez son poste de combat. Elle est très bonne tireuse. Je pense qu'elle pourrait se placer derrière le capot de l'escalier d'état-major, elle bénéficierait d'un appui pour le canon de son fusil, se trouverait en partie protégée et je ne serais qu'à quelques mètres. Des questions ?

Les officiers secouèrent négativement la tête. Leur commandant se détendit légèrement, insistant :

— Une opinion, peut-être ?

Lamorville se lança :

— C'est que… je n'ai rien à vous objecter, vous connaissez ma sympathie pour les idées nouvelles mais aujourd'hui, nous livrons un combat à mort, le plus désespéré qui fût jamais. Dans ces conditions, nous serons criblés de partout. Et une jeune femme…

— Lamorville, elle ne sera pas davantage à l'abri dans une cabine. Si la frégate sombre rapidement, elle n'aura pas même le temps de remonter sur le pont. Vous savez combien cette mort est atroce.

— J'ai un doute… Quand les Anglais s'apercevront qu'ils ont coulé *La Terpsichore*, s'ils y parviennent, ils nous fusilleront dans la mer tant incommensurablement ils nous haïssent pour tout ce que nous leur avons fait. Ils n'envisagent qu'un prisonnier, un seul : vous, pour vous exhiber dans les rues de Londres les chaînes aux pieds.

— Ils ne me prendront jamais vivant.

Il y eut un bref silence puis Valencey d'Adana reprit doucement :

— Nous avons tant aimé cette Révolution, Lamorville, acceptons-en toutes les conséquences. Le 6 octobre 1789, ce sont les femmes qui ont ramené le ci-devant roi de Versailles, elles étaient à la Bastille et ont servi le canon lors de la prise des Tuileries. Il est toujours étrange et parfois déconcertant de voir chavirer nos habitudes mais Tudieu, c'est bien ce que nous voulions et les femmes ont gagné des droits. Moi qui l'aime, je préférerais savoir Victoire à l'abri dans les flancs du navire mais, parce que je l'aime, je ne puis m'opposer à son désir de se battre parmi nous.

— Vous avez raison, commandant.

Victoire arriva peu après et, sous le regard impénétrable mais en réalité amusé de Valencey d'Adana, Guillaume de Lamorville désigna son poste à la jeune femme, et tout le parti qu'elle en pouvait tirer.

La jeune femme écouta attentivement, posa une question puis rejoignit Joachim.

Elle avait conservé sa robe de soie à rayures verticales vertes et blanches mais portait une veste militaire de la marine à boutons dorés, une cartouchière en bandoulière, un tricorne noir et le fusil réglementaire.

— Eh bien?… demanda-t-elle, un peu intimidée.

Il feignit de la détailler de la tête aux pieds d'un air sévère puis:

— Ce que j'aime le plus chez vous, soldat, outre que vous êtes adorable, ce sont vos boucles d'oreilles semblables à des cerises. Elles donnent envie de vous croquer tout entière…

47

Juin 1794…

Valencey d'Adana les aperçut le premier, tous deux en grande difficulté. Il donna immédiatement ses ordres de changement de cap et, avec sa promptitude inégalable, *La Terpsichore* vira très sèchement de bord.

Pour le premier aérostat, il n'était plus rien à faire : il prit feu si rapidement que l'équipage n'eut pas même le temps de sauter à la mer.

Le second perdait sans cesse de l'altitude. Bien que le problème fût nouveau pour lui, Valencey d'Adana, aussi brillant mathématicien qu'amateur éclairé de sciences de la physique, calcula l'instant de l'impact, celui où le ballon s'abîmerait dans l'océan. Il intégrait dans ses calculs des éléments aussi variés que la courbe de la chute et la vitesse du vent, puis il donna ses ordres en conséquence.

La frégate mettait en panne et on descendait une chaloupe à la mer lorsque le ballon toucha rudement les flots, à moins de cinquante mètres.

Jamais opération de sauvetage n'avait été aussi rapide et bientôt les deux aérostatiers, le pilote et l'observateur, furent sur le pont, les uniformes noirs ruisselants. Il fut gagné en ces instants des minutes qui coûtèrent fort cher aux Anglais.

— Où sont-ils ?... Leur cap ?... Leur nombre ?... Leur vitesse ?...

L'observateur, un jeune sergent, apporta les réponses d'une voix calme.

La Terpsichore, toutes voiles dehors, fondit tel un rapace sur le convoi français à une telle vitesse que certains officiers et marins en eurent le souffle coupé. Aux pavillons et au porte-voix, on communiquait infatigablement les renseignements concernant la flotte anglaise.

Bientôt, avec un bel ensemble, l'escadre de l'amiral Villaret de Joyeuse modifia sa route de quarante-cinq degrés pour s'en aller rencontrer les Anglais tandis que le convoi, tels des moutons pressés par des loups, se resserrait pour tenter de rallier Brest afin d'échapper à un affreux massacre.

La Terpsichore était déjà loin.

Les amiraux de George III, et particulièrement Richard Howe, ancien premier lord de l'Amirauté, se frottaient les mains, ayant recueilli des renseignements d'un perfide bateau de pêche anglais que Villaret de Joyeuse avait eu la grande faiblesse de ne pas couler.

Cent dix-sept navires marchands !... Et, pour les défendre, l'escadre française de l'Atlantique, mal entraînée, mal équipée, vétuste !... Leur « saleté de République », partout aux abois, avait délaissé sa marine : l'Angleterre n'était point pour le pardon des fautes, surtout lorsqu'il s'agissait de la France haïe.

Victoire observait Valencey d'Adana, le découvrant toujours plus intimement. Dans l'urgence, il avait comme aboyé ses questions aux aérostatiers. Celle-ci passée, et tandis qu'on allait au combat, Valencey d'Adana fit préparer des chocolats chauds et des uniformes secs pour les deux hommes avec lesquels il parlait familièrement, les ayant déjà rencontrés à Meudon.

Victoire se rappelait parfaitement cette visite à Meudon où était installée une compagnie d'aérostatiers. Elle se souvenait des explications sur ces ballons sphériques de taffetas caoutchouté, ce qui les rendait imperméables. Elle revoyait les installations : filet, nacelle, soupapes, sacs de lest et baromètre. Et se souvenait de cette anecdote : les Français, inventeurs du ballon aérostat grâce aux frères Montgolfier, avaient réussi en 1785 la première traversée aérienne de la Manche. Au retour, se posant en catastrophe dans un champ, des paysans leur avaient tiré dessus aux cris de : « À mort la bête du diable ! »

« Digne des Vendéens… » songea-t-elle.

Mais ce qu'elle admirait, c'était cette manière extraordinaire qu'avait Joachim d'anticiper : arrivant enfin d'Amérique en France, ayant eu vent de cette invention, cette idée de l'aller voir de près puis de l'utiliser dans ces circonstances dès lors que le Comité de salut public fit appel à lui. Prévoir si loin*…

Valencey d'Adana fit réunir l'équipage.

Tous l'écoutaient, silencieux.

— Citoyens, nous allons livrer la plus rude de nos batailles. Cette fois, il ne s'agit pas de couler l'ennemi, surtout pas, mais de le mettre en situation de ne pouvoir combattre. Il faut toucher les gouvernails, les mâtures, la barre et le commandement. Leurs navires peuvent bien flotter du moment qu'ils titubent et tour-

---

* Des aérostats furent utilisés avec succès comme observatoires militaires lors de la bataille de Fleurus. Mais le général Jourdan, ne songeant qu'à sa propre gloire, s'ingénia à en minimiser l'importance. Napoléon n'y crut pas davantage…

nent sur eux-mêmes. Le convoi doit passer à tout prix: chaque minute gagnée, chaque seconde, c'est une chance pour ces cent dix-sept navires de rallier Brest. Vive la République une et indivisible!... Vive la nation!

— Vive la nation et merde au roi d'Angleterre!... répondit l'équipage d'une seule voix.

Aussitôt, on lança le branle-bas de combat et chacun gagna son poste. L'artillerie étant appelée à jouer un rôle de premier plan, Guillaume de Lamorville demanda et obtint de Valencey d'Adana le concours d'une dizaine de grenadiers du lieutenant Hyppolite pour renforcer la batterie tribord: on ne serait jamais trop à préparer les boulets et approvisionner les pièces.

Et la flotte anglaise apparut, telle une forêt de navires couvrant la mer. En ordre de bataille, elle formait la ligne et courait bâbord amure. Aussitôt, Valencey d'Adana vira de bord lof pour lof en prenant un cap qui lui permettait de remonter la ligne en course parallèle du côté où, sous l'effet du vent, les navires anglais gîtant légèrement se trouvaient gênés dans leurs tirs, certains capitaines ordonnant de fermer les batteries basses afin que la mer ne s'y engouffre pas. Les batteries basses, précisément là où, sur les navires d'importance, se trouvaient les pièces de gros calibre.

Remontant toute la ligne anglaise, Valencey d'Adana visait un but précis: se montrer. Il n'ignorait pas que la présence de la légendaire *Terpsichore* dans ce combat, présence tout à fait inattendue, ruinerait l'enthousiasme de nombre de marins ennemis, les rappelant à des souvenirs qu'ils eussent préféré oublier, surtout à l'instant de la bataille.

Quelques navires ouvrirent le feu sur la frégate mais l'effet fut contraire car se trouvant hors de portée, donnant l'impression de défiler aussi vite qu'un cheval au galop, *La Terpsichore* semblait conjuguer invulnérabilité et vitesse.

Un capitaine anglais à perruque poudrée ironisa bien sur « la danseuse » mais il ne fit rire que lui, s'attirant des regards consternés.

Comme souvent à l'arrière de la ligne régnait un certain désordre : on était là pour suivre, pas pour combattre.

Arrivé à l'extrémité de la ligne, Valencey d'Adana fit virer de bord en remontant le vent. Le passage lui avait permis de repérer ses proies.

La première victime fut une corvette trop intrépide, l'*Exceller*, démâtée avant de rien pouvoir tenter. Deux ravitailleurs armés en auxiliaire furent touchés au gouvernail et perdus pour la suite, le *Roll of Honour* et le *Valiant Heart*. Deux frégates hors d'âge qui traînaient elles aussi à l'arrière firent face courageusement, la *Highclere* et la *Nothern Trick*. Elles aussi furent touchées au gouvernail.

Valencey d'Adana modifia légèrement le cap pour rattraper en se jouant un navire auxiliaire armé et flambant neuf, le *Pearl Cap*, qui fut durement étrillé.

Un deux-ponts ancien mais massif, le *Fellow*, releva le défi et se dérouta pour faire cesser ce carnage dans l'arrière-garde anglaise. Misant sur sa vitesse et sa souplesse, *La Terpsichore* évita une bordée, vira adroitement après avoir feint de le poursuivre pour combattre bord sur bord et toute sa batterie tribord fit feu. Le gouvernail pulvérisé, le *Fellow* partit à la dérive.

Avisant un navire-hôpital, le *Seagram*, Valencey d'Adana le démâta des deux tiers à hauteur de la jonction entre bas-mât et hune, prenant grand soin d'épargner l'équipage.

En revanche, le commandant de *La Terpsichore* laissa filer une jolie corvette, celle-ci accomplissant exactement ce qu'il espérait lui voir faire. Très rapide, elle remonta la ligne anglaise où, agitant ses pavillons et usant des « gueuloirs », elle communiqua une nouvelle qui glaça la flotte anglaise : en ce qui parut vingt minutes, *La Terpsichore* venait de mettre hors de combat neuf navires de la Royal Navy.

La frégate répétitrice du navire amiral fit confirmer et, sur le vaisseau du commandant en chef, on reçut clair et net le message.

L'amiral anglais Howe réfléchit.

Il ne pouvait laisser agir ainsi *La Terpsichore* qui semait la panique dans la flotte britannique.

En outre, l'escadre de l'amiral Villaret de Joyeuse venait d'entrer au contact de la Royal Navy et les Français, malgré leur infériorité, ouvraient déjà un feu d'enfer sur l'avant-garde. Il n'était donc absolument pas envisageable d'être attaqué à la fois sur l'avant et les arrières.

Il prit donc une décision de haute importance : en finir une fois pour toutes avec *La Terpsichore*. À cette fin, il dérouta deux de ses plus puissants navires, et les plus modernes. Au reçu des ordres, un trois-ponts et un deux-ponts abandonnèrent la ligne, virant vent arrière lof pour lof par la contremarche.

L'amiral se sentait de bonne humeur. Il pensait avoir le temps d'exterminer l'escadre française de l'Atlantique pendant que ses deux « tueurs » en finiraient avec *La Terpsichore*. Cela achevé, en se pressant, la Royal Navy fondrait sur les cent dix-sept navires marchands avant qu'ils n'atteignent Brest.

Et le peuple de France crèverait de faim.

Une perspective qui le mit de bonne humeur.

48

Le trois-ponts, agressif et certain de vaincre, s'appelait *Highlands Wedding*. Le deux-ponts avait pour nom le *Venture*.

Il paraissait bien évident que *La Terpsichore* pouvait leur échapper, les gros bâtiments ne cherchant pas même à rivaliser sur le chapitre de la vitesse.

Mais Valencey d'Adana connaissait assez les Anglais pour savoir qu'il ne les pourrait berner longtemps. S'approcher, esquiver, les entraîner plus loin, il tiendrait vingt minutes puis les capitaines de la Royal Navy, comprenant son jeu, rebrousseraient chemin pour renforcer la ligne anglaise.

Se glisser entre les deux mastodontes pour canonner des deux bords s'apparentait à un suicide.

Jouant de sa mobilité, et c'est bien le seul luxe qu'elle pouvait s'offrir, *La Terpsichore* avait la possibilité d'engager le *Highlands Wedding* et le *Venture* tour à tour, en deux duels successifs, aussi désespérés l'un que l'autre.

La Terpsichore arriva donc sur les arrières des Anglais mais, créant la surprise après avoir longtemps laissé planer un doute, c'est le *Highlands Wedding*, le plus redoutable, qu'elle engagea.

Quoiqu'ils soient aux aguets, les canonniers anglais

furent eux aussi déconcertés par ce choix tandis que *La Terpsichore*, arrivée à pleine vitesse, parvenait rapidement à la hauteur du trois-ponts, lançant aussitôt un « requin à poudre ». Le lancement eut lieu juste avant que les canonniers des deux navires n'ouvrent le feu.

Valencey d'Adana avait pris un très grand risque en lançant si vite mais le *Highlands Wedding* fut tout de même touché sur l'arrière. L'énorme navire hoqueta sous le choc et s'écarta aussitôt, les boulets français ayant en outre gravement endommagé le pont arrière.

Sur *La Terpsichore*, le tir du *Highlands Wedding* causa des ravages. Toute la batterie bâbord fut disloquée et les canonniers fauchés par la mort au moment où, venant de tirer, ils se trouvaient dans une épaisse fumée. Le baron Guillaume de Lamorville devait être relevé parmi les morts littéralement hachés par le bois éclaté sous les boulets.

Sur le pont régnait presque semblable chaos malgré l'extraordinaire sang-froid de l'équipage.

La mât d'artimon brisé à mi-hauteur, le mât de misaine, pulvérisé, passa dans un craquement par-dessus bord. La plupart des canons du pont gisaient retournés. Plus trace du petit cabestan ni de la cloche du gaillard d'avant.

Le pont arrière avait très peu souffert et sous le feu, sans aucune protection, Valencey d'Adana n'avait pas quitté des yeux le capot de l'escalier d'état-major derrière lequel se tenait Victoire, recroquevillée. La jeune femme avait lâché son fusil et tenait contre son cœur La Fayette tremblant de peur.

Moins de vingt secondes après la fin du canonnage, Valencey d'Adana se précipita, la hache à la main. Il savait. Il savait *La Terpsichore* condamnée mais n'entendait pas qu'elle expire sous les coups du *Venture*.

Les parois renforcées de l'étroite fosse où se trouvaient « les requins à poudre » avaient tenu bon et avec elles, pareillement protégé, le système de chaînes et de poulies qui permettait de les hisser sur le pont avec la catapulte. En revanche, la trappe était couverte de débris de bois, de gréements inextricablement emmêlés, de haubans et de cordages.

Déjà, bien qu'il fût très lent, le *Venture* se trouvait sur une route parallèle à *La Terpsichore*, et allait la remonter pour l'achever.

Le capitaine anglais ne se pressait pas, sachant qu'avec un seul mât et une voilure en lambeaux *La Terpsichore* ne pourrait lui échapper. Il n'en revenait pas de l'honneur qui lui était ainsi fait. En outre, dans la fumée, il n'avait pas suivi les péripéties d'une bataille aussi courte que violente si bien qu'il se présenta sur tribord, là où les effectifs des batteries, intactes, avaient été renforcés par une dizaine de grenadiers du lieutenant Hyppolite.

Le capitaine du *Venture* voulait un tir adroitement ajusté, définitif, si bien qu'il tarda à faire feu. Et le regretta. Mais il n'était déjà plus temps d'inverser ce qui lui parut inéluctable : trente canons sur le point de faire feu et cette chose que les Français venaient à grand-peine de dégager, une chose grise munie d'ailerons et qui arrivait vers lui en nageant entre deux eaux...

L'artillerie de *La Terpsichore* fit feu avant que le « requin à poudre » n'ait atteint sa cible. Tir remarquable, les trente canons se répartissant les batteries des deux ponts par un tir en dominos. Des centaines d'éclats semèrent la mort et la désolation.

Il restait cependant des pièces intactes mais peu d'artilleurs anglais firent feu, pris entre les hurlements des blessés, la fumée irrespirable et les effets de la panique. Pourtant suffisamment tirèrent pour ajouter une quinzaine de coups au but sur *La Terpsichore*.

Puis le *Venture*, atteint sous la ligne de flottaison par le dernier « requin à poudre » de Valencey d'Adana, fut ébranlé de la proue à la poupe et prit immédiatement de la gîte.

Comme un couple qui se sépare à jamais, les deux grands blessés s'écartèrent l'un de l'autre, l'Anglais très incliné sur l'eau, se traînant vers son pays, et le Français, à peine plus rapide, mettant le cap sur Brest…

— Ramenez les drapeaux de la chambre aux trophées !… fut le premier ordre lancé par Valencey d'Adana.

Le second, adressé à une quinzaine d'hommes, fut de regrouper tous les cadavres sur le pont arrière.

Le troisième fut d'envoyer le reste de l'équipage porter assistance aux charpentiers, menuisiers et voiliers afin qu'on remette en état voilures et cordages de l'unique mât de *La Terpsichore* tandis qu'une dizaine de marins étaient affectés aux pompes, car la frégate faisait eau.

La moitié du pont débarrassée de ses épaves jetées à la mer fut tapissée de près de deux cents drapeaux anglais, résultats de presque vingt ans de campagnes victorieuses.

C'est sur ce lit de drapeaux qu'on déposa les cadavres et si les hommes, tous les hommes, furent émus aux larmes, ils ne s'illusionnaient plus, après ce geste, sur l'avenir de la frégate.

Victoire tenait par les pieds le cadavre sans tête d'un caporal tandis qu'un grenadier le soutenait aux épaules. Valencey d'Adana ne proposa pas à Victoire de la soulager d'une si atroce corvée puisqu'elle s'était portée volontaire et qu'aucune hypocrisie ne régentait leurs rapports.

Des morts, on en trouvait partout, dans les batteries, sur le pont, les passavants…

Deux heures plus tard, seuls quelques charpentiers et voiliers travaillaient encore sur le mât, ses voiles et son gréement.

Soixante-dix-sept cadavres étaient couchés sur les drapeaux. Le chirurgien, aidé de quelques volontaires, travaillait à la scie, au vilebrequin et au trépan. On comptait une soixantaine de blessés, dont une dizaine considérés comme des cas désespérés et près de trente dans un état grave à très grave.

On avait doublé les effectifs aux pompes mais il fallait lutter pour défendre les cales, retarder l'inéluctable, notamment vers l'avant, dans la fosse aux câbles quand le lest, composé de galets et de vieux canons, avait déjà disparu sous l'eau.

C'est alors que les choses se stabilisaient à peine sur cet effroyable bilan que Valencey d'Adana « sentit » le danger avant que de le voir à la lunette d'approche.

Une bien jolie corvette anglaise, aussi curieuse qu'entreprenante et orgueilleusement baptisée *Right Royal*, approchait avec une prudence de hyène sentant un grand fauve blessé.

Valencey d'Adana lança sèchement ses ordres.

Le capitaine anglais, assez jeune, approcha avec circonspection mais déjà sa décision était prise et la tentation trop forte.

Là, sur le pont – étendus sur des drapeaux anglais ! – c'était bien des cadavres, et on devait en compter près d'une centaine. On ne simule pas des corps sans tête, démembrés, le ventre ouvert… Et combien en restait-il dans les ponts ?

Il avait immédiatement reconnu *La Terpsichore*, bien qu'il ne lui restât que le grand mât.

Il s'accorda le temps de réfléchir.

Toute la batterie bâbord était désarticulée. En outre, il voyait la catapulte du lanceur de « requin à poudre » vide. Et nul ne s'occupait de la charger. C'est d'ailleurs là que s'étaient regroupés une trentaine de Français, debout, sabre à la main au milieu d'une centaine de blessés.

L'idée s'imposait d'elle-même : c'est à l'abordage – quelle élégance ! – que sa jolie corvette terrasserait la légendaire frégate… qu'il ramènerait en remorque en Angleterre afin de la présenter au roi, et de la lui offrir.

Les Français, en position surélevée, rejetèrent les premiers grappins tandis que leurs quelques tireurs faisaient mouche à tous coups.

L'Anglais hésita de nouveau. L'affaire était coûteuse mais limpide : les Français, ceux qui combattaient, étaient bien une trentaine. Il fit tripler les grappins et c'est alors qu'il ne pouvait plus se dégager que…

Une horreur !

Des morts, des blessés se relevaient. Ces chiens de Français étaient bien une centaine, troupe vite grossie d'une vingtaine de blessés.

Aussi souples et rapides que des singes, supérieurement entraînés, ils montaient dans la hune, s'accrochaient aux haubans et tiraient comme à l'exercice. D'autres, sur le pont, décapsulaient des grenades d'une main, les allumaient de l'autre et les lançaient parmi les marins anglais beaucoup trop groupés.

Jamais les Anglais du *Right Royal*, dont quelques vétérans, n'avaient vu pareille haine ni semblable sauvagerie. Et c'était les Français, à présent, qui, contre-attaquant, sautaient sur le pont de la corvette, hache à la main ou baïonnette au canon. Et parmi eux, une trentaine de…

Le jeune capitaine balbutia :

— Des nègres !… Des grenadiers nègres !

Le lieutenant Hyppolite et sa trentaine d'hommes, grandis encore par leurs hauts bonnets à poils noirs, semaient une terreur sans nom en avançant avec leurs couperets à canne à sucre, faisant voler les têtes blondes au teint rose des marins anglais… qui capitulèrent.

Pour la toute première fois depuis le lancement de *La Terpsichore*, Valencey d'Adana surprit certains de ses hommes frappant des prisonniers à coups de crosse. Un gabier abattit même à bout portant un officier tout de morgue dont il n'avait pas aimé le regard bien que l'homme eût levé les mains. Plus loin, un fusilier plongeait sa baïonnette dans le cœur d'un marin roux qui avait eu le tort de sourire avec arrogance.

Valencey d'Adana songea alors à une phrase rapportée par son père, héros de la bataille de Fontenoy. Louis XV, assez peu guerrier, avait dit à son fils le Dauphin en désignant le champ de bataille : « Voyez tout le sang que coûte un triomphe. Le sang de nos ennemis est toujours le sang des hommes, la vraie gloire est de l'épargner. »

Valencey d'Adana donna de la voix, ses hommes s'immobilisèrent. Bientôt, les Anglais et leurs blessés furent entassés sur des chaloupes, leurs morts jetés par-dessus bord sans ménagement.

L'ancien commandant de *L'Argonaute*, Josselin de Keringan, vieux compagnon, fut reconnu à ses épaulettes à franges d'or, son visage étant explosé.

Le nombre des morts s'élevait à présent à quatre-vingt douze, il monta à quatre-vingt-dix-huit pendant la nuit.

Tous furent ficelés dans leur hamac et ceux-ci lestés d'un boulet. Enfin, on les jeta à la mer après que Valencey d'Adana eut prononcé un bref discours sobre et émouvant.

Le *Right Royal*, sous drapeau tricolore, et *La Terpsichore* approchèrent d'Ouessant dans l'aurore bleutée. On allait par instants à l'allure d'un homme à pied. Puis les équipages distinguèrent le phare de la pointe de Saint-Mathieu. Moins d'une heure plus tard, les deux bâtiments étaient visibles à l'œil nu depuis Brest.

On s'était réjoui la veille et toute la nuit : les cent dix-sept gros navires de commerce, au grand complet, grossis de trente navires anglais capturés pendant le voyage, avaient rallié le port. Villaret de Joyeuse n'avait perdu, coulé ou capturé, que sept navires hors d'âge et encore, les bâtiments pris par les Anglais se trouvaient dans un tel état qu'il les fallut démolir !

Les Anglais pouvaient arguer de sept navires ennemis hors de combat, et qu'ils occupaient – pour quoi faire ? – le lieu de l'affrontement. La marine anglaise, cependant, n'avait pas repris ses trente navires capturés.

Quel était le vainqueur ?... À petit prix, c'est près de cent cinquante navires contenant des milliers de tonnes de ravitaillement qui avaient échappé à la Royal Navy et apporté une bouffée d'air aux Français. En termes de bateaux changeant de main, l'expédition était une défaite anglaise. Stratégiquement, c'était encore et toujours une lourde défaite anglaise car sa flotte était sortie en vain quand l'escadre française avait courageusement cassé le blocus*.

Dans la liesse populaire, on avait complètement oublié *La Terpsichore* partie seule pour une bataille sans espoir.

Le bonheur, parfois, rend ingrat.

La nouvelle fit le tour de Brest et, en dix minutes, ils étaient des milliers, civils et militaires, qui regar-

---

* Les Anglais ont baptisé cet affrontement « Bataille de l'océan ». Ils commémorent encore l'événement sous le nom de « Glorious First June », oubliant la panique et la honte des autorités de Londres lorsque la flotte était rentrée bredouille. D'où l'invention de cette victoire... officialisée dans les manuels français !

daient la corvette attendant la grande dame touchée à mort, peinant terriblement à mettre un pied devant l'autre, puisque l'image s'imposa à certains.

Valencey d'Adana fit arrêter les pompes et transféra ses derniers marins sur le *Right Royal*.

Seul enfin, il entoura le grand mât de ses bras et l'embrassa puis, tricorne à la main, posa longuement son front contre le bois. Jamais plus, il le savait, sa frégate ne serait son enfant et sa vieille amie.

Enfin, tête basse, le tricorne de feutre noir incliné sur les yeux, il gagna à son tour la corvette.

Il avait gagné. Moins lui, au reste – que lui importait – que l'honneur sain et sauf de sa chère frégate. Elle demeurait invaincue jusqu'à son dernier souffle, disparaissant sans qu'aucun ennemi fût en vue, interdisant à ceux-ci de revendiquer jamais cette victoire. Des milliers et des milliers de témoins pouvaient le jurer : arrêtant les pompes, son capitaine mettait fin aux jours du navire et tous le comprirent. N'étant absolument pas sauvable, elle eût été dépecée sur un quai éloigné de Brest et de cela, il ne pouvait être question pour un homme tel que Valencey d'Adana.

C'est par l'arrière qu'elle commença à s'enfoncer. Sur le pont du *Right Royal*, Valencey d'Adana, Victoire et tout l'équipage ôtèrent leurs tricornes sauf vingt hommes dont les tambours roulaient, funèbres mais émouvants : on n'en ferait pas davantage pour une souveraine.

La Terpsichore se souleva tout soudainement, la proue à plus de vingt mètres au-dessus de la mer puis la légendaire frégate s'enfonça dans les eaux profondes en lançant une longue et déchirante plainte qui parut humaine.

Tous les hommes pleuraient sans la moindre gêne. Un vieux grenadier noir se jeta sur le plancher de la corvette qu'il martela de ses poings puis, à genoux, il chanta une de ces complaintes tristes et belles composées par un esclave anonyme sous les coups de fouet des planteurs.

Le lieutenant Hyppolite et les trente grenadiers noirs reprirent la mélodie et pour la plus glorieuse des frégates qui fût jamais en tous les temps, celle qui accueillit des hommes de tous pays et de toutes couleurs, celle qui ne combattit que pour la liberté : c'était un bel hommage, celui qui convenait.

Bientôt, la surface de la mer redevint lisse.

Pour Valencey d'Adana, une page de sa vie se tournait mais une fois encore, il pensa qu'aider ses hommes, c'était cacher son immense chagrin. Le regard indéchiffrable, la voix métallique, il se tourna vers l'homme de barre :

— Gouvernez un quart bâbord. Comme ça, la barre !

À Brest, nul n'osait regarder en face la centaine de survivants, parmi lesquels des blessés.

Un amiral, que le sentiment de culpabilité rendait peut-être agressif, apostropha Valencey d'Adana :

— M'expliqueras-tu ce que tu viens de faire ?

Valencey d'Adana jeta un regard froid sur le quai jonché de bouteilles vides et de tonneaux mis en perce qui attestaient que pendant la longue agonie de *La Terpsichore* et d'une partie de son équipage, à terre, on faisait la fête.

Il reporta son regard devenu glacé sur l'amiral :

— Nous ne sommes pas sur mer, n'est-ce pas ?

L'autre, gêné, hocha la tête. Valencey d'Adana reprit :

— À terre, je suis général : je t'envoie donc te faire foutre*.

---

* Expression très utilisée à cette époque.

Il sortit un ordre de mission et en gifla l'amiral :

— Ordre du Comité de salut public de déférer par tous moyens à mes demandes : soigne mes blessés et trouve-moi des chevaux. Tu as un quart d'heure ou tu t'expliques avec Fouquier-Tinville.

Tenant La Fayette blessé dans les bras, Victoire, dans sa tenue mi-civile, mi-militaire, se hissa sur la pointe des pieds et saisit l'amiral au collet :

— C'est sur ta vie, citoyen amiral du dépôt, que tu réponds de celles de nos blessés !

— Mais… Mais certainement, citoyenne !

49

La Vendée se trouvant plus proche de Brest que ne l'est Paris, les généraux Stofflet et Blacfort furent informés plus tôt que les habitants de la capitale de l'issue de « la Bataille de l'océan » et de la fin de *La Terpsichore*.

En tout cela, le généralissime Stofflet, l'air sombre, vit une grande catastrophe pour la cause qu'il défendait. Un convoi de cette importance signifiait que le peuple ne serait pas affamé et ne se révolterait donc pas contre la Convention nationale. En outre, les troupes aux frontières seraient ravitaillées et rééquipées, ce qui éloignait la perspective d'une invasion ramenant les princes.

Stofflet maudit les Anglais :

— Incapables !…

Un si mémorable convoi devait s'étaler sur quinze kilomètres, le double avec les traînards : comment la flotte anglaise pouvait-elle manquer pareil gibier ?… Et l'archaïque flotte de l'amiral Louis Thomas comte de Villaret de Joyeuse – un aristocrate, un traître ! – qui faisait jeu égal !…

Il résuma son jugement avec sa verdeur bien connue :

— Leur grand amiral Howe ne se peut comparer qu'à une merde flottante !… Je le hais !

Et que dire des Américains, pourvoyeurs des Jacobins, des Septembriseurs*, des tenants de cette maudite Révolution : des journalistes ratés, des boutiquiers et des poissardes des Halles !… Tout fut pourri par cette guerre lointaine, pensait-il, car les volontaires d'Amérique, qu'ils fussent aristocrates ou simples soldats, ramenèrent de là-bas les ferments de la République et des idées nouvelles.

— Je les hais !… Tous !

Il arrivait au généralissime Stofflet de se haïr lui-même, sans doute lorsqu'il n'avait personne d'autre sous la main.

Il se produit parfois que semblable nouvelle soit appréciée différemment par ceux qui, pourtant, partagent la même cause.

Blacfort exultait !

Peu lui importait que la République, en raison du convoi d'Amérique, s'assure un long répit. Il ne voyait en cela qu'une chose, une belle, grande et merveilleuse nouvelle : *La Terpsichore* gisait enfin par le fond.

Il entraîna la comtesse de Juignet-Tallouart dans un pas de danse et, tout à sa joie exubérante, lança d'une voix perçante :

— Il l'a coulée lui-même !… Achevée comme un cheval blessé !… Sabordée devant Brest !…

L'air d'un bienheureux, joignant les mains, il regarda le ciel tel que s'il s'entretenait directement avec les anges :

— Comme il a dû souffrir !…

---

* Auteurs des massacres dans les prisons du 2 au 6 septembre 1792.

C'est avec une grande tristesse et pareillement pour sa toute récente épouse Léonore que Francis William Dawson apprit la fin de *La Terpsichore* par un pli urgent des bureaux de Gréville.

Mais quelle fin, quelle apothéose !... Onze vaisseaux anglais mis hors de combat, un douzième capturé !

S'il regrettait la fin de la frégate légendaire, Dawson appréciait qu'elle n'eût pas été vaincue ou prisonnière, joignant un port français pour y mourir selon la volonté de Valencey d'Adana.

— Comme il doit être triste !... murmura Dawson à Léonore, allongée à ses côtés, qui questionna :

— Reverrons-nous pareil navire ?

Il réfléchit un instant.

— Je ne le pense pas. S'il le désirait, Valencey d'Adana pourrait dessiner et construire le navire qu'il souhaite, la Convention lui trouverait en priorité les matériaux, même les plus coûteux. Mais on ne surenchérit pas sur une légende et puis tout refaire, tout recommencer, à quarante ans ?

— C'est très jeune, quarante ans. Soixante également !... lui dit-elle en lui fermant la bouche d'un baiser.

— Ah, j'oubliais : vous pouvez conserver l'hôtel particulier. Sur la trentaine existant, vingt-sept fermiers généraux ont été guillotinés le 8 mai, le ci-devant propriétaire de votre hôtel faisant partie de cette détestable fournée en laquelle s'était égaré Lavoisier.

Valencey d'Adana émergea de ses pensées.

— Ah ?

— Oui, reprit Gréville qui poursuivit : « On » m'a chargé de vous communiquer que cet hôtel peut devenir vôtre en compensation, me dit-on, de *La Terpsichore* bien que je pense qu'on ne « compense » pas *La Terpsichore*.

— Vous pensez bien, Gréville.

— Autre chose : un mot d'approbation, et vous êtes amiral.

— Non, merci, je suis encore trop jeune.

Ils étaient installés dans les jardins d'un grand restaurant de la partie ouest de Paris.

Autour de la table se tenaient Victoire, Valencey d'Adana, Gréville et le lieutenant Hyppolite, lequel, en l'absence de Mahé, se trouvait le plus ancien officier survivant de la frégate. Robespierre, à l'initiative de ce repas, venait de se faire excuser. En effet, il était débordé car le lendemain, il devait être élu président de la Convention, ce qui lui assurait un pouvoir disciplinaire sur les débats…

Il fit cependant envoyer un très volumineux bouquet de roses à Victoire.

Les deux officiers portaient des uniformes neufs, les précédents, maculés de sang, de poudre et déchirés, ayant été suffisamment remarqués aux étapes.

Victoire choisit une robe de soie aux rayures gris souris, vieux rose et blanc, harmonie discrète et raffinée. Était-ce ses durs combats ?… Quoi qu'il en soit, ses pieds très fins gainés de bas blancs ne se trouvaient plus prisonniers de chaussures à talons mais de jolis souliers à boucle d'acier.

On soupa d'un potage aux asperges, de bœuf en tranches, de cuisses de chapon bouillies, d'artichauts frits en marinade, plats auxquels le lieutenant Hyppolite, qui n'avait guère grande habitude des restaurants, fit honneur. On acheva avec cerises de Taupont, cantaloups et poires. Et bien entendu, Gréville fit servir du champagne.

Le petit bouledogue La Fayette, un glorieux bandage sur le dos et un ruban tricolore autour du cou, ne perdit pas sa soirée en faisant plusieurs fois le tour de la table.

Gréville, qui savait la tristesse de Victoire, de Valencey d'Adana et du lieutenant des grenadiers haut de deux mètres – sans le bonnet à poils ! –, donna une intonation joyeuse à sa voix :

— Demain, avant votre départ pour la Vendée, nous changeons « bord sur bord » comme vous dites, vous autres marins : je vous emmène dans une guinguette des bords de Seine. On y mange la meilleure matelote du monde, petits poissons coupés et cuits avec des oignons et du vin.

Valencey d'Adana approuva d'un signe de tête distrait. Il songeait à ses hommes, cette centaine de survivants et de blessés légers : après quelques heures à la caserne Babylone, on les avait logés à celle de l'hôtel des Invalides où un grand souper leur fut offert.

On s'était retrouvé au restaurant où les attendait Gréville, passant aussitôt à table, si bien qu'on n'aborda guère les sujets importants.

Valencey d'Adana y vint, ayant des choses à dire mais ne voulant pas blesser le chef de la police secrète auquel il devait la vie :

— Gréville, il m'est très pénible de parler de *La Terpsichore* mais il le faut. Déjà, je ne sais comment l'annoncer à Mahé...

— J'ai pris sur moi de le prévenir, ainsi que vous aviez survécu, la princesse également, le lieutenant Hyppolite... En cet instant, un courrier doit partir de Brest pour lui faire tenir la liste des officiers et marins tués, celle des survivants, celle des blessés et leur état de santé.

Valencey d'Adana fut soulagé :

— Je vous en remercie, Gréville. Je voulais vous entretenir également de ceux de mes hommes qui sont ou seront amputés.

— Comptez que je veillerai à ce qu'ils soient fort bien pensionnés, et j'ai les moyens de me faire entendre partout. De toutes les façons et de toutes les factions.

— C'est parfait.

Gréville joua avec son verre de champagne, le faisant rouler entre ses paumes sans même y songer :

— Retournerez-vous, après cette guerre... dans votre pays sans nom ?

— Il en aura un quelque jour prochain, on parle déjà d'indépendance à Guatemala de Santiago qui compte une université depuis 1678. Il pourrait d'ailleurs s'appeler Guatemala.

— Guatemala de Santiago... répéta Gréville, rêveur.

— Nous en sommes assez loin. Une passe secrète très dissimulée à l'embouchure d'un fleuve qui se jette dans la mer des Caraïbes.

— Vous n'avez pas répondu : y vivrez-vous ?

— J'ai été privé si longtemps et si injustement de la France... revoir ce pays que j'aime, mon château...

Il se tourna vers Victoire :

— Sa Tour des Demoiselles.

Sous la table, Victoire saisit sa main et la serra avec violence, ce qui, soit dit par parenthèse, n'échappa ni à Gréville, ni à Hyppolite.

Il reprit :

— Sous la République enfin en paix, je vivrai en France mais ne m'interdirai pas de retourner là-bas voir ceux de mes hommes qui y sont installés. Au fait, Gréville, je conserve pour d'autres projets la jolie corvette que j'ai prise aux Anglais.

— Vous, une corvette !

Le lieutenant Hyppolite, amusé, regarda Valencey d'Adana qui lui adressa un petit signe d'assentiment. Aussitôt, l'officier des grenadiers expliqua à Gréville en souriant :

— Avec la corvette, nous prendrons sans coup férir une frégate. Avec la frégate, nous prendrons si nous le voulons un deux-ponts et avec celui-ci, plus gros navire encore. Nos... nos fournisseurs anglais ont l'habitude, nous constituons une pratique fidèle.

Valencey d'Adana protesta pour la forme, mais sur le tonnage :

— Un trois-ponts ? Vous m'étonnez, lieutenant, ces éléphants de mer sont d'un ennui !...

Hyppolite s'anima :

— Général, j'ai fait un rêve... Nous prenions un trois-ponts et le coulions nous-mêmes à l'entrée de la Tamise. Merde à l'Angleterre, général !...

Brusquement sérieux, Valencey d'Adana réfléchit un instant puis :

— Ah, ne me tentez pas, lieutenant.

Peu après, on évoqua la Vendée où la situation n'évoluait guère, comme l'expliqua Gréville :

— Blacfort ne se risque pas du côté de Campagne-Ampillac, évitant toujours les troupes de marine. D'après un de nos informateurs, il tient de grands discours à ses brigands et a réussi trois brillantes sorties.

— N'exagérons rien, Gréville, ce pauvre Nicolas n'est tout de même pas Alcibiade !

On sourit, puis Valencey d'Adena poursuivit :

— L'objet de ces sorties ?

— Deux à titre militaire : ravitaillement et armes prises sur de jeunes soldats. Il a saisi sans doute que notre dispositif est plus faible au sud mais percer au sud, pour aller où ?... Il s'y perdrait en terre hostile. Il reste donc à l'abri de cette immense forêt, s'y enterre et s'y fortifie. Il connaît le point de vue de Saint-Just : le plus d'hommes possible aux frontières et le minimum en Vendée.

Victoire demanda :

— Vous parliez de trois sorties ?

Inconsciemment, Gréville, gêné, baissa la voix :

— Il a fait enlever une petite fille, vous connaissez ses goûts. Mais aussi, et c'est nouveau, un petit garçon. Des enfants de républicains.

Valencey d'Adana se fit véhément :

— Et tous ces brigands de la Vendée, ces fils de curés qui ne manquent pas une messe, acceptent pareille chose ?

— Ils regardent ailleurs sans comprendre, d'autant que Blacfort a une très jolie maîtresse. Il a perdu deux de ses tueurs dans l'affaire et l'une de ses deux putains a été enlevée par les Indiens bravos.

— Tiens, une bonne nouvelle !… répondit Valencey d'Adana.

Gréville hésita puis, moitié désolé, moitié amusé :

— Une autre nouvelle encore, concernant les « colonnes infernales ». Dans un village proche, les femmes des Brigands avaient pris l'habitude de harceler une compagnie de dragons de Turreau en disant en chœur d'un ton geignard : « Nos prêtres, rendez-nous nos bons prêtres !… » Les dragons lassés les prirent au mot et dès qu'elles lancèrent l'habituel : « Nos prêtres, rendez-nous nos bons prêtres », ils leur répondirent : « Les voici, citoyennes, voici vos "bons" prêtres mais pour les commodités du transport, ils sont en pièces détachées », et ils leur abandonnèrent quatre caisses avec à l'intérieur deux curés découpés en morceaux.

Valencey d'Adana haussa les épaules.

— Ce n'est pas glorieux mais les prêtres réfractaires avaient choisi leur engagement, les enfants, non.

— C'est précisément ce que m'a répondu votre ami Mahé.

50

— Qui vive?... lança une voix derrière un bosquet.

— Le ci-devant Vercingétorix!... répondit Valencey d'Adana d'humeur joyeuse à l'idée de revoir Mahé et ses hommes.

— Aux armes!... hurla la voix sans trace d'humour.

— Idiot, tu ne reconnais donc pas ton général?

Un très jeune soldat se montra, s'excusa mais n'eut rien à expliquer à ses camarades accourus aussitôt en armes: tous acclamèrent Valencey d'Adana, leur général commandant la 123e demi-brigade «Liberté, liberté chérie»

C'était une belle fin de journée de juin qui s'achevait en roseurs, déclinaisons de bleu et enfin d'un vert soutenu en raison des pluies de printemps.

La nouvelle du retour du général, de son épouse et du lieutenant Hyppolite courut le camp tout hérissé de défenses de la 123e. Elle se propagea à la vitesse du vent et Mahé apparut, en chemise, manches retroussées, le sabre lui battant les bottes. Ils se jetèrent dans les bras l'un de l'autre puis, sur un signe du général, Victoire se joignit à eux.

Enfin, souriant, Valencey d'Adana aperçut John O'Shea et lui ouvrit les bras:

— Heureux, tellement heureux de te revoir, damné Yankee !… Ah, tu nous as bien manqué.

Valencey d'Adana rencontra ses officiers et soldats un à un, les plus anciens ayant droit à une accolade. On n'avait jamais vu Valencey d'Adana si proche, si familier. Tous savaient l'immense chagrin de leur chef, bien qu'il ne prononçât jamais le nom de *La Terpsichore* et les plus subtils se doutèrent qu'il reportait sur ses hommes une partie de ce qu'il éprouvait pour sa frégate, celle-ci représentant bien davantage qu'un navire, fût-il exceptionnel. Quelques-uns, rares, songèrent qu'ils se trouvaient tous dans la situation d'hommes ayant partagé la même maîtresse disparue, qui ne se lassent pas de parler de la morte et que cette passion commune, jadis rivale et exclusive, unit aujourd'hui comme un indestructible ciment.

Tout cela entraîna fort tard et c'est à la nuit qu'on soupa en plein air autour d'un feu parfumé. Se trouvait réuni là le dernier carré des survivants du début : Valencey d'Adana, Victoire, Mahé, O'Shea et Hyppolite.

Le général fut heureux de retrouver la frugalité des temps de guerre : une soupe de poireaux et pommes de terre où surnageaient quelques morceaux de viande, du pain de seigle et un morceau de fromage.

Cependant, de frugalité il n'était point vraiment car Gréville, anticipant – il était bien le seul ! – sur le retour du général après le combat naval, avait de longue main fait apporter quatre chariots bourrés de vins de champagne : un cadeau involontaire et post mortem, sans doute, des détestables mais richissimes fermiers généraux, les défunts étant connus pour la qualité de leurs caves.

La distribution fut élargie à l'ensemble de la 123e laquelle, dans l'euphorie, élut La Fayette pour fétiche, un artiste allant jusqu'à dessiner la tête du petit bouledogue sur un fanion vierge qui devint aussitôt celui d'une compagnie de voltigeurs.

Valencey d'Adana apporta la presse de Paris et un des titres connut le plus vif succès : « Les royalistes, c'est la ligue scélérate et bigarrée des curés, des blasons et des coffres-forts. »

— Du coin de l'œil, j'ai observé tes travaux de fortification du camp : absolument remarquable, Mahé. Mais crains-tu qu'ils ne fassent une sortie pour nous attaquer ?

— Ils ont tâté nos défenses et notre vigilance en envoyant des patrouilles mais face aux Mayas et aux Bravos, ils n'avaient aucune chance. À défaut de surprise, cela n'exclut pas une attaque en force.

— Et nous, activité de patrouille, rien d'autre ?

Mahé sourit :

— Oh, mais bien davantage. Nos Indiens sont imbattables en forêt, alors en face, ils ont confié le rôle d'éclaireurs et de surveillance aux chouans, plus doués que les Vendéens, mais l'imitation d'un chat-huant par ces brigands n'a pas trompé longtemps les nôtres. Il faut connaître les chouans, ils sont différents. Drapeau blanc frappé du Sacré-Cœur et des lys, officiers avec écharpe et cocarde de soie blanche. Sur la cocarde, deux nœuds ornés de fleurs de lys brodées d'argent où on lit « Jésus » et « Marie », une croix de plomb au milieu de cette cocarde. Pour le chapeau, panache et rubans blancs. J'avoue qu'on fait mieux les nuances en se penchant sur leurs cadavres… Un point où ils sont plus dangereux que les Vendéens : dans la journée, ils se cachent dans des souterrains creusés dans les clairières. Parfois aussi, au revers d'un fossé au pied duquel coule un ruisseau, ce qui égare les chiens des « colonnes infernales ». Entre nous, je t'avoue qu'ils savent très bien faire la guerre.

— Observons-les, alors.

— Autre chose. Tu te souviens sans doute de Saint-Eulay, cet officier républicain introduit chez les brigands de la Vendée où il se trouve en charge des effectifs. Lui et les Mayas sont convenus d'un certain arbre où un creux, à la base, est recouvert de feuilles et de mousse. Cet arbre est constamment surveillé par un Maya : nous pouvons espérer apprendre par avance les projets de Blacfort.

— Parce qu'il est capable d'un projet ?... ironisa Victoire.

On sourit et Mahé reprit :

— Nous ne les harcelons pas même. En revanche, j'ai donné ordre aux Indiens d'en achever avec les gardes du corps de Blacfort car ceux-là sont des furieux, des bêtes fauves.

— Comment les reconnaissent-ils ?... demanda Hyppolite en se servant un nouveau verre de champagne.

Ce fut O'Shea qui répondit :

— Ils n'ont pas l'air de combattants avec leurs habits de ville sombres. Broder un Sacré-Cœur et un scapulaire ne suffit pas. Quand les Indiens l'ont compris, ils ont parfaitement répondu à notre demande. Et même un peu trop bien.

— Que voulez-vous dire ?... demanda Victoire.

— Eh bien les Mayas voulaient ramener les corps des trois qu'ils ont tués mais les Bravos n'étaient pas partisans d'un tel embarras et ont coupé les têtes qu'ils ont rapportées... à l'heure du dîner. Cependant, ces trois têtes ne nous disaient rien.

Mahé poursuivit :

— Oh les vilaines figures que c'était là... Pour les identifier, l'idée nous vint alors d'enlever quelqu'un... ou quelqu'une de ces gens. C'est une beauté. Elle prétend s'appeler Marie Toute Troussée.

— Si elle est toute troussée, on ne peut rien pour elle... constata Hyppolite, mélancolique.

O'Shea sembla soudain un peu nerveux :

— C'est une putain, une des deux putains de ces tueurs mais elle fut d'abord une jeune fille comme les autres, hélas violée et victime. Nous nous sommes trompés sur elle. Elle est si belle, si jeune, et cette sorte d'innocence qui est sienne nous parut perversion… Mais un prisonnier vendéen nous assura qu'elle ne participa jamais aux horreurs, se retirant en ces cas-là.

— Elle semble te faire grosse impression, John !… remarqua le général.

Il rougit et poursuivit :

— La pauvre… Ces ignoble tueurs l'appelaient « le meuble à plaisirs »… Quoi qu'il en soit, elle a reconnu les trois têtes comme appartenant aux gardes du corps de Blacfort : Gros-beauceron, Germain dit Gros-blond et Pétion dit Trempe-la-croûte.

— La vieille noblesse, en somme !… s'amusa Victoire.

— Et mis à part ces fleurons du Gotha* ? questionna Joachim.

— Nous n'avons hélas éliminé que les moins vigilants, ceux qui restent sont plus redoutables : Chapeau-ciré, Simon dit « la Douceur » et Lefèvre dit « Va-de-bon-cœur »… La putain qui demeure, Marie Trois Tours dite « la Grêlée », est aussi dangereuse qu'un homme.

Valencey d'Adana ne put s'empêcher de rire :

— J'imagine ce pauvre Nicolas en grande tenue de général vendéen organisant des soirées de poésie avec ces gueux-là. Je le vois, masquant sa nature atrabilaire et déclamant d'un air gourmé des niaiseries qui doivent faire bâiller ce public d'assassins et de putains. Mais on n'a jamais que le public qu'on mérite. Et ces têtes ?

Mahé sourit :

— Les agents de la police secrète de Gréville qui sont ici au moins douze en permanence les ont installées dans un liquide conservatoire et l'un d'eux les

---

* Almanach publié de 1765 à 1945 dans l'ancien duché de Saxe-Cobourg qui faisait autorité dans la généalogie des familles nobles d'Europe.

emmène à Paris : j'imagine son succès aux auberges et relais !... Les Mayas nous ont également ramené un prisonnier anglais qui a avoué appartenir à cette opération, tu sais : quatre vaisseaux chargés de loups débarqués de nuit en Normandie pour décimer les troupeaux et affamer le peuple. Pas très beau. Il a été tué lors d'une tentative d'évasion... Je n'ai pas vraiment... enquêté. Vous combattiez les Anglais, ici, tous étaient très nerveux...

— Je comprends.

O'Shea et Hyppolite, peu raisonnables avec le champagne, à quoi s'ajoutait l'heure tardive, somnolaient à demi. Sur un signe discret de Mahé, Victoire et le général le suivirent à quelques pas tandis qu'il expliquait, le visage grave :

— J'ai autre chose à vous montrer, le véritable visage des soldats du Christ-roi.

Ils allèrent ainsi, salués par les sentinelles, jusqu'à l'infirmerie, deux grandes tentes, où était également installé un poste de chirurgie.

Le factionnaire salua puis un chirurgien portant une barbe grise les accueillit.

— Montre-nous les deux... essorillés, citoyen !... ordonna Mahé.

On réveilla deux jeunes soldats. À l'un, on ôta les bandages quand l'autre commençait à cicatriser. Ils souriaient gentiment, les visages jeunes et avenants, mais à tous deux, on avait coupé les oreilles.

— Blacfort ?... demanda Valencey d'Adana.

— Égal à lui-même.

Au nom de Blacfort, un des jeunes soldats commença à trembler. Mahé tendit une bouteille au chirurgien.

— Bois-la avec eux.

Ils ressortirent et Mahé prévint à mi-voix :

— Celui-là que vous allez voir, c'est autre chose encore.

Il mena Victoire et Joachim dans le parc à chevaux. Un auvent avait été construit, on trouvait là de la paille fraîche.

Mahé interrogea la sentinelle :

— Est-il là ?

— Au fond, citoyen colonel.

— Il dort ?

— Hélas non. Le bruit de ses mâchoires… Que ne l'ont-ils tué ?

Mahé ébaucha une grimace de dégoût :

— Leur plaisir n'y eût point trouvé son compte.

On approcha. De dos, on reconnut un soldat portant l'uniforme de la ligne* semblable aux deux précédents. Puis l'homme se retourna, provoquant un recul de surprise chez Valencey d'Adana quand Victoire frémit.

Très jeune lui aussi, très blond, il portait un licou et mâchonnait du foin, l'air hagard.

Mahé entraîna ses amis et expliqua :

— Tous appartenaient à une compagnie de Lille. Des recrues, dix-huit ans. Ils se sont égarés chez Blacfort. Les officiers furent éventrés, et l'un crucifié. Dans la troupe, on en tua, d'autres eurent les oreilles coupées, les yeux crevés, ou les deux. Certains se virent enfoncer une branche dans le rectum, très profondément, et repartirent ainsi, titubant de douleur. Celui-là, qui hurle quand on veut lui retirer son licou, avec ses camarades, dut d'abord piétiner la cocarde tricolore. Un refus valait une exécution. Ils furent douze qui eurent d'abord des colliers d'orties qu'on changeait toutes les deux heures. Si, fous de douleur, ils y touchaient, on les tuait sur-le-champ. Seuls quatre résistèrent ainsi deux jours. Puis on les attacha ensemble avec un licou les obligeant, sous peine de

* L'infanterie appelée à combattre en ligne, d'où ce nom.

mort, à manger du foin. On nous renvoya enfin celui-là, devenu fou.

Victoire dit à mi-voix :

— La République ne devrait pas envoyer dans ces guerres d'irréguliers des soldats si jeunes, sans expérience, qui voient les pires horreurs quand leurs bourreaux chantent des cantiques.

Valencey d'Adana dit calmement :

— Il faut tuer Blacfort, et vite.

Victoire secoua lentement la tête.

— Au point où il en est arrivé, ce serait lui rendre service. À travers toutes ses horreurs, c'est peut-être ce qu'il nous demande ?…

Mahé et Valencey d'Adana échangèrent un long regard : cette idée venait de s'imposer à eux.

51

La nuit pâlissait à l'est, l'aube pointait.

Victoire, se disant fatiguée, laissa les deux amis en tête à tête. Mais il semble qu'en réalité, elle préféra ne pas gêner Valencey d'Adana lequel conterait inévitablement la fin de *La Terpsichore* au seul qui la vit s'ébaucher sur le papier, prendre forme sur les chantiers navals de Paimboeuf et discuter ses aménagements.

Ils se trouvaient tous deux assis au bord d'un petit ruisseau qui cascadait entre les rochers. Ils avaient la quarantaine, étaient en uniforme l'un de général, l'autre de colonel, mais cela ressemblait diablement à leurs conversations de petits garçons, le même sérieux traversé de rire, le même respect de l'autre, la même attention.

Valencey parla pendant des heures, expliquant ses choix tactiques au reste assez limités puis, se tournant vers Mahé :

— Voilà, monsieur mon frère, tu sais tout.

— Tout est bien, Joachim. Elle est morte pour offrir le passage à cent cinquante gros navires bourrés de blé et de nourriture, pour éviter à des dizaines de milliers de femmes, d'enfants et d'hommes de crever de faim. C'est une très belle mort, toutes nos valeurs sont là :

l'honneur, la fidélité à nos idées, le respect de la parole donnée, le devoir du fort vis-à- vis du faible. Quant aux opérations, tu as été d'une grande habileté dans l'engagement du trois-ponts et du deux-ponts. Et plus que tout, ce fut magnifique que tu la ramènes à Brest pour l'honneur mais ne la livres pas à la démolition. Cependant, je regretterai toujours de ne pas avoir assisté à ses derniers instants…

Valencey d'Adana haussa les épaules.

— C'est à croire que nous sommes coutumiers du fait. Je n'étais pas là lorsque mon… notre père se jeta ou fut jeté de la Tour des Demoiselles pour échapper à Blacfort.

— C'est pourtant vrai… Joachim, peut-être faisons-nous trop de choses ?

— Tu as raison. Mais ces choses, qui d'autre les fera ?

Au bruit délicieux et cascadant de l'eau du ruisseau tombant sur les pierres s'ajoutait celui, plus singulier, d'un lointain mais persistant tir d'artillerie.

Intrigué, Mahé se retourna et découvrit La Fayette ronflant comme un sonneur.

— C'est quoi, cette blessure ?

— Un éclat dans le dos. Blessure nette. Il est comme guéri mais Victoire est si fière qu'il fût blessé au combat par les Anglais…

Mahé prit La Fayette dans ses bras, ce que la bête apprécia peu, et le souleva tandis que le petit bouledogue ouvrait de mauvaise grâce une de ses paupières sur un œil sombre veiné de rouge.

Mahé constata :

— Il ronfle encore mais ne pète plus : c'est singulier. Mais de fait, ce progrès rend son commerce plus agréable.

— Vois-y l'intervention de Victoire : elle mêle de la salade à sa soupe.

— Et il accepte ?

— Il accepte tout ce qui vient de Victoire depuis qu'à coups d'ombrelle elle courut sus à cet affreux chat qui le voulait attaquer traîtreusement. Il accepte d'être baigné et ne pue plus quoique je le soupçonne de regretter son odeur boucanée. Il accepte la salade, mange des fruits et ne se rebelle point contre ce ruban tricolore qu'il porte autour du cou. Il se laisse brosser... Je me demande s'il n'est pas davantage le chien de Victoire que le mien !

Mahé sourit :

— Les La Fayette ont décidément la trahison* dans le sang !

Ils éclatèrent de rire tandis que le bouledogue, peut-être vexé, trottait vers la tente de sa maîtresse.

Valencey d'Adana changea de sujet :

— Tu es là depuis bien plus longtemps que moi... Tu les as observés, tu connais leurs faiblesses : as-tu un plan ?

— En effet, mais te séduira-t-il ?

— Attends, avant toute chose : toi-même, es-tu convaincu ?

— Absolument. C'est audacieux mais réalisable.

— C'est un bon plan, alors. Mais n'oublie pas qu'ils étaient près de trois mille six cents. Nous en avons mis hors de combat moins de cinq cents lors de notre premier affrontement. Nous, nous étions sept cent quatorze, une centaine sont morts en mer, vingt trop gravement blessés pour combattre. C'est un rapport de plus de cinq contre un, tu en tiens compte ?

— Mon plan résiste à ces nouveaux chiffres.

---

* Commandant de la garde nationale, La Fayette, le 17 juillet 1791, fit tirer sur le peuple venu au Champ-de-Mars demander la déchéance du roi. Commandant de l'armée du Nord, il trahit encore mais cette fois en passant aux Autrichiens le 19 août 1792...

— Parfait. Tu n'ignores pas non plus que nous ne pouvons pas trop compter sur les régiments de ligne qui nous flanquent: troupes clairsemées, manque d'expérience, soldats trop jeunes, officiers rappelés des dépôts et casernes de l'arrière. Toutes les troupes d'élite convergent vers le nord, nous n'avons cessé de croiser des régiments et des convois montant vers la Belgique où se prépare une grande bataille. Ici, c'est comme si nous étions seuls.

— J'ai élaboré mon plan de bataille en tenant compte de cette situation car, sans savoir ce que tu viens de me dire, j'avais compris que la ligne ne nous serait pas d'un grand secours…

— Je t'écoute!

— Te souviens-tu dans nos livres d'histoire de ce général, ah, était-il romain, perse ou carthaginois?… Quoi qu'il en soit, il eut l'idée…

Il poursuivit ainsi pendant une heure sans que Valencey d'Adana l'interrompît une seule fois. Enfin, après un silence pendant lequel le général semblait plongé dans ses réflexions, Mahé, que la nervosité gagnait, demanda:

— Eh bien, Joachim, qu'en penses-tu?

Celui-ci s'ébroua:

— C'est un plan magnifique. Les Indiens ont-ils repéré l'itinéraire?

— Très compliqué mais ils nous guideront les yeux fermés.

— Ces phases successives s'enchaînent parfaitement, Mahé. Certes, tu spécules sur deux choses qui ne sont point certaines: que Blacfort cède à son orgueil démesuré, et le pari semble sans grands risques, et l'autre est qu'il nous faut absolument un orage.

— Le temps est lourd, Joachim. Je tremble même à l'idée que l'orage n'arrive avant les rescapés de *La Terpsichore*.

— Ne crains rien, ils seront là dans quelques heures.

Ils conservèrent le silence pendant plusieurs minutes puis Mahé, mal à l'aise, demanda :

— Que feras-tu si nous prenons Nicolas vivant ?... Il feignit d'être notre ami mais je ne puis croire qu'aucune sincérité, jamais, ne l'habitât, au moins fugacement. Je jurerais de l'avoir vu rire avec nous de bon cœur et sans arrière-pensées.

Valencey d'Adana haussa les épaules.

— Crois-tu que je n'y songe pas ?... C'est une brute, un fou d'une rare cruauté... Il fut aussi, et je le comprends mieux en vieillissant, un malheureux enfant, dévoré par la jalousie, constamment humilié quand bien même il inventait des vexations qui ne furent jamais. Il dut terriblement souffrir de cet état. Cependant... Cependant, si nous le prenions vivant, je le ferais passer devant un tribunal militaire pour le juger.

— Il sera fusillé.

— Je demanderai à O'Shea de présider les débats : moralement, ni toi ni moi ne pouvons occuper cette fonction mais attention, pas de lâcheté, il nous faudra siéger.

— J'espère que nous ne le prendrons pas vivant. Si ignoble et inhumain qu'il soit, j'ai en mémoire le petit garçon qu'il fut.

— Mahé, de telles pensées affaiblissent notre résolution et désarment la justice : s'il est jugé, ce sera équitablement, sans partialité.

Mahé ébaucha un vague sourire.

— Un tribunal présidé par un Américain, il y verrait surcroît de cynisme de notre part...

Valencey d'Adana secoua négativement la tête.

— Mais enfin, Mahé, de quoi parlons-nous, à la fin ?... Le juger ?... Mais il faudrait d'abord le prendre et là, les chiffres ne sont pas nos amis. Nous nous battons à un contre cinq en notre défaveur. À eux seuls, les chouans nous égalent en nombre et sont sa troupe d'élite. Ces spéculations, c'est comme pisser vent debout !… As-tu pensé que nous pouvons, que nous devrions être défaits, vaincus ?

— Je sais. Et le premier venu dirait que c'est le plus probable. Et s'il nous prend toi et moi vivants, blessés ou par surprise, notre mort serait longue à venir, et des plus atroces.

Un écureuil se montra. Valencey d'Adana, qui adorait les animaux, agita les deux mains, très gracieusement, comme s'il montrait des marionnettes. L'écureuil pencha la tête, intéressé. La main droite, entreprenante, se pencha sur la main gauche qui fit mine de décamper sur le mode : « Je ne suis pas celle que vous croyez. » Désespérée de cette incompréhension, la droite se mit à genoux, suppliante. La gauche, attendrie, revint et s'approcha à petits pas. L'écureuil aussi, fasciné.

— Quel âge as-tu, général ?… demanda Mahé, tout d'indulgence.

— Oh, par instants, je suis un grand, un monsieur de dix ou douze ans !… Tiens, un bol de chocolat au lait de chèvre et au sirop d'orgeat ne serait pas pour me déplaire.

— Sois heureux : j'ai fait acheter trois chèvres en ton absence. Des prix de Vendéens, ce qui met la chèvre à un cours fort élevé.

Le soleil se levait. Tous deux songèrent aux milliers de levers de soleil auxquels ils avaient assisté depuis le pont de *La Terpsichore*. Leur jeunesse, une partie de leur enthousiasme et de leurs illusions se trouvaient à présent derrière eux. Ils devinaient qu'ils n'en finiraient jamais avec le deuil de la fabuleuse frégate.

— Comment était Gréville ?… demanda Mahé pour chasser une mélancolie naissante qui lui blessait le cœur et lui meurtrissait l'âme.

— D'une très grande gentillesse. Il nous aime. Tous. Il est fascinant, sais-tu ?… Érudit, intelligent, drôle.

Général de police, il est aussi général de la garde nationale, ce qui l'irrite fort.

— Il n'a toujours pas de foyer ?

— Son foyer, c'est la République. Nous avons été dans une guinguette en bord de Seine, il m'a parlé de la situation. Il est inquiet : un vent détestable souffle sur le pays.

— Mais Gréville est jacobin et de la Montagne*?

— Justement. Il se méfie de la loi sur le maximum qui bloque les prix des denrées de base qui avaient décuplé. Pas très populaire. Les sans-culottes se détournent du gouvernement depuis l'exécution d'Hébert. Les ennemis de Robespierre le discréditent en multipliant arrestations et exécutions. Ils vont tourner en ridicule la « fête de l'Être suprême » qui doit avoir lieu au Champ-de-Mars le 20 Prairial, c'est-à-dire le 8 juin. Enfin, Robespierre va présenter un texte remaniant le Tribunal révolutionnaire : plus de défenseurs pour les accusés. Saint-Just appela cela « la Grande Terreur ».

Mahé s'indigna :

— Mais c'est contre nos idées !… Cela revient à exécuter les suspects sans jugement. En outre, cela peut se retourner contre Robespierre lui-même.

Valencey d'Adana se leva, imité par son ami qu'il prit par les épaules.

— Mahé, ne pensons qu'à ce que nous devons faire ici car nous n'avons pas prise sur les événements de Paris.

Ils arrivèrent devant une sorte de prison en plein air composée de barreaux de bois et dont le toit, fait d'une toile de tente, protégeait d'éventuelles pluies.

Une très jolie jeune femme se leva aussitôt.

— Marie Toute Troussée !… Je l'ai amenée ici les yeux bandés !… souffla Mahé à Joachim.

---

* Tendance de Robespierre, Saint-Just, Couthon, Hanriot…

Elle mêlait des grâces adolescentes à des airs de perversion dont son état de putain, en lequel elle fut précipitée par les tueurs de Blacfort, était la cause, peut-être malgré elle.

— Tu es le général, n'est-ce pas ?… Libère-moi, s'il te plaît.

Jolie voix, douce comme une caresse.

Mahé se justifia :

— La prison… La raison principale en est qu'elle trouble nos hommes, même s'ils se tiennent fort bien. J'ai interdit qu'on s'approche d'elle. Nous… Nous ne sommes pas les gens de Blacfort qui ne voulaient… ne voulaient…

— Ils voulaient ceci !… dit-elle avec violence et une forme de désespoir provocant, ouvrant sa chemise brodée et révélant les plus beaux seins qu'on vît jamais.

Valencey d'Adana répondit froidement :

— Couvre-toi, citoyenne, c'est par la poitrine qu'on prend la mort.

— Ma mort, quelle importance ?

— Ne parle pas ainsi. Tu n'es pas née putain, tu ne l'as pas voulu puisqu'on t'a contrainte. Ailleurs, tu seras une autre femme et qui sait, peut-être seras-tu heureuse.

Elle fondit en larmes.

Embarrassé, Valencey d'Adana dit à Mahé :

— Pourquoi lui gâcher ainsi la vie, Mahé ?… Tu lui as bandé les yeux pour l'amener ici, alors libère-la.

Mahé sourit.

— O'Shea va m'en vouloir…

52

Marie Toute Troussée hésitait à aller plus loin.

Deux jours et deux nuits qu'elle prenait pension en cette auberge isolée qui présentait l'avantage de ne se trouver qu'à près de trois kilomètres des premières positions de la 123e demi-brigade « Liberté, liberté chérie ».

Sur ordre du général, on l'avait libérée avec quelques pièces et assignats, sans demander de contrepartie, sans abuser de son joli corps, et cette délicatesse était bien nouvelle alors de fait, elle n'arrivait pas à s'éloigner. Et puis il y avait eu ces mots du colonel Campagne-Ampillac au sujet de l'Américain, le commodore John O'Shea : « Il va m'en vouloir. »

Serait-ce possible alors que précisément, entre tous, c'était le seul qui la troublât ?

Elle aurait aimé retourner au camp mais sous quel prétexte ?... Ici, l'aubergiste, un homme qui n'avait pas approché un savon depuis des années, la serrait de près, la frôlait sans cesse.

Depuis la fenêtre de sa petite chambre, elle considéra la lune d'un air rêveur. L'astre mort se levait sur une trop chaude nuit d'un bleu virant vers le violet. L'air embaumait le printemps et les senteurs nouvelles et lourdes des lilas proches du puits. L'orage n'allait pas tarder. Oh, ces odeurs : le cœur, même bafoué et avili, chancelait sous d'aussi tendres assauts.

Tout se tenait, depuis cette sensibilité nouvelle à la douceur de la nuit jusqu'à ce risque fou, sa présence ici alors qu'elle avait trahi Blacfort et les siens.

Mais même la terreur que lui inspiraient ses anciens compagnons et geôliers ne la pouvait faire s'éloigner d'ici. Oui, elle aimait, et c'était bien la première fois. Et ne doutait pas trop de la réciprocité. Un Américain !... C'était tellement inattendu, tellement impossible, autant assurément qu'un habitant de la lune.

Et si le bonheur n'était pas qu'un mot destiné aux poètes ?

Valencey d'Adana, à demi vêtu, écouta le rapport de « Diego » Quetzalcóatl. O'Shea et Mahé arrivèrent peu après, l'Américain torse nu.

— Eh bien ?... demanda Mahé, voyant Joachim songeur.

Celui-ci répondit d'un air soucieux :

— Ils ont été informés de la présence de Marie Toute Troussée à l'auberge et bien entendu, Blacfort veut se venger. Il a envoyé vingt de ses chouans pour la capturer. Il veut couper les seins de la jeune femme et lui enfoncer un fer rouge là où vous imaginez. Les chouans n'ont pas l'air ravi mais se taisent.

— On ne peut pas laisser faire cela !... lança O'Shea, soudain livide.

— Il est facile de leur couper la route du retour !... assura Mahé.

Valencey d'Adana expliqua :

— Leur montrer que nous savons tout de leurs déplacements ?... Le plan de Mahé est remarquable mais ne fonctionne que si les brigands de la Vendée ne nous estiment pas à notre véritable valeur. Il faut endormir leur méfiance et qu'ils nous prennent en défaut. À commencer par cette nuit où nous avons d'autres objectifs.

Mahé sembla déçu.

— Si nous ne bougeons pas, nous condamnons cette jeune femme à mort.

Perplexe, Valencey d'Adana regarda tour à tour Mahé et O'Shea.

On tapa à la porte de l'auberge à coups de crosse.

Marie tressaillit. L'aubergiste, servile, courut ouvrir et se trouva face à des chouans massifs :

— La fille !

— À l'étage !

Marie Toute Troussée fut bientôt amenée, vêtue d'une chemise légère qu'on revêt pour la nuit.

L'officier chouan, émerveillé, gronda :

— Nul n'y touche ou gare au général-comte de Blacfort.

Mais, lors de la marche menant à la forêt, il eut soin de se trouver derrière elle afin de se réserver le spectacle de ses fesses qui ondulaient à chaque pas.

Blacfort se retint de gifler l'officier chouan, craignant de se les mettre tous à dos.

L'orage venait d'éclater, le tonnerre roulait tel le son du canon, les éclairs illuminaient comme en plein jour. De grosses gouttes dégoulinaient sur les uniformes.

— Je ne peux pas croire cela mais plutôt qu'ils vous attendaient.

L'officier secoua la tête.

— Impossible. C'était une patrouille de dix hommes. En cas de piège, ils eussent été plus nombreux. Ils semblèrent aussi surpris que nous de nous rencontrer mais cet Américain était enragé à libérer la putain.

— Et pourquoi eurent-ils l'avantage ?

— Ce sont des militaires, ils avancent le fusil chargé et le tiennent à la main. Tous firent mouche. Puis ils sortirent leurs courts sabres tels que pour couper des cannes à sucre. S'ajoutant à leurs grands bonnets de poils et au fait qu'ils fussent nègres, avec un capitaine nègre et ce colonel américain… Mes hommes sont des paysans bretons, ils n'ont jamais vu de nègres, ils ont pensé à des diables noirs : ils s'enfuirent et certains courent encore vers la Bretagne.

Blacfort sentit l'inutilité de poursuivre plus avant, aussi donna-t-il l'ordre d'aller au repos.

On aviserait demain.

Près de trois mille hommes sursautèrent avant de s'abandonner à la panique tant la chose paraissait impossible : on les canonnait !

Les officiers reconnurent le son et la cadence de tir rapide du canon inventé par le général-ingénieur et inspecteur de l'artillerie Vaquette de Gribeauval. Un canon devenu la terreur des champs de bataille, trois fois plus rapide que tous les modèles existants et qui faisait de l'artillerie française la meilleure du monde.

Un fait surtout stupéfiait les Vendéens : la forêt était impénétrable aux canons. Admettre cela, qu'on pût y amener silencieusement des pièces d'artillerie, était impossible.

Instinctivement, les Vendéens refluèrent vers leur fortin, pâle imitation des installations du camp de la 123e, les paysans ne pouvant rivaliser avec des charpentiers et menuisiers de marine.

L'artillerie républicaine, une vingtaine de pièces, insulta les dehors de la place mais, sans doute gênés par les arbres, l'orage et une pluie épouvantable, les hommes n'endommagèrent que légèrement l'édifice.

Blacfort estima que leur angle de tir, trop à gauche, condamnait les canonniers à ne faire feu que sur un groupe de tentes, toujours le même, sans jamais pouvoir corriger cette trajectoire et atteindre leur objectif, le fortin. Malgré les dommages subis, il s'en réjouit en maugréant :

— Eh oui, Joachim, on ne fait pas toujours ce que l'on veut !

Le tir cessa brusquement.

Les marins souffraient. Dans le vent et la tempête, même à dix par canon, la tâche semblait inhumaine. On ne savait plus si le visage ruisselait de pluie ou de sueur. Les uniformes de drap bleu marine s'alourdissaient, les tricornes ruisselaient comme des gouttières. Les éclairs révélaient des visages contractés, des traits tirés par l'effort et les regards, un certain effroi : entre les marins en retraite tirant, poussant les canons, et les trois mille Vendéens, il n'existait plus qu'une faible arrière-garde combattante. Si elle se trouvait balayée, les artilleurs seraient crucifiés sur leurs pièces sans même avoir le temps de les enclouer.

Par chance, tous avaient bien en mémoire le trajet de l'aller, mais alors les choses paraissaient plus simples. Une approche lente et silencieuse, aucune peur qui vous tenaille, des arbres marqués d'une croix blanche et de loin en loin un Maya ou un Bravo indiquant la direction du geste. Le retour, au contraire, s'effectuait dans la hâte, certes sans panique mais en toute urgence quand les canons, la fatigue aidant, semblaient s'être alourdis. À diverses peurs s'ajoutait la crainte de se perdre : un véritable chemin existait, zigzaguant adroitement dans la végétation et le réseau d'arbres de la forêt et si parfois on avançait de justesse, les roues frôlant les troncs, on passait tout de même.

Canonniers et hommes d'escorte plaçaient tous leurs espoirs dans l'arrière-garde.

— Foutre la nation !... Foutre la République !... Pour le Christ et pour le roi, en avant !

Galvanisés par l'ordre de Blacfort, une première vague de cinq cents hommes s'élança à la lueur des torches.

Fatale erreur : les tireurs d'élite de la République éliminèrent en quelques minutes les porteurs de torches, puis leurs successeurs. Les Vendéens hésitèrent mais derrière, on poussait.

On avançait par à-coups. Chaque éclair illuminait loin devant, on se précipitait alors pour ralentir dès le retour des ténèbres. Et puis, illuminée par un nouvel éclair, on vit cette chose affreuse : Indiens et grenadiers noirs, des familiers de la nuit, faisaient un massacre des premiers rangs. Des têtes volaient, des hommes aux longs cheveux noirs et uniformes gris levaient vers le ciel de suie des couteaux de pierre ruisselants de sang qui renvoyaient à la terreur des âges avant l'Histoire.

On s'enfuit. On s'enfuit en pleine panique sans percevoir le son du sifflet de marine à deux tons : ruisselant de pluie, le sabre à la main, Victoire à sa gauche et Mahé à sa droite, le général rappelait l'arrière-garde.

O'Shea, secondé par Hyppolite nommé capitaine le matin même, faisait hâter le mouvement.

— Alors ?... demanda Mahé.

Valencey d'Adana, le regard inexpressif, répondit :

— Il faut tenir encore. Dix minutes.

— Nous tiendrons ! assura Victoire.

Blacfort égrenait nerveusement son chapelet où des crânes en ivoire remplaçaient les grains. Voyant refluer les siens, il leur barra le passage.

— Lâches !... Dieu vous regarde et vous juge !... Vous fuyez devant les régicides, ceux qui dévastent la Vendée, brûlent vos églises et martyrisent vos bons prêtres. Vous fuyez alors qu'ils ne sont qu'une poignée. Allons, au combat, pour Dieu et pour le roi !

Il retourna la situation mais sans emporter l'adhésion ni susciter l'enthousiasme. Les Vendéens repartirent à l'attaque. Seul ce qu'ils pensaient être leur devoir les poussa en avant vers cette forêt qui fut leur refuge et leur apparaissait à présent comme leur tombeau...

— Feu !

Cinquante républicains, un genou en terre, firent feu et reculèrent derrière le rang qu'ils précédaient un instant auparavant. Et ce rang, à son tour, mit un genou en terre.

— Feu !... répéta Valencey d'Adana, le sabre à la main, un pistolet dans l'autre.

Ils étaient donc cent, choisis exclusivement parmi les vétérans qui combattaient parfois depuis près de vingt ans, et sans discontinuer.

C'était une retraite, incontestablement, mais dans un ordre parfait. On tirait, on reculait, le second rang tirait, reculait... Les vagues de Vendéens se brisaient contre ce mur mobile.

Valencey avait discuté chaque détail de l'offensive surprise avec Mahé et l'état-major.

Il exposa la ligne générale pendant quarante minutes, produisit des plans noircis de flèches et de courts mémorandums sur les aspects techniques de l'offensive. Adoptée, elle reçut pour nom de code « la Bataille des dupes » et c'en était une, magistrale, si ayant atteint ses objectifs le général parvenait à ramener ses troupes dans le camp retranché.

La première imposture, la plus risquée, consistait à tromper Blacfort sur la valeur de la 123e demi-brigade.

Son postulat était le suivant : jamais six cents hommes ne pourront donner l'impression qu'ils sont moitié moins. Eh bien il fallait davantage de détermination dans le choix : attaquer avec seulement trois cents hommes qui feraient double besogne… et en laisser trois cents au camp.

Second volet de « la Bataille des dupes » : atteindre tous les objectifs en faisant croire à Blacfort qu'il s'agissait d'un demi-échec : sur ce point précis, les choses étaient bien engagées. Valencey d'Adana savait qu'en cet instant les canons arrivaient au camp avec les artilleurs, l'escorte, les grenadiers et les Indiens.

Il observa ses vétérans. Les tirs bien groupés se révélaient dévastateurs. Le fusil de 1777 qui équipait les troupes régulières des armées françaises avait, outre sa modernité, un avantage immense sur ceux des Vendéens et des armées étrangères : un seul fusil, un seul type de cartouche. Ailleurs, on comptait parfois quinze modèles différents et autant de variétés de cartouches.

La dernière charge des Vendéens, nouvel échec, les fit refluer. Par sifflet de marine, Valencey d'Adana donna le signal et l'on prit le pas de charge vers l'arrière.

Bientôt, on aperçut le camp retranché, ses fossés, ses herses, sa muraille d'épais rondins hérissée de baïonnettes amies.

Victoire, Mahé et Valencey d'Adana furent les derniers à s'y réfugier, la porte manquant se refermer sur La Fayette crotté, boueux, le regard noir de colère et d'une humeur massacrante.

Suivant de loin et avec prudence, les Vendéens s'arrêtèrent à l'orée de la forêt. Puis l'un d'eux cria victoire et tous de hurler de joie, persuadés d'avoir « raccompagné » la demi-brigade « Liberté, liberté chérie » derrière ses fortifications. Et cette croyance de s'enraciner en leurs cœurs.

C'est précisément à cette époque qu'un philosophe allemand, Emmanuel Kant, écrivait de la croyance qu'elle est une forme de non-savoir.

Le hasard est parfois facétieux…

53

L'orage se déplaçait vers l'est, la pluie cessa bientôt. Une odeur de terre mouillée et de feuilles humides flottait loin à l'extérieur de l'immense forêt.

Les deux camps, cette nuit-là, fêtèrent la victoire avec une égale sincérité, mais de manière très différente.

Chez les Vendéens, on célébra une messe d'action de grâces par laquelle ses serviteurs remerciaient Dieu.

Puis on ramassa les cadavres les plus proches en les alignant côte à côte avant d'aller se coucher, le cœur léger, fiers d'avoir servi tout à la fois le petit roi Louis XVII, enfermé au Temple, et Dieu dont le silence valait approbation. Pas un ne se souvint des paroles de cet officier républicain fusillé peu auparavant près de Bressuire. Tandis qu'ils le tenaient en joue, il cita Voltaire à tous ces hommes aux visages fermés et comme murés dans la bêtise :

— Si Dieu nous a faits à son image, nous le lui avons bien rendu !

Arpentant son camp, Blacfort savourait ce qu'il pensait être un incontestable triomphe. Celui-ci le rendant très exceptionnellement indulgent, il reconnut à Valencey d'Adana et sa 123e demi-brigade certaines qualités. Il ne sous-estimait pas l'exploit consistant à mener une vingtaine de canons à travers une forêt aussi dense. Ni que cette approche fût parfaitement silencieuse et réalisée dans des conditions très pénibles avec un temps épouvantable et des canons poussés à la main, le hennissement d'un cheval les pouvant trahir.

Il admettait également l'excellence de la retraite des «Bleus». Oui, sans doute, un très bel exercice, de l'ordre, de la précision et de la méthode, toutes choses dont Valencey d'Adana possédait la parfaite maîtrise.

Mais quelle que fût sa qualité, retraite il y avait!... Nul ne le pouvait nier. Et qui dit retraite d'une des armées dit victoire de l'autre. Des faits d'une telle netteté ne se discutent pas.

Seule ombre au tableau pour Blacfort, ses pertes. Très élevées. Mais une chose est de déplorer un lourd bilan au soir d'une défaite et une autre est d'admettre «un certain coût» dans l'allégresse du triomphe. Et au reste, fi de toute cette comptabilité!

Il gagna sa tente le cœur serein et les mâchoires crispées, tel qu'il sied à un vainqueur à la romaine. Il se savait attendu.

Mme de Juignet-Tallouart, certes, mais une autre encore offerte par Chapeau-ciré. Et celle-là, cadeau d'un de ses fidèles, s'avérait prometteuse même si, destinée à remplacer Marie Toute Troussée, elle ne pouvait, ni aucune autre au monde, rivaliser quant à la beauté de la poitrine. Jamais il n'en vit de plus belle. Ah, ces deux globes parfaits!... Assis sur elle, il aimait faire l'amour à cette poitrine, se réjouissant de la petite flamme de mépris qu'il lisait dans les yeux de la belle.

Il soupira: elle ne fut jamais des leurs!... Violée, capturée, quelque chose en elle n'abdiqua pas.

Il eût aimé lui couper les seins avant de les manger même si d'expérience il savait ce mets semblable à de la tétine de vache mais quoi, c'eût été l'idée qu'il aurait mangée.

— L'idée !... dit-il en levant un index pertinent.

La belle Mme de Juignet-Tallouart l'attendait, nue, en compagnie de la gamine de quinze ans enlevée par Chapeau-ciré. Une petite servante d'auberge.

Il fut immédiatement déçu car la petite servante, nue elle aussi, lui sourit, sans doute fière à l'idée de devenir la maîtresse d'un noble général vendéen. Qui sait si passer des étreintes brutales des valets de ferme à celles d'un aristocrate ne lui semblait pas une sorte d'élévation en la société ?...

Il n'aurait pas le plaisir des cris, des hurlements, du viol... Tant pis !

Blacfort observa les deux femmes aux attraits fort tentants mais fort différents.

Il sourit.

— Mes deux chères putains !

Cet enfer permanent que lui semblait sa vie depuis... depuis toujours, réservait tout de même quelques bons moments. Fugitivement, il fut reconnaissant à la comtesse de ne se point montrer jalouse, au contraire, sachant par avance qu'elle formerait la gamine aux vices les plus raffinés.

Il ignorait que Mme de Juignet-Tallouart, par ce zèle, ambitionnait surtout de se décharger sur la nouvelle venue d'une partie du fardeau qu'il représentait mais Blacfort se trouvait tout simplement dans l'incapacité d'envisager une hypothèse qui le desservît.

La conférence d'état-major dura une partie de la nuit. Élargie, elle comprenait Valencey d'Adana, Victoire, Mahé, O'Shea, Hyppolite et une bonne quarantaine d'officiers.

Chaque action, chaque mouvement, chaque salve

furent passés en revue, analysés et éventuellement critiqués.

Cette manière, fort différente de celle d'un Blacfort, pourrait apparaître rébarbative mais bien au contraire, elle captivait toujours les participants. Il régnait là une froide passion et l'intelligence y était de mise. Le général ne se montrait pas avare de compliments et, pour les fautes, un regard un peu appuyé suffisait. Il posait beaucoup de questions, ce qui donnait un caractère vivant aux réunions et, affirmait-il quelque chose, il s'appuyait sur des tracés d'itinéraires, des relevés de plans d'opérations et des travaux de topographie dans lesquels il excellait. Ici, la guerre était une science.

Avant de lever la séance, on analysa le bilan des pertes sans cesse revu à la baisse : quatre morts, douze blessés dont trois très graves et quatorze disparus, mais cinq rallièrent en isolés les lignes républicaines au cours de la nuit quand les Mayas et les Bravos retrouvèrent deux grenadiers errant en forêt.

Parmi les disparus, on nourrissait quelque inquiétude concernant un jeune sous-officier lequel, cerné, avait été vu levant les bras.

On se sépara à trois heures du matin mais O'Shea retint le général en lui murmurant quelques mots à l'oreille. Joachim se tourna aussitôt vers Victoire :

— Je te rejoins, je dois évoquer le cas de la prisonnière, tu sais, celle qui est si jolie.

Elle lui sourit.

— Et en pleine nuit, en plus ?

— Un général au service de la nation doit toujours être disponible pour les questions de service.

— Mais qui rend service à qui ?... demanda Victoire, qui s'amusait.

— Ma chère âme, tu me prends tant, à mon grand plaisir, que je ne puis rien offrir à une autre, tu le sais mieux que quiconque.

— Ce que j'aime, avec les hommes d'esprit, c'est leur tranquille mauvaise foi. Mais ne tarde pas trop.

Victoire partie, il se tourna vers O'Shea :

— Eh bien, John : encore et toujours cette Marie ?

— Ah, ce n'est pas pareil. Écoute ceci. On la ramène après le coup de main. Bien. Un de nos soldats est alors pris du Haut-Mal, comme ce pauvre La Mellerie. Marie, voyant le fusil abandonné, le ramasse et fait feu vers les Vendéens qui suivaient à distance. Joli coup de fusil !... Crois-tu au rachat, Joachim, à la rédemption ?

Valencey d'Adana eut un sourire las :

— Crois-tu à l'âme, John, à la conscience, au « monde intelligible » de Platon ? Il est trois heures du matin et je ne suis pas Pic de La Mirandole* mais un homme très fatigué. Tu es grand, elle est jolie, ce qu'elle fit, sous la violence, ce n'est pas elle, on ne juge pas là-dessus : agis comme il te plaira, damné Yankee, ce sera bien.

— Merci, Joachim. Merci !

Il soufflait un vent léger qui agitait doucement la toile de la tente.

— Tu crois John amoureux ?

Victoire, épanouie, avait posé sa tête sur la poitrine nue de Joachim, lequel répondit :

— Oui. Mais ce que j'aime, chez lui, c'est son absence de préjugés.

— Cette jeune femme n'est pas responsable de ce qu'elle a subi.

— Je sais. Mais combien d'hommes auraient la force de l'oublier, de passer outre ?... Notre John, lui, est ainsi.

---

* 1463-1494. Penseur italien réputé pour l'étendue de ses connaissances et une fabuleuse mémoire.

Il prit entre ses mains le visage de Victoire et la regarda.

— Comme toi, aucun préjugé : épouser un marin, il faut être folle. Un marin, ça risque d'être coulé, mangé par les poissons, envoyé dans les bagnes d'Angleterre… alors que les notaires, tiens, le voilà l'avenir !

— C'est ta faute si j'aime tant la marine.

— Alors aime-la encore une fois, ma chérie, je ne peux pas me rassasier de toi et n'y parviendrai jamais : autant commencer sans tarder cette impossible mission, non ?

— Mon dieu, où vas-tu chercher pareils arguments ?

— J'ai appris le fusil un soir… Ils avaient bu, Chapeau-ciré m'a obligée. J'ai pensé le tuer en voyant que je tirais si bien mais une fois encore, j'ai été lâche.

O'Shea secoua la tête.

— Vous n'aviez pas le choix, Marie.

— Si. Plusieurs fois j'aurais pu m'échapper. Mais j'étais terrorisée à l'idée qu'ils me rattrapent. Un jour, Blacfort m'avait dit qu'il prendrait grand plaisir à me couper les seins pour les manger. J'ai compris dans son œil, son œil unique, qu'il disait la vérité.

— Mais c'est fini, à présent. Vous avez choisi la République, la République protège ses enfants.

Le vent avait à demi séché les traces du terrible orage. Au loin, les sentinelles échangeaient des mots de passe et le camp retranché ne semblait dormir que d'un œil. Un cavalier, patient, faisait tourner son jeune cheval au bout d'une longe. C'était un cavalier espagnol, il parlait à sa monture avec une infinie douceur.

John regardait Marie en souriant malgré lui. Elle baissa les yeux, ce regard la faisait souffrir car elle mesurait à cette échelle la nature des regards de la bande à Blacfort où elle ne vit jamais qu'un désir bestial et égoïste.

Tous deux brûlaient d'envie de se jeter dans les bras l'un de l'autre, aucun n'osait.

L'amour, bien souvent, est fils de la chance. Un mot peut suffire. Le hasard le voulut ainsi lorsque, pour dire quelque chose, le commodore O'Shea lança :

— Vous êtes forte, Marie.

La réponse jaillit, sans calcul :

— Non. Et ce n'est pas lorsqu'on est fort qu'on a besoin d'amour mais tout au contraire quand la vie vous a fait trébucher.

Il l'embrassa très tendrement.

54

C'est vers midi qu'un Maya apporta un long rapport du baron de Saint-Eulay, cet officier républicain infiltré chez les Vendéens.

Le message contenait deux nouvelles, une bonne et une mauvaise.

Cette dernière, qui consterna Valencey d'Adana, concernait le jeune sous-officier fait prisonnier par les Vendéens. On lui avait arraché tous les ongles puis le malheureux fut allongé sur un banc tandis qu'avec des crics situés aux extrémités, par poussées successives de la manivelle et de la crémaillère, on lui tira les membres au point de les disloquer. Enfin, et tandis qu'il sombrait à demi dans l'inconscience, on le chaussa de bottes poreuses dans lesquelles on versa de l'huile bouillante.

Il en mourut. On lui coupa alors la tête au couteau de boucher puis elle fut fichée sur un pieu lui-même enfoncé devant le fortin des Vendéens.

Placée là, elle voisinait avec celle d'un Maya, le premier à tomber dans les guerres de Vendée. Dans la confusion du bombardement, l'Indien s'était introduit au cœur du camp royaliste, empruntant les vêtements d'un cadavre. Il poursuivait un but précis relevant d'un ordre ancien concernant les gardes du corps, le travail n'étant point achevé sur ce chapitre.

Ayant de longue date observé les lieux depuis les plus hautes branches, il se dirigea vers la tente des gardes du corps mais fut déçu de n'y rencontrer que Marie Trois Tours, dite « la Grêlée », tremblant de peur. Il l'étrangla et s'apprêtait à ressortir lorsqu'il se trouva en face de Lefèvre dit « Va-de-bon-cœur ». Celui-ci fuyait les combats mais tenait malheureusement un pistolet à la main. Il fit feu. Cependant, bandant toute sa volonté, l'Indien parvint avant de mourir à ficher son couteau de pierre dans la gorge de l'assassin.

Blacfort, au matin, accepta de se déplacer pour venir observer ce cadavre que la masse superstitieuse des Vendéens, n'osant s'approcher, contemplait en se signant, voyant là non un homme mais une créature des enfers.

Laissant la tête à sa troupe, Blacfort demanda pour son compte la peau, exigeant qu'elle fût tannée sans perdre son étrange teinte cuivrée. Deux bouchers se mirent aussitôt à l'ouvrage.

Côté républicain, on fit passer les noms de l'Indien et du sous-officier de la colonne « disparus » à celle des « morts au combat ».

La seconde nouvelle, heureuse, concernait les pertes de l'armée Blacfort, et Saint-Eulay, ayant en charge la tenue des effectifs, se trouvait fort bien placé pour cet office.

Le chiffre surprit l'état-major, tant son ampleur dépassait les prévisions les plus optimistes : près de huit cent trente morts et quatre cents blessés, dont soixante-quinze très grièvement. Mais au-delà, il confirmait Valencey d'Adana et les siens dans la réussite de leurs objectifs. Ainsi le tir d'artillerie que Blacfort jugeait « trop à gauche », ratant « l'objectif essentiel, le fortin, pour se concentrer sur un groupe de tentes, toujours le même », loin de sanctionner un échec tel que le pensait le général vendéen, constituait tout au contraire la plus grande réussite de l'opération nocturne.

En effet, aux yeux d'un stratège tel que Valencey d'Adana, le fortin présentait peu d'intérêt, si ce n'est symbolique, quand le fameux « groupe de tentes » qui concentra les tirs rageurs de ses canons éliminait une grave menace. Ces tentes, au sud-est de la vaste clairière, bénéficiaient du meilleur ensoleillement et, sans même discuter avec la piétaille, les troupes d'élite se les étaient appropriées dès en arrivant. Si bien que les cent vingt aristocrates venus de l'émigration, les cinquante volontaires anglais et près de trois cents chouans avaient été tués. La consigne avait été suivie à la lettre : ouvrir un tir impitoyable sur ces tentes et insister, insister, insister encore. La plupart des victimes trouvèrent la mort dans leur sommeil quand la bouillie humaine qu'on en retira plus tard rendit toute identification impossible.

Devant l'acharnement des canonniers républicains, Blacfort avait été pris d'un doute : « Trop à gauche, mais fort bienvenu pour Valencey d'Adana. » S'il avait persisté en ce raisonnement, le général vendéen eût peut-être démonté le mécanisme du plan de son ennemi lequel, depuis le début, le menait où il voulait. Mais ce que son intelligence commençait à entr'apercevoir, son orgueil ne le pouvait admettre, aussi s'en tint-il à son opinion première. Ce faisant, il se mit à dos les deux cents chouans survivants lesquels, pour leur part, ne voyaient aucun hasard dans le tir des canonniers de marine.

Satisfait, Valencey d'Adana fit ouvrir des bouteilles de champagne comme au temps de *La Terpsichore*, rappelant cependant qu'on ne buvait pas à la mort des hommes mais aux succès de la République.

À peine avait-il avalé une gorgée qu'un jeune officier s'en vint le chercher en courant.

La nouvelle parut si étonnante que Valencey d'Adana et ses officiers se précipitèrent vers la première enceinte.

Ils étaient une vingtaine. Canons de fusil pointés vers le bas, en signe de soumission, et vestes retournées, attitude indiquant en Vendée qu'on changeait de bord en ralliant l'autre camp.

— Je doute de leur sincérité !... lança O'Shea.

— Ces pauvres diables veulent simplement sauver leur peau !... constata Mahé.

Valencey d'Adana lança froidement ses ordres :

— Qu'on les désarme et les traite avec humanité puis qu'ils soient immédiatement renvoyés chez eux avec des saufs-conduits. Que le brigand de la Vendée capturé cette nuit assiste à toute la scène puis qu'on le relâche en forêt : sans le savoir, racontant son histoire, il travaillera désormais pour nous.

Puis, souriant de manière inattendue, il lança à ses officiers :

— Messieurs, ne laissons pas le champagne se réchauffer.

Les comptes n'étaient point bons et Blacfort s'assombrit. Quoique encore très supérieure en nombre à celle de Valencey d'Adana, sa troupe voyait fondre ses effectifs.

Partis trois mille six cents à son apogée, son armée avait perdu bien du monde lors de cette bataille aux confins de la Saintonge où disparurent son artillerie et sa cavalerie. On tomba à deux mille neuf cents avec la satisfaction d'avoir contraint la 123e demi-brigade à se retirer, ce qui se sut en Vendée et à l'étranger, chez les princes. Le rapport tombait de un contre cinq à un pour quatre.

Par chance, les combats en mer qui aboutirent au sabordage de *La Terpsichore* coûtèrent une centaine de marins tués et trente blessés graves à son rival. Les effectifs de la 123e descendant à cinq cent quatre-vingts hommes, le rapport remontait à un pour cinq.

Hélas, avec l'affaire de cette nuit, tout était encore bouleversé. Certes, une fois encore, Valencey d'Adana avait dû battre en retraite. Dans un message aux princes royaux, on pouvait arguer que bousculées, les troupes de marine avaient été repoussées sur leurs positions de départ où elles se retranchaient. Mais tout de même, huit cent trente morts et soixante-quinze blessés si graves que le chirurgien en chef pronostiquait :

— De toute façon, dans cette forêt malsaine, ils vont tous crever !

Les chiffres tombaient alors à deux mille et l'écart oscillait entre un pour trois à un pour quatre.

Coûteuse victoire. Un officier royaliste n'avait-il pas maugréé :

— Encore trois... *victoires*... comme celle-ci et le drapeau tricolore flottera sur le bastion royaliste !

Que faire ?...

Il fallait pourtant agir !... Bloquée dans cette forêt, la troupe allait perdre tout son mordant. On signalait déjà des désertions, ces imbéciles de soldats-paysans pensant brusquement à s'en aller faire les moissons !

Blacfort avait procédé à des promotions très rapides pour remplacer les officiers tués. Ainsi, un ancien lieutenant du royal-Cravate*, jeune marquis, devint colonel et favori de Blacfort en raison de conseils souvent judicieux.

— Que pensez-vous de cela, marquis, si j'attaquais à présent qu'ils ne s'y attendent point ?

— La surprise serait totale, assurément !... répondit l'ancien officier du royal-Cravate qui ajouta : à condition, bien entendu, que nul traître ne les prévienne.

---

* Composé à l'origine de Croates, ce régiment devint officiellement le « royal-Cravate », la déformation « parlée » de « Croate » en « Cravate » étant officialisée. Ce sont des troupes du « royal-Cravate » qui avaient été balayées par l'émeute lors de l'affaire Réveillon qui précéda de peu la prise de la Bastille (voir p. 126).

Blacfort sursauta :
— Un traître ?
— Il en est tant et tant, dans toutes les armées. Pourquoi pas la nôtre ?... Après le tir si... heureux des canonniers républicains, la question est légitime.
— Un traître... répéta Blacfort, rêveur.
Le colonel insista :
— S'il en existe, il est facile de le démasquer : annoncez que nous attaquons dans une heure et faites suivre par vos hommes de confiance tous ceux qui s'éloigneront.
— Quelle idée magnifique !... s'enthousiasma Blacfort qui lança ses ordres pour l'offensive.
Moins de trente minutes plus tard, Chapeau-ciré et Simon dit « la Douceur » amenèrent à leur chef le baron de Saint-Eulay, le visage tuméfié et les mains liées derrière le dos.
Chapeau-ciré, qui portait effectivement un chapeau de cuir noir d'une grande laideur, expliqua de sa voix nasillarde :
— Il fut seul à s'éloigner du camp, monsieur le comte, et nous l'avons surpris enterrant ceci au pied d'un arbre creux.
Blacfort lut quelques lignes écrites à la hâte et qui annonçaient l'attaque imminente des royalistes. Fou de rage, il gifla le prisonnier qui lança :
— Blacfort, espèce de charogne, tu crèveras bientôt toi aussi !
— Tu n'as pas fini de souffrir !... promit le général vendéen.
Cependant, son actuel conseiller et tout récent colonel entraîna Blacfort à l'écart :
— Général, nous n'avons plus le temps de nous amuser à ces jeux-là. Fusillez-le et passons à l'essentiel, l'attaque.
Le mot « attaque » séduisit Blacfort s'il n'aima que modérément les mots « ces jeux-là ». Mais le jeune mar-

quis, descendant d'une longue et prestigieuse lignée de militaires, lui en imposait. En outre, ne venait-il pas de démasquer un traître ?

Il décida de lui céder mais on fusilla Saint-Eulay selon le caprice du général : dans le dos, à seulement quatre pas et en visant le crâne, afin qu'il n'ait plus de tête.

La comtesse de Juignet-Tallouart, qui pensait à son avenir en se fabriquant un passé et donc une légende de belle amazone vendéenne, demanda et obtint de faire partie du peloton d'exécution.

Dans le silence observé par près de deux mille hommes attentifs, on entendit le condamné crier :

— Mort aux tyrans !... Vive la République !... Vive la nation !...

Les fusils firent taire à jamais la voix du baron de Saint-Eulay, officier d'un régiment de tirailleurs d'Étampes tombé pour la République.

55

D'attaque surprise, il ne fut point. Même privé des services du courageux Saint-Eulay, Valencey d'Adana disposait d'un autre moyen d'information : ses guetteurs indiens, par ailleurs inégalables coureurs des bois.

Le camp retranché républicain se tenait en permanence en état de semi-alerte, cinq à dix minutes suffisant pour passer à l'échelon supérieur, l'alerte générale.

Cependant, il fallait sauver les apparences et feindre la surprise. À cet effet, des ordres précis avaient été donnés et leur application répétée.

Peut-être insuffisamment. Aux dépens de la République et de la 123e demi-brigade.

Débouchant de la forêt sur un front de près de deux cents mètres, les Vendéens attaquèrent en hurlant.

Les canonniers républicains, la mort dans l'âme, exécutèrent les ordres : une pièce sur quatre seulement faisait feu, il fallait imprimer aux tirs un léger flou. Tirs trop longs, trop courts, au but. Pour des hommes habitués à faire mouche du premier coup, lesquels en outre avaient depuis longtemps pris tous leurs repères, la consigne était sévère.

Les Vendéens, gagnés par la confiance, franchirent les fossés en sautant et, laissant les contrevallations derrière eux, traversèrent le glacis sans ralentir leur course.

Derrière la contrescarpe, les marins républicains lâchèrent une unique mais très meurtrière salve avant de décrocher en sautant de leur tranchée pour se replier en courant et gagner la seconde ligne de fortifications.

Un réel enthousiasme gagna les Vendéens galvanisés par tout le terrain conquis et le repli des Bleus. Cependant, arrivés à la contrescarpe, ils se heurtèrent à un noyau de résistance qui les ralentit… et consterna Valencey d'Adana et son état-major.

Cinquante !… Ils étaient cinquante, tous des vétérans éprouvés d'un courage et d'une discipline légendaire. Tous Brestois, et têtus comme on le dit à tort ou à raison des Bretons : ceux-là ne se voulaient point replier devant « les brigands liberticides ».

Ils se battaient admirablement, mais ployaient déjà sous le nombre.

Bouleversant tous ses plans, Valencey d'Adana prit immédiatement sa décision :

— Les deux compagnies de fusiliers au centre, la cavalerie sur l'aile gauche, les grenadiers et les volontaires étrangers sur l'aile droite. Intensifiez le tir d'artillerie : à présent, une pièce sur deux fait feu et tous les coups au but. Exécution !

Valencey d'Adana enfonça légèrement son tricorne, arma son pistolet et sortit son sabre du fourreau, signes que, malgré ses plans si méticuleusement mis au point, il allait tout ruiner pour sauver ses cinquante vétérans indisciplinés. Il ordonna :

— Tout le monde me suit à l'assaut : compagnie de réserve, escouade de protection et d'honneur, état-major, cuisiniers. Pour la République : vaincre ou mourir !

Tout cela était inutile, Valencey d'Adana le savait. Déjà, les éléments de pointe de l'armée Blacfort dépassaient la contrescarpe aux alentours jonchés de cadavres des leurs, mais aussi de ceux de dizaines de marins en uniformes bleus.

La cavalerie d'O'Shea, lancée à gauche, enfonça l'aile droite vendéenne. Les deux compagnies de fusiliers, au centre, avançaient régulièrement mais plus lentement. Enfin, les grenadiers noirs et les étrangers, où se trouvaient les meilleurs tireurs, ouvraient déjà un feu meurtrier.

Mais pour Valencey d'Adana, à n'en pas douter, tout cela serait insuffisant. Les vétérans ne seraient pas sauvés, la 123e serait submergée.

Et c'est alors que les Vendéens tenaient la victoire, alors que suite à la désobéissance de cinquante vétérans le plan magnifique mais extrêmement sophistiqué du général républicain se retournait contre lui, c'est à cet instant qu'après un flottement, les Vendéens refluèrent et coururent vers la forêt, une quarantaine des leurs étant abattus pendant cette fuite.

Très sagement, bien formés par Valencey d'Adana, les officiers de marine se gardèrent d'entamer une poursuite, réoccupant contrevallations et contrescarpe où ils consolidèrent immédiatement leurs positions.

Le premier mouvement de Valencey d'Adana, contraire à tous ses principes qui consistaient à ne jamais mêler guerre et sentiments, fut de s'assurer que Victoire se trouvait saine et sauve.

Rassuré sur ce point, il fit battre le rappel, heureux que la compagnie de réserve, l'escouade de protection et d'honneur ainsi que les services de l'état-major n'aient pas eu le temps, sans doute, d'apparaître à l'ennemi lequel sous-estimerait quelque temps encore les forces de la 123e.

Valencey d'Adana observa à la lunette d'approche les Vendéens en pleine retraite. Il se trouvait dans la plus grande perplexité : quelle mouche avait piqué Blacfort à l'instant où, persévérant quelques minutes encore, la victoire était sienne ?

Bouleversé, il vit les Vendéens traîner un vétéran blessé mais celui-ci, dans un sursaut, arracha le pistolet d'un soldat ennemi, introduisit le canon dans sa bouche et se suicida.

Valencey d'Adana ferma un instant les yeux.

Puis O'Shea arriva au galop :

— Les chouans !… Les chouans les ont lâchés !… Ils ont déserté en pleine bataille, à dessein. C'est ce qui explique cette panique.

En selle sur un cheval gris, Victoire arriva à son tour, la sueur lui perlant le front : Dieu, qu'elle lui sembla belle !

Dissimulant ses sentiments, le général regarda son épouse d'un air sévère et, de sa voix de commandement :

— Madame et citoyenne, vous vous êtes bien battue !

Victoire, radieuse, demanda :

— Qu'as-tu préféré : ma charge couchée sur l'encolure du cheval ou ma façon de sabrer les brigands de la Vendée ?

— En tant que militaire, je dirai ceci : ce qui m'impressionne le plus, chez vous, ce sont… vos coups d'ombrelle !

— Monstre !… dit-elle en riant et, approchant son cheval de celui du général, elle lui ôta son tricorne et déposa sur ses lèvres un baiser court mais violent en murmurant :

— Vous m'en rendrez raison sous la tente, monsieur !

Valencey d'Adana rosit légèrement puis, d'une voix rude destinée à effacer les sourires de ses hommes – mais il n'en fut rien –, il ordonna :

— Conférence d'état-major dans dix minutes !…

Doublez les postes !... Nettoyez les armes !... Désignez deux escouades pour ramasser les corps !... Exécution !

Le sous-officier n'hésita pas :

— Elle était sous mes yeux. Sacrée tireuse, colonel. La République peut être fière d'elle comme l'est la 2e compagnie de fusiliers de la 123e.

« Et comme tu l'es sans doute aussi » pensa le sous-officier en voyant O'Shea sourire à Marie.

Le jeune colonel, ancien du royal-Cravate, était mourant. Une balle lui était entrée dans la mâchoire et ressortie près de l'œil gauche. Chaque parole lui coûtait et Blacfort dut se pencher pour l'entendre.

— Ne croyez que moi... Vous tenez la victoire... sans la trahison des chouans, je le jure sur Dieu... Attaquez demain, à l'aube, ne les laissez pas souffler... Pour Dieu, pour le roi...

Il mourut trois heures plus tard en d'atroces souffrances.

Blacfort, invité sous la tente par ses femmes, déclina l'offre brutalement et arpenta son camp en tous sens, mains derrière le dos. Derrière, à dix mètres, le curé Phébus Monteroux suivait, docile.

Blacfort avait peine à le croire mais la chose paraissait une évidence : il allait gagner.

— Nous les dominons !... dit-il en songeant à la demi-compagnie républicaine massacrée et pourtant, ces hommes de quarante ans étaient des rocs, des soldats exceptionnels.

Valencey d'Adana n'y pouvait rien. Certes, sa cavalerie, brutale, avait bousculé l'aile droite mais, coupée de son infanterie, elle serait facile à éliminer.

— Nous les tenons !

Il fallait recommencer, poursuivre et cette fois, nul ne trahirait. Le regard que ses hommes portaient sur lui s'était modifié : il leur inspirait confiance, il était un général qui gagne, un homme dont on suit les ordres sans hésiter. Ses hommes, même les plus stupides, savaient que, sans la trahison des chouans, les derniers républicains, en cet instant, tomberaient sous les balles des pelotons d'exécution.

— Nous les terrorisons !

Il songea à ce républicain dont on lui avait dit que, capturé, il avait préféré le suicide.

Demain, à l'aube, il attaquerait et une heure plus tard il ne demeurerait pas un survivant de la brigade « Liberté, liberté chérie ».

Le soleil se couchait.

Valencey d'Adana songeait au bilan. Près de quatre cents morts chez les brigands de la Vendée, soixante-cinq chez les siens. Vraisemblablement cinq cent vingt républicains opposés à mille six cents royalistes. Un écart de un pour trois, en apparence insurmontable, en réalité, jamais encore aussi – relativement – favorable.

— Quand attaqueront-ils ?… demanda Mahé.

— À l'aube, évidemment.

— Pourquoi, comment es-tu si sûr de toi ?

— Allons, tu connais Blacfort. Il a cru tenir la victoire et pour une fois, il ne se trompait pas. Il attaquera à l'aube. Il l'aurait même tenté cette nuit mais il sait les Indiens imbattables dans l'obscurité et les marins habitués aux veilles. À l'aube, Mahé, mais il aura une surprise : plus question de retenir nos forces.

— Mais prendras-tu encore le risque de le laisser s'avancer ?

— Bien obligé si nous le voulons couper de ses arrières. Comment faire autrement ? Il faut que ma première ligne, paniquée, lui abandonne le glacis. Ils s'avanceront à découvert, la forêt étant trop éloignée pour les protéger. Après... Après, je te jure qu'ils payeront cher le massacre de mes vétérans.

— Pourquoi ont-ils fait cela ?... Eux, des vétérans de tant de batailles !

Valencey d'Adana haussa les épaules.

— C'est ma faute, j'aurais dû y songer. Ils n'ont rien perdu de leurs qualités de soldats mais la discipline, c'est autre chose. Ils ont oublié... Tu le sais, je n'ai jamais refusé de parler de la discipline hors des combats mais à la guerre, j'ai toujours exigé sa plus stricte application. On ne discute pas, on ne désobéit pas sous le feu de l'ennemi. Nous avons failli être balayés, Mahé, nous sommes passés à deux doigts de l'écrasement définitif.

— Ne te tourmente plus, la leçon a porté, même si elle fut coûteuse.

Valencey d'Adana ne répondit pas, observant trois officiers à écharpe et panache tricolore qui arrivaient vivement. Ils descendirent de cheval.

— Général Taenincks.

— Général Valencey d'Adana.

— Heureux de te connaître, citoyen. Je te présente le colonel Andreau et le lieutenant-colonel Maricourt.

— Voici le colonel Campagne-Ampillac.

— Puis-je te parler, citoyen ?

— Mais bien entendu.

Les deux généraux firent quelques pas, échangeant des mots aimables.

— Tu es parisien, n'est-ce pas ?... demanda Valencey d'Adana.

— De la rue des Noyers, tu connais ?

— Rue des Noyers... C'est une vieille rue près de la place Maubert ?

— Exactement.

— Eh bien, citoyen, quelles sont les nouvelles ?

— Excellentes, et je tenais à te les communiquer moi-même. Je suis arrivé hier de l'armée de Sambre-et-Meuse avec mon régiment pour relever un régiment de ligne à la volonté… Comment dire ?…

— Fléchissante ?

— Voilà le mot. Mais à l'aube, nouveaux ordres : je dois monter vers la Belgique où se prépare sans doute une affaire sérieuse. Et tout à l'heure, deux cents chouans viennent se jeter dans mes lignes !

— Désolé, ils venaient de chez moi, si j'ose dire.

— L'armée de Sambre-et-Meuse est une dure école aussi, voici la nouvelle : ici, il n'est plus de chouans vivants.

— Voilà qui me soulage, je craignais tout de même une attaque à revers.

Le général Taenincks aborda la suite avec tact :

— Je sais que tu es à la veille d'une bataille décisive avec Blacfort et que tu es en compte avec lui. Je sais que tes effectifs sont réduits, que toute l'armée monte au Nord… Sache cependant que, si le sort capricieux des armes t'était défavorable, des dizaines de généraux de la République auraient à cœur de te venger : quoi qu'il arrive lors de cette bataille, Blacfort n'échappera pas à son châtiment.

Valencey d'Adana, touché, serra la main du général :

— Merci !… Merci, pour ce que tu dis et ce que j'imagine.

L'allusion amusa Taenincks :

— C'est que je nous crois assez proches. Nous aimons tous deux l'air pur de la Montagne…

Valencey sourit à ce clin d'œil adroit à l'aile des Jacobins qui ne composait pas. Il répondit sur le même registre :

— D'autant qu'à propos de Montagne, l'ascension décourage ceux dont les convictions ne sont pas solides.

Les deux généraux se donnèrent une rapide accolade puis Taenincks remonta à cheval et s'éloigna avec ses officiers.

— J'aimerais monter au nord, quelle bataille se prépare là-bas !

— Ici, c'est déjà la ligne de combat du nord, Mahé !... répondit Valencey d'Adana sans trace d'amertume.

56

Ils étaient allongés côte à côte, heureux.

Valencey d'Adana avait admis la disparition des cinquante vétérans car comme toujours après la douleur, il se dit : « Je pourrais faire partie des morts, ce n'était pas mon jour, voilà tout. La prochaine fois, peut-être… »

Cet aspect fataliste de sa personnalité était en totale contradiction avec sa nature combative d'homme ayant des idées et les défendant. Mais confusément, il n'était pas loin de classer la mort parmi les choses défiant la raison, ce qui en faisait un phénomène fantasque, hors du champ de la réflexion et de l'analyse.

Honnête cependant, il devait admettre que sa perception de la mort se modifiait depuis son mariage avec Victoire. Jusqu'alors, il ne bougeait pas d'un centimètre sous les tirs. Sachant l'effet d'un boulet, et qu'on se trouvait tué sur le coup sans rien ressentir, une magnifique indifférence l'habitait, qui contribua à construire sa légende. Aujourd'hui, l'honneur et le désir de ne pas décevoir lui commandaient de ne pas varier mais il savait tout ce qu'il perdrait en disparaissant. Tout, c'est à dire « elle », son grand amour.

Intérieurement, à chaque engagement, il frémissait en songeant : « J'ai quarante ans, je connais enfin le plus bel amour qui soit, son infinie plénitude et tout ce qu'on abandonne à celle qu'on aime : non, je ne veux pas mourir ! »

Elle lui prit la main.

— Dis-moi, demain, tout à l'heure, est-ce ta plus importante bataille ?

Comme toujours, il réfléchit avant de répondre :

— C'est ma bataille finale avec Nicolas qui a tué ta sœur et mon père, Nicolas qui a trahi notre enfance. Pour ce qui concerne ma propre vie, c'est ma plus importante bataille. Pour le reste…

— Pour le reste ?

— Une bataille parmi d'autres des guerres de Vendée sur leur fin. Si nous en finissons avec Blacfort trop aventuré au sud, Stofflet sera bientôt pris. Les généraux en guerre au front se sentiront soulagés, ne craignant plus d'être poignardés dans le dos.

— Ta plus importante bataille, c'est celle qui précipita la fin de *La Terpsichore* ?

Il réfléchit :

— Franchement, non ! C'était pendant la guerre d'Indépendance américaine. Le roi d'Angleterre avait dépêché contre *La Terpsichore* trois vaisseaux lourds : le *Hood*, le *Hornet* et le *Honey Bee*.

— Que tu coulas tous les trois. Comme on suivait tes exploits dans toute la France !

Il sourit.

— C'est bien loin… Mais j'avais pour moi l'espace, le temps et la vitesse. Et nul ne me pressait. Je pense que, sans l'existence du convoi qui devait rallier Brest, cette grande urgence à éloigner et immobiliser les deux vaisseaux lourds lancés contre nous, j'aurais fini par les couler tous deux en attaquant de nuit et sans dommage pour *La Terpsichore*.

— J'ai peur, Joachim. As-tu peur ?

— Oui.

— Peur de mourir ?

— De mourir, c'est-à-dire de ne plus être là à chaque instant pour t'aimer, te protéger, bénéficier du privilège de ta présence lumineuse.

Il caressa le ventre de la jeune femme, l'embrassa, plus bas encore, mordilla les jarretières aux cœurs enflammés tenant des bas dont elle avait gainé ses jambes eu égard à son plaisir.

Il se redressa au niveau du bas-ventre de la jeune femme :

— Comme si ton joli corps ne suffisait pas, il faut ces fanfreluches sataniques pour achever de me rendre fou !

— Montre-moi jusqu'à quel point tu es fou, général !

O'Shea et Marie étaient assis sur une souche d'arbre. Amants apaisés, ils se tenaient la main en regardant la lune et les étoiles. La nuit semblait complice, douce et parfumée. Elle posa sa tête sur l'épaule de l'Américain.

Elle avait tenu à tout lui dire : le viol collectif, l'enlèvement, sa fonction de « meuble à plaisirs », les tortures auxquelles elle n'assistait jamais mais qu'elle n'ignorait pas. Des pans de vie sordides, affreux. Il écouta tout puis lui dit :

— Quelle importance aujourd'hui ?... C'est moi qui me conduis mal : tu m'as donné ta confiance, j'aurais dû t'offrir ma vertu.

Avec un naturel qui fit fondre l'Américain, elle répliqua :

— Oh non, John, pas cela : tu m'as appris au contraire que l'amour pouvait être une jolie chose.

« Comment ne pas l'aimer ? » s'était alors demandé O'Shea.

Mais il répondit autrement :

— Avant toi, j'aimais... toutes les femmes. Il n'en est pas une qui soit laide, toutes ont un petit quelque chose, ce « je-ne-sais-quoi » comme vous dites si joliment en français. Mais à présent, je ne veux plus que toi. Avec Mahé et le prince, nous formions une petite société, tous les trois. D'autres officiers, et que nous aimions, étaient francs-maçons, esprits savants ou je ne sais quoi mais nous, nous parlions d'amour. Valencey d'Adana disait que sans les femmes, les émeutes de la faim et tout cela, on n'eût point connu si tôt cette grande Révolution. Les nouvelles de France nous arrivaient avec parfois deux mois de retard et nous nous étions trouvé une ambassadrice politique.

— Madame Roland*?

— Non.

— Théroigne de Méricourt**?

— Pas davantage. La nôtre fut Olympe de Gouges***.

— Je ne la connais point !... répondit Marie.

— Elle fut moins célèbre mais sur notre frégate, elle nous avait éblouis lorsque nous avions lu ce qu'elle écrivait : « La femme a le droit de monter à l'échafaud, elle doit avoir celui de monter à la tribune. » Elle persévéra en écrivant une « Déclaration des droits de la femme et de la citoyenne »...

— Ah, que ne suis-je Olympe de Gouges...

Il lui prit les mains :

---

* Jeanne Roland de la Platière (1754-1793). Femme politique, épouse d'un Girondin, tint un salon révolutionnaire. Guillotinée en 1793.

** Théroigne de Méricourt (1762-1817). Belle égérie du club des Cordeliers, on la voyait sabre au côté et coiffée d'un chapeau à panache noir. Elle devint folle après avoir été fessée publiquement par des femmes sans-culottes de la Halle qui la jugeaient trop modérée...

*** Olympe de Gouges (1748-1793). Femme de lettres et révolutionnaire née à Montauban. Guillotinée en 1793.

— Impossible. Mais madame la commodore O'Shea, ce sera quand tu le voudras.

Elle se leva. Lui aussi. Elle se pendit à son cou. Il se dit que ces deux bras, c'était bien les plus beaux liens du monde…

— Partez !… Hors d'ici !… Toutes les deux !…

Mme de Juignet-Tallouart quitta la tente sans un mot, entraînant l'adolescente en larmes.

Blacfort se rhabilla, but un verre de malaga et maugréa en direction du curé Monteroux qui ronflait, ivre mort :

— Eh bien c'est comme ça, je n'ai pas le cœur à les foutre. Tout à l'heure, après mon triomphe, ce sera autre chose !

Blacfort tremblait, sa paupière battait follement sur son œil mort. Il crevait de peur et ses adversaires les plus acharnés, le voyant en cet instant, eussent été pris de pitié sans que celle-ci, peut-être, désarmât leurs bras vengeurs.

Pleurant de désespoir, il se jeta sur le lit défait.

Allongé, les mains croisées derrière la nuque, Mahé regardait le ciel étoilé.

Il venait de faire sa ronde, salué par les sentinelles. Les grenadiers, tous anciens esclaves ou fils de ceux-ci, brossaient soigneusement uniformes et bonnets à poils en chantonnant très doucement une de ces mélodies qui vous serrent les entrailles tout en instillant dans votre cœur le doux poison de la mélancolie. Les Indiens, formant le cercle, assis en tailleur, regardaient les flammes, silencieux : pour y déchiffrer quelle vérité si ce n'est que la vie, malgré tout, vaut d'être vécue ?

Trois Yankees jouaient aux dés sur un tambour

renversé. Ils juraient à mi-voix quand la chance les abandonnait. Tout à l'heure, pourtant, silencieux et impeccables, ils iraient au combat pour jouer une tout autre partie, peut-être la dernière.

Hors de sa tente, un Espagnol armé d'une brosse nettoyait ses bottes, les plus belles et les plus propres de la 123e demi-brigade « Liberté, liberté chérie ».

Rêveur, Mahé songeait au passé et à ses bornes : cette mère partie en l'abandonnant et que pourtant il plaignait et aimait, le château et sa Tour des Demoiselles, le général si bienveillant, le collège militaire à Rochefort, l'indomptable *Terpsichore* et toujours Joachim, à chaque étape, chaque instant…

— Monsieur mon frère !… dit-il, attendri, en reprenant l'expression favorite de Valencey d'Adana.

Mahé savait que tout à l'heure, les morts se compteraient par centaines. Il savait aussi que de Joachim et Nicolas, un n'y survivrait pas. Et lui-même aussi, peut-être, comme tous les vieux compagnons : Bernardin des Essarts marquis de La Mellerie, baron Joseph de Keringan, baron Guillaume de Lamorville, Jacques Dumesnil, baron Florent de Saint-Frégant, Florimont de Kergoat vicomte de Passavent, baron Joseph de Taillebourg… Et tous les autres !… Et bientôt Joachim ou Nicolas !

Il murmura :

— Le monde était trop petit pour César et Pompée, Auguste et Marc-Antoine, Louis XI et Charles le Téméraire…

L'un des deux allait mourir et avec lui, les derniers vestiges des années d'innocence, les derniers pans d'enfance, des choses tendres et délicates qui s'enfuiraient à jamais.

Il pensa à sa femme, ses enfants, là-bas…

Mais rien ne calmait cette profonde douleur arrivée soudainement. Alors il pleura. Silencieusement pour ne gêner personne, ainsi qu'il vivait : être léger aux autres pour que la vie de tous fût elle aussi légère, telle une âme morte qui se perd à jamais dans l'éther bleuté de l'infini…

Le ciel pâlissait légèrement à l'est.

Bien qu'on ne connût pas sur terre d'homme plus discret, il arriva en faisant grand tapage.

Pierre-François Gréville, se sachant en terrain ami, prenait un réel plaisir à rompre avec ce qui constituait ses habitudes.

Lorsqu'il mit pied à terre, les douze hommes qui l'accompagnaient en firent autant et on aurait pu jurer que treize talons de bottes touchèrent le sol en même temps.

Les douze hommes, vêtus de noir, portaient double cocarde au chapeau : une tricolore et la rouge et violette des troupes de police secrète en campagne.

Prévenu on ne sait comment, les douze autres qui vivaient dans le camp retranché se présentèrent et s'alignèrent impeccablement. Silencieux, ils ne se mêlaient jamais aux marins, pas même pour les repas, faisant leur fricot à part. Eux aussi portaient l'habit noir et les deux cocardes.

— C'est une réunion de jumeaux ?… lança la voix moqueuse de Valencey d'Adana.

Gréville se retourna. Le prince était d'une suprême élégance. Veste de général à épaulettes dorées, tricorne de marine à longues plumes bleu-blanc-rouge et cocarde, la taille prise dans une écharpe tricolore, bottes noires rutilantes, sabre au fourreau astiqué…

— Prince !

— Gréville !… Quel bonheur de vous voir ici, vous qui haïssez la campagne.

— Je suis un rat des villes, mon cher. Mais je n'aurais manqué cela pour rien au monde.

— Comment avez-vous appris si vite ?

— Je sais tout, vous n'êtes pas sans… le savoir !… ironisa le général de police tandis que dans le camp réveillé, on s'approchait de partout, mais en se tenant à distance.

Valencey d'Adana observa les nouveaux venus :

— Douze et douze vingt-quatre, avec vous vingt-cinq. Formez-vous un régiment de police ?

— Ne les sous-estimez pas.

Valencey d'Adana ne put réprimer une légère grimace :

— Jusqu'ici…

— Ils avaient ordre de ne pas bouger. Mais vous verrez… Pouvez-vous me les armer ?

Mahé, qui venait d'arriver, plaisanta :

— Ah, nous n'avons plus de lance-pierres.

Gréville hocha la tête en souriant :

— Vous verrez !

Mahé, pensant avoir été un peu loin, tenta de se rattraper :

— Quel genre d'armes veulent-ils ?

— Ils les connaissent toutes, ils sont l'élite de la police de la République.

— Curieux de les voir à l'œuvre !… lança O'Shea en serrant la main à Gréville dont le regard d'aigle nota la présence d'une jeune femme – Marie – qui se tenait discrètement en retrait.

Les marins, déjà en uniformes, regardaient la scène avec curiosité.

Enfin, Victoire se présenta à son tour : bottes, jupe, veste d'uniforme, tricorne et, tout de même, ses ravissantes boucles d'oreilles en forme de cerises.

— Princesse !… dit Gréville, cérémonieux.

— Chasseur à cheval Victoire Valencey d'Adana !… corrigea-t-elle.

Valencey d'Adana, un peu emprunté dans le rôle du maître des lieux, suggéra :

— Je propose un verre de champagne, mais un seul.

— Une armée qui se désaltère au champagne ne peut pas être battue, ce serait une faute de goût !... jeta Hyppolite en grande tenue de capitaine des grenadiers de marine.

— Dieu vous entende !... répondit une voix qu'on n'identifia jamais...

57

Cela commençait on ne peut plus mal et Blacfort, superstitieux, sortit son chapelet à têtes de mort. En selle sur un magnifique cheval blanc, il portait sa plus belle tenue de général vendéen.

Dans l'opalescence de l'aube, drapeaux claquant au vent dans le silence, immobile comme une armée romaine, la 123e demi-brigade attendait, figée, les artilleurs derrière leurs canons, les compagnies impeccablement au carré baïonnettes au canon, la cavalerie sur deux lignes. On remarquait surtout les hauts bonnets à poils des grenadiers et les curieux uniformes gris des Mayas et Bravos. Sur un petit tertre, l'état-major avec son escouade de protection et d'honneur et, pour se mieux désigner à l'ennemi, Valencey d'Adana portant sur son tricorne noir à galon d'or un magnifique panache bleu, blanc et rouge. La lunette d'approche à l'œil, il le regardait, comme lui-même observait son rival républicain. Blacfort se souvint qu'enfant, à ce jeu-là, il baissait toujours les yeux avant Joachim.

Il baissa sa lunette…

L'abbé Phébus Monteroux, tournant le dos aux marins de la République, bénit les Vendéens qui se tenaient un genou à terre.

Puis Blacfort, abaissant son sabre, hurla :
— Pour Dieu et pour le roi, en avant !
Les Vendéens s'élancèrent.
Ils bousculèrent les premiers obstacles, des chicanes installées pendant la nuit, franchirent les premiers fossés tandis que, sans panique, la compagnie de choc qui tenait les puissantes contrevallations les abandonnait sans combattre pour se réfugier derrière la contrescarpe.
Galvanisés, les Vendéens partirent à l'assaut du glacis tandis que les républicains, toujours en bon ordre, décrochaient pour s'abriter derrière la seconde et ultime ligne de fortifications.
Plus haut, sur le plateau en pente douce, Valencey d'Adana et sa 123e demi-brigade « Liberté, liberté chérie » demeuraient immobiles, ainsi qu'une armée de statues de pierre.
Rien n'enthousiasme davantage une troupe passant à l'attaque que le spectacle de l'ennemi prenant la fuite, même lorsque cette retraite s'effectue dans un ordre parfait.
Les officiers royalistes, l'écharpe blanche autour de la taille et les chapeaux à cocarde blanche crânement posés sur la tête, n'avaient guère à pousser leurs troupes hurlant le mot soufflé par Blacfort avant l'attaque :
— Dieu !... Dieu !... Dieu !...
Blacfort se pencha sur l'encolure de son cheval et souffla ironiquement au prêtre qui se trouvait à pied :
— On vous appelle, l'abbé !...
Phébus Monteroux hésita, détestant risquer sa vie. Mais même lui sentait la partie gagnée et il se situait si loin derrière les premières vagues qu'il estima qu'au cas où les choses tourneraient mal et qu'il devrait retraiter, la distance le sauverait.
Blacfort, demeuré en lisière de forêt, était flanqué de Mme de Juignet-Tallouart, des officiers d'état-

major et des deux tueurs qui ne le quittaient jamais, Chapeau-ciré et Simon dit « la Douceur ».

Le général vendéen, ivre d'orgueil, voyait sa troupe avancer sans faiblir, brandissant des drapeaux blancs à fleurs de lys.

Il se pencha vers sa maîtresse, l'air suffisant, faisant étalage des quelques notions d'art militaire glanées çà et là :

— Ils retraitent pour raccourcir une ligne de défense que leur faible nombre empêche de tenir. En outre, ils économisent leurs balles, dont ils doivent être à court. Quant aux canons, ils sont muets : sans doute plus de boulets.

La comtesse de Juignet-Tallouart hocha la tête en dissimulant sa méfiance. Certes, même ici on savait la priorité absolue donnée par la République à l'armée du Nord mais ce Valencey d'Adana, contrairement à Blacfort, semblait un véritable homme de guerre.

Le général vendéen reçut son démenti à cet instant : quarante pièces d'artillerie ouvrirent le feu.

Une salve en vérité lamentable, et Blacfort ne manqua pas de s'esclaffer :

— Ces canonniers tirent comme des cochons !

Les boulets atterrissaient dans le vide, loin derrière la dernière ligne d'assaut vendéenne et on ne déplora qu'une seule victime, le prudent abbé Phébus Monteroux dont le visage vultueux et toute la tête furent arrachés du tronc.

Le rire pointu de Blacfort fit office d'éloge funèbre de son confesseur :

— Ah, c'est trop drôle !... Regardez l'abbé, il continue à courir sans sa tête, comme les poules !

Le général vendéen déchanta vite : un tir d'artillerie précis faucha sa première ligne puis les canons jouèrent sur deux registres. En effet, vingt tiraient sur la dernière ligne vendéenne, interdisant en même temps toute retraite ; vingt autres concentraient leurs boulets sur les premières vagues.

C'était une boucherie, les canonniers de la 123e étant d'une inégalable précision quand ils imprimaient à leurs salves une cadence infernale de rapidité.

— Les lâches, ils se battent aux canons !... lança Blacfort, haineux, à Mme de Juignet-Tallouart, et s'apercevant brusquement qu'elle venait de disparaître prudemment dans la forêt :

— Ah la salope !... La putain !... Je la chasse !...

Cependant, les Vendéens continuaient l'assaut malgré des pertes effroyables, et il relèverait d'un esprit partisan de nier leur courage. Quant à leurs officiers, ils possédaient suffisamment de métier pour savoir que le salut se trouvait vers l'avant : bientôt, ils seraient au contact, interdisant à l'artillerie de marine de poursuivre ses tirs, sauf à tuer les siens.

Sur la gauche du dispositif républicain, la cavalerie s'élança pour la seconde fois en vingt-quatre heures contre l'aile droite de l'armée Blacfort.

Au même instant, surgissant de terre, des troupes républicaines chargeaient l'aile gauche vendéenne, mais sur ses arrières. La lunette collée à son œil unique, Blacfort distingua les premiers degrés des échelles. Interdisant toute approche aux chouans, les Indiens avaient servi aussi à cela : dissimuler pendant un mois de formidables travaux de terrassements. En renfort immédiat, une partie de la 123e avança au pas et au son des fifres et des tambours : les quarante grenadiers noirs avec leurs grands bonnets à poils, les Américains bannières au vent, les Indiens félins en uniformes gris, les Espagnols raides comme les tercios de jadis, les Anglais, les marins armés des redoutables biscaïens : cette fois, tandis que l'aile gauche vendéenne ployait sous l'assaut de la cavalerie, l'aile droite était enfoncée.

Blacfort, effaré, vit alors le gros de la 123e regroupé au centre se mettre en branle.

Sur un haut cheval bai brun, le général Valencey d'Adana, plumes tricolores au vent, allait plusieurs mètres devant ses troupes compactes. Au son d'une musique atrocement joyeuse, trois compagnies de fusiliers de marine, soit trois cents hommes, se mettaient en marche sur toute la largeur du front et ces rectangles bleus avançaient avec une stupéfiante perfection.

Dès que les Vendéens furent à vue, les fusiliers, se répartissant en deux lignes qui alternaient, ouvrirent un feu roulant.

Et ce fut l'hallali.

Des Vendéens tentèrent de rebrousser chemin vers la forêt mais, aussitôt, les canonniers de marine les foudroyèrent.

Revenant à la charge pour la troisième fois, O'Shea enfonça définitivement l'aile gauche mais presque aussitôt, touché, l'Américain vida les étriers.

Une troupe tout de noire vêtue, lancée au grand galop, contourna la cavalerie et les vingt-cinq hommes de la police secrète s'attaquèrent directement à Blacfort et son état-major, le général vendéen trouvant son salut dans la fuite vers la forêt tandis que ses officiers se faisaient massacrer. Cela fait, Gréville fit tourner bride à sa noire cavalerie pour attaquer les arrières vendéens. Les hommes de la Secrète se révélaient d'exceptionnels sabreurs, des combattants d'élite, et l'on comprit seulement alors que tous ces policiers avaient été au préalable officiers dans l'armée.

Un dernier carré de Vendéens se forma alors et tourna toute sa haine contre les grenadiers noirs et les volontaires étrangers. On se battit au corps à corps, les Mayas et Bravos au couteau de pierre, les Espagnols à l'épée, les grenadiers à la baïonnette, les Anglais au sabre tandis que les Américains, toujours pressés, luttaient à coups de crosse en faisant éclater crânes et mâchoires.

Puis arriva cet instant étrange dans les batailles où tout cesse brusquement, où l'évidence s'impose. Les Vendéens survivants, une centaine, levèrent les mains, aussitôt entourés par une nuée de baïonnettes.

Des grenadiers noirs emportaient le corps inanimé du capitaine Hyppolite.

Sur l'arrière, les hommes de la police secrète en campagne, soldats politiques, interrogeaient déjà les officiers prisonniers : les condamnés à mort par contumace, déjà jugés, étaient immédiatement fusillés, les autres se trouvaient prestement mains liées derrière le dos tandis qu'on les débarrassait violemment des écharpes et cocardes blanches.

Valencey d'Adana, qui l'avait beaucoup surveillée en dissimulant son angoisse, voyait Victoire à côté de son cheval boiteux. Elle échangea quelques mots avec un Américain lequel, charitablement, abattit le cheval.

— C'est fini !... lança Mahé.

— À quel prix !... répondit Valencey d'Adana en baissant sa lunette d'approche. Des centaines de corps jonchaient le sol du camp retranché. Déjà, on emportait les blessés pour les mener aux chirurgiens.

Valencey d'Adana héla un officier :

— Il va faire chaud et l'odeur sera vite intenable : ordonnez aux prisonniers vendéens de creuser des tombes individuelles pour les nôtres et des fosses communes pour les leurs.

Il soutint le regard de Mahé :

— Eux, ils nous auraient laissés pourrir sur place. Et puis quelle importance, au fond ?... Es-tu prêt ?

— Hélas oui.

Les deux meilleurs éclaireurs mayas, dont « Diego » Quetzalcóatl, prirent la piste, suivis du général et du colonel.

La comtesse Charlotte de Juignet-Tallouart fut surprise la main dans le sac par Simon dit « la Douceur », venu récupérer l'or et les pierreries contenus dans une cassette.

Elle sourit.

— Toi ?

Le tueur hésita.

La comtesse arrangea une mèche de sa magnifique chevelure en disant :

— Voilà sans doute bien longtemps que tu attendais ce moment, Simon. As-tu jamais foutu une comtesse ?

Ébahi, l'homme secoua la tête.

La jeune femme retroussa ses jupes et, se tenant à une table, se pencha en avant. Le tueur regarda ces fesses d'une blancheur laiteuse avant de passer sa main rugueuse sur cette peau douce.

Il posa son pistolet.

L'étreinte fut rapide et violente.

La comtesse baissa ses jupes et, très féline :

— Es-tu heureux, Simon ?... Et surtout, recommencerons-nous ?

Il la regarda en souriant et répondit :

— Au diable Blacfort qui m'attend. Prenons la cassette et fuyons ensemble.

Elle sourit, s'approcha de l'angle de la table et saisit le pistolet. La balle, tirée à bout touchant, fit éclater le front du tueur.

La cassette sous le bras, Mme de Juignet-Tallouart monta sur le cheval de Simon et jeta un regard au camp vendéen déserté :

— Les imbéciles !... jeta-t-elle, méprisante.

Sortant timidement d'une tente, l'adolescente victime à demi consentante de Blacfort se précipita :

— Oh, madame la comtesse, emmenez-moi !

— Débrouille-toi, j'ai les putains en horreur !... répondit sans rire l'aristocrate.

Chapeau-ciré observa Blacfort assis sur l'herbe, la tête dans les mains. Puis il regarda de l'autre côté en disant :

— La route est libre, général, mais elle ne le restera pas longtemps. Il faut aller vite, maintenant.

Blacfort leva la tête et lui jeta un regard désespéré :

— Mais la cassette ?....

— Une fortune vous attend en Angleterre. Sauvons d'abord nos vies, général, « la Douceur » nous a joués. Partons, ou voulez-vous vous livrer à Valencey d'Adana ?

Comme tétanisé, Blacfort se leva et se mit en selle.

58

La nuit était tombée.

Épuisés, les chevaux renâclaient.

Chapeau-ciré dit à son maître :

— Ne sommes-nous pas déjà venus ici ?

— Quelle importance ?… répondit Blacfort, abattu, en suivant d'un regard absent quatre hommes pauvrement vêtus qui allumaient un four à chaux.

— Il faut laisser un peu souffler les chevaux ou ils crèveront pendant la nuit, bien avant que nous n'atteignions la côte.

Ils mirent pied à terre et s'assirent au bord d'une fontaine, chacun muré en ses pensées.

Valencey d'Adana, Mahé et les deux Indiens, dont « Diego » Quetzalcóatl, allaient à une allure plus régulière.

Silencieux, eux aussi pensaient à la bataille qui ne s'achèverait vraiment que lorsque Blacfort répondrait de ses crimes devant un tribunal. Mais pour Joachim, il y avait eu déjà tant de morts, trop…

Les quatre cavaliers avaient traversé Saint-Jean-d'Angély en provoquant la stupeur. Mais voyant un général et un colonel, flanqués de deux hommes aux étranges uniformes gris, les barrages s'ouvraient sans qu'il fût nécessaire d'échanger une parole.

En un village appelé Véron, les Indiens choisirent une route secondaire étroite. Valencey d'Adana ne doutait pas un instant qu'ils eussent raison mais s'étonnait que Blacfort eût ainsi quitté la route principale.

Il frappa chez le maire, Samuel, un républicain surpris de voir devant lui un général des troupes de marine.

— Citoyen, désolé de te déranger à pareille heure mais réponds à ceci : cette route est empruntée par des fugitifs que nous recherchons, quel est son intérêt par rapport à la route principale ?

L'homme ne réfléchit pas même :

— Citoyen général, la route principale mène à Saintes et plus au sud à Bordeaux. L'autre, moins importante et où nous nous trouvons, conduit à Savinien et de là, entre Rochefort et Marennes, c'est la mer, l'île d'Oléron, des kilomètres de côte. Pour des liberticides, c'est le moyen le plus habile de gagner l'Angleterre.

— Je poursuis, donc ?

— C'est avisé. Et tu ne peux pas te tromper. Tu croiseras un village très étrange. Adossé à une colline, tu verras en effet un monument constitué d'un faisceau de onze colonnes surmonté d'une lanterne tout au haut de la flèche qui achève de manière très pointue l'édifice. La lumière d'un fanal y éclaire la plupart des nuits et l'ensemble fut construit voici six siècles sur un ancien cimetière et sur les ruines d'une chapelle décorée des vices et des vertus, de griffons et de chimères, de vierges sages et de vierges folles. Le monument a donné son nom au village, un nom qui fait frémir, surtout au cœur de la nuit : « La Lanterne des Morts* ».

---

* Village situé à une douzaine de kilomètres de Saint-Jean-d'Angély.

Ils étaient une bonne centaine, armés de pics, de faux et de haches.

Blacfort se leva, livide, tandis que Chapeau-ciré sortait deux pistolets.

Un vieillard tendit un doigt accusateur vers les deux hommes :

— C'est bien ceux qui ont violé et tué ma petite fille. Lui, avec son chapeau de cuir et l'autre, le borgne, leur chef !... Assassins !...

La foule s'avança.

Espérant l'impressionner, Chapeau-ciré tira. Il tua effectivement deux hommes mais fut aussitôt happé, dépecé vif, découpé, chacun tirant un lambeau de chair, la langue, les yeux ou le long serpentin des intestins.

Horrifié, Blacfort recula. Étrangement, la foule s'écarta. Il prit de l'assurance, cherchant des mots qu'il espérait propres à toucher ces paysans : au fond, la Saintonge est voisine de la Charente où il naquit :

— Ah, mes amis, quel bonheur d'être reconnu !... Oui, je suis général de Vendée pour Dieu et pour le roi et je sais être bien tombé : ici, point de pieds-gris* vendus à cette ignoble République !... Où est votre bon prêtre, mes amis ?

— Nous l'avons pendu en même temps que le marquis !... lança une voix.

La foule menait Blacfort, insensiblement. Le passage, étroit, s'ouvrait derrière lui et se fermait devant.

Un grand tumulte se produisit alors et Blacfort, son œil unique agrandi par la terreur, vit arriver comme des sauveurs Valencey d'Adana, Mahé et deux des Indiens.

---

* Paysans.

Il hurla et sa voix contenait toute sa soif de vivre encore :

— Joachim !... Mahé !... Ne les laissez pas faire, ils me veulent tuer !

Joachim poussa son cheval parmi la foule qui s'écarta puis :

— Libérez-le immédiatement !... Il appartient dès cet instant au Comité de salut public qui le fera juger.

— Qui es-tu, général ?... demanda le forgeron lequel, d'évidence, commandait à tous les autres.

— Joachim de Niel, ci-devant comte de Valencey et prince d'Adana, général de la République et capitaine de vaisseau : livre-moi cet homme, citoyen, nous le devons juger à Paris.

Un murmure d'admiration courut parmi les villageois mais le forgeron répondit :

— Nous t'aimons et te respectons car nous savons qui tu es depuis la guerre d'Amérique mais cet homme, nous, nous l'avons déjà jugé pour son abominable crime.

Aussitôt, une forêt de piques pointa, menaçante, vers les quatre cavaliers tandis que Blacfort hurlait :

— Joachim, ne les laisse pas !... Tue-moi, Joachim, tue-moi, j'ai trop peur d'avoir plus peur encore.

« C'est tout lui, cette phrase ! » songea Valencey d'Adana attendri malgré lui. Il saisit son pistolet et visait déjà Blacfort lorsqu'une pique lui traversa la main.

Le forgeron secoua la tête :

— Tu nous fais commettre un sacrilège, général : te blesser, toi que nous admirons tant.

— Laisse-moi cet homme, citoyen !... répondit Valencey d'Adana dont la main sanglante, traversée de part en part, avait lâché le pistolet.

Mahé, d'une stupéfiante rapidité, brandit les deux pistolets passés dans son ceinturon et visait Blacfort lorsqu'il fut assommé par-derrière d'un coup de gourdin. Il dégringola de cheval et tomba lourdement sur le sol.

— Ne nous obligez pas à ceci !... supplia le forgeron.

Sans le quitter des yeux, Valencey d'Adana, de la main gauche, sortit un second pistolet de l'écharpe tricolore qui lui ceinturait la taille. Un très violent coup de marteau lui brisa cette autre main.

— Renonce, général, je t'en supplie !

— Livre-moi cet homme, citoyen, il ne t'appartient pas et relève de la haute justice de la République.

Alors, plus prompt encore que le geste de Mahé, « Diego » Quetzalcóatl lança son couteau de pierre vers Blacfort et sans doute l'aurait-il atteint en pleine gorge si un homme, sacrifiant sa vie, n'avait interposé sa poitrine.

Le tirant de son cheval, la foule précipita Quetzalcóatl à terre et le garda ainsi sous la menace des piques mais sans lui faire subir la moindre violence tandis qu'au sol, on ranimait Mahé.

Blacfort reculait toujours vers le four à chaux. Il incarnait la terreur faite homme :

— Joachim, je t'en supplie, ne les laisse pas faire, ils me veulent tant de mal et j'ai si peur !

Valencey d'Adana, une main brisée et l'autre sanglante du coup de pique, dit d'une voix lasse au forgeron :

— Citoyen, livre-moi cet homme. Il appartient au Comité de salut public dont les représailles sont toujours terribles.

— Nous subirons sans révolte le châtiment que nous infligera la République.

Valencey d'Adana dit alors d'une voix qui se brisait :

— C'est bien, je l'achète. J'achète cet homme. Je donne tout : mon château, mes terres, le trésor des croisades, ma corvette, prenez tout mais donnez-moi cet homme. Il est fou, on ne le peut tuer ainsi.

— Nous l'avons déjà jugé.

Se ressaisissant, Valencey d'Adana lança d'une voix glacée :

— Ah ça, forgeron, qui es-tu, toi, pour juger ainsi ?… Qu'as-tu donc compris à la République ?… Chaque homme est égal devant la loi, même lui qui a droit à un véritable procès.

— Non, pas lui.

— Écoute, j'userai de tout mon crédit qui est grand et te donne la parole des princes d'Adana qui en sept siècles ne furent jamais parjures : il sera jugé ici même !… Je ferai déplacer le Tribunal révolutionnaire de Paris en utilisant toutes mes relations, tout ce prestige dont tu me créditais. S'il est condamné, il sera exécuté ici, à La Lanterne des Morts. Tu as ma parole.

Le forgeron hésita longuement puis :

— Il est déjà jugé !

Blacfort, terrorisé, grimpait sous la poussée de la foule un petit escalier menant à une étroite ouverture dans le four à chaux.

— Joachim, nous fûmes amis. Je t'en supplie, Joachim !

Valencey d'Adana était épuisé, souffrait horriblement de ses blessures aux deux mains mais son obstination ne fléchit pas :

— Citoyen forgeron, une dernière fois, obéis, ne te comporte pas hors les lois et selon ton bon vouloir comme le firent jadis les ci-devant rois et tous les despotes de la terre.

Le forgeron parut ému :

— Général, je suis tellement désolé que nous t'ayons blessé, car cela gâche à jamais ma vie, mais tu aurais connu cette fillette qu'il viola et tua, tu ne pardonnerais pas toi non plus.

— Qui parle de pardon quand il n'est question dans ma bouche que de justice ?

— La chose t'est facile, citoyen général, tu ne connaissais pas la petite.

— Cet homme a tué mon père, je suis bien plus concerné que toi mais j'exige un jugement, pas une exécution.

— Il a tué ton père ?

— Oui !... hurla Blacfort. Et sa fiancée aussi !...

Le forgeron observa attentivement Valencey d'Adana :

— Alors je t'admire et te respecte plus encore pour la force de tes principes que pour tes victoires mais c'est la fin, regarde, il entre dans le four à chaux...

Des piques poussaient Blacfort vers le fond et, malgré ses bottes, il sautilla sur le sol brûlant. Valencey d'Adana imagina son ami d'enfance dans le noir du four, blessé par cette vingtaine de piques qui le poussaient par autant de piqûres. Puis on referma la porte d'acier. Le noir absolu, les piques... tout ce qui terrorisait Nicolas. Valencey d'Adana ne pouvait s'empêcher d'imaginer Blacfort tel l'enfant qu'il fut. C'est l'enfant que la peur restituait qu'on jetait vivant dans un four, ce garçon pour lequel vivre était déjà une douloureuse agonie, un calvaire jour après jour...

Le général Valencey d'Adana, hors de lui, hurla :

— Vous êtes des barbares sanguinaires !... Vous nous volez notre Révolution, vous la prostituez dans l'arbitraire !... Laissez-moi mourir avec lui plutôt que vivre avec vous !

Il sauta de cheval pour entrer dans le four et l'aurait fait si dix mains ne l'avaient retenu.

Le Maya, jusqu'ici silencieux, sauta au secours de son général qu'on ceinturait. Le temps d'un soupir, il avait égorgé trois hommes avec son couteau de pierre lorsqu'un coup de hache lui coupa net le bras tenant l'arme.

Le feu allumé sous le four, et jusqu'ici léger, redoubla lorsqu'on y jeta un seau de résine et des brassées de bois sec. Le charbon de terre qui chaufferait le calcaire commençait à produire une très forte chaleur.

Valencey d'Adana entendit les hurlements de Blacfort et son prénom crié comme un ultime recours. Impuissant, fermement tenu, le général ne put empêcher ses larmes en répétant :

— Pas comme ça… Oh non, pas comme ça… Pas comme ça…

De longues minutes s'écoulèrent. Dix, vingt, trente ?… Valencey d'Adana, tête baissée, le regard rivé au sol, ne le sut jamais.

Puis des cavaliers arrivèrent. Vingt-cinq hommes des troupes de police secrète en campagne, tout en noir, des Américains, des grenadiers, d'autres encore de la 123e « Liberté, liberté chérie » qu'on n'avait pu retenir.

La petite foule des villageois voulut s'opposer à leur arrivée mais Gréville, sans aucun état d'âme, sabra deux hommes en entaillant les épaules. Les arrivants, soldats et policiers, n'étaient pas doux à la vue de leur général blessé…

Gréville, lui, avait déjà compris mais il était bien trop tard. Il envoya chercher des interlocuteurs parmi ceux qui, restant chez eux, avaient refusé de prendre part à cette mise à mort.

On sortit les restes. Un crâne, une cage thoracique, des os et le chapelet d'ivoire à têtes de mort.

Valencey d'Adana, auquel on bandait les mains, ordonna à ses hommes :

— Emportez ses restes. Il sera enterré n'importe où ailleurs, mais pas ici.

Victoire le tenait par les épaules, jetant des regards

haineux aux villageois qui tous, pourtant, n'avaient pas participé à cette exécution.

Gréville s'approcha.

— Qu'allons-nous faire, à présent ?

Valencey d'Adana lui sourit faiblement.

— Demain, venez au château. Mais pas trop tôt. « Liberté, liberté chérie » y arrivera après-demain en convoi avec ses chariots. Il y aura trois jours de fête... Combien avons-nous perdu d'hommes ?

— Les morts, une trentaine. C'est toujours trop mais par rapport aux Vendéens, c'est dérisoire. O'Shea a reçu une balle dans la gorge, le capitaine Hyppolite a été frappé de plusieurs coups de sabre. Tous deux risquent fort, hélas, de ne pas survivre, s'ils ne sont déjà morts...

Valencey d'Adana jeta un regard à Mahé, la tête bandée, et à « Diego » Quetzalcóatl. Le Maya au bras coupé venait de mourir.

— Je rentre. Immédiatement.

— Mais vos mains !... protesta Gréville.

— J'ai une solution.

Victoire se mit en selle, Valencey d'Adana monta en croupe. Puis il s'adressa d'une voix émue au chef de la police secrète :

— Monsieur Gréville, il y a partout tant de morts, tant de combats, je doute qu'on se souvienne de cette bataille dans les livres d'Histoire mais j'ai été fier et honoré de vous avoir à mes côtés tel un ami fidèle.

— Je ne sais que vous dire... Votre amitié a plus de prix que tout ce qui par ailleurs fait ma vie. Reposez-vous...

— Cela, n'y comptez tout de même pas trop !... répondit Victoire en adressant un clin d'œil au général de police amusé puis, Joachim serrant sa taille, elle lança son cheval, aussitôt imitée par Mahé et « Diego » Quetzalcóatl.

Les silhouettes des cavaliers furent longtemps éclairées en ombres chinoises par La Lanterne des Morts puis ils disparurent derrière une colline, dans les premiers feux du soleil levant.

Épilogue

UN PEU D'HISTOIRE…

Cette grande bataille du Nord qu'on a vue se preparer fut la victoire française de Fleurus qui ouvrit la Belgique aux soldats de la Révolution.

Le lendemain, 9 Thermidor, l'Assemblée décrète de mise en accusation Robespierre, Saint-Just, Couthon… Ils sont arrêtés mais libérés par Hanriot, commandant de la garde nationale, aidé des sections populaires de la Commune révolutionnaire de Paris. Indécis devant l'affrontement, légaliste, Robespierre hésite trop longtemps. Ses troupes et le peuple, lassés, se dispersent dans la nuit. Il est de nouveau arrêté et aussitôt guillotiné – le 10 Thermidor – avec Saint-Just, Couthon et Hanriot. Une centaine de ses partisans sont guillotinés comme lui, sans procès, dans les deux jours qui suivent.

Les Thermidoriens prirent le pouvoir. Ils se montrèrent aussi corrompus que leurs prédécesseurs furent vertueux – trop, peut-être. Ils gouvernèrent sans le peuple, souvent contre lui, la « gauche » ayant disparu avec ses représentants, de Marat à Robespierre en passant par Hébert et Babeuf. Sous le Directoire, ils achevèrent leur œuvre de destruction en instaurant une dictature militaire dont Bonaparte fut l'instrument. On connaît la suite…

MÉCHANTES GENS…

Louis XVIII, ancien comte de Provence et frère de Louis XVI, revint en France dans les fourgons de l'étranger après l'abdication de Napoléon. Dès le retour de celui-ci lors des « Cent-Jours », Louis XVIII reprit le chemin de l'exil : il en avait une certaine habitude… Vieillard goutteux, obèse, hydropique, quasi paralysé, il couvrit la Terreur blanche de 1815 : cent mille arrestations, massacres, bannissement des régicides, autodafés de livres par les jésuites, assassinats du maréchal Brune et du général Ramel. Il fit fusiller le maréchal Ney, les généraux Mouton-Duvernet, César, Constantin de Faucher et même le général-comte Charles-Angélique Huchet de La Bedoyère.

Charles X fut le dernier des Bourbons à régner. L'ancien comte d'Artois, frère du précédent, était connu dans sa jeunesse pour sa rare bêtise : sur ce chapitre, l'âge mûr tint toutes les promesses de l'âge tendre. Réactionnaire et autoritaire, il supprima la liberté de la presse avant d'être chassé par l'émeute en 1830. C'était son troisième exil, il aurait pu faire la route les yeux fermés…

Mme la comtesse Marie-Charlotte de Juignet-Tallouart rallia le Directoire, puis l'Empire, puis les Bourbons. Elle aimait rappeler son passé d'amazone des guerres de Vendée.

Elle épousa une immense fortune en la personne d'un fournisseur aux armées qui eut le bon goût de mourir un an plus tard après l'ingestion d'un plat aux champignons mitonné par le cuisinier de la comtesse, un Lombard à l'air fourbe… À la Restauration, on fêta comme il se doit celle qui avait bu le sang des régicides.

Lors de la révolution de 1830, alors qu'à soixante ans sa grande beauté s'était un peu flétrie et son nom sombré dans l'oubli, elle tomba pour la première fois de sa vie follement amoureuse. Il s'agissait d'un ancien Mamelouk de Napoléon. Bel homme aux farouches yeux noirs et grosses moustaches, il gouverna les sens de la dame, profita largement de sa fortune et l'envoya à la cuisine avec le petit personnel. Peu rancunière, elle lui fit construire une jolie mosquée dans sa propriété de Chevreuse. Préparant des confitures à l'office, elle aimait répéter, le regard rêveur : « Ce que l'amour vous fait faire, tout de même ! »

Les **Muscadins** appartenant à la jeunesse dorée étaient connus sous le Directoire pour l'assassinat de Jacobins, en toute impunité. En bandes, ils aimaient semer la terreur dans les quartiers ouvriers.

Quatre d'entre eux s'attaquèrent une nuit au cimetière de la Madeleine où, à l'initiative du général Valencey d'Adana, on avait ramené les corps de l'ancien chirurgien Florent de Saint-Frégant, de Bernardin des Essarts, marquis de La Mellerie et de Jacques Dumesnil. Ils décapitèrent la statue de la déesse Terpsichore, s'attaquèrent au monument et n'allèrent pas plus avant, ayant été dérangés.

Afin qu'on se le tînt pour dit une fois pour toutes, une heure plus tard, les quatre têtes des Muscadins furent déposées au pied de la statue décapitée de Terpsichore tandis que d'inquiétants et officieux émissaires « conseillaient vivement » aux familles des riches dévoyés de réparer les destructions, ce qui fut fait dans la semaine.

La police secrète ne plaisantait jamais, et surtout pas avec l'amitié…

Ceux qui ne furent point méchantes gens mais tout le contraire…

Jean-Baptiste, l'ancien Vendéen rallié à la République, à moins que ce ne fût surtout à Victoire de La Chesnaie de Flers, fit carrière dans l'armée. Capitaine de cuirassiers, il fut tué à Wagram.

Le baron de Penchemel accueillit sa fille à son retour d'émigration. Son fils, colonel dans l'armée impériale, fut tué devant Smolensk.

Le baron demeura républicain toute sa vie et fréquenta assidûment le prince et la princesse d'Adana.

Dawson et sa jolie épouse **Léonore** s'éloignèrent de Paris lors de la chute de Robespierre. Ils s'installèrent à Aix-en-Provence où ils vécurent heureux et fort riches, l'Anglais ayant vendu ses affaires hollandaises.

En 1797, aussitôt sa demande déposée, il obtint la nationalité française. Cette rapidité exceptionnelle s'explique par le fait que la requête fut présentée par Pierre-François Gréville en personne…

Le capitaine de grenadiers **Hyppolite** se remit de ses graves blessures mais, amputé d'un bras, il dut abandonner le métier des armes. Il épousa une ancienne religieuse ayant jeté le voile en 1789, fonda une nombreuse famille et s'installa à Rochefort, ce qui lui permettait de rencontrer souventes fois ses amis, les Valencey d'Adana.

John et **Marie O'Shea**, que nul n'appela jamais plus Marie Toute Troussée, s'installèrent à Charleston, en Caroline du Sud, où l'ancien commodore de la marine de guerre des États-Unis fonda une compagnie de navigation florissante. Héros respecté et honoré, il aimait faire le voyage en France avec sa ravissante épouse afin de revoir ses nombreux amis.

Pierre-François Gréville, bien qu'il demeurât dans l'ombre, ne fut jamais contesté à la tête de la police secrète car il était craint des rois, des empereurs et de tous les sauveurs suprêmes en puissance. Même Fouché, ministre de la police, en avait peur. Napoléon, prudent, le fit baron d'Empire. Louis XVIII, Charles X et Louis-Philippe le décorèrent et l'honorèrent, mais sans jamais ébranler ses convictions profondément républicaines.

On le vit souvent au château des Valencey d'Adana car il considérait le prince comme son meilleur et sans doute son seul ami. Il épousa tardivement la veuve d'un officier de hussards, une femme de quarante-deux ans pour laquelle il fut le plus adorable des maris. Dans la foulée, il traita les trois enfants de sa femme comme les siens, se montrant un père attentif, plein d'esprit mais tatillon sur les principes. Encore que, pour ceux qui savaient y voir, le terrible général de la police secrète avait au fond des yeux une lueur amusée, comme si la vie se résumait au fond à une vaste blague mais qu'en esthète consommé, il la voulût toujours du meilleur goût…

Mahé de Campagne-Ampillac suivit Joachim dans l'armée, l'un et l'autre ne voulant plus naviguer car pour qui avait connu *La Terpsichore*, prendre le commandement d'un autre navire eût été de quelque façon déchoir. Promu général de brigade en 1797, il quitta l'armée en même temps que Valencey d'Adana, en 1799, lorsque Bonaparte instaura le Consulat qui préparait l'Empire.

Il avait fait revenir sa famille de « la base secrète » du Guatemala et s'installa avec sa femme et ses quatre enfants – qui devinrent sept – dans la vieille demeure délabrée de Campagne-Ampillac… où il ne demeura pas vingt-quatre heures. En effet, « monsieur son frère » et la princesse lui offrirent le très joli et confortable château de La Chesnaie de Flers.

Comme Valencey d'Adana, il reprit brièvement du service en 1814 et 1815, pour défendre la France lorsque celle-ci fut envahie. Puis il raccrocha définitivement et sans regrets son uniforme de général.

Il vécut heureux et parvint à établir chacun de ses sept enfants. Il est vrai que « monsieur son frère », qu'il voyait tous les jours, veilla à ce qu'il ne manquât jamais de rien.

Seul avec lui-même, il était fier de sa vie. L'enfant abandonné avait parcouru tant de chemin depuis la hotte du « meneur de nourrice ». Mais plus que tout, il aimait regarder ses enfants grandir dans une véritable famille car le plus grand ennemi de cet homme bon ne fut ni l'Anglais ni le Vendéen mais le malheur, surtout lorsqu'il s'acharne sur de petits enfants.

La Fayette, le bouledogue qui avait connu le prince d'Adana en prison et à l'ombre de la guillotine, vécut quinze ans. Il demeura jusqu'à son dernier souffle ronchon, ronfleur, grognon, soupe au lait, boudeur, susceptible comme un hidalgo, ombrageux comme un mousquetaire, bref, une « prima donna ». Quelquefois, il redevint péteur, mais par courtes périodes, comme un clin d'œil facétieux aux temps jadis. Il fut aussi un peu fou, fantasque, affectueux, adorant avec déraison son maître et sa maîtresse, mais plutôt celle-ci, surtout lorsqu'elle tenait une ombrelle… car il était terriblement sentimental.

Il eut trois « épouses » et une trentaine de descendants qui eux-mêmes ne firent que croître et multiplier, apportant un peu de leur beauté baroque dans la laideur des villes.

Joachim de Niel, comte de Valencey et prince d'Adana fut promu général de division en 1796. Il servit auprès du général Moreau, le plus populaire des généraux, celui que les officiers et soldats de la République préféraient de loin au sombre Bonaparte.

Il participa à la magnifique victoire d'Hohenlinden et à ce chef-d'œuvre de retraite que réussit Moreau avant que celui-ci, victime d'une machination, ne fût exilé par Bonaparte qui le jalousait.

Ayant quitté l'armée en 1799, Valencey d'Adana utilisa une partie de son immense fortune venue des croisades à construire une grande demeure en bord de mer afin d'y accueillir tous les anciens de la 123e demi-brigade « Liberté, liberté chérie » et ceux des navires *L'Argonaute*, *La Betelgeuse* et bien entendu *La Terpsichore*. Tous ceux, en tout cas, qui en faisaient la demande. Jusqu'après 1840, on y croisait de vieux soldats et marins heureux d'avoir un toit.

En 1814, Mahé et lui demandèrent et obtinrent un commandement, s'illustrant à Brienne et Arcis-sur-Aube sans pouvoir empêcher l'invasion étrangère.

Ils récidivèrent en 1815, faisant comprendre à Napoléon qu'ils se battaient pour leur pays, pas pour un empereur. Celui-ci avait trop besoin d'hommes de cette trempe pour relever l'affront.

À Waterloo, Valencey d'Adana sabra pendant des heures tel un jeune homme mais fut blessé dans le dos par un lancier autrichien. Mahé le ramena à Paris le lendemain, inanimé et presque mourant, mais les sommités de la médecine, l'oreille tirée par la main de fer de Gréville, parvinrent à le sauver.

Peu rancunier, Louis XVIII voulut en faire un pair de France. Le prince refusa et pareillement les avances de Charles X et Louis-Philippe, demeurant jusqu'au bout républicain.

Mais tout cela n'était pas sa vie, juste de brefs épisodes. Sa vie, ce fut **Victoire** qui lui donna deux beaux enfants, fille et garçon – Aglaé et Josselin – auxquels il expliqua qu'un tel nom, pour qu'il ne vous écrase pas, il fallait savoir vivre sinon sans, du moins à côté.

Victoire et lui ne se quittaient jamais. Leur bibliothèque était une des plus belles de France car, sachant qu'on est avant tout aristocrate par l'esprit, ils partagèrent la passion des livres. Ce fut un bonheur passionné, tendre, doux et sucré comme une orange avec, certains très rares jours d'orage, un soupçon piquant de petit piment des îles.

Ils parlaient peu du passé même si parfois, sur la terrasse ensoleillée, il se laissait aller, à la demande de Victoire, à évoquer *La Terpsichore* et ses extraordinaires aventures.

Il mourut à quatre-vingt-un ans, un soir de septembre, lors d'une promenade à cheval. Brusquement, il se tourna vers son grand amour, posant sur elle son intense regard gris-vert, comme pour s'excuser de la quitter. Puis il tomba foudroyé.

Elle le fit ramener au château et coucher sur leur grand lit.

Victoire chassa alors tout le monde, s'allongea à ses côtés, lui prit la main et de l'autre, sans hésiter, se tira une balle dans le cœur : elle ne lui avait pas survécu dix minutes.

Le château des princes d'Adana, racheté par un industriel en 1898, fut rasé et remplacé par une horrible maison bourgeoise, tristement conventionnelle, qui se lézarda assez vite.

En 1927, un banquier fit combler la pièce d'eau, raser la maison et construire un grotesque petit manoir. Il se lézarda lui aussi et menaça ruine.

En 1969, un affairiste construisit à sa place un village de vacances. Cinq ans plus tard, ébranlés sur leurs bases, les pavillons furent abandonnés.

Alors on ne construisit plus, des spécialistes éminents ayant remarqué que tous les cinq à dix ans, par un phénomène local inexplicable, il soufflait là un vent à ébranler un gratte-ciel. On s'étonna fort qu'un château, représenté sur des toiles et gravures anciennes, ait ainsi pu tenir des siècles en pareil endroit.

Lors de fouilles en 1991, on retrouva pourtant les fondations d'un château aux dimensions fort impressionnantes. Totalement inexplicable, et inexpliqué, on remarqua la présence d'un sable rouge inconnu en Europe de l'Ouest qui liait les énormes blocs comme soudés les uns aux autres. L'énigme n'est toujours pas résolue à ce jour.

Peut-être, pour y parvenir, faudrait-il chercher la réponse du côté de la chevalerie et de ses secrets, des lointaines et mystérieuses croisades et de l'Adana des temps anciens.

Mais cela, qui le sait ?

FIN

Frédéric H. Fajardie dans Le Livre de Poche

Les Foulards rouges n° 15346

Au Palais-Royal, un homme sauve la vie du cardinal Mazarin. Il est comte, général d'artillerie, et s'appelle Loup de Pomonne, seigneur de Nissac. Nul ne l'a vaincu à l'épée, aucune armée ne l'a jamais défait. A la demande de Mazarin, Nissac monte une petite troupe, « Les Foulards rouges », curieux mélange d'aristocrates et de galériens. Sabotages, missions secrètes, duels au clair de lune, guets-apens, tombes profanées, enlèvements, trésors exhumés, rien n'y manque, pas même la lutte acharnée entre deux femmes pour gagner le cœur de Nissac. En cette époque où les dames montent à cheval et se battent en duel, où le cardinal de Retz et La Rochefoucauld luttent pour la Fronde, un autre péril menace… Le visage caché par un masque d'argent, un homme appelé l'Ecorcheur terrorise villes et campagnes et va croiser la route de Nissac… Une splendide épopée, entre thriller historique et roman de cape et d'épée.

Le Loup d'écume n° 37060

Un sous-marin fantôme de la Seconde Guerre mondiale sème la terreur dans l'Atlantique : catastrophes et attentats sanglants s'enchaînent ; des centaines d'agents « dormants » et de terroristes attaquent tous azimuts. La tension internationale atteint son point de rupture… En face, malgré les bruits de bottes, deux hommes remontent patiemment la filière.

La Tour des Demoiselles n° 30589

1780… Il est beau, jeune, romantique, courageux et de haute noblesse, il s'appelle Joachim Valencey d'Adana. Sur sa mythique frégate – la *Terpsichore* –, il terrorise les Anglais, et combat aux côtés des insurgés américains. Depuis l'enfance, il partage un amour – hélas platonique ! – avec Victoire, émouvante jeune femme qui habite le château voisin. Bref, il a tout… Mais tous sont contre lui…

Le Voleur de vent n° 30095

Décembre 1609 : deux cavaliers approchent d'un château en ruine où se trame un terrible complot. Le premier est l'un des hommes les plus puissants du royaume des lys. Son acolyte, un moine défiguré, est sans doute ce que le mal a produit de plus raffiné depuis des siècles. A ses ordres, une troupe de loups-garous attend son heure pour participer à la rage meurtrière qui va secouer le pays pendant les six mois qu'il reste à vivre au roi Henri IV. Et, pour mieux assurer l'infamie, à Paris, ils sont douze conjurés, les fleurons de la cour, qui se réunissent pour former autour du roi trois cercles de fer et de mort. Mais c'est compter sans Thomas de Pomonne, comte de Nissac et amiral des mers du Levant, aussi à l'aise au sabre qu'à l'épée, aussi redoutable sur terre que sur l'eau.

Du même auteur :

Romans

La Tour des Demoiselles (Lattès)
Le Voleur de vent (Lattès)
Les Foulards rouges (Lattès)
Un pont sur la Loire (La Table Ronde)
Ciao, Bella, ciao ! (La Table Ronde)
Jeunes Femmes rouges toujours plus belles (La Table Ronde/Poche)
Au bord de la mer blanche (Gallimard)
Quadrige (Gallimard/Folio)
Une charrette pleine d'étoiles (Gallimard/Folio)
Un homme en harmonie (Gallimard/Folio)
Des lendemains enchanteurs (Actes Sud/Poche)
Frivolités d'un siècle d'or (Julliard)

Romans noirs

Full Speed (Les Équateurs)
Patte de velours (La Table Ronde)
Tueurs de flics (La Table Ronde/Poche)
La Nuit des chats bottés (La Table Ronde/Poche)
Sniper (La Table Ronde/Poche)
La Théorie du 1 % (La Table Ronde/Poche)
Le Souffle court (La Table Ronde/Poche)
Polichinelle mouillé (La Table Ronde/Poche)
Au-dessus de l'arc-en-ciel (La Table Ronde/Poche)
Le Faiseur de nuées (La Table Ronde/Poche)
Brouillard d'automne (La Table Ronde/Poche)
L'Adieu aux anges (La Table Ronde/Poche)
Clause de style (Gallimard/Folio)
Bleu de méthylène (Gallimard/Folio)
Sous le regard des élégantes (Gallimard/Folio)
Après la pluie (Gallimard/Folio)

Gentil, Faty ! (Actes Sud/Poche)
Querelleur (Actes Sud/Poche)
Les enfants de Lune (Les Équateurs)
Le Loup d'écume (Albin Michel)
Reines dans la ville (Baleine/Le Seuil)
Les Hauts Vents (Librio)

NOUVELLES

Égérie légère (La Table Ronde)
Nouvelles d'un siècle l'autre (Fayard)

DOCUMENTS

Metaleurop, paroles ouvrières (Mille et une Nuits)
Chronique d'une liquidation politique
(La Table Ronde)

SUR FRÉDÉRIC H. FAJARDIE

Frédéric H. Fajardie, Jérôme Leroy, Le Rocher, collection « Domaine Français », 1994.

www.fajardie.net
site officiel de Frédéric H. Fajardie

Composition réalisée par CHESTEROC Ltd

Achevé d'imprimer en février 2007 en France sur Presse Offset par

CPI
Brodard & Taupin

La Flèche (Sarthe).
N° d'imprimeur : 40128 – N° d'éditeur : 82335
Dépôt légal 1re publication : mars 2007
LIBRAIRIE GÉNÉRALE FRANÇAISE – 31, rue de Fleurus – 75278 Paris cedex 06.

31/1838/7